Die Übersetzung wurde vom *Swedish Arts Council* gefördert.

FSC
www.fsc.org
MIX
Papier aus verantwortungsvollen Quellen
FSC® C012536

Lektorat: Sonja Menner
Umschlag und Satz: Jürgen Schütz
Umschlagbilder: Kinder © fotolia.com – Sylwia Nowik
Wal © fotolia.com – Dejan Jovanovic
Druck und Bindung: Druckerei Theiss GmbH
Printed in Austria

ISBN: 978-3-902711-48-9
www.septime-verlag.at
www.facebook.com/septimeverlag | www.twitter.com/septimeverlag

Mare Kandre

Aliide, Aliide

Roman

Aus dem Schwedischen von Isabelle Wagner

Nein, nein, nein und nochmals nein; dreifach, vierfach und zehnfach nein, musste Aliide jetzt feststellen, wenn sie früh morgens, nur im Nachthemd und mit vom Schlaf noch geschwollenem Gesicht, allein draußen auf dem Balkon stand, sich über das Geländer beugte und über die öde Passage hinausspähte, die sich zwischen den beiden neu errichteten, noch nicht ganz fertiggestellten Hochhausreihen nach unten erstreckte –

Nein, nein und noch einmal nein; dieses Land hier, diese Stadt hier, wie man das auch nennen wollte, dieser ehrlich gesagt gottverlassene Teil der Welt hatte ihr nicht viel zu bieten im Vergleich zu der paradiesischen Existenz, die sie gerade hinter sich gelassen hatte und aus der sie gegen ihren Willen vertrieben worden war, an die sie manchmal, wenn das Heimweh ihrer übermächtig wurde, noch mit Trauer im Herzen zurückdachte –

Dort war alles üppiger gewesen, unendlich viel reicher und großartiger. Nimm zum Beispiel die Jahreszeiten! Jede von ihnen musste, aufgrund der Weitläufigkeit des Landes, unheimlich lang und kräftig sein, damit alle Teile des Landes, auch die allerdunkelsten und hügeligsten, auch die allerabgelegensten und unzugänglichsten, alle kleinen Käffer und obskuren Orte mit langen, unaussprechlichen Namen, ihren Anteil an Schnee, Sonne, Regen und Licht erhielten.

Die Entfernungen waren dort unglaublich, unmöglich zu überblicken, und es war außerdem ein offenes Land, und frei, bis in die großen Wälder hinein war es vollkommen frei! Und die Städte lagen weit auseinander, waren flach, noch nicht richtig fertig, sie rochen nach Papier, Wald, Sulfit und Hafergrütze, und die Straßen waren vorläufig noch sehr lehmig und breit –

Das war ein Land, in dem man atmen konnte, in dem man sich bewegen konnte, wie man wollte, in dem man vollkommen wahrhaftig und ohne Angst sein konnte, in dem man Drachen steigen lassen konnte, in dem man in die Kiesgrube gehen konnte, THE GRAVEL PIT, wo die Weidenröschen im Überfluss auf den Kieshaufen wuchsen und man nach Bären suchen konnte, den entsetzlichen Grizzlys.

Dort gab es alles, was man sich wünschen konnte, und mehr dazu –

Sand und Schnee und Bäume aus Stein in großen Wäldern, die auf einmal, am Beginn der Zeiten, aus irgendeinem unerfindlichen Grund einfach aufgehört hatten zu wachsen. Und im Sommer heiße Abende, an denen die Grillen, die sich in der fettglänzenden Vegetation versteckten, in den Hecken und im Gras, so beharrlich und leise sangen, dass es klang, als säße eine wunderliche Frau allein in der Dunkelheit, mit einem steinbesetzten Umhang, und bohrte mit großer Geduld, lächelnd, Löcher in einen nassen kleinen Stein.

Dort gab es Berge, und in den Bergen gab es Höhlen, und in den Höhlen, ganz tief innen, wenn man den kleinen, verschlungenen unterirdischen Pfaden folgte, die bis ganz hinunter auf den Grund führten, wenn man dazu den Mut hatte, dann erreichte man schließlich die eigenartigen Tropfsteinformationen, die wie eine Menschengruppe, wie eine kleine verirrte Schar, wie eine Familie, ja, eine Familie, zwei kleine Kinder und zwei noch wehrlosere Erwachsene, dort standen und sich in einem eiskalten, feuchten Gang versteckten, vor der Welt verborgen, und die der Fremdenführer dann auch ganz brutal mit seiner furchtbaren Lampe anstrahlte, so dass sie damit, für einen kurzen Augenblick, in all ihrer Hilflosigkeit für einen sichtbar wurden, in der Tiefe des Berges.

Und eine ganz andere, viel reichere Sprache hatte es dort auch gegeben, Wörter, die sie schnell gelernt hatte und mit deren Hilfe es ihr ganz und gar geglückt war, die Vergangenheit aus ihrem Körper zu vertreiben, all die angstvollen Stimmungen, die sie früher beschwert hatten, die aber gleichzeitig unmöglich zu definieren oder zu beschreiben gewesen waren.

Wörter wie zum Beispiel –

CRISP.

Ein dünnes, kleines Wort, das blitzschnell auf der Zunge wegschmolz, aber einen eindeutigen Minzgeschmack hinterließ, ein Wort, das eine dünne, dunkle, säuerliche Hülle besaß, aber innen ein bisschen kühl war, ein bisschen weiß.

Oder –

DANDELION.

Das einen, wenn man es aussprach, dennoch auf merkwürdige Weise nicht richtig verlassen wollte, sondern sich stattdessen wieder in den Körper zurückschraubte, hinaus in die Arme und Beine, wo es dann noch mehrere Tage nachklingen konnte.

Und andere Wörter, Wörter im Überfluss, total viele und komische, aber auch einfache Wörter. Und Wörter, die sich in einem entfalteten wie gewaltige, sehr detailreiche Bilder, die in sich selbst sowohl Klang als auch Tiefe, Schärfe und Duft besaßen.

Aber hier?

Ja, hier –

Was gab es dazu zu sagen? Die alte Sprache musste man also wieder in den Mund nehmen, und die war bei weitem nicht so durchlässig. Sie brach das Licht und die Gedanken nicht auf dieselbe Weise, so dass sich Farben und Lichtschein bildeten und einen erfüllten, stattdessen war jedes Wort matt und hart wie ein grauer, gewöhnlicher Stein, und mit diesen Wörtern im Mund pflanzte sich die Schwere im restlichen Körper weiter fort, der sich deswegen wieder komisch anfühlte, schwer und plump.

Hier befand man sich nun ganz plötzlich in einer Stadt, die innen kalt und dreckig war, die eng war und aus lauter baufälligen, vorsintflutlichen alten Bruchbuden zu bestehen schien, aus dunklen Straßen und Plätzen, einsamen Grundstücken, Hausüberresten und dann natürlich auch den neu errichteten, noch ganz frischen Betonkomplexen, wo sie gerade eingezogen waren, diese verhasste Steinwüste, in der nichts wuchs. Und jetzt, wenn sie sich über das Balkongeländer lehnte und erst nach rechts sah, dann konnte sie auf dieser Seite, ganz hinten, die Kirche sehen, die mit ihren Zinnen und Türmen einen dringend notwendigen Kontrast zu dem sterilen Steinklotz hier darstellte.

Beugte sie sich dann noch weiter vor und drehte den Kopf und sah nach links, dann konnte sie am entgegengesetzten Ende, mit ein bisschen Glück, ein paar dichtbelaubte Baumkronen erkennen, Pflanzliches und Grünes. Denn auf dieser Seite lag der Park, und im Park waren die Teiche, drei an der Zahl, und dort gab es sumpfige Rasenflächen, ein Rhododendrongebüsch, verschlungene Fahrradwege und Pfade, und ein einsames altes Museum, das sich ganz oben auf einem nackten, kleinen Berg befand.

Direkt unter den Bäumen, die sie jetzt gerade noch ausmachen konnte, lag auch das Altersheim –

Aus diesem Heim kam ab und zu ein kleiner alter Mann in einem elektrischen Rollstuhl gefahren, den er mit Hilfe eines kleinen Hebels bediente, der sich ganz vorne an der rechten Armstütze befand. Und mit diesem kleinen Alten hatte es etwas ganz Sonderbares auf sich, denn jedesmal, wenn man ihn sah, hatten sie aus irgendeinem Grund noch ein kleines Stück von seinem verdrehten alten Körper abgetrennt.

Als Aliide ihn zum ersten Mal sah, war er ganz intakt, nicht einmal ein Finger fehlte an ihm. Aber als er das nächste Mal auf der Bildfläche erschien, war der eine Fuß weg. Und dann ging das in raschem Tempo so weiter; ein Körperteil nach dem anderen verschwand, nach dem Fuß nahmen sie ihm das Bein bis zum Knie ab, und kurz danach war das ganze rechte Bein fort. Dann verschwand plötzlich der linke Fuß, und bald hatte er überhaupt keine Beine mehr, und am Ende blieben nur der Rumpf, der Kopf und der rechte Arm und die Hand übrig, mit der er den Rollstuhl bediente. Aber er war trotz allem immer guter Laune, und seine Schirmmütze hatte er behalten dürfen!

Dann gab es hier auch, wenn sie weiterhin nach links schaute und sich dabei vorbeugte, eine Brücke, über die die Autos fuhren. Und auf der anderen Seite dieser Brücke lagen das Jiffy's, der Kiosk und das Planschbecken. Dort befand sich auch ein Damenfriseur, und im Eingang neben dem Damenfriseur wohnte K.

Und in der Dunkelheit unter der Brücke stand eine gigantische Holzkiste, und in der waren all ihre Habseligkeiten vor nicht allzu langer Zeit mit dem Schiff über das Meer transportiert worden, hierher. Aber nun stand sie verlassen und leer, und es lag etwas so unbeschreiblich Beklemmendes über dieser großen, jetzt ganz leeren Umzugskiste, die Papa einst selbst zusammengebaut hatte, die aus frischem Holz gemacht war, aus langen, schmalen, rauen weißen Brettern, die von den Bäumen im alten Land stammten.

Und jedes Mal, wenn Aliide sie jetzt sah, jedes Mal, wenn sie zufällig in ihre Nähe kam, konnte sie nicht vermeiden festzustellen, wie grau und verdreckt diese mit der Zeit geworden war. Immer fleckiger, immer dunkler wurde sie, Unkraut überwucherte das einst so frische Holz, und irgendjemand hatte es auf der Außenseite mit unanständigen Symbolen und Wörtern vollgekritzelt, das einst so frische weiße Holz, und in der neuen Wohnung war nun all ihr Zeug in die verschiedenen Zimmer gestellt worden, die verhältnismäßig klein waren, aber trotzdem etwas Kühles und Verlassenes ausstrahlten.

Früh am Morgen konnte es vorkommen, dass der Wind aus den dunklen Gassen in der verfallenen, ein bisschen weiter unten gelegenen Siedlung ein paar Gerüche mitbrachte, und dass diese Gerüche – frisch gebackenes Brot, Kaffee, Pisse – sich zwischen den neu errichteten, halbfertigen Betonhäusern zerstreuten, wo es ja vorläufig noch nach nichts anderem roch als nach Lehm, Sand, Kitt und Zement und wo noch eine ziemlich beklemmende, todesähnliche und sterile Atmosphäre herrschte.

Bisher waren noch keine nennenswerten Pflanzen gesetzt worden, die in den Beeten hätten Wurzeln schlagen können, so dass jedes kleine Geräusch, der winzigste Kinderschrei, Seufzer oder tastende Schritt, ganz leicht vom Wind mitgetragen und in der Stille bis zur Unkenntlichkeit vergrößert wurde.

Es war natürlich ein schockartiges Erlebnis, morgens diese intensiven, beinahe übersinnlich starken Gerüche hier einzuatmen, in dieser ansonsten so kargen Umgebung, und außerdem; so unmittelbar nach dem Aufwachen, wenn die Innenseite des Körpers nach dem tiefen Schlaf noch irgendwie wund und zerfressen und hochempfindlich war, und das fleischige, fette Futter der Lungen und die Schleimhäute in Nase, Mund und Rachen doppelt so schnell und heftig auf den allerkleinsten Reiz reagierten.

Die Schule, die Aliide jetzt besuchte, war nicht weit entfernt und bestand zum einen aus einem dunklen, verwahrlosten, labyrinthischen Hauptgebäude aus dreckigem rotem Backstein und zum anderen aus einer flacheren, unscheinbareren, aber ebenso verwahrlosten Turnhalle, die direkt daneben lag. Diese beiden Gebäude waren von einem asphaltierten Hof umgeben, der an einer Seite auf einen steilen Abhang hinausging, an dem einst ein niedriges, inzwischen rostzerfressenes Eisengeländer angebracht worden war. Die Schule und der ganze Hof lagen im Schatten der Kirche, die so nah gelegen war, dass man ganz deutlich den Gesichtsausdruck der Figuren an den Fenstern erkennen konnte, wenn die Sonne schien.

Aus irgendeinem unerfindlichen Grund hatte man sich um dieses Eisengeländer, das am Rande des Abhangs verlief, nie gekümmert. Es stand immer noch, aber es war inzwischen so schlimm von Rost und Zerfall und allerhand komischen Verätzungen in Mitleidenschaft gezogen, dass es an manchen Stellen zart und dünn geworden war wie ein Stückchen schwarze Spitze. Wenn eines der Kinder es auch nur gestreift oder angehaucht hätte, wäre es ohne Zweifel zerbröselt, hätte sich in sauren schwarzen Staub verwandelt, der dann vom Wind davongeweht worden und auf die Hausdächer niedergerieselt wäre.

Von dem Schulhof, der sehr hoch gelegen war, hatte man Aussicht über die Hausdächer, große Teile der Stadt und die Höfe, die engen, dunklen, sehr tiefen Gassen. Man hatte freie Sicht bis hinunter zum Hafen, wo die Kräne und Schiffe in einen Nebel gehüllt waren, dessen Dichte und Ausbreitung und Zusammensetzung von der Witterung abhängig war, davon, ob die Sonne zu sehen war oder nicht. Manchmal konzentrierte sich der Nebel nur auf das graue, stillstehende alte Wasser im Hafen, aber bei feuchter Witterung oder wenn Regen fiel, stieg er auf und breitete sich aus und durchdrang schließlich die ganze Stadt.

Unter überhaupt gar keinen Umständen durfte eines der Kinder auch nur in der Nähe dieses verwitterten, spitzenzarten Geländers stehen, beispielsweise in den Beeten unter den windschiefen, kleinen Bäumen, die dort wuchsen.

Trotzdem mussten etliche von ihnen jede Pause von irgendeiner übereifrigen Lehrerin davongejagt werden, und die Androhung von Klassenbucheinträgen und Nachsitzen hatte überhaupt keine abschreckende Wirkung, unerbittlich, wie verhext, zog es sie zu dem Abgrund und dem verwitterten Geländer, wo sie mucksmäuschenstill unter den kahlen Ästen der windschiefen Bäume standen und hinunter in die Höfe und auf die Menschen starrten, die kamen und gingen, die sich dort bewegten.

Aber ansonsten machten die Kinder hier nicht viel Aufhebens von sich. Sie waren von einer verhältnismäßig scheuen, stillen Art, und im Winter liefen sie alle in lustigen, kleinen gestrickten Zipfelmützen herum, die nach Zigarettenrauch und Spinat rochen. Sie trugen alle abgelegte, geerbte Kleider und hatten einen ziemlich schrecklichen, unterernährten, ein wenig ausgehungerten Gesichtsausdruck und viel zu glänzende Augen, die sich aus ihren Höhlen pressten, wenn sie einen ansahen, so dass sich ihre sowieso schon sehr straffe Gesichtshaut bis zum Äußersten spannte, was die Blässe ihrer Wangen noch verstärkte.

Einige von ihnen waren genau wie Aliide selbst gerade in eines der neu errichteten Betonhäuser oben am Park eingezogen, aber die meisten von ihnen wohnten doch immer noch in der Gegend um den Hafen herum, in dem verfallenen, ganz dem Untergang geweihten Viertel, von dem große Teile bald voll und ganz dem Erdboden gleichgemacht sein würden, eine Erinnerung bloß, wo schon einzelne Häuser fehlten und die einsamen Grundstücke begonnen hatten sich auszubreiten –

Zu den Schülern in der Klasse, die Aliide gleich von Anfang an besonders heftig auf die Nerven gingen, gehörte dieser D, dessen Zähne so stark verfault waren, dass sie aussahen, als wären sie wie Zucker in seinem Mund geschmolzen. Alles, was jetzt noch davon übrig war, war ein widerwärtig stinkender Satz farinbrauner Stummel, und wenn man ihm zu nahe kam, während er sprach, strömte ein unbeschreiblich übler Geruch aus ihm heraus und man war gezwungen, sofort wegzuschauen und so diskret wie möglich mindestens drei Schritte zur Seite zu gehen oder sich die Hand vor die Nase zu halten.

Sobald diesem D eine Frage gestellt wurde, tat er immer so, als wisse er die Antwort, habe sie aber zufällig gerade vergessen, und das, obwohl in der Klasse allgemein bekannt war, dass er nie irgendetwas wusste, nie. Und der Grund, warum er Aliide so extrem nervte, war genau das, dass er das Antworten zu einem richtigen kleinen unerträglich in die Länge gezogenen Ritual ausgebaut hatte, das so aussah, dass er eine geraume Zeit dasaß und auf seinem Stuhl schaukelte, an die Decke sah, die Stirn in tiefe Falten legte, grübelte und vor sich hin murmelte, bis die Lehrerin die Geduld verlor und die Frage weitergab. Und wenn D die Antwort zu hören bekam, leuchtete sein Gesicht jedes Mal auf, er warf sich über die Bank, schlug mit der Faust darauf und schrie –

NA KLAR! DAS WUSSTE ICH DOCH!

Und machte dazu eine lächerliche, etwas wichtigtuerische, eingebildete Grimasse. Und genau das ging Aliide wie gesagt immer auf die Nerven.

Um nicht von dem niedlichen Engelchen Terese zu sprechen, das stets in putzigen kleinen Tweedröckchen und passenden karierten Pullundern herumlief, zu denen es immer dieselben frisch gebügelten, blendend weißen Blusen trug –

Dicke Goldanhänger beschwerten Ts Ohren, die sich – rosa, schimmernd und innen noch feucht – scheinbar direkt aus ihrem Kopf herausgewickelt hatten.

Ganz komisches dichtes, pechschwarzes Haar hatte sie außerdem. Dieses Haar war kurz und die Locken waren unbeweglich um ihren Kopf herum angeordnet, saßen fest um die Stirn, um die blassen Wangen, und nicht eine Haarsträhne lag jemals falsch. Denn jede Locke war groß, fest, fett und perfekt gemeißelt, wie bei einer Statue, und sehr glänzend, unerhört glänzend, fast ein bisschen klebrig, als wäre sie in Schleim gehüllt oder direkt aus einer großen Tube herausgedrückt worden. Und manchmal, wenn T über ihre Bücher gebeugt saß, in einer Kaskade aus Licht, das durch die Fenster hereinfiel, wurden die dicken Locken in Aliides Fantasie zu einer Handvoll schwarzer Schnecken oder Egel, die wie toll an dem harten, kleinen Kopf saugten, was in diesem Fall die Erklärung für Ts außergewöhnliche Blässe und ihren faden, farblosen Charakter sein konnte.

Sobald T auf eine Aufgabe stieß, mit der sie nicht klarkam, was oft, eigentlich fast immer, der Fall war, brach sie hemmungslos in Tränen aus, um auf diese denkbar einfältigste Art und Weise die Aufmerksamkeit und das Mitgefühl der Lehrerin und aller anderen auf sich zu ziehen. Das war so unerträglich billig und schlecht gemacht, dass Aliide es nicht mitansehen konnte, sondern sich so fest es nur ging auf die Lippe beißen und aus dem Fenster schauen musste, um nicht kaputtzugehen.

Das Gesicht in den Händen vergraben, saß T auf ihrem Platz und heulte und schniefte und schluchzte, während die Lehrerin danebenstand und hilflos, zum hunderttausendsten Mal in Folge, ihre Schulter berührte und fragte, was mit ihr los sei. Und das reizte Aliide fast bis zum Wahnsinn, denn sie fand, dass T genauso gut wie alle anderen auch ihre Verzweiflung für sich behalten könnte, damit es den anderen erspart bliebe, einen Menschen mitten unter ihnen so zusammenbrechen zu sehen. Denn auch wenn es sich nur um das ekelhafte schauspielernde Engelchen Terese handelte, so war es dennoch widerwärtig, sich so etwas anschauen zu müssen.

Dann gab es natürlich andere, die nicht ganz so nervig oder solche gewieften Schleimer waren, beispielsweise diesen R –

Ein hellhäutiger, schmächtiger kleiner Junge, dessen Gesicht von einer Menge oberflächlich liegender blassblauer Adern durchzogen war, so als sei er noch nicht ganz fertig entwickelt, als hätte das Fleisch bei ihm noch nicht richtig fest werden können. Und in seinem linken Auge, in der Falte des Unterlids, wenn er die mit dem Finger nach unten zog, saß ein gräuliches Gerstenkorn, und in den Pausen lief er herum und zeigte es allen, die es sehen und sich gruseln wollten.

Und Suna –

Ein ganz kleines, stilles Mädchen mit einem Haarklecks so schwarz, dicht und schwer wie Teer. Und einer Art, die von großer Folgsamkeit, Sanftmut und großer Demut geprägt war, Eigenschaften, die nun nie aufhörten, Aliide heimlich zu faszinieren, wahrscheinlich genau deswegen, weil sie bei ihr selbst nicht besonders ausgeprägt waren. Gerade weil sie selbst nicht imstande war, in ihren Sachen auf der Bank länger als zwei, höchstens drei Tage am Stück Ordnung zu halten, wenn überhaupt, und man von ihr auch nicht sagen konnte, dass sie besonders demütig oder sanft gewesen wäre. Und eben deswegen beneidete sie Suna um ihre Neigung –

Denn Sunas Bücher waren alle in das einfachste, glanzloseste, billigste Papier eingeschlagen, das es zu kaufen gab, und obwohl schon zwei Monate des ersten Halbjahres herum waren, waren die Umschläge an den Kanten kein bisschen abgenutzt. Auf den Seiten war nicht die geringste Spur von Fettflecken, Spritzern oder Schmierereien zu sehen, denn Suna nahm sie so vorsichtig und behutsam in die Hand, als seien sie ihr teuerster Besitz, und jede Seite blätterte sie äußerst langsam und sachte um und hielt dabei den Atem an, so als habe sie Angst, dass der Text und all die Bilder ansonsten zerbröseln und von der Seite geblasen würden wie eine eingetrocknete alte Ablagerung.

Und mit allem ging Suna so vorsichtig und zärtlich um.

Ob es jetzt bloß um den Bankdeckel ging, den Stuhl, die Schultasche, das Radiergummi, alles nahm sie in die Hand, als sei es aus Gold, und Suna roch außerdem so eigenartig schmutzig und geheimnisvoll, eine Spur muffig und ranzig, aus dem Innern ihres Körpers heraus, wie ein kleines, warmes, vielleicht nicht vernachlässigtes, aber doch schmutziges Tier ungefähr. Und trotzdem, irgendwo ganz tief innen in alledem, ganz kristallklar und unfassbar sauber.

Ja, so als gäbe es trotz allem EINEN einzigen sauberen kleinen Teil an ihr, ein Organ, das einen so klaren, kristallartigen Duft absonderte, dass dieser ganz allein in der Lage war, all die dunkleren, dumpferen Gerüche, die ihren Körper umgaben, zu durchdringen.

In letzter Zeit saß Aliide oft da und betrachtete Suna heimlich. Und wenn sie an ihr vorbeiging, saugte Aliide diese sonderbaren Gerüche in sich auf und hielt den Atem an, ließ ihren Körper die Gerüche zerlegen, um besser verstehen zu können, wie sie zusammengesetzt waren und worin diese Reinheit eigentlich bestand, um deren Geheimnis auf die Spur zu kommen, ohne dadurch jedoch letztlich so schrecklich viel klüger zu werden.

Suna behauptete außerdem sehr bestimmt, sie habe früher einmal, als ganz kleines Kind, in einem ganz anderen Land gelebt. In einem Bergdorf, wo sie ihre eigene kleine Ziege gehabt hatte, die sie jeden Morgen gemolken hatte. Aber es gab natürlich keinen Einzigen in der Klasse, der ihr das wirklich abnahm, denn sie wussten ja alle, dass man so – in Bergdörfern mit Ziegen, die man jeden Morgen molk – nur im neunzehnten Jahrhundert gelebt hatte, vor unendlich langer Zeit, so dass das, was sie erzählte, unmöglich stimmen konnte.

Aber sie hatten trotzdem Nachsicht mit ihr, und als sie einmal aus irgendeinem unbekannten Grund mehrere Tage am Stück nicht in der Schule gewesen war, fast eine ganze Woche lang nicht, erklärten Aliide und ein Mädchen namens L sich bereit, zu ihr nach Hause zu gehen und ihr die Hausaufgaben zu bringen, die sich während ihrer Abwesenheit angehäuft hatten.

Und obwohl es auf jede nur denkbare Art furchterregend und gruselig war, freute sich Aliide trotzdem darauf, auf dem feuchten, dunklen inneren Grund der Stadt herumlaufen zu dürfen, durch Straßen, die sie bis dahin nur ganz flüchtig vom Schulhof aus wahrgenommen hatte. Wo die Stadt ja am allerältesten sein musste, und wo, wenn man tief genug hineingekommen war, wahrscheinlich noch das allerälteste Haus stand. Das Haus, das ganz am Anfang gebaut worden war, mit dem alles begonnen hatte, das Haus, um das sich die Siedlung dann langsam, mit den Jahren, verdichtet, zusammengeballt hatte, so dass die Stadt in die Höhe und in die Breite gewachsen war wie ein gewaltiger, schmutziger, riechender, von Echos widerhallender Kristall, bis sie sich beinahe fertig ausgebildet über dem stillstehenden alten Wasser aufgetürmt hatte, qualmend, verraucht, im Begriff, von ihren eigenen Ausdünstungen, Giften und Gasen zersetzt zu werden.

Um dorthin zu kommen, mussten L und Aliide erst die lange hölzerne Wendeltreppe hinter der Turnhalle hinuntergehen, so dass sie in den kleinen Park an Gittes Haus gelangten, unter die drei großen, staubigen, halbtoten Bäume, die ihre Schatten auf einen unbenutzten alten Sandkasten warfen –

Dort angekommen ließen sie sich nicht eine einzige Sekunde lang aufhalten, sondern bogen sofort in die erstbeste dunkle Straße ein, denn sie spürten beide, dass, wenn sie jetzt auch nur das kleinste bisschen zögerten, aus ihrem Vorhaben überhaupt nie etwas werden würde. Dann würde stattdessen die Furcht überhandnehmen.

Und Aliide hatte einen kleinen Zettel mit Sunas Adresse und Nachnamen erhalten, den sie in ihre Tasche gesteckt hatte, während L ihrerseits eine Plastiktüte trug, die Sunas gesamte Bücher enthielt.

Die Straße, die sie entlanggingen, war plötzlich zerfressen und uneben. Das Licht verschwand. Die Hausfassaden verdunkelten die Sonne. Und in der Mitte, wo die Autos schwer mit ihrem Gewicht auf der Straße lasteten, war der Asphalt kurz davor, aufzuplatzen, dort war er abgenutzt, an einigen Stellen klafften große, weit offene Löcher, in denen man die richtige feuchte, pechschwarze Erde sehen konnte. Und an den Bürgersteigen vorbei verliefen solche komischen schwarzen Streifen, die entstanden waren, als ein stinkender schwarzer Saft, wie Blut von den Häusern, aus der seit Urzeiten versiegelten Erde gequollen war.

Und hier gingen sie nun, und sie glaubten richtig zu spüren, wie die ganze Straße irgendwie knirschte und knackte und sich unter ihren Füßen hob und senkte wie eine alte, morsche Brücke.

Und die Hausfassaden, jetzt, wo sie Gelegenheit hatten, sich die einmal richtig anzuschauen, sahen tatsächlich auch aus, als sei irgendwann einmal ein Feuer über sie hinweggezogen und habe dicke Schichten von Ruß zurückgelassen, besonders um die Fensterrahmen und Türen herum.

Und hier! hier!

An genau dieser Stelle der Straße spürten sie, wie ungeheuer schwer die Stadt auf ihnen lastete, von allen Seiten. Denn sie trug ja tatsächlich, in jedem versteckten kleinen Winkel, in jeder Ecke, MINDESTENS DREI MAL IHR EIGENES GEWICHT IN MENSCHENLEBEN, DIE UM JEDEN PREIS, SO VERGEUDET UND KÜMMERLICH SIE EINEM AUSSENSTEHENDEN AUCH ERSCHEINEN MOCHTEN, DENNOCH UNBEDINGT VOLLSTÄNDIG AUSGELEBT WERDEN MUSSTEN, GELEBT, GANZ UND GAR UND IN ALL IHREM SCHMERZ, GERADEWEGS BIS ZUM BITTEREN ENDE, MIT GROSSER LEIDENSCHAFT UND INTENSITÄT, SOGAR MIT ALL DEM ZERSTÖRERISCHEN, MIT DEM, WAS WEHTAT!

Und beide sahen sie vor ihrem inneren Auge, wie die Menschen hier eines Tages zu zahlreich sein würden, und das Leben, das sie lebten, so unerlöst, dass ein einziges weiteres kleines Leben, das hinzukäme – etwas so vollkommen Unbedeutendes wie das traurige Leben eines einzigen kleinen Kindes, und ein einziges Wort der Wahrheit aus diesem von Angst versiegelten Kindermund – ausreichen würde, um die ganze Stadt in die Tiefe zu ziehen.

Ja, dreckig und qualmend würde sie plötzlich vom Land abbrechen und in die Tiefe stürzen, mit ihrem gesamten Inhalt aus Erwachsenen und Kindern, Tieren und Straßen, Vögeln in

Käfigen, Lampen, Bildern, merkwürdigen Kästchen aus Muscheln, den drei Teichen im Park und schließlich dem Park selbst. Und mit einem ohrenbetäubenden Getöse, glühend und zischend, würde alles von den Wassermassen verschluckt werden und wäre für ewig fort! Es würde auf den Meeresgrund sinken, wo die Häuser noch eine Weile aus ihren Zimmern heraus leuchten würden, bis Wasser hineingesickert wäre und auch diese Lichter ausgelöscht hätte.

Und wenn sie daran dachten – ein Gedanke so groß und kompliziert wie ein ganzer Traum – wurden ihre Blicke gläsern und starr, ihr Gang steif, und es fühlte sich plötzlich so an, als ob das jeden Moment passieren könne, jede Sekunde –

So gelangten sie weiter und weiter in die Stadt hinein, immer tiefer, und um sie herum wurde es nach und nach sehr still: der Verkehr wurde spärlicher, so dass sie sich zum Schluss beide umdrehen und einen ängstlichen Blick in das Licht hinaus werfen mussten, das sie gerade hinter sich gelassen hatten, im Park, unter den Bäumen, wie um sich zu versichern, dass es ja da draußen noch eine Welt außer dieser gab, in die sie zurückkehren konnten.

Und es herrschte eine so verdichtete, sonderbare und furchterregende Atmosphäre, wo sie sich jetzt befanden. Auf dem Grund der Stadt nämlich, am allertiefsten unten, in ihren verfallenden Teilen, wo sie in jeder Hinsicht am schlimmsten und ältesten war, und wo nur die eigenartigsten, verlorensten, am meisten ausgestoßenen Existenzen ihr Zuhause hatten.

Zum Beispiel die Trunkenbolde. Oder die ausgemergelten, windhundartigen jungen Männer, die entweder ganz außen an den Straßenecken standen und vor sich hinstarrten oder zusammengesunken an den Hauswänden lagen, auf eine komische Weise betäubt, als ob sie schmolzen.

Um nicht von all den ausgemergelten, komisch angezogenen Frauen zu sprechen, die mit wackligem Gang in hochhackigen Schuhen die Straße entlangstolperten und dabei nach der Hauswand tasteten, die sich doch direkt neben ihnen befand, so als sei sie, eigentlich, gar nicht da, und Obszönitäten und unanständige Wörter vor sich hin stammelten.

Während sie gingen, hielten Aliide und L die Augen jetzt starr nach vorne gerichtet, denn um sie herum war die Stadt plötzlich wie ein Abgrund, bodenlos, labyrinthisch, mit ihren schmalen, verschlungenen Straßen und Gassen. Und mit diesen Hinterhöfen, die alle eng und dunkel waren wie schlecht beleuchtete unterirdische Schächte oder ganz tiefe trockengelegte Brunnen. Und wenn sie zur Seite schielten, wurde ihnen ganz schwindlig, und sie sahen hier und da, in einem der Höfe, ein oder zwei Frauen, die entweder nur lässig dastanden und rauchten oder sich gegenseitig dabei halfen, einen kleinen Flurteppich auszuklopfen, den sie wie ein totes kleines Tier, einen Biber, über einen grotesk großen Metallständer gehängt hatten, aber das war auch alles –

Sie gingen dicht nebeneinander. Sie bewegten sich, zur Sicherheit, mit ganz knappen, spiegelbildlichen kleinen Bewegungen, L und Aliide, Aliide und L, die ein spindeldürres, blasses kleines Ding war, mit strähnigem Haar, das ihr über die Ohren fiel und leicht auf ihren Schultern aufkam, so als sei jede Strähne aus reinem Blei –

Ja, ein kleines, blasses Mädchen, und hohläugig, als seien die riesigen Augen zu schwer für dieses Gesicht und versänken deswegen darin, so dass die Haut um sie herum einen Stich ins Blaugraue bekam. Ein Mädchen, dessen schneller, kleiner Schatten nie richtig an irgendetwas hängenblieb, weil er nicht trocken genug war, sondern bloß blitzschnell über alle Wände und Gegenstände sauste, an denen sie vorbeikamen.

Sie wagten natürlich nicht, einen einzigen Menschen nach dem Weg zu Sunas Haus zu fragen. Was zur Folge hatte, dass sie völlig unnötig eine ganze Weile panisch umherirrten, bevor sie sich endlich vor Sunas Haustür befanden, Nummer 7, dem Eingang zu einem Haus, das von außen so dunkel, übel zugerichtet und düster aussah, dass es sehr gut dieses allererste, älteste, ursprüngliche Haus da in der Mitte der Stadt hätte gewesen sein können.

Ein ganz feiner, kleiner Regen hatte zu fallen begonnen und puderte nun ihre Gesichter –

Diese waren infolge der schnellen Druckveränderung schon ein kleines bisschen angeschwollen, und die feuchtigkeitssatte Luft öffnete ihre Augen nun weit für das Elend, das es um sie herum zu sehen gab.

Aus den Gärten hörten sie Kinderschreie, Rufe und Lachen in einer für Aliide und L vollkommen unverständlichen Sprache, die sie zunächst einmal erschreckte. Aber weil sie sich ja jetzt nicht gut umdrehen und wieder zurückgehen konnten, und weil sie die Sache so schnell wie möglich hinter sich bringen wollten, stiefelten sie ganz einfach direkt in den Eingang hinein und wieder hinaus in den Hof, wo es in dem dichten Regen von merkwürdigen kleinen, versilberten Lichtreflexen flimmerte, ihnen aber trotzdem ziemlich dunkel vorkam –

Ein paar kleine Mädchen und ein bedeutend älterer Junge, alle mit gleichermaßen dunklen, versteinerten Gesichtern, spielten irgendein undurchschaubares Spiel neben den überfüllten Mülltonnen und einer Reihe Plumpsklos, die aussahen, als wären sie immer noch in Gebrauch.

Weder Aliide noch L kamen dazu, zu begreifen, worum es bei dem Spiel eigentlich ging, denn kaum waren sie hinzugetreten, hörten die Kinder auf zu spielen und wandten ihnen stattdessen ihre Gesichter zu, bohrten ihre Blicke so fest in Aliide und L, dass diese nicht einen einzigen weiteren Schritt machen konnten, weil die Kinder sie mit ihren Augen zurückhielten –

Und trotz des relativ großen Abstands und der dichter werdenden Regenfetzen hatte Aliide sofort bemerkt, dass der Junge eine eklige, ganz frische Wunde an der Oberlippe hatte, weit offen und nässend, so als hätte er vielleicht im Schlaf, ohne es zu ahnen, ein großes Insekt auf seinem Gesicht sitzen gehabt, auf seinem Mund: ein ekliges Insekt, das gefressen und gefressen und ein großes Stück von seiner Lippe heruntergeschluckt hatte!

Es war schrecklich, daran zu denken, das anzuschauen, und Aliide schauderte, ein Schauder so tief, dass ihr dabei ein komischer saurer Geschmack in den Mund drängte. Und trotzdem konnte sie ihren Blick nicht von der Wunde losreißen, und je mehr sie starrte, desto heftigere Grimassen schnitt der Junge, und nun ballte er sogar die Fäuste, als täte es weh, wenn man die Wunde auch nur ansah, und am Ende sah er so gereizt und böse aus, dass er kurz davor schien, sich auf sie zu stürzen. L zupfte Aliide leicht an der Schulter, um sie zu wecken, und sie hielten es beide für gut, sich davonzumachen, dicht nebeneinander schritten sie langsam über den Hof, die kalten Blicke des Jungen und der Mädchen weiterhin im Rücken.

Der Regen fiel inzwischen dichter, härter, ohne dass es ihnen eigentlich aufgefallen war, und in dem engen, kleinen Hof wurde es damit plötzlich auf einen Schlag dunkel und kalt –

L öffnete auf gut Glück die erstbeste morsche, kleine Holztür im Haus gegenüber. Sie betraten ein dunkles Treppenhaus und begannen sofort, die Stufen hinaufzuklettern. Und in jedem Stockwerk gingen sie von Tür zu Tür, blieben überall einen Moment stehen und verglichen den Namen auf dem Zettel, den Aliide in der Hand hielt, mit den Namen auf den Papierschnipseln, die mit Klebstreifen über den Briefschlitzen befestigt waren –

Aus jeder Wohnung kamen erstickte Rufe und Lachen; Frauen, die schrien; weinende Kinder; komische Geräusche; und hier und da ein paar Tropfen wunderlich verschlungener Musik, wie sie sie noch nie zuvor gehört hatten. Wenn sie stehenblieben und richtig zuhörten, wurden sie in sich selbst hineingesaugt, lösten sich beinahe auf, wussten plötzlich nicht mehr, wer sie waren, warum sie hier waren und zu wem sie wollten, und um dem Ganzen ein Ende zu machen, beeilten sie sich, Sunas Wohnung zu finden, rannten von Tür zu Tür und schüttelten hier und da den Kopf.

Die Wände im Treppenhaus waren in einem pistaziengrünen Farbton gestrichen.

Diese Farbe war ein bisschen körnig, wie verdorbene alte Kuchenglasur, und hatte vor langer Zeit begonnen abzublättern. Große Stücke fielen nun mit dem Luftzug auf sie herunter, wenn sie nur vorbeigingen, und es zeigte sich, dass die Wand unter der äußeren Farbschicht nackt, schwarz und angegriffen war.

Dann, endlich, ganz oben im Haus, standen sie vor Sunas Tür –

Auf einen kleinen weißen Zettel über dem Briefschlitz war mit feinsäuberlichen Buchstaben der Nachname geschrieben, in einer Schrift, die sie beide sofort als die Sunas wiedererkannten. Aus der Wohnung drang ein seltsames, trockenes, raspelndes Geräusch, das sie nicht richtig einordnen konnten.

Sie klopften an, vorsichtig; ein Mal, zwei Mal, aber erst nach dem dritten Mal rief dort drin jemand etwas, ein Mann. Also öffneten sie die Tür und ihr Blick fiel in einen langen Flur, einen Korridor, erhellt von einer einzigen nackten Glühbirne, die an einem schwarzen Kabel von der Decke hing. Am hinteren Ende des Korridors stand ein dunkelhäutiger Mann über eine ausgehängte weiße Holztür gebeugt, an der er wie wahnsinnig herumhobelte –

Um seine großen nackten Füße herum war alles voll mit gelbweißen Spänen, die sich, wenn sie zu Boden fielen, erst langsam wanden wie sterbende kleine Larven, aber dann still liegenblieben.

Im Zimmer hinter ihm – dunkel, bis auf ein schwaches, schummriges Licht, das durch Fenster hereindrang, die sie noch nicht sehen konnten – entdeckten sie Suna selbst. Sie stand mit dem Rücken zur Wand, die Hände auf dem Rücken, und hatte, in dem Moment, in dem sie die Tür aufgemacht hatten, aufgesehen und ihnen einen schnellen, instinktiv erschrockenen Blick zugeworfen, der ihre ansonsten ziemlich schlaffen, weichen Gesichtszüge gestrafft hatte. Aber jetzt, einen Moment später, hatte sie den Blick wieder gesenkt und sah vor sich auf den Boden, so als schäme sie sich, als habe sie etwas Furchtbares getan und verbüße nun ihre Strafe. Aliide und L fanden das Ganze – Sunas Blick und das Zimmer, alles miteinander – höchst verwirrend, beunruhigend, kamen jedoch plötzlich auf andere Gedanken, als der Mann bei ihrem Anblick sofort den Hobel auf den Boden legte, die Tür an die Wand lehnte und lächelnd auf sie zukam –

Sie erschraken fast und wichen vor seinem Eifer zurück.

Das hier war ja nicht das, was sie erwartet hatten, absolut gar nicht; sie hatten sich bloß vorgestellt, Suna die Tüte mit den

Büchern zu geben und dann so schnell wie möglich davonzulaufen. Aber jetzt, wo dieser Mann sie auf so überschwängliche Weise in Empfang nahm und dazu noch auf sie einredete, dunkel, aber froh, in einer rätselhaften gutturalen Sprache und mit einem großen, breiten, beinahe erdrückenden Lächeln, wagten sie absolut nicht zu protestieren, aus Angst, er könne plötzlich einen Anfall bekommen, rasend werden, außer sich, ja, weiß Gott wozu er in der Lage wäre, wenn sie sich ihm widersetzten!

Und deswegen folgten sie ihm artig den Korridor entlang und in das Zimmer hinein, das ziemlich groß war, als sie es jetzt betraten, aber fast leer, auf eine Art klein und auf eine Art kahl, so gut wie unmöbliert, und da stand also Suna immer noch unbeweglich in ihrer Mitte, mit dem Rücken zur Wand und gesenktem Blick –

Der Mann sprach jetzt laut, unaufhörlich, und wies mit einer Hand auf zwei hohe, schmutzige Fenster auf der linken Schmalseite des Raumes. Und als Aliide und L nachschauten, stand dort, in der Dunkelheit zwischen den beiden Fenstern, ein zersessenes altes Sofa, und auf dem Sofa saß eine beleibte, vollständig unbewegliche, buddhaähnliche Frau, deren gesamtes Haar von einem stramm gebundenen, spiegelblanken roten Kopftuch bedeckt war. Und sie war umringt von, ja, fast zur Hälfte begraben unter einem Haufen rotznasiger, wimmernder Kleinkinder unterschiedlichen Alters, die alle an ihren Kleidern zerrten und sich an ihrem kräftigen Körper festhielten, so als ob sie befürchteten, sie könne jeden Augenblick in die Luft aufsteigen, und deswegen so gut es ging versuchten, sie mit ihrem Gewicht unten zu halten –

Das aufgequollene, glänzende Gesicht der Frau konnte man im Dunkeln zunächst kaum erkennen. Aber als Aliide und L sich nach einigen Minuten an das Dämmerlicht im Raum gewöhnt hatten, nahm es rasch immer schärfere Konturen an und war zuletzt in der Dunkelheit zwischen den Fenstern deutlich zu erkennen – bleich, geschwollen und müde lächelnd – wie eine glänzende, leere, an der Wand aufgehängte Metallmaske. Und Suna stand die ganze Zeit alleine da, schweigend, mitten unter ihnen, also hatte sie sich vielleicht wirklich irgendetwas Fürchterliches zu Schulden kommen lassen und musste dafür jetzt bestraft werden –

Hier standen sie nun auf alle Fälle, und das einzige Licht, das es in dem Zimmer gab, waren die vereinzelten Lichtstäubchen, die aus dem erhellten Flur hereingefallen waren, der Berg aus Sägespänen, der ein mattes Leuchten von sich gab, und ein kühles, bläuliches Schimmern, das trotz der dicken Schmutzschicht auf den Scheiben und des draußen dichter werdenden Regens durch die Fenster hereingedrungen war und nun die Gestalt der Frau umgab, ihr fettes, lächelndes Antlitz, wie eisblauer Dunst, so als habe jemand auf die sie umgebende Dunkelheit gehaucht und diese so befeuchtet –

Aliide und L sahen sich vorsichtig um –

Und was sie da sahen war, dass die Ecken des Zimmers ganz dunkel waren, so als habe jemand in sie hineingepinkelt, und dass außerdem etwas Dunkles, stechend Riechendes begonnen hatte, aus den Wohnungen nebenan und darunter hereinzusickern, und dass die Tapete an einigen Stellen, zum Beispiel direkt unter der Decke, Blasen bekommen und sich zu lösen begonnen hatte, weil etwas unter sie gedrungen war und den Kleister zersetzt hatte. All das gab ihnen das Gefühl, dass dieses ganze Zimmer in der Tat auf eigenartige Weise dabei war, sich aufzulösen, in sich zusammenzusinken, dass es dabei war, sich um die Familie zu schließen –

Der Mann trieb sie vor sich her in die Küche, und da war es trocken und relativ sauber, aber in einer Ecke neben dem Gasherd lag ein Haufen Schmutzwäsche, der so hoch war, dass er bis an die Decke reichte.

Als sie dann wieder in das Zimmer hinaustraten, wurde es eigenartig still –

Sie hatten jetzt wohl alles gesehen, was es zu sehen gab. Da war zwar außerdem noch eine kleine, weiße, morsche Holztür auf der rechten Schmalseite, aber die zu öffnen machte Sunas Papa keine Anstalten. Und jetzt hörte man nicht mehr viel mehr als vereinzelte Rufe und Gemurmel und Gestöhne aus den Wohnungen unter ihnen, und der Regen, der auf die Fensterscheiben prasselte, machte die Atmosphäre im Raum mit jeder Sekunde dichter und fiebriger; das ganze Haus knarrte und knackte wie ein großes Schiff, das sich losgerissen hat und nun weit draußen im Meer umhertreibt, im Sturm, kurz davor, auseinanderzubrechen, kurz davor, mit Mann und Maus unterzugehen, und mit all diesen Kindern, und all den Frauen! Und aus der Tiefe des Hauses stieg ab und zu wieder diese wunderliche Musik, die sie auf dem Weg nach oben gehört hatten, die nichts anderem glich und einen von innen her auflöste, wenn man zuließ, dass sie einen in Besitz nahm –

Der Mann und die Frau lächelten immer noch genauso gewichtig, genauso unbeirrt, und hatten die ganze Zeit ihre Aufmerksamkeit nur auf Aliide und L gerichtet. Aber die kleinen Kinder auf dem Sofa hatten aus irgendeinem Grund, als ahnten sie etwas, plötzlich den Körper der Frau losgelassen und waren stattdessen auf die Armlehnen gekrabbelt. Mucksmäuschenstill, mit offenen Mündern, sabbernd, mit großen, ganz reglosen pechschwarzen Augen betrachteten sie Aliide und L, denen dadurch noch unheimlicher zumute wurde. Jetzt wollten sie wirklich nur noch verschwinden, sich so schnell wie möglich davonmachen, abhauen! aber sie konnten sich nicht vom Fleck rühren, und plötzlich – schläfrig, wie in Trance, wie in einem Traum, wie in einem letzten verzweifelten Versuch, diese beiden fremden Kinder hierzubehalten – hob die dicke Frau ihren Arm und warf einen kleinen Schnuller in Sunas Richtung. Blitzschnell, ohne eine Miene zu verziehen, beugte sich Suna zur Seite und vermied es auf diese Weise, getroffen zu werden. Der Schnuller knallte hinter ihr an die Wand, flog in hohem Bogen durch den Raum und landete schließlich direkt vor den nackten Füßen des Mannes –

Danach wurde es für einen Moment merkwürdig still. Dann bückte sich der Mann, hob mit einem breitem Lächeln den Schnuller auf und warf ihn nach Suna, die es dieses Mal für angebracht hielt, wegzulaufen, und dann ging das mehrere Minuten lang, eine ganze Ewigkeit, so weiter –

Mutter und Vater warfen abwechselnd mit Gegenständen nach Suna, die mit gesenktem Blick und einem seltsam verschlossenen, beinahe würdevollen Gesichtsausdruck im Zimmer herumlief, immer im Kreis herum, ohne entkommen zu können, während die beiden Erwachsenen von Zeit zu Zeit ein einschmeichelndes Lachen von sich gaben und das Ganze als kleinen Scherz, als Spiel, zu betrachten schienen; eine kleine Aufführung zu Ehren des Besuchs.

Ab und zu warfen sie denn auch kleine, zufriedene Blicke in Richtung Aliide und L, die neben der ausgehängten Tür standen, ohne zu wagen sich auch nur zu rühren, und wie verhext diesem beklemmenden Spektakel zusahen –

Erst nach einer geraumen Weile, als die Eltern und sogar die kleinen Kinder ihre Anwesenheit ganz vergessen zu haben schienen, wagte es L, sich zu bücken und vorsichtig die Plastiktüte auf dem Boden abzulegen.

Dann schlichen sie sich rückwärts hinaus in den Flur, öffneten die Wohnungstür und rannten davon, hinaus aus diesem allerältesten, allerverfallensten Haus, von dem sie jetzt fürchteten, dass es jede Sekunde über ihnen zusammenbrechen würde, denn als sie angerannt kamen, platzte die vertrocknete, verdorbene Malerfarbe in großen Fetzen von den Wänden.

Und als sie hinaus in den Hof kamen, war der zum Glück ganz leer, die feindselig starrenden Kinder, der fette kleine Junge mit der nässenden Wunde an der Oberlippe, alle waren sie verschwunden, und der Regen hatte glücklicherweise nachgelassen.

Und so überließen sie, beide zutiefst beklommen, diese armen kleinen Menschen ihrem Schicksal –

Die arme rennende Suna, die stillen Kleinen auf dem Sofa und die beiden lachenden Eltern, allesamt Gefangene ganz oben in einem verfallenen Haus, in einem ärmlichen kleinen Zimmer voll sonderbarer zitternder, blaugrauer Schatten, die der Regen verursachte, der in immer reißenderen Strömen über die schmutzigen Fensterscheiben rauschte.

Aber K, mit der Aliide im Moment am meisten spielte, obwohl sie noch nicht einmal in dieselbe Schule gingen und obwohl K ein ganzes Jahr älter war, die war vielleicht ein Richtiges Mädchen!

Ein Richtiges Mädchen. Mit allem, was dazugehörte. Und das ergab sich bei ihr auch noch ganz von selbst! Das war absolut nicht, wie in Aliides Fall, etwas Erzwungenes, Gekünsteltes, Lächerliches, etwas, das zu ihrer wahren Natur im Widerspruch stand oder das Ergebnis von massenweise blödsinnigen Vorsätzen oder fixen Ideen war, die plötzlich von ihr Besitz ergreifen konnten, so dass sie an manchen Tagen auf den Gedanken kam, sie müsse sich von jetzt an und für alle Zeiten so benehmen und so aussehen wie ein Richtiges Mädchen, ohne dass ihr das jemals gelang –

Die Leichtigkeit hingegen, mit der K sich in ihre Rolle hineinfand, weckte in letzter Zeit, obwohl sie eigentlich alles mädchenhafte Benehmen völlig bemitleidenswert fand, Aliides Neid –

Denn auch sie wollte sauber sein, wie K. Sauber und niedlich und adrett, wie K! Aber das ging nicht. Das war überhaupt nicht möglich! Es schien so, als bliebe K in ihrer Eigenschaft als Richtiges Mädchen von einer ganzen Menge unangenehmer Sachen verschont. Süß und unbesudelt, mit glänzendem, nussbraunem Haar und einem strahlend sauberen Gesicht, in rosa Kleidchen, weißen Kniestrümpfen und roten Lederschuhen ging K durchs Leben. Weder Schmutz noch Chaos schienen an ihr hängenzubleiben, während es sich mit Aliide genau umgekehrt verhielt, denn sie war das Gegenteil des Richtigen Mädchens K in absolut jeder Beziehung! Sie blieb von nichts verschont. Oh nein! Und so sehr sie auch versuchte, sich in mädchenhaften Kleidern herauszuputzen, um den Anschein zu erwecken, dass auch sie ein Richtiges Mädchen war, so konnte das nicht darüber hinwegtäuschen, dass das nicht der Fall war, dass es, ganz im Gegenteil, etwas Seltsames, ein bisschen Ekliges, ein bisschen Abstoßendes, mit ihr, Aliide, auf sich hatte.

Und das war nichts, wogegen sie selbst irgendetwas hätte unternehmen können. Es stand außerhalb ihrer Macht. Alles schien irgendwie an ihr hängenzubleiben. Auf unerklärliche Weise schien es ganz tief in ihrem Innern eine verhängnisvolle Kraft zu geben, die alles Schmutzige, Chaotische, Destruktive und Dunkle anzog –

Nimm zum Beispiel die Sache mit den Kleidern! Sobald Aliide sie morgens angezogen hatte, fingen sie an, sich von selbst vollzuflecken, auf ganz unerklärliche Weise, ohne dass sie irgendetwas getan hatte, und am Ende des Tages, wenn nicht schon vorher, waren sie in der Regel vollkommen verdreckt und mussten gewechselt werden.

Sobald sie Atem holte oder auch nur ein klitzekleines bisschen zwinkerte, begann sogar ihr Haar, sich auf ihrem Kopf zu kräuseln, und das, obwohl sie es morgens jetzt immer sehr sorgfältig bürstete und es dann sogar noch ordentlich zu einem Zöpfchen im Nacken zusammenband.

Und in Aliides Zimmer, das klein war und auf den Balkon hinausging, hellblaue Wände hatte und mit einem Bett, einer weißen Kommode und einem Schreibtisch eingerichtet war, da lag natürlich immer alles kunterbunt durcheinander. Auch dort herrschte ständiges Chaos! Sie brauchte sich nur ein oder zwei Sekunden darin aufzuhalten, vielleicht einzuatmen, über die Schwelle zu treten und sich nur äußerst vorsichtig, wie im Vorbeigehen, umzudrehen und die Hände zu bewegen, und alles würde wieder über den ganzen Fußboden verteilt liegen. Und diese Tatsache, dass sie immer, ihrer eigenen Ansicht nach, so ein Chaos um sich herum zu verbreiten schien, und dass gleichzeitig ständig Chaos in ihrem Innern herrschte, beunruhigte sie jetzt immer öfter.

Denn es war eigentlich noch viel schlimmer. Ja, viel, viel schlimmer. Die Dinge hatten nämlich auch die merkwürdige, geradezu unheimliche Fähigkeit, ganz einfach in ihren Händen kaputtzugehen, ohne dass sie die leiseste Ahnung hatte, wie das eigentlich passiert war, ohne dass sie sie auch nur angestupst hatte!

Und gingen die Sachen nicht von selbst kaputt, musste sie sie manchmal trotzdem kaputtmachen, sie vernichten und zerstören, aus reiner Boshaftigkeit, oder aus Mangel an anderer Beschäftigung. Besonders Mamas Sachen, wie zum Beispiel Stoffe und Bücher, die Mama gekauft hatte; besondere, für Mama sehr kostbare Gegenstände, welche auch nur anzufassen für Aliide absolut verboten war, die Mama ganz hinten im Schrank versteckt hatte und die Aliide genau deswegen prompt hervorkramen und kaputtmachen musste, beispielsweise zerschneiden. Als wolle sie Mama auf diese Weise Schmerzen zufügen. (Was noch schlimmer war: Wenn Mama dann in Aliides Zimmer kam und bestürzt mit dem zerstörten Gegenstand vor ihrer Nase herumfuchtelte, fühlte Aliide gar nichts. Lediglich, allerhöchstens, eine kühle Distanz, als ob absolut nichts dieser Art sie jemals tief genug berühren könne.)

Und an diesen Umstand, dass alles in ihren Händen immer von selbst kaputtzugehen schien, wurde Aliide eines Abends, als sie bei Bekannten zu Besuch waren, wieder einmal schmerzlich erinnert. Idrok, sie und ein Mädchen aus der Verwandtschaft (ein kleines zugeknöpftes Ding mit großen Augen, ein Richtiges Mädchen, der Kleidung und dem Haarband nach zu urteilen) hatten alle drei jeweils eine Schachtel Wachsmalstifte und einen Packen Papier bekommen, um die Erwachsenen, die im Raum nebenan aßen und Wein tranken, nicht unnötig zu stören.

Beim bloßen Anblick der Wachsmalstifte (die übrigens von einer neuen, teuren Sorte waren, die sie nie zuvor gesehen hatte, und die so lieblich nach Mandeln, Wachs, Butter, Kartoffeln und sonnenwarmem Weizen dufteten, dass sie fast Lust bekam, sie aufzuessen) wurde Aliide augenblicklich von einem Bild erfüllt, das sie offenbar in der letzten Zeit unbewusst innerlich mit sich herumgetragen hatte. Ein Bild, das jetzt, nachdem sie den Duft der Stifte in sich aufgesaugt hatte, in seiner ganzen Herrlichkeit oder Schaurigkeit, was es nun auch sein mochte, freigesetzt wurde, zum Durchbruch kam und sie total überwältigte.

Haltlos warf sie sich über die Tischplatte, um so schnell wie möglich, bevor es zu spät war, zu versuchen, alles auf das jämmerliche weiße Blatt Papier zu bekommen, das ihr nun zur Verfügung stand.

Denn so war es immer! Alles, was sich seit ihrer Geburt (oder vielleicht schon viel länger) in ihrem Körper und ihrem Bewusstsein angestaut hatte, drängte sich, wenn sie ein leeres Blatt Papier vor sich hatte und einen Stift in die Finger bekam, hinaus aus ihrer blassen, kleinen, unscheinbaren rechten Hand. Manchmal ging es dabei so gewaltsam zu, dass sie die Hand gar nicht zu steuern vermochte, sondern dass sich diese ganz von selbst bewegte oder von dem Bild geführt wurde, von den Dingen, die sie gerade zeichnete; von dem Baum oder dem komischen Hund mit den drei Augen oder dem einsamen, kleinen toten Mädchen, dessen Gesicht man hinter der Fensterscheibe in dem verschlossenen Haus erkennen konnte. Und ihre Hand glühte und brannte total von alledem, was nun auf einmal, bevor es zu spät war, hinausmusste! Ihr Arm war fast bis zum Ellbogen betäubt, und die Außenwelt mit ihren Menschen, all ihrem Leben, nahm sie nicht länger wahr. Zimmer, Tisch, Körper, nichts sah sie, denn alles ertrank im Bilderrausch, und sie presste und rieb, schwitzte und kämpfte, schuftete wie ein Tier und ging bis an die Grenze ihrer Kräfte, denn so wurde das Bild schneller an die Oberfläche gedrängt. Und so ging es, bis das gesamte Blatt randvoll war und nicht ein einziger Klecks mehr daraufgepasst hätte. Erst dann, in dem Moment, in dem sie sich aufrichtete und sich umsah, versiegte die Bilderflut schlagartig.

In ihr wurde es leer, still und kalt. Sie fror. Das Zimmer empfand sie jetzt als äußerst kalt, dürftig eingerichtet und schlecht beleuchtet. Und als ihr Blick dann auf den Tisch und das Blatt Papier fiel, das sie gerade vollgemalt hatte, wurde ihr zu ihrem großen Entsetzen klar, dass es wieder passiert war!

Dass die Wachsmalstifte, die sie benutzt hatte – ein roter und ein schwarzer – während des Zeichnens förmlich zerbröselt waren! Sie waren ganz abgenutzt und verbraucht, und ausgerechnet um ihren Platz herum war alles voll mit bunten Wachskrümeln! Ihre Finger fühlten sich ganz warm an, fast heiß, ihre Fingerspitzen waren glatt, ihr rechter Arm schmerzte bis hinauf zur Schulter und der Schmerz strahlte von dort aus bis in die Brust und in den Kopf.

Das hier jagte ihr plötzlich große Angst ein. Blitzschnell ließ sie den Wachsstummel fallen und versank in Grübeleien, und noch eine ganze Weile wagte sie kaum, ihn auch nur anzuschauen, denn was, wenn er weiter zerbröselte, obwohl sie ihn gar nicht anfasste!

Und auch dieses Mal hatte sie nicht mitbekommen, wie das Ganze eigentlich passiert war. Nein, schon wieder; es war einfach geschehen! In einem unbewachten Augenblick, als sie am wehrlosesten und verletzlichsten gewesen war, hatten die zerstörerischen Kräfte, dieses Böse, namenlose Dunkle, sich wieder hervorgedrängt und sie zusammen mit dem Bild erfüllt. Und sie mochte dieses Gefühl nicht, von dem sie jetzt immer öfter, in allen möglichen unterschiedlichen Zusammenhängen, geplagt wurde. Das unbestimmte, verhängnisvolle, ein wenig nagende Gefühl, dass da irgendetwas nicht richtig in Ordnung war, dass etwas ohne ihr Wissen in ihr vorging. Dass es da etwas gab, etwas Abstoßendes, etwas Schreckliches, das ein Eigenleben führte. Etwas, von dem sie abgeschnitten war, das sie still und heimlich, ganz heimtückisch, angriff und ihr Innerstes verdarb. Etwas, das all ihre Versuche zu leben untergrub und das sie immer weniger kontrollieren konnte, eine Stimmung, ein totenstiller Zerfall, eine seltsame, wortlose Hilflosigkeit und Lähmung, die sich vorläufig noch nur gelegentlich bemerkbar machte.

Ohne dass sie es richtig wahrnahm, konnte das plötzlich aus ihrem Innern heraufgespült werden, zum Beispiel in einem solchen Bild, oder wenn sie sprach, wann immer sie sich nicht genügend beherrschte. Ja, und wenn sie in Zukunft nicht darauf achtete, sich ordentlich im Zaum zu halten, dann würde das überhandnehmen können, ihr ganzes Leben in Schutt und Asche legen, alles, was sie ausmachte, und vielleicht konnte es sogar die unschuldigen Menschen in ihrer Nähe vernichten!

Und weiß Gott welche Schäden das im Körper verursachte, welche großen Wunden und ekligen Geschwüre mit merkwürdigem Inhalt dort drinnen entstehen konnten.

Und sie schielte vorsichtig an ihrem Körper hinunter, der jedoch, vorläufig noch, äußerlich jedenfalls, so aussah wie gewöhnlich. Dennoch bedrückte sie der Gedanke an diese Kraft sehr, an dieses Böse, das ständig im Stillen an ihrem Innern fraß, aber jetzt, wieder einmal, in die unbekannten Regionen ihres Körpers zurückgesunken zu sein schien.

Hatte sie sich vielleicht alles nur eingebildet? Vorsichtig betrachtete sie ihre Hände, eine nach der anderen, sie spreizte die Finger und versuchte auf diese Weise festzustellen, ob sie durch das Zeichnen Schaden genommen haben konnten. Mit ihren zehn unscheinbaren, verschwitzten kleinen Fingern machten sie jetzt einen bedauernswert jämmerlichen Eindruck, sahen aber ansonsten, Gott sei Dank, ganz normal aus.

Neben ihr versenkte das Richtige Mädchen seelenruhig und mit großer Präzision ein riesiges Fleischermesser in der Brust der nackt ausgestreckten Frau, die es gerade gezeichnet hatte. Die Fläche um den Kopf der Frau herum malte es dann rot aus und Aliide konnte sehen, dass alle seine Wachsmalstifte tatsächlich unerklärlicher Weise noch nahezu intakt in der Schachtel lagen, obwohl es sie die ganze Zeit über benutzt hatte. Außerdem sah das Mädchen fast völlig unberührt aus, es hatte lediglich leicht gerötete Wangen, und keine einzige Haarsträhne hatte sich auf seinem Kopf gekräuselt!

Aliide sah nachdenklich zu, wie das Mädchen ruhig und umständlich jedes Mal, wenn es mit einem Stift fertig war, diesen wieder zurück in die Schachtel steckte, die Stirn in tiefe Falten legte und nach offenbar unendlichen gedanklichen Anstrengungen einen neuen auswählte.

Wie konnte sie sich beherrschen? Spürte sie nicht, wie ihr das Bild glühend heiß in den Kopf schoss und mit seinem Inhalt ihr gesamtes Wesen total ausfüllte, während es gleichzeitig die ganze Welt unter sich begrub? Nein, anscheinend nicht –

In Aliides Fall war es nämlich so, dass, wenn ein Bild auftauchte, egal wie trocken und nichtssagend es sich später auch ausnahm, wenn es auf Papier erstarrt vor ihr lag, es sich doch immer, im Augenblick des Durchbruchs, so anfühlte, als stünde sie mit einem Fuß in einer Zwischenwelt, in der sie nirgendwo zu Hause war, und mit dem anderen in einer Art tiefem, unbewusstem Wasser.

Und alles Mögliche konnte in solchen Momenten in sie eindringen, sie in Besitz nehmen, auf ewig in ihrem Innern zurückbleiben und dort alles verpesten! Deswegen hatte sie auch keine Zeit, Malstifte auszuwählen, nach Farben oder ähnlichen Kleinigkeiten. Denn in einem so verletzlichen und ganz weit offenen Zustand wie diesem wollte sie um Himmels willen nicht allzu lange bleiben! Also hatte sie es eilig, die Zeit drängte, und es musste werden, wie es eben wurde, das, was da gegebenenfalls entstand.

Aber als sie nun schon wieder gegen ihren Willen an diese Kräfte erinnert wurde, von denen sie sich erfüllt glaubte, empfand sie wieder einmal eine tiefe Beklemmung über sich selbst und ihr eigenes hemmungsloses Benehmen. Sie fand es plötzlich abstoßender und ekliger als je zuvor. Ja, sie schauderte vor Ekel vor sich selbst. Vor nichts anderem! Nur vor dem nackten, unmittelbaren Gedanken an sich selbst! An ihr eigenes Gesicht, ihren eigenen Körper, alles, was sie war und alles, was sie tat, denn das, was sie tat, war ein Ergebnis dessen, was sie war, und wenn sie daran dachte, wie sie ausgesehen haben mochte, als sie über den Tisch gebeugt dagesessen hatte, im Bann des Zeichnens, vollkommen unempfänglich für alles andere, mit offenem Mund, wurde sie von einer Lähmung und Hoffnungslosigkeit ergriffen, wie sie sie noch nie zuvor verspürt hatte –

Sofort beschloss sie, dass sie sich in Zukunft im Zaum halten müsse. Denn in diesem Moment war Mama ins Zimmer gekommen. Sie hatte sich über den Tisch gebeugt, Aliides zerbröselte Wachsmalstifte gesehen, tief geseufzt und ein Gesicht gemacht, das Aliide mit einem Mal davon überzeugte, dass Mama Resignation und Hoffnungslosigkeit darüber empfand, dass ihr ein Kind zugeteilt worden war, das so schlampig und hemmungslos beschaffen war wie sie, Aliide. Ein Kind, bei dem Hopfen und Malz verloren war, das man mit nichts in den Griff zu bekommen schien, um das herum alles in Stücke ging, das in seinem Innern Chaos hatte und deswegen wo es ging und stand Chaos hinterließ, und deswegen beschloss sie jetzt, von nun an ganz auf eigene Faust zu versuchen, sich Einhalt zu gebieten, was immer sie sich auch vornahm, und jetzt, sofort, hier, in diesem Moment, sollte dieses Einhaltgebieten geschehen!

Aber natürlich war sie nicht imstande, sich länger als eine Sekunde oder zwei im Zaum zu halten, ungefähr so lange, wie der Gedanke daran währte.

Kaum hatte Mama den Raum verlassen, hatte Aliide sie schon wieder vergessen, denn ein weiteres Bild war auf dem Weg nach oben und konnte jede Sekunde beginnen, sie zu durchdringen. Und dieses Bild, dieses! das fühlte sie schon jetzt, war so unendlich viel dringlicher als das vorige, das im

Vergleich dazu eigentlich nur ein ziemlich blasses, geschmackloses, kleines Aufstoßen gewesen war. Und wenn sie etwa auf die Idee käme, es zu verdrängen, könnte das ungeahnte, weitreichende Folgen haben, ein Schmerz würde ihre Hand befallen, dann den Arm, und danach die ganze Brust –

Also musste sie es auf jeden Fall loswerden, ihm einen Weg bahnen, und jetzt war sie aufs Neue überwältigt. Sie hatte dieses unangenehme Gefühl am ganzen Körper, auf der Außenseite, als versuche die Seele oder etwas Ähnliches sich loszureißen.

Jetzt war ihr gesamtes Bewusstsein davon erfüllt! Es brannte und kribbelte in beiden Händen. Mit der rechten Hand machte sie eine schnelle, kleine Bewegung und riss dann das alte, randvoll bemalte Blatt Papier ab, das sich noch eigenartig schwer und ein bisschen warm anfühlte. Sie meinte zu sehen, wie es aus der Mitte der Zeichnung heraus ein bisschen qualmte, von der gewaltsamen Friktion, die erzeugt worden war, als sie den Stift fieberhaft über die Oberfläche des Papiers gerieben hatte. Und als sie die Zeichnung losließ, sank diese rasch zu Boden und blieb unter Idroks Stuhl liegen.

Aliide fasste nach dem erstbesten Stift, zog ein neues, ganz frisches weißes Blatt aus dem Stapel, setzte sich zurecht und warf sich dann darüber, ließ ihre Hand wandern, wie es ihr beliebte, überließ sie der Führung des Bildinhalts, überließ sich ihr voll und ganz, während Idrok und das Richtige Mädchen neben ihr erstaunt zuschauten.

Einmal, zum Beispiel, war es Herbst –

Die dichte, glanzlose Grütze aus Grünzeug, mit der der Park während der Sommermonate bis zum Rand vollgestopft war und die es gegen Ende August so gut wie unerträglich machte, ihn zu betreten – sauerstoffarm und stickig wie er war, durchdrungen vom immer abscheulicher werdenden Gestank des Rhododendrongestrüpps – war zum Großteil schon am Absterben, Vergilben, Verwelken und Abfallen.

Daher war der schlammige Boden im Park jetzt ganz nackt, und auf ähnliche Weise waren auch die Äste der Bäume bloßgelegt worden –

Ihrem verzerrten Aussehen und der geriffelten, gleich altem Eisen geschwärzten Rinde nach zu urteilen, waren die Äste mitten in irgendwelchen Krämpfen erstarrt, von denen sie ergriffen worden waren, als sie über einen so langen Zeitraum mit solch gewaltsamer Kraft all dieses Grün aus sich herausgeschleudert hatten; tonnenweise Blätter, Laub und die ein oder andere rote, warme, noch dampfende kleine Frucht.

Gefallenes Laub und andere abgestoßene Pflanzenteile bedeckten jetzt den Boden in dicken, aber luftigen Schichten.

Diese Schichten wurden feucht und zersetzten sich mit der Zeit, wurden danach von der Erde aufgesaugt, die ein wenig anschwoll und sich dann sonderbar anfühlen konnte, unsicher und brüchig, aber gleichzeitig sehr weich, sehr schön zu betreten, ungefähr so wie ein ganz frisch gebackenes, abkühlendes Soufflé. Die Erde reagierte auch, indem sie einen frischen, feinen, säuerlichen Duft absonderte, der einem in die Nase pikste und mit dem Geruch von gegorenen feuchten Teeblättern verglichen werden konnte, muffigem Tabak, oder dem Geruch eines einzigen kleinen Apfels, der hier im Park nach einem Picknick im Sommer vergessen worden war und der jetzt, faulend und runzelig, unter einem großen, noch blutroten Ahornblatt lag und schwelte.

An einem dieser Tage, genau in diesem Herbst, war die Luft im Park ganz frei von allem, was Dunst und Nebel, Inversion und Smog hieß. Auf den Straßen im Innern der Stadt war sie genauso drückend und grau wie immer, aber ausgerechnet im Park hatte der Zersetzungsprozess, der ganz leise in der Erde unter den Füßen der Leute vor sich ging, oder etwas anderes, die sterbenden Bäume oder das fehlende Grün, sie so atemberaubend klar gemacht, dass man dort hinausgehen, sich umsehen und feststellen konnte, dass alles, bis hin zum kleinsten Zweig oder Stein, erstarrt war; irgendwie exakt vergrößert und vollkommen deutlich bis ins kleinste Detail um einen herumstand!

Das gab dem Park eine neue, fürchterliche Tiefe. Rufe und Worte und alles mögliche andere, das irgendwo ausgesprochen wurde, konnten jede nur denkbare Entfernung überwinden, und wenn man zum Beispiel alleine da draußen mitten auf einer der riesigen Rasenflächen stand, konnte es passieren, dass einem plötzlich ein Wort, das sich dorthin verirrt hatte, direkt neben dem Ohr explodierte und einen vor Schreck fast um den Verstand brachte. Und wenn man am Teich stand und quer über das bleigraue Wasser blickte, dann konnte man klar und deutlich das Gesicht des völlig verlorenen Individuums erkennen, das am anderen Ufer die Enten mit altem Brot fütterte –

Aliide und K hatten an einem dieser schmerzhaft glasklaren Herbsttage beide eine Plastiktüte dabei, die sie mit verschiedenen Pilzen und Blättern füllen wollten –

Sie waren in den Park gegangen und hinüber zu dem großen Teich, der jetzt, in der Fuge zwischen Sommer und Herbst, abscheulicher und abgestandener roch als jemals zuvor, weil der Gestank seinen Höhepunkt erreichte, bevor die Kälte zunahm und der Frost zuschlug und das schlammige Wasser somit den Winter über desinfiziert wurde.

Die Rasenflächen waren matschig und sumpfig, wie große, dunkle Moore. Aliide und K begaben sich sofort hinaus auf eine von ihnen, jede mit einem kleinen Ast ausgerüstet, und begannen dann ihre Suche, indem sie vorsichtig mit den Ästen in dem matschigen Gras herumstocherten, so als könne dies die begehrten Pilze in großen Schwärmen an die Oberfläche treiben.

Aber hier draußen unter freiem Himmel gab es natürlich keine Pilze, die der Rede wert waren. Allerhöchstens konnten sie neben den Fahrradwegen ein paar jämmerliche, bleiche kleine Sorten finden, die am ehesten an eine Handvoll abgehackter, ausgekippter Alte-Männer-Zehen erinnerten, aber das war ja eigentlich nicht das, was sie haben wollten.

Nein, nein, dachten sie mit einem tiefen, langen Schaudern –

Die richtigen Exemplare, die, die man manchmal fast mit großen Fleischstücken vergleichen konnte, die ganz von selbst gesprossen waren, aus eigener Kraft direkt aus dem nackten Boden, die, deren Fleisch ein kleines bisschen kalt war, stumm, irgendwie tot, so dass man sich übergeben oder zumindest würgen musste vor mit Schreck gemischter Wollust, wenn man sie anfasste, diese Pilze konnte man nur dort drinnen zwischen den Bäumen finden, am Waldrand, wo sie massenweise unter dem Laub hervorgesprudelt waren, um die Stämme herum. Wollte man an die herankommen, musste man also all seinen Mut zusammennehmen und ein bisschen vom Weg abgehen, dort hinein, wo eine etwas sonderbare, beängstigende Atmosphäre herrschte –

Und das taten sie also –

Aber sie hielten sich dennoch die ganze Zeit über sehr nah an den Spazierpfaden und Fahrradwegen. Sie wagten sich nie besonders weit hinein; sie bewegten sich schleichend; sie fassten alles vorsichtig an, tastend, weil sie aus eigener Erfahrung wussten, dass die Dinge um diese Jahreszeit den Hang dazu hatten, einem in den Händen lautlos entzweizugehen. Sie befürchteten, dass die Bäume, wenn sie ihnen den Rücken zuwandten und nicht gut genug aufpassten, vielleicht in einem Halbkreis weiterwandern würden, so dass sie danach nie mehr aus dem Wald herausfinden würden.

All ihre Sinne befanden sich in Alarmbereitschaft und sie hatten die Ohren gespitzt und lauschten die ganze Zeit, während sie suchten, auf Stimmen und andere verdächtige Geräusche, und wenn ihnen jetzt irgendetwas auch nur im Geringsten unheimlich vorkommen sollte, so hieß es die Beine in die Hand nehmen und blitzschnell schreiend davonrennen.

Sie kletterten also eine lehmige, steile kleine Böschung hinauf.

Verhedderte Wurzeln und kalte, eiförmige Steine ragten aus der Lehmmasse empor. Sie griffen nach den Wurzeln und hievten sich hinauf, und dort oben trennten sie sich direkt und jede lief in ihre Richtung davon, um zu suchen.

Aliide saugte die schweren Gerüche in sich auf –

Ah! Sie kamen von den Baumstämmen, denen die Feuchtigkeit zugesetzt hatte, von allem, was auf dem Boden im Sterben lag, von den Steinen, von den Pilzen selbst, vom Laub, und sie stiegen ihr auf einmal richtig gründlich zu Kopf!

Und die Blätter hier waren von unterschiedlicher Art, von unterschiedlicher Größe, je nachdem, wie lange sie bereits auf dem Boden gelegen hatten. Zum Teil waren sie jetzt schon so ausgetrocknet und farblos, dass sie kleinen Muscheln glichen oder harten Nussschalen, an manchen Stellen waren sie zu gewaltigen, hohen Haufen zusammengeweht und es raschelte und prasselte, als Aliide langsam, beinahe träumerisch, durch sie hindurchstapfte. Andere Blätter waren groß, noch ziemlich frisch, schön bunt, gelbgeflammt, blutrot, als seien sie direkt aus einem eigentümlichen lederartigen Material ausgeschnitten, auf das die Sonne abgefärbt hatte –

Aliide war noch nicht weit gekommen, als sie stehenblieb und meinte, ein paar Meter weiter entfernt im Laub etwas Sonderbares, Großes hervorschimmern zu sehen, etwas Gelbes. Und dieses Sonderbare erwies sich, als sie ein bisschen näher herangegangen war und nachgeschaut hatte, als ungeheuer großer, beinahe fluoreszierender gelber Keulenpilz.

Da stand er zwischen den Blättern, den steinharten, farblosen, den noch unversehrten, blutroten, und er war so fürchterlich groß, dass er überhaupt nicht, eigentlich, einem Pilz glich, sondern einer riesigen, herrlich kalten Tiefseekoralle ganz unten auf dem Meeresgrund!

Sie ging sofort noch ein bisschen näher heran und konnte dabei feststellen, dass er wohl so schwer war, dass sie sich nicht richtig trauen würde, ihn zu berühren, und sie fragte sich auch, ob sie es wirklich ganz alleine schaffen würde, ihn vom Boden abzubrechen.

Aber als sie sich dann doch hinunterbeugte und gerade mit beiden Händen zupacken wollte, sah sie ganz kurz zur Seite, um sich vor diesem Kraftakt zu sammeln, und genau in diesem Moment fiel ihr Blick plötzlich geradewegs in ein Paar leere Augenhöhlen. Dieser Anblick war so vollkommen überwältigend, so unerwartet und an der Grenze zu grotesk, dass sie ihn erst gar nicht richtig verarbeiten konnte; sie stand wie angewurzelt, die Hände noch nach dem Keulenpilz ausgestreckt, und erst einen Moment später wurde sie nach hinten geschleudert, schräg zur Seite, und stieß so dann auch direkt mit K zusammen, die sich leise von hinten an sie herangeschlichen hatte –

Zusammen purzelten sie schreiend, aneinander festgeklammert, die Böschung hinunter und landeten sanft in den tiefen Laubmassen dort unten –

Kaltes Laub legte sich leise über ihre Gesichter und machte alles schwarz, aber sie wischten es sofort beiseite, sprangen direkt wieder auf, ließen einander blitzschnell, fast angeekelt los und starrten aufgeregt zu den Bäumen hinüber, die Böschung hinauf.

K tastete nach Aliides Arm. Aber in Aliide stauten sich die Worte, die Worte und die Gefühle, und sie konnte sich nicht entscheiden, ob sie davonlaufen und auf alles, was sie gesehen hatte, pfeifen sollte, es vergessen und den Pilz und den Schädel zurücklassen, oder ob sie vielleicht, im Gegenteil, nicht doch zurückgehen und das Ganze näher untersuchen, sich mit dem Schädel befassen sollte, ihn vielleicht anfassen und anschauen –

Diese Gedanken rissen sie mit sich fort, und irgendetwas zwang sie, wieder dort hinaufzugehen, zu bleiben, jetzt nicht mit dem Blick auszuweichen. Und es stimmte ja auch! Sie würde sowieso nie Ruhe finden, wenn sie jetzt ganz einfach davonging. Sie hätte den Schädel ja doch in ihren Gedanken, Tag und Nacht würde er sie heimsuchen und jedes Mal, wenn sie und K in Zukunft in den Park gingen, würde sie daran denken, dass er dort lag, am Waldrand, unter dem Laub, und sie würde sich nicht auf irgendetwas anderes konzentrieren können, es war also eigentlich klar, was sie jetzt zu tun hatte.

Sie sahen sich um, und da es auf den Wegen um den Teich herum immer noch von Leuten wimmelte, beschlossen sie, nach reiflichem Abwägen, sich wieder dort hinaufzubegeben. Und es war mit einer großen, an Ehrfurcht grenzenden Vorsicht, mit der sie sich nun an den Schädel und den Pilz heranschlichen –

Sie befürchteten zuerst, dass sie ihn verloren haben könnten, dass sie jetzt nicht mehr zu ihm zurückfinden würden, sie wagten kaum, ihre Füße im Laub abzusetzen, weil sie befürchteten, dass sich darunter noch mehr Schädel verbergen konnten. Aber kaum hatten sie die Böschung wieder erklommen und sich umgesehen, als sie ihn auch schon entdeckten. Denn es war unmöglich, an einem so fantastischen Anblick vorbeizugehen, jedenfalls für ein Kind.

Sie gingen auf ihn zu, blieben stehen und sahen ihn an, den Schädel –

Vielleicht machte er nun, so bei zweiter Betrachtung, keinen ganz so erschreckenden, schicksalsträchtigen Eindruck mehr, aber seltsam war er, das musste man schon zugeben, und hier lag er nun zu ihren Füßen, wie der Tod selbst, und hier hatte er wohl auch aller Wahrscheinlichkeit nach seit Urzeiten gelegen! Ganz still, ganz allein, an ein und derselben Stelle, ohne auch nur einen einzigen Millimeter zu verrutschen, während der Park, je nachdem welche Jahreszeit gerade herrschte, entweder bis zum Rand mit Grün gefüllt oder langsam trockengelegt wurde, versiegte; all die Zeit, in der ringsherum neue Bäume aus der Tiefe gesprossen und groß geworden waren, sich aufgetürmt und ihn in kalten Schatten ertränkt hatten, die wahrscheinlich nach Stein rochen.

Oh, dieser Schädel, dieser Schädel!

Die Aufregung hatte sie nun vollständig erfasst, aber sie sagten nichts, sie blieben stumm, kein Laut kam über ihre Lippen, es reichte fürs Erste, einfach hier zu stehen und ihn zu betrachten, darüber zu staunen, wie glatt er war, wie kühl, aber gleichzeitig blendend weiß –

Keine von ihnen wagte hingegen, ihn mit bloßen Händen anzufassen, der bloße Gedanke erschien ihnen grotesk und erfüllte sie mit einer leisen, schleichenden Angst. Man konnte ja eigentlich nie wissen bei Schädeln! Es war ja trotz allem gut möglich, dass man sich als Mensch, indem man sie nur mit der Hand berührte, eine mysteriöse Krankheit oder Infektion zuziehen konnte, die dann viele Jahre unentdeckt blieb, im Körper schlummerte, im Blut, bis sie eines schönen Tages ausbrach und einen das Leben kostete.

Aber Aliide wusste schnell Rat –

Sie stand auf, leerte ganz einfach ihre Tüte mit den Blättern und Pilzen, auf die sie bisher gestoßen war, und zog diese dann wie einen Handschuh über ihre rechte Hand. K tat daraufhin dasselbe, sie leerte ihre Tüte und stellte sich ganz dicht neben Aliide, hielt eifrig die Tüte auf, in der Erwartung, dass Aliide den Schädel aufheben und hineinlegen würde.

Aliide ging noch einmal vorsichtig in die Hocke, kniff die Augen zusammen, stellte den Blick ordentlich scharf, musterte den Schädel und prägte sich genau ein, wie die kleinen orangenen Flöhe, Spinnen und anderen Krabbeltiere auf seiner spröden weißen Oberfläche hin und her irrten, hinein in die Augenhöhlen und wieder hinaus –

Und obwohl sie ja zum Schutz die Tüte über die Hand gezogen hatte, war es trotzdem irgendwie genauso schrecklich und abstoßend, ihn anfassen zu müssen. Es widerstrebte ihr,

ihr gesamtes Wesen bäumte sich auf, und trotzdem tat sie es. Sie hatte die vage, unausgesprochene Vorstellung, dass dieses Geschehen hier die Welt in ihren Grundfesten erschüttern könne, dass alles aus dem Gleichgewicht geraten könne, wenn sie den Schädel anhob, eine Gewichtsverlagerung wäre vielleicht die Folge, das konnte vielleicht das Ende der Welt, wie sie sie bisher gewöhnt waren, bedeuten –

Aber das war ein Risiko, das sie nun eingehen mussten, sie konnten sowieso nicht unberührt von diesem Anblick bleiben, genauso gut konnten sie die Sache zu Ende bringen. Und wenn sie den Schädel einfach hier zurückließen, würden sie trotzdem immer von der Vorstellung geplagt werden, dass sie nichts unternommen hatten, und daran war nicht zu denken.

Weil sie nicht den blassesten Schimmer hatten, was für eine Art Schädel das eigentlich war, der eines Menschen oder der eines Tieres, hatten sie sich nun auch geeinigt, dass sie ihn zu dem Museum auf dem Berg bringen und ihn dort irgendeinem Experten überlassen mussten, der ihre Ungewissheit zerstreuen konnte.

Jetzt beugte sich Aliide noch einmal vor und musterte ihn –

Was wusste man?

Was konnte man eigentlich wissen?

Vielleicht waren sie geradewegs an den lang vergessenen und von Unkraut überwucherten Ort eines Verbrechens geraten, einen furchtbaren Ort, an dem vor langer Zeit jemand umgebracht worden war? Und vielleicht war das, was sie nun wie gebannt anstarrte, nichts anderes als die Überreste eines armen Kindes, von dem nichts übrig geblieben war als genau dieser nackte, schreckliche Schädel?

Der Gedanke ließ Aliide lange und tief erschauern, und mit dem Schaudern kam noch etwas anderes auf, eine sonderbare, sehr schicksalsträchtige Stimmung, die sich dann in ihr ausbreitete. Aber eigentlich sah sie ja jetzt, nachdem sie den Schädel noch eine Weile gründlich gemustert hatte, dass er eine viel zu längliche und spitze Form hatte, um ein Menschenschädel sein zu können. Im Kiefer saßen noch die kleinen, spitzen, vergilbten Zähne, aber auch die sahen nicht so aus, als gehörten sie zu einem Menschenmund.

Sie machte sich bereit, sie hielt den Atem an, sie streckte ihre tütenumhüllte rechte Hand aus und ergriff vorsichtig den Schädel, hob ihn unendlich behutsam aus dem Laubhaufen empor, und als das getan war und sie da saß, mit dem Schädel in der Hand, und trotzdem offenbar immer noch am Leben war und die ganze Welt noch um sich herum hatte, und nicht sehen oder spüren konnte, dass irgendetwas Besonderes mit dieser geschehen war oder dass sich irgendetwas verändert hatte, da hätte sie plötzlich am liebsten ganz besinnungslos gelacht und geschrien vor schreckartiger Erleichterung. Denn der Schädel war so leicht, er wog fast überhaupt nichts, er wog nicht mehr als ein Blatt, eine Handvoll Licht, sie spürte fast überhaupt nicht, dass sie ihn jetzt in der Hand hielt, und er war so zerbrechlich und dünn, dass er, wenn sie die Finger um ihn geschlossen hätte, wahrscheinlich lautlos zu Pulver zerfallen wäre, sich in einen feinen, wunderbaren Staub verwandelt hätte.

In der Aufregung kam ihr auch der Gedanke, dass er aufgrund seiner Leichtigkeit vielleicht gar kein Tierschädel war, sondern schlichtweg etwas so Außergewöhnliches, etwas so Extraordinäres wie ein, ein, ja! ein Engelschädel –

Und sie streckte ihre andere Hand aus, die, die nackt war, und ließ sie verträumt durch das Laub gleiten, wo der Schädel gerade noch gelegen hatte, nur um nachzuschauen, ob noch etwas anderes vom Leib dieses Engels übrig geblieben war, Reste des Engelfleisches zum Beispiel, das ja von der Konsistenz her wohl kaum so sein konnte wie das eines Menschen, so bleich, stumm und behaart, sondern eher, wenn man sich das vorstellen konnte, wie das Fleisch mancher Tiefseefische; dieser Sorte Fische, die niemals an die Oberfläche steigen und das Tageslicht sehen, die ihr Leben in völliger Dunkelheit verbringen und deren Fleisch deswegen auch vollkommen durchsichtig ist, vollkommen glasklar, aber mit kleinen, dunklen Flocken darin, wie Ascheflocken, merkwürdige Partikel, wie Überbleibsel von der Entstehung des Universums –

Oder – und nun ging sie vollkommen in diesen Gedanken auf – vielleicht ein kleiner Zipfel seines ansonsten ganz zerfallenen, heißen, roten, mit Steinen verzierten Mantels; oder eine verkohlte Locke; oder einer seiner Zähne, wie ein Stein auch er, klein und kühl; oder ein sonderbar geformter Knochen; oder –

Aber da befand sich überhaupt nichts in dieser Richtung. Aliide kam wieder zu sich, denn K stand immer noch neben ihr, räusperte sich und scharrte mit dem Fuß im Laub –

Also richtete Aliide sich auf, versenkte den Schädel vorsichtig in der Tüte und musste dabei instinktiv, beinahe gegen ihren Willen, den Blick abwenden, und K tat dasselbe; wandte instinktiv den Blick ab, wie in Ehrfurcht und Entsetzen. Denn sie spürten alle beide, dass sie großen Schaden nehmen könnten, wenn sie in ihrem zarten Alter den Schädel allzu intensiv betrachteten, dass sie dann vielleicht aufhören würden zu wachsen, taub, stumm, blind werden könnten, ja, alles mögliche Komische könnte ihnen zustoßen.

Wo der Schädel – eines Engels, Menschen, eines Kindes oder eines Tieres – gerade noch gelegen hatte, sah man jetzt nur noch eine dunkle Vertiefung in der Laubdecke, und die wurde schnell wieder aufgefüllt, als sich plötzlich ein Wind zwischen die Baumstämme am Waldrand schlängelte, die Blätter aufwirbelte und dann weiter in den Wald hineinwehte, wo er sich schließlich auch auflöste –

So machten sie sich auf den Weg zum Museum.

Aliide ging vorneweg, K dicht hinter sich, und K ging jetzt mit leeren Händen, denn Aliide hatte sich der Tüte angenommen und trug sie mit ausgestreckten Armen vor sich her, als wolle sie sie nicht allzu nah am Körper hängen haben.

Oh! Es war ein so starkes, so schwindelerregendes, so überwältigendes, fast festliches Gefühl, als sie nun gemeinsam auf das Museum auf dem Berg zugingen, als sie so langsam, so entschlossen voranschritten.

Denn war es nicht etwa so, dass alle hier im Park innehielten, wenn sie diese beiden Mädchen entdeckten, die über das matschige Gras gingen, war es etwa nicht so, dass alle, die stehengeblieben waren und ihnen ihre Blicke zugewandt hatten, sie dann auch weiterhin betrachteten, so lange sie in Sichtweite waren, bis sie zwischen den Bäumen verschwunden waren, war das nicht so, vielleicht?

Doch! So war das, und sie spürten auch deutlich, dass jegliches Treiben verstummte, sobald sie mit dem Schädel in der Tüte auf der Bildfläche erschienen. Aliide spürte das, sie und K, und die Alten aus dem Altersheim, die auf den Wegen unter den Bäumen spazieren gingen, hoben ihre runzeligen kleinen Vogelköpfe und sahen sich verwirrt um, denn sie spürten instinktiv, dass etwas in der Luft lag, dass ein Schädel von unbekannter Herkunft von seinem Platz im Laub am Waldesrand entfernt worden war, von einem schmächtigen Mädchen namens Aliide, ja, Aliide –

Gewiss konnte man diese Menschen nur aus der Entfernung sehen, weil Aliide und K sich jetzt mitten auf der sumpfigen Wiese befanden. Aber durch die Beschaffenheit der Luft war es ja trotzdem leicht möglich, den Ausdruck von Erstaunen und Verwunderung auf ihren Gesichtern zu erkennen. Und übrigens spürten sie total deutlich das Gewicht, den Druck all dieser Blicke, die nun auf sie gerichtet waren –

Ganz oben auf einer mit kleineren Bäumen und Büschen bewachsenen Anhöhe lag das Museum, dunkel und uneinnehmbar wie eine mittelalterliche Burg. Man gelangte über einen asphaltierten Weg dorthin, der sich um den Berg herumschlängelte, und diesen Weg gingen sie jetzt entlang, ernsthaft, schweigend, unter den kahlen Kronen der stillen Bäume.

Oben angekommen gingen sie mit hocherhobener Tüte durch den Haupteingang, zu der Frau, deren Aufgabe es war, das Eintrittsgeld entgegenzunehmen und die Eintrittskarten auszugeben, und die meistens bloß zusammengesunken auf einem Klappstuhl hinter einer gläsernen Vitrine voller Andenken – verblichener alter Ansichtskarten, Schlüsselanhänger, Wimpel – saß und strickte.

Die Wolle, die sie heute benutzte, war sehr dick und flauschig und ging farblich in eine blassrosa, fleischähnliche Richtung. Diese Strickerei ruhte im Moment noch in einem unförmigen Klumpen auf ihrem Schoß, wie eine große, rosafarbene herausgenommene Lunge, und es war unmöglich zu erkennen, was daraus einmal werden sollte.

Bei dieser Frau brachten sie gleich ihr Anliegen vor, so gut es eben ging. Es war Aliide, die das Wort führte, und als sie die Frau angesprochen hatte, sah diese sofort auf und lächelte eigenartig, legte das Strickzeug zur Seite, oben auf die Vitrine, und bat sie beide näherzukommen.

Also schlüpften sie gleich zu ihr hinter die Vitrine. Und Aliide streckte ihr die Tüte entgegen und öffnete sie, ließ die Frau hineingucken, aber nur ganz kurz! Nur so, dass sie gerade eben einen Blick auf den Schädel darin werfen konnte, dann verschloss sie die Tüte wieder, machte einen resoluten Schritt zurück und wartete die Reaktion der Frau ab. Aber anscheinend reichte dieses bisschen schon, denn die Frau stand sofort auf, trat zur Seite und öffnete eine kleine Tür in den dunklen Holzpanelen hinter der Theke. Eine Tür, die weder K noch Aliide zuvor bemerkt hatten und deren Existenz oder Möglichkeit sie nicht einmal geahnt hatten, obwohl sie ja fleißige Museumsbesucherinnen waren und unzählige Male hier gewesen waren.

Dort hinein sollten sie also anscheinend gehen. Denn die Frau winkte sie jetzt zu sich und lächelte. Sie verstanden direkt, dass sie ihr folgen mussten, wo immer sie auch hinging, und deswegen folgten sie ihr durch die geheimnisvolle, dunkle Tür, von der sie bis dahin nichts gewusst hatten.

K zog die Tür hinter sich ins Schloss, vorsichtig, und als sie sich dann umsahen, befanden sie sich auf dem obersten Absatz einer sehr engen, grauenhaft steilen Treppe, beleuchtet von vereinzelten runden Lampen, die mit einigen Metern Abstand in die glatten, zementverkleideten Wände montiert waren.

Die Treppe führte sie dann tief hinunter in die unteren Regionen des Museums.

Bereits ganz oben war der Treppengang sehr eng, aber je tiefer sie hinabstiegen, desto mehr schien er sich um sie zu schließen und noch enger zu werden, und zum Schluss verlief er so steil nach unten, dass sie sich die ganze Zeit an dem kleinen, schwarzen Eisengeländer an der Wand festklammern mussten, um nicht den Halt zu verlieren und vornüberzufallen. Und die Frau, die vor ihnen herging, musste während des gesamten Abstiegs gebückt gehen, um mit dem zerbrechlichen weißen Dutt, der ihren Kopf zierte, nicht an der niedrigen Decke hängenzubleiben.

Als Aliide den gewaltigen Erwachsenenkörper der Frau vor sich sah, bekam sie Angst, er könne steckenbleiben und ihnen den Gang verstopfen, und sie befürchtete auch, dass die Tür, durch die sie gekommen waren, vielleicht so fest zugefallen war, dass sie sich nicht mehr öffnen ließe und dass es hier nun keinen Weg mehr hinaus gäbe. Je tiefer sie nach unten kamen, desto sauerstoffärmer und stickiger fühlte sich die anfangs bereits sehr schlechte Luft an; Aliide begann sich zu fragen, warum sie überhaupt auf eine so blöde Idee gekommen waren, der Frau mit dem Schädel hierher zu folgen. Sie hätte sich gerne an die Brust und ins Gesicht gefasst, denn sie spürte dort jetzt eine Art Druck, eine Last, aber sie wagte nicht, das Eisengeländer loszulassen, weil sie dann aller Wahrscheinlichkeit nach das Gleichgewicht verloren hätte und haltlos die Treppen hinuntergekullert wäre und sich so in den Tod gestürzt hätte. Denn Tatsache war, dass sie sich eindeutig komisch, eindeutig schwindlig und matt fühlte, dass der Schweiß an ihr herunterlief. Doch gerade als sie im Ernst zu glauben begann, dass sie niemals das Ende dieser Treppe zu Gesicht bekommen würden, öffnete sich ganz unerwartet eine Tür am Fuß der Treppe und sie traten geradewegs hinaus in einen dunklen Korridor, in dem die Luft göttlich kühl und frisch war.

Hier hatte man nun eine Menge unterschiedlicher Türen zur Auswahl. Alle waren mit vergoldeten kleinen Schildchen versehen, in die verschiedene Namen eingraviert waren. Die Frau kannte sich hier jedoch so gut aus, dass sie schnurstracks auf eine der Türen zuging, anklopfte, ihnen rasch zulächelte, und dann durch eine andere dunkle Tür wieder verschwand, zu ihrem Strickzeug zurückkehrte, welches hoffentlich nicht davongekrochen war, sondern noch auf der Vitrine im Eingangsbereich lag und wartete.

K und Aliide starrten auf die verschlossene Tür und fühlten sich ganz plötzlich am Boden zerstört, schwach und lächerlich. Damit hatten sie nicht gerechnet! Dass die einfach weggehen und sie alleinlassen würde. So vollkommen idiotisch, eigentlich, den Schädel mit hier runterzunehmen; so idiotisch! so dumm! Warum hatten sie ihn nicht stattdessen im Laub liegenlassen, wo er hingehörte, alles wurde jetzt so seltsam, so zusammenhanglos, so schrecklich, nichts stimmte mehr richtig –

Da hörten sie dort drinnen schlurfende Schritte, jemanden, der sich bewegte, der ging, der immer näherkam, und sie waren darauf gefasst, einen Mann zu Gesicht zu bekommen, einen kalten, zornigen Typ, der sie dann auch dafür ausschimpfen würde, dass sie die Frechheit besessen hatten, hierherzukommen und ihn bei seiner wichtigen Arbeit zu stören, mit diesem belanglosen kleinen Schädel!

Aber als die dunkle Tür endlich aufflog, waren sie völlig verdutzt. Denn stattdessen stand da ein kleiner, sanft blinzelnder, offenbar freundlich gesinnter Alter mit weißem Kittel und Fliege. Und in dem Raum hinter ihm, der im Gegensatz zum Korridor von einem Licht erleuchtet war, das ihnen irgendwie alt und abgestanden vorkam, denn es hatte einen komischen dunklen Nebenton, konnten sie zwei riesengroße Tische und eine an der Wand befestigte Arbeitsplatte erkennen, die vollkommen überladen war mit Knochen jeglicher Art, Größe und Form.

Tja. Dann war ja alles klar. Jetzt konnten sie sich wohl nur noch auf dem Absatz umdrehen und gehen, denn was sollte einer, der all diese Millionen eigenartig geformter, fantastischer Knochen besaß, jetzt noch mit diesem erbärmlichen Schädel?

Und sie bereiteten sich darauf vor, dass er jetzt mit einem Mal kalt und abweisend werden würde, aber stattdessen fragte er nur ganz ruhig, mit einer sanften, hellen Stimme, was sie dabei hätten. Aliide reichte ihm wie in Trance die Tüte, die er entgegennahm, er bedankte sich und öffnete sie.

Wie verhext sahen sie zu, während er seine Hand hineinsteckte und den Schädel herausnahm –

Dies tat er auf eine Weise, die Aliide sofort davon überzeugte, dass er ganz genau wusste, was es bedeutete, einen solchen Gegenstand in der Hand zu haben. Und er hielt den Schädel dann ganz nah vor sein Gesicht, so nah sogar, dass es schlichtweg unbehaglich mitanzusehen war, und er drehte ihn langsam hin und her, musterte ihn in tiefem, grüblerischem Schweigen, ohne vor ihnen tot umzufallen, während K und Aliide andächtig sein Urteil erwarteten –

Sie konnten jetzt auch die sonderbare, etwas stechende, strenge Luft in dem ungelüfteten Raum hinter ihm wahrnehmen. Sie roch muffig und sehr trocken von all dem alten Staub, der sich im Laufe der Jahre auf den ungeheuren Knochenstapeln angesammelt hatte –

Nach einer Weile nahm der Mann seine Brille ab, steckte sie in seine rechte Kitteltasche und zog stattdessen, aus derselben Tasche, ein kleines Ding hervor, das am ehesten an einen kleinen Schraubverschluss aus schwarzem Plastik mit Glas an einer Seite erinnerte. Dieses Ding klemmte er wie ein Monokel fest vor sein rechtes Auge, danach setzte er die genaue Untersuchung des Schädels fort, und jedem kleinen Riss, all den vergilbten, spitzen Zähnen im Kiefer, widmete er seine größte, allertiefste Aufmerksamkeit.

Aliide und K vergingen jetzt fast vor Spannung und versuchten zu erraten, indem sie gründlich sein Gesicht studierten, zu welchem Ergebnis er gekommen war, aber ohne Erfolg.

Etwa eine Minute später nahm er das Ding ab, zog eine Grimasse, so als wolle er erst sein Gesicht glätten, und richtete dann sein jetzt etwas bauchiges, blasses rechtes Auge auf sie und verkündete unmittelbar darauf, dass es ein FUCHSSCHÄDEL war, den sie im Laub gefunden hatten.

Ihre Anspannung löste sich komplett in Luft auf.

Das musste man sich mal vorstellen ... ein FUCHSSCHÄDEL!

Und alles erhielt irgendwie sofort wieder seine richtigen, angemessenen Proportionen, Gott sei Dank. Sie konnten wieder ausatmen, und seine Worte, sein Expertenurteil, machten die Welt beinahe wieder wirklich, wieder möglich.

Das war also wirklich nichts Menschliches? mussten sie ihn noch ein paar Mal fragen, zur Sicherheit, nur für den Fall, dass er sich vielleicht trotz allem versehen hatte, versprochen, und es doch ein Kinderschädel war, den er da in seiner Hand hielt.

Aber er versicherte ihnen, er schwor ihnen hoch und heilig, mit einem amüsierten Lächeln, dass es absolut nichts Menschliches war, dass es nur ein ganz gewöhnlicher Fuchsschädel war, den sie gefunden hatten. Er hatte im Laufe seines Lebens Tausende solcher Fuchsschädel gesehen und war sich seiner Sache vollkommen sicher, und als er dann noch fragte, ob er ihn nicht behalten dürfe, ob er ihn nicht seiner Sammlung hinzufügen dürfe, hier in der mit Knochen vollgepackten Kammer, ja, da fiel sowohl Aliide als auch K ein Stein, ein richtiger Berg vom Herzen –

Es schmeichelte ihnen außerdem ungeheuer, dass er, der all diese seltsamen, ungewöhnlichen Knochen in seinem Besitz hatte, sich trotzdem ihres einfachen Schädels erbarmen wollte. Dass er sie davon befreien wollte. Denn wenn man einmal darüber nachdachte, was hätten sie ansonsten auch damit gemacht? Man konnte ja wohl nicht zurück zu den Bäumen gehen und ihn wieder ins Laub betten, jetzt nicht, jetzt nicht mehr, jetzt nicht, wo die Welt ja doch irgendwie verändert war. Und man konnte ihn auch nicht in einen Papierkorb oder einen Müllschlucker werfen oder ihn einfach irgendwo vergessen, an so etwas war überhaupt gar nicht zu denken, das würde sich rächen, soviel wussten sie, alle beide. Blieb also noch, ihn in einen Schuhkarton zu legen, den man dann im eigenen Zimmer unter dem Bett aufbewahrte. Aber auch das war vollkommen undenkbar, denn man konnte sich ja vorstellen, was man für Träume hätte, wenn man mit einem Schädel in einem Schuhkarton unterm Bett schlief!

Als sie beide eingewilligt hatten, verbeugte sich der Alte, machte einen Schritt zurück in sein Zimmer und schloss sich danach wieder mit den gewaltigen Knochenstapeln ein.

Im Korridor war es jetzt still –

Aliide und K rannten in die Richtung davon, in die die Frau verschwunden war, unbeschreiblich erleichtert. Sie probierten eine Tür nach der anderen aus, aber alle waren verschlossen, sie liefen in dem Korridor herum, bis sie an sein Ende gelangten, und dort sahen sie ein leuchtendes grünes Exit-Schild über einer dunklen, geschlossenen Tür, und diese Tür rissen sie augenblicklich auf.

Frische Luft schlug ihnen entgegen und sie befanden sich wieder im Freien, auf der asphaltierten Wegschleife, die zu der großen Eingangshalle des Museums hinaufführte.

Eine Veränderung war jedoch eingetreten, während sie sich unten in den Museumskatakomben aufgehalten und dort mit dem sanften kleinen Alten in Weiß über den Schädel konferiert hatten –

Hier oben konnte man auf große Teile der Stadt herabsehen, und schon jetzt war es so spät, dass die Straßenbeleuchtung eingeschaltet worden war und die Lampen in den feuchten kleinen Wohnungen der Häuser leuchteten. Die Luft hatte eine ganz andere Konsistenz bekommen. Nur ein paar Meter weiter entfernt verschwammen die Dinge, die Bäume schienen kurz davor, sich aufzulösen, und war das am Ende womöglich wegen des Fuchsschädels, war das vielleicht, weil sie ihn verschoben, aufgehoben hatten? Das konnte man jetzt nicht so genau wissen, nichts konnte man mehr wissen –

Jedenfalls hatten sie keine Ahnung, was sie jetzt machen sollten. Keine von ihnen hatte größere Lust, schon nach Hause zu gehen, nicht in diesem Zustand, sie waren immer noch nicht richtig wiederhergestellt, hatten sich noch nicht wieder fassen können. Und sie konnten auch nicht da weitermachen, wo sie unterbrochen worden waren, als der Schädel ihren Weg gekreuzt hatte, es war jetzt viel zu dunkel, als dass sie sich überhaupt noch einmal in das Wäldchen hineingetraut hätten.

Stattdessen beschlossen sie ganz spontan, eine Runde durch die Museumssäle zu drehen, und gingen daher zurück zum Haupteingang. Die Frau, die sie gerade eben zu dem Alten in der unterirdischen Knochenkammer geführt hatte, döste nun zusammengesunken hinter der Vitrine auf ihrem Klappstuhl, als hätte sie diese Expedition, so weit hinab in die Tiefe, all ihre Kräfte gekostet.

Auf ihrem Schoß ruhte das formlose, lungenartige rosa Strickzeug. Der weiche, füllige Körper der Frau vibrierte von einer Reihe Erschütterungen, leicht, dumpf, als flöge eine Hummel in dem warmen Hohlraum zwischen ihren Organen hin und her und würfe sich auf der Suche nach einem Ausgang gegen die Innenseite ihres Körpers. Ihr Mund war geschlossen, ihre Augen bewegten sich schwerfällig unter den Lidern, in ihren Lippen zitterte es, als sei ihr Gesicht vielleicht eigentlich sehr heiß.

Das Schnarchen verklang hingegen rasch, als sie den Eingangsbereich und die schlafende Frau hinter sich ließen und stattdessen immer tiefer in das Gebäude eindrangen, um wieder einmal seine inneren Regionen zu erforschen.

So spät, kurz vor Feierabend, hatten sie das Museum ganz für sich –

Es war eine Totenwelt, das hier, und dieses Gefühl wurde dadurch noch verstärkt, dass die Säle nun ganz und gar menschenleer waren.

Ihre Schritte hallten durch den Raum und jedes Echo schien sie ein Gramm leichter zu machen, ein bisschen stummer und kleiner; nahm etwas von ihnen.

Sie spürten, dass sie sich wohl noch ein bisschen hier unten aufhalten mussten, damit die Gefühle und Stimmungen, die die Entdeckung des Fuchsschädels hervorgerufen hatte, sich legen, abklingen konnten, bevor sie vollständig nach Hause zurückkehren und sich wieder mit ihrem alten Leben und ihren Familien konfrontieren konnten.

Also rannten sie weiter, durch Säle voller Tiere, die mit einer dicken, stillen Staubschicht bedeckt waren; mottenzerfressene Tiere, die in eigenartigen Stellungen fixiert waren und die zum Teil solche Löcher hatten, dass man sehen konnte, dass sie eigentlich nichts als Sägemehl enthielten, eine Art trockener Späne. Und wenn irgendein Dummkopf auf die Idee käme, sie anzufassen, dann würde diese Person in einer Tausendstelsekunde zu Boden fallen, tot, denn sie hatten gehört, dass diese

Tiere hier mit einem speziellen, sehr giftigen Pulver behandelt waren, das verhindern sollte, dass sie auf gewöhnliche Weise zu verwesen begannen (ja, denn sie sollten ja noch eine Weile halten; bis in alle Ewigkeit).

Die lichten, luftigen, mit Fenstern versehenen oberen Säle interessierten K und Aliide jedoch kaum, denn die hatten nicht viel mehr zu bieten als einen Haufen Glasschränke, die Kleintiere enthielten, massenweise kleine Vögel, Meerschweinchen und Ratten, und das, was sie vor allem sehen wollten, das, was sie nun sehen mussten, wo sie sowieso hier waren, war nicht hier oben zu finden, sondern in einem ziemlich kleinen, ganz fensterlosen, dunklen Raum, der auf dem Grund des Museums lag –

Und sie wussten jetzt schon ganz genau, wohin sie unterwegs waren. Ja, schon als sie den Fuchsschädel neben dem meteoritähnlichen Keulenpilz im Laub hatten liegen sehen, hatten sie wohl beide geahnt, dass diese Entdeckung sie letztlich hier hinabführen würde, und sie hasteten daher durch die übrigen Säle, widmeten den Kleintieren nicht einmal einen Gedanken. Denn hinunter in den Saal im Innern des Museums mussten sie jetzt also so schnell wie möglich zu gelangen versuchen, bevor es zu spät wurde, bevor diese verhasste Klingel ertönte, die verkündete, dass die Zeit am Verrinnen war.

Und jedes Mal, obwohl sie das Museum und ausgerechnet diesen Saal jetzt schon unzählige Male besucht hatten, verliefen sie sich zuerst mindestens drei Mal, aber das gehörte irgendwie dazu. So als ob sie das mit Absicht machen mussten, damit ihr Entzücken dann umso größer wäre, wenn sie sich schließlich zurechtgefunden hatten und plötzlich, oben auf dem Treppenabsatz stehend, den Saal überblickten, in dessen Mitte, auf dessen Grund, der Wal aufgestellt war, umgeben von einer Menge riesenhafter Dinosaurierknochen, die auf alles ihre seltsamen Schatten warfen.

Sie standen noch eine ganze Weile oben auf der Treppe und saugten den immer wieder bemerkenswerten, überwältigenden Anblick in sich auf –

Er war beinahe zu mächtig, er passte ihnen nicht richtig, sie mussten ihn fast in sich hineinzwängen, mussten schauen und schauen und schauen, um alles in sich aufzunehmen, bis sie fast erstickten, und bebend und zitternd schlenderten sie dann langsam die Steintreppe hinunter, die Hände fest am Treppengeländer und die Augen genauso fest auf den Wal gerichtet.

Denn es war so komisch. Irgendetwas war so unheimlich falsch an der Tatsache, dass man einen ganzen Wal in einem abseits gelegenen, ziemlich engen Raum ohne Fenster in einem verlassenen alten Museum auf einem Berg in einem Park aufbewahrte –

Außer dem Wal gab es dort auch eine Galerie, die man über eine kleine Treppe erreichte. Dort oben waren die Wände vom Fußboden bis zur Decke mit Regalen bedeckt, auf denen sich reihenweise kleine, eigenartige, mit Spiritus gefüllte zylinderförmige Glasbehälter befanden. Jeder Behälter enthielt ein kleines Tier – ein Eichhörnchen, eine Schlange, einen Frosch – das in der Mitte aufgeschlitzt worden war, so dass die Eingeweide bloßlagen und man alle Gedärme sehen konnte, grau und ineinander verschlungen wie eine Handvoll Regenwürmer, und ganz in der Mitte ein kleines Herz, grau auch dieses; grau und an den Rändern geschwärzt wie ein sehr alter, stumpf gewordener Silberanhänger.

Außerdem gab es dort auf der unteren Ebene kleine verglaste Schaukästen, in denen man unterschiedliche Szenen dargestellt hatte. Da gab es ein armes mottenzerfressenes, einsames Walross, das mit aufgerissenem Maul an einem verstaubten Eismeerstrand stand und brüllte, an einem in Staub gehüllten, grau gewordenen Meer mit ein paar Eisbergen, die schludrig auf einen großflächigen Hintergrund gepinselt waren.

Aber weder wegen des Walrosses noch wegen der aufgeschlitzten Kleintiere waren sie gekommen. Es war einzig und allein der Wal, den sie sehen und über den sie sich Gedanken machen wollten, und der ruhte also mitten in diesem Saal auf einem großen Metallständer, umgeben von den gewaltigen Dinosaurierknochen –

Aliide und K fingen wie gewöhnlich sofort an zu überlegen, wie man einen ganzen Wal hier hereinbekommen hatte. Wie hatte man es geschafft, ihn durch die engen Flure zu tragen, die Treppen hinunter? Hatte man ihn vielleicht zuerst hier hingestellt, direkt auf den Berg, und dann langsam das ganze Museum um ihn herumgebaut? Oder hatte man den Wal auseinandergenommen, dann alle Teile einzeln hier hereingetragen und ihn danach wieder zusammengesetzt, mit Hilfe einer Zeichnung, einer Anleitung?

Es war gut möglich, dass es sich genau so zugetragen hatte. Tatsache war, dass, wenn man unter der Absperrung hindurchkrabbelte und an den Wal herantrat und sein Gesicht so nahe wie möglich an ihn heranhielt und ihn sehr, sehr genau unter die Lupe nahm, dass man dann tatsächlich den Eindruck bekommen konnte, dass er eigentlich aus Holz war; zusammengesetzt aus einer Menge länglicher, morscher Planken, die mit Hilfe von riesigen, ungeschliffenen Bolzen zusammengefügt und dann schwarz angemalt und schließlich geteert worden waren – denn der Wal hatte diesen strengen, ein bisschen verbrannten Geruch, den geteertes Holz abgibt.

An beiden Seiten des ungeheuren Kopfes war ein winziges, mandelförmiges Auge eingefügt worden. Und es war ebenso verblüffend, dort auf ein Auge zu stoßen, wie wenn man bei einem Spaziergang draußen im Freien gesehen hätte, wie sich plötzlich ein Auge in einer grauen, von Flechten bewachsenen Felswand öffnet.

Gleich daneben war auf einem Pfosten eine kleine verglaste Tafel angebracht worden, auf der ein Bild zeigte, wie es früher einmal ausgesehen hatte, als der Wal als Café benutzt worden war. Denn er war eigentlich innen ausgehöhlt und eingerichtet wie ein kleines Zimmer, und auf der Abbildung konnte man sehen, wie man über eine kleine Treppe in den Wal hatte hineinklettern können, dass es damals eine Öffnung gegeben hatte, eine kleine Tür in seinem Bauch, die wieder zugenagelt worden war und von der man jetzt nicht mehr die kleinste Spur entdecken konnte.

Seit Jahr und Tag hatte niemand seinen Fuß dort hineingesetzt, das Zimmer im Innern des Wals musste also voller Staub sein, still und dunkel, übelriechend und muffig.

Da drin hatten einmal Frauen mit ungeheuren Reifröcken und kunstvollen, meterhohen Hochsteckfrisuren und Männer mit Zylinderhüten und Gehröcken an kleinen Tischen höflich miteinander geplaudert. Aus zierlichem versilbertem Geschirr hatten sie Kaffee oder Tee getrunken, und wie sie überhaupt mit ihrer prächtigen Ausrüstung da drin Platz gefunden hatten, war ein Rätsel.

Fragestellungen wie diese nahmen Aliide und Ks Aufmerksamkeit in Beschlag, während sie sich in dem Saal befanden (wie war der Wal da hingekommen und wie hatten dann wiederum die Menschen im Bauch des Wals Platz gefunden ...)

Sie drehten mehrere Runden in den Schatten der Dinosaurierknochen, die eine sonderbare Form hatten, eine sonderbare Tiefe. Sie begutachteten den Wal, bis sie ganz brutal in ihren Grübeleien unterbrochen wurden, weil die verhasste Klingel ertönte. Für alle Besucher, die eventuell noch in einem der Säle herumtrödelten, war jetzt die Zeit abgelaufen, sie hatten höchstens fünf Minuten, um hier herauszufinden, bevor die Lichter im Museum ausgeknipst und die Türen über Nacht geschlossen wurden!

Aber obwohl sie so sehr in Eile waren, mussten Aliide und K wie immer den Weg an einem bestimmten Schaukasten vorbei nehmen, dem man sich mit großer Vorsicht nähern musste, und bei dem es von äußerster Wichtigkeit war, dass man nicht unvorbereitet daraufstieß, besonders nicht in dem weit offenen, empfindlichen Zustand, der auf eine Entdeckung folgt, die die ganze Welt hätte verändern können.

Dieser Schaukasten war sehr tief und innen mit schweren, schwarzen Samtstücken ausgelegt.

Er enthielt allerhand sonderbare Dinge, die die Natur hervorgebracht hatte, zum Beispiel eine große, komisch geformte Muschel mit Leopardenmuster und eine Riesenkrabbe und ein Kalb mit zwei Köpfen, die in verschiedene Richtungen schauten, und eine kleine Katze, die ganz normal ausgesehen hätte, wenn nicht die beiden eigenartigen Auswüchse auf ihrem Rücken gewesen wären, ungefähr wie ein Paar Flügel.

Aber am schlimmsten war wohl doch das große, alte Einmachglas, das bis zum Rand mit einer klaren, urinfarbenen Flüssigkeit gefüllt war und zwei tote neugeborene Kinder enthielt, die in der Mitte zusammengewachsen waren. Auf dem Glas klebte ein kleines, vergilbtes Etikett, und auf dem stand, in verschnörkelten, altmodischen Ziffern – 1866.

So lange hatten also diese beiden Kinder in dem engen, spiritusgefüllten alten Glasbehälter gelegen!

Aliide und K hatten absolut keine Vorstellung, wie lang hundert Jahre eigentlich waren, »hundert Jahre«, das sagte ihnen absolut nichts, aber wahrscheinlich war es unheimlich lang, eine nahezu unüberschaubar lange Zeit, denn die Kinder in dem Glas waren beide sehr schuppig und weich und ihre Haut war vergilbt, und die Flüssigkeit vergrößerte und verzerrte auf schreckliche Weise ihre Gesichter und Körper –

Man konnte deutlich sehen, dass sie auf dem bestem Weg waren, zu zerbröseln, aber dass sie gleichzeitig noch sehr gut erhalten waren. Finger, Zehen, Nasen, alles war noch dran, aber sehr lose, und Aliide versuchte sich vorzustellen, wie es riechen würde, wenn jemand auf die Idee käme, dieses seit Menschengedenken versiegelte Einmachglas zu öffnen. Aber beim bloßen Gedanken daran musste sie heftig würgen. Unmittelbar darauf erklang die Klingel ein zweites Mal, in einem Saal weiter vorne wurde eine Lampe ausgeschaltet, sie hörten den Wächter mit seinem Schlüsselbund rasseln und machten auf dem Absatz kehrt, rannten hinaus in die Eingangshalle, wo die Frau gerade ihr fleischfarbenes Strickzeug in eine weiße Plastiktüte stopfte, und stürzten dann hinaus in den feuchtkalten Herbstabend.

Als Richtiges Mädchen, welches K ja doch zweifelsohne war, nahm sie natürlich auch Klavierstunden, einmal in der Woche, dienstagsnachmittags um halb vier, bei einer jungen Frau in einem der rußigen Patrizierhäuser dort unten in Gittes Viertel.

Es kam vor, dass sie Aliide fragte, ob sie mitkommen wolle, und nach einem kleinen Augenblick kleidsamen Zögerns lief es immer darauf hinaus, dass Ks Wunsch erfüllt wurde. Aliide kam mit und musste dann der Musiklehrerin hoch und heilig versprechen, absolut keinen Mucks von sich zu geben. Selbst atmen oder zwinkern dürfe sie kaum! Erst dann wurde sie hereingelassen und musste während der gesamten etwa einstündigen Lektion zusammengekauert in einem weißen Schaukelstuhl ganz hinten im Zimmer sitzen.

Sobald K und die Lehrerin sich am Klavier niedergelassen hatten, senkte sich eine sonderbare, verdichtete Atmosphäre über die beiden, und die ganze Stunde hindurch waren sie tief versunken in ihre gegenseitige Nähe, das Klavierspiel und die Musik.

Den Blick in das aufgeschlagene Notenheft gebohrt, mit halbgeöffnetem Mund und plötzlich blutroten Lippen, so als hätten diese die ganze Zeit eingetrocknet in dem blassen Mädchengesicht gelegen und seien erst jetzt, durch die intensive Konzentration, hervorgetreten, legte K ganz vorsichtig beide Hände auf die vergilbte Tastenreihe.

Sie nahm Anlauf, holte tief Atem und begann sich mit scheinbar unendlicher Anstrengung durch die bruchstückhaften, kleinen Melodieschleifen hindurchzuarbeiten. Manche klangen so unerträglich falsch, dass Aliide im Gesicht eine Gänsehaut bekam und sich umdrehen und aus dem Fenster schauen musste, damit die Töne annähernd richtig in ihrem Kopf ankamen.

Manchmal sah es fast so aus, als müsse K ihre gesamten körperlichen Kräfte aufbringen, jedes einzelne Quäntchen, um auch nur eine dieser offenbar sehr schwerfälligen Tasten nach unten drücken zu können. Ein ganzer Akkord war fast zuviel für sie. Sie musste sich so ins Zeug legen, dass ihr das Blut zu Kopf stieg, ihr Gesicht nahm einen fast gequälten Ausdruck an, sie biss sich auf die Unterlippe und starrte so gebannt in ihr Notenheft, dass Aliide manchmal den Verdacht hatte, dass irgendetwas mit den Noten geschah, das sie selbst nicht sehen konnte. Ungefähr so, als führten die Noten ein Eigenleben und veränderten sich, würden verwandelt, während K spielte. Als erschüfe die Musik sich selbst im Laufe des Spiels, was bedeutete, dass K nicht ein einziges Mal den Blick abwenden durfte, weil sie dann unweigerlich völlig den Faden verlieren und nicht mehr in das Spiel zurückfinden würde.

Und in regelmäßigen Abständen, wenn zwei Töne sich stauten und miteinander zusammenstießen, beugte sich die Lehrerin rasch vor, brachte Ks Hand mit ihrer eigenen zum Stillstand und spielte stattdessen selbst das Stück zu Ende, um K zu zeigen, wie es funktionierte. Und Aliide lauschte dann völlig verblüfft und fasziniert, denn das gerade noch so schneidend falsche Stück verwandelte sich unter den geübten Händen der Lehrerin vollständig und vermochte sogar, das gesamte Zimmer zum Leuchten zu bringen.

(Ihr war auch aufgefallen, dass, wenn zwei Töne auf eine besondere Weise ganz dicht nebeneinander lagen und miteinander verschmolzen, dass dann aus diesen beiden Tönen auf wundersame Weise ein dritter Ton entstand; ein ganz neuer Ton wurde hervorgebracht, den es ja eigentlich gar nicht gab, den man aber trotzdem ganz deutlich hören konnte.)

Die Lehrerin selbst war eine durch und durch alltägliche, nahezu nichtssagende Frau, deren Alter irgendwo zwischen zwanzig und sechzig lag. Und Aliide hätte sie nie im Leben wiedererkannt oder bemerkt, wenn sie ihr draußen auf der Straße begegnet wäre, in einer Menschenmenge, in einem ganz anderen Zusammenhang. Sie war überhaupt nicht hässlich, aber auch nicht anziehend, es war einfach völlig unmöglich, sie rein äußerlich zu erfassen, sie sich einzuprägen, und die ganze Stunde über hielt sie dieses ziemlich große, leere Gesicht dicht neben das von K. Und nicht einen Moment hob sie den Blick von Ks Händen oder dem aufgeschlagenen Notenheft, in welchem es von kleinen, schwarzen Noten wimmelte, die sich die ganze Zeit über zu vermehren schienen.

Aliide saß, genau wie ihr befohlen worden war, mucksmäuschenstill in ihrer Ecke. Sie hielt den Atem an, wartete geduldig und schaute ab und zu aus dem Fenster, in eine Welt, die ihr plötzlich ganz anders und fürchterlich viel schmutziger vorkam. Es schmerzte sie, K und die Lehrerin so tief vereint in etwas zu sehen, bei dem sie selbst außen vor blieb, das sie nicht verstand und nicht einmal beherrschte. In ihrem Innern bat sie inständig darum, dass die Stunde bald vorbei sein möge, denn ausgerechnet heute hatte sie vor, K mit hinaus zu einer Expedition auf die einsamen Grundstücke zu locken, deren Anzahl in letzter Zeit rasch zunahm. Damit das überhaupt klappen konnte, durfte die Klavierstunde nicht um eine einzige Minute überzogen werden, denn dann wäre alles im Eimer, K würde bloß anfangen zu quengeln, dass sie zurück nach Hause müsse, sofort.

Als es dann endlich vorbei war und die Hausaufgabe für die nächste Woche in Ks Heft eingetragen worden war, wurde die Stimmung beinahe ausgelassen, und manchmal, wie jetzt, wenn noch ein bisschen Zeit übrig war, gingen sie alle drei in die kleine Küche, die sich hinter einem schweren Vorhang mit Inkamuster draußen im Flur verbarg.

Dort durften Aliide und K an einem kleinen abgelaugten Holztisch am Fenster Platz nehmen, und in geselliger Runde tranken sie dann von dem süßen, fruchtigen, etwas aromatisierten Kräutertee, den die Lehrerin eigens für sie in einer zerbrechlichen terrakottafarbenen Teekanne aus Ton zubereitet hatte, die sie für gewöhnlich auf einem Regal über dem Gasherd verwahrte.

Aliide und K fühlten sich in solchen Momenten – wenn sie an dem kleinen Holztisch saßen und fast wie zwei Erwachsene sprachen, wohlerzogen, ein bisschen steif – wunderbar gestärkt, und als sie ausgetrunken hatten, gingen sie alle drei hinaus in die Diele, wo Aliide und K ihre Schuhe und Jacken anzogen.

Sie fühlten sich jetzt fast eine Spur beschwipst. So als hätten sie überhaupt keinen Tee getrunken, sondern heißen Kognak. Und als sie sich auf den Weg machten, stand die Lehrerin in der Tür und sagte irgendetwas Ermahnendes, aber selbstverständlich nur im Spaß, und alle drei lachten sie lange und herzlich darüber, vergaßen dann jedoch genauso schnell wieder, was es gewesen war.

Und als Aliide und K aus der Haustür traten, waren sie natürlich geblendet von dem intensiven Tageslicht und wichen zurück, mussten stehenbleiben, weil ihre Augen anschwollen und schmerzten, ihre Gesichter und Gehirne schmerzten, als sei der Luftdruck in dem sauberen, weiß gestrichenen Zimmer der Klavierlehrerin unendlich viel niedriger als hier draußen auf den Straßen, zwischen den schmutzigen Häusern, im tiefen Labyrinth der Stadt. Es war, als wären sie mit einem Schlag auf eine viel tiefere Ebene befördert worden, wo die Dinge sich aufgelöst hatten und unberechenbar waren, wo Gesetzlosigkeit herrschte, wo man bei jedem jederzeit mit allem Möglichen rechnen musste –

K hatte das Notenheft wieder in die weiße Plastiktüte gesteckt und jetzt, draußen auf dem Bürgersteig, schwang sie sich rasch auf die Zehenspitzen, warf den Kopf in den Nacken und holte tief Luft. Zusammen traten sie dann geradewegs hinaus auf die Straße und marschierten, Seite an Seite, mit energischen, beschwingten Schritten davon.

Sie gingen in den kleinen Park an Gittes Haus. Wobei das eigentlich gar kein Park war, sondern ein dreieckiger Fleck Erde an einer Straßenecke, wo ein paar große, verstaubte Bäume im Kreis um einen inzwischen unbenutzten Sandkasten herumstanden, der voll mit leeren Flaschen, Spritzen, alten Windeln und anderem Müll war.

Von dem Müll im Sandkasten stieg ein widerlicher, stechender Geruch auf, aber das machte nichts, denn solche Gerüche gab es hier in der Gegend überall, an gewissen Straßenecken und in den dunklen Hauseingängen, und nachdem man sich eine Weile hier aufgehalten hatte, hatte man sich daran gewöhnt. Und der große Schatten genau unter den Bäumen war derart dicht und kalt, dass er die Luft effektiv ganz sauber filterte. Und hier unter den Bäumen stand auch eine Bank, auf der sie sich jetzt niederließen, ganz vorne auf der Kante, dicht nebeneinander.

Sie waren beide ein bisschen erschöpft, ein bisschen komisch verschwitzt vom Überqueren der Straße. Es fühlte sich an, als seien ihre Eingeweide angeschwollen, als hätten sie gegen einen starken Widerstand gekämpft, aber unter den Bäumen war es zum Glück windstill und kühl, von hier aus konnten sie aus der Distanz und in relativer Sicherheit alles beobachten, was sich auf der anderen Straßenseite abspielte, vor dem Haus gegenüber –

Sie fühlten sich außerdem nach einer Weile ein bisschen berauscht, ein bisschen rebellisch, unterdrückten aber dieses Gefühl absichtlich so gut es ging, erlaubten sich nur so viel davon zuzulassen, dass ihre Hände, Nasen und Ohren heiß wurden. Und zu alledem fühlte sich Aliide gestresst und zappelig, denn nun kam es darauf an, K so schnell wie möglich für ihre Idee zu gewinnen. Denn eigentlich musste K nach dem Ende der Klavierstunde auf schnellstem Weg nach Hause gehen, sie durfte sich unter gar keinen Umständen in diesen Vierteln hier so spät am Tag ohne Begleitung Erwachsener aufhalten. Widersetzte sie sich ihren Eltern, stand für sie so unendlich viel mehr auf dem Spiel als für Aliide, die im Großen und Ganzen auf eigene Faust herumlaufen durfte, so wie sie es für richtig hielt, und sich eigentlich nie an irgendwelche Zeiten oder Regeln halten musste.

Aber es wirkte eigentlich nicht so, als ob K schon ernsthaft vorhatte, sich auf den Heimweg zu machen. Und es war ja auch so, dass diese Straßen hier sogar auf K, Das Richtige Mädchen, in Momenten wie diesen, wenn eine große Anspannung plötzlich nachgelassen hatte, eine unwiderstehliche Anziehungskraft ausübten, der sie sich kaum entziehen konnte. Und nun saßen sie ja trotz allem hier, oder etwa nicht? Dicht beieinander. Zusammen. Und bei diesem Gedanken hätte Aliide am liebsten laut geschrien vor Freude, denn jetzt spürte sie auch, dass alles genau so laufen würde, wie sie es sich von Anfang an gewünscht hatte. Denn langsam wurde es zwischen ihnen schon dichter, und das war der Beginn einer Verdichtung, wie sie sich nur zu äußerst seltenen Gelegenheiten einstellte, wenn alles richtig gut war und sie ganz allein miteinander waren.

Ein sicheres Anzeichen dafür, dass diese ganz besondere Verdichtung im Anzug war, war just die Tatsache, dass sie keine einzige Silbe gesprochen hatten, kein einziges Wort, seit sie das Haus der Klavierlehrerin verlassen und die Straße überquert hatten. Das war ganz einfach nicht notwendig gewesen, hätte die Dinge nur komplizierter gemacht und ruiniert, und nun saßen sie also tatsächlich hier, auf dieser Bank, ganz vorne auf der Kante, dicht nebeneinander. K vor allem deswegen, weil sie das rosa Kleid, das sie wie gewöhnlich trug, nicht schmutzig machen wollte. Wenn das passierte, würde sie zu Hause Schläge bekommen oder geschimpft oder beides, und deswegen bewegte sie sich weiterhin auf ihre übliche verhaltene Mädchenart –

Als sie so dasaßen, kam Aliide plötzlich auf den Gedanken, dass sie K imitieren müsse, damit K ein für alle Mal erkennen würde, wie idiotisch und einschränkend diese Mädchenbewegungen eigentlich waren. Also glitt sie von der Bank, stellte sich vor K und begann sogleich damit, auf und ab zu gehen, hin und her, auf ganz genau dieselbe Weise wie K, jedoch vielleicht mit einem Hauch von Übertreibung. Und bei Aliide sah das so blöd und idiotisch aus, dass sie alle beide losprusteten, und dann lachten sie so lange und erschöpfend, dass das Lachen K noch weiter auflockerte und noch ein bisschen mehr von dieser hemmenden Mädchenhaftigkeit davonspülte, die schon begonnen hatte, ausgerechnet sie zu lähmen, nicht aber Aliide, jedenfalls noch nicht –

Dann verstummte das Lachen zwischen ihnen. Man konnte so unendlich viel mehr und deutlicher sehen, wenn man nicht sprach, wenn man darauf achtete, zu schweigen. Man bekam einen tieferen, offeneren, sensibleren Blick, er wich plötzlich vor nichts mehr zurück! Aliide setzte sich wieder neben K und nun richteten sie ihre Aufmerksamkeit auf eine eigenartige Szene, die sich wieder und wieder an einem Eckhaus auf der anderen Straßenseite abspielte. Es war ein besonders übel zugerichtetes altes Holzhaus, dessen Farbe abblätterte, und in regelmäßigen Abständen wurde dort, an der Ecke, eine kleine weiße Holztür geöffnet, von einer Frau in der merkwürdigsten Aufmachung, die sie je gesehen hatten –

Diese Aufmachung bestand aus einem Badeanzug, Netzstrümpfen und einem Paar hochhackiger Schuhe und sonst nichts. Und jedesmal, wenn die Tür in dem Eckhaus aufging, schlüpfte ein Mann entweder hinein oder hinaus, und es war auch nicht das erste Mal, dass ihnen das aufgefallen war. Nein, das war in den vergangenen Wochen unzählige Male passiert und jedes Mal hatte es sie gleichermaßen verwirrt. Und nun fragten sie sich schlicht und ergreifend, warum um alles in der Welt eine Frau wie diese an einem Tag wie diesem, wo die Sonne schien und noch mindestens eine Woche lang Spätsommer sein würde, nicht in der Sonne lag, am Strand, draußen am Meer. Warum sie stattdessen, nur mit einem Badeanzug, Strümpfen und hochhackigen Schuhen bekleidet, geschminkt, ihr langes, ein wenig lockiges Haar zu einer kunstvollen Frisur hochgesteckt, in einem dunklen Zimmer in einem rußigen Haus mitten in der Stadt herumlief. Und zu allem Übel auch noch mit vorgezogenen Gardinen und lediglich ein paar schwach leuchtenden kleinen roten Schmucklampen in den Fenstern! Es lag etwas unerhört Sonderbares, fast ein wenig Krankes über alledem, und so sehr sie auch grübelten und sich die Haare rauften bei ihren Versuchen, das zu begreifen, wollte ihnen keine einzige sinnvolle Begründung für dieses Verhalten einfallen.

Sie mussten schließlich so schrecklich lachen, dass sie alles andere vergaßen – Zeit und Raum und den stinkenden Sandkasten, den sie vor sich hatten. Sie glitten von der Bank herunter und gingen zusammen, den Blick fest auf die morsche, jetzt verschlossene Tür gerichtet, wieder über die Straße und stellten sich genau vor dem Haus auf den Bürgersteig, in der Erwartung, dass sich die Tür ein weiteres Mal öffnen würde und sie sich dann diese Frau und die Merkwürdigkeiten, die sich anscheinend in dem Zimmer hinter ihr abspielten, einmal genauer ansehen könnten.

Sie warteten und warteten und warteten, und schließlich, als sie schon fast die Hoffnung aufgegeben hatten und kurz davor waren, sich wieder auf den Weg zu machen und stattdessen noch ein bisschen zwischen den Häusern herumzulaufen, in Richtung der einsamen Grundstücke, da endlich tauchte tatsächlich, ein bisschen weiter die Straße hinunter, ein Mann auf. Und sie erkannten auf den ersten Blick, dass es genau diese rätselhafte Tür hier war, zu der er unterwegs war. Und schon jetzt sahen sie auch, dass es sich um einen ziemlich kleinen, schmächtigen armen Teufel handelte, der mit hochgezogenen Schultern dicht an der Hauswand entlanglief, Kopf und Blick gesenkt, in einem hellen, zerknitterten Trenchcoat und speckigen grauen Polyesterhosen –

Wie ein Hund, der sich davor fürchtet, Prügel zu bekommen, lief er auf den Giebel des Hauses zu, und als er nur noch ein paar Schritte von ihnen entfernt war, blieb er plötzlich unvermittelt stehen, sah verwirrt auf und erblickte dabei Aliide und K, die vor der verschlossenen Tür standen und ihn abwartend und ein bisschen amüsiert betrachteten.

Einen Moment lang sah es tatsächlich so aus, als wolle er auf dem Absatz kehrtmachen und davonlaufen, so erschrocken wurde sein Gesichtsausdruck beim Anblick der beiden Mädchen vor dem Haus. Aber dann schien er sich trotz allem entschieden zu haben, er setzte eine entschlossene, kalte Miene auf, schlug den Kragen hoch, hastete an ihnen vorbei die Treppe hinauf, klingelte, und im selben Augenblick öffnete sich die Tür, und da stand die Frau –

Aliide und K rannten sofort herbei. Sie drängelten und schubsten sich gegenseitig unter der Treppe, um die Frau richtig sehen zu können. So aus der Nähe, auf den ersten Blick, hatte sie wirklich ein vorzüglich geschminktes, festes Gesicht, einen stillen, vollen Mund und ein Paar Augen, mit denen sie den Mann einen kurzen Augenblick lang wolllüstig, aber gleichzeitig sehr falsch und verschlagen fixierte, die sie dann jedoch kokett und vielsagend niederschlug. Das etwas rötliche Haar hatte sie zu einem großen, losen Haufen mitten auf dem Kopf aufgetürmt. Ein paar glänzende Locken hatten sich hier und da gelöst, sie berührten leicht ihre blassen Schultern, die wiederum weiß waren und wie geschliffenes Holz glänzten; wie Birke oder eine andere sehr helle, schön gemaserte Holzsorte. An manchen Stellen war der Haarhaufen mit kleinen, hellblauen Stoffblumen und Bändern geschmückt. Sie lächelte den Neuankömmling kühl an, welcher leider weder ihr Lächeln noch ihren Blick erwiderte, sondern sie stattdessen, kaum dass die Tür sich geöffnet hatte, ganz brutal gegen den Türpfosten drängte und an ihr vorbei in den dunklen Raum hineinstürzte, wo er verschwand.

Aliide und K fanden dieses Benehmen der beiden Erwachsenen so vollkommen absurd, dass es wohl das Lächerlichste sein musste, was sie jemals mitbekommen hatten! Denn es war ganz klar, dass das alles nur eine Art Theater war, ein Spiel, und dass sowohl die Frau als auch der Mann sich dessen vollkommen bewusst waren, und dennoch verhielten sie sich so!

Und jetzt, wo der Mann verschwunden war, gingen sie noch näher heran. Aliide fasste sich ein Herz, stieg auf die unterste Treppenstufe und stellte sich auf die Zehenspitzen, um einen Blick in den Raum zu erhaschen, bevor die Tür wieder zuschlug. Aber da, als Licht auf die Frau fiel, sahen sie, dass sie ja überhaupt nicht, wie sie von Weitem erst gedacht hatten, jung oder schön war! Denn diese Augen da, mit denen sie gerade noch so lüstern den Mann fixiert hatte, wurden jetzt, als sie sich stattdessen auf K und Aliide richteten, ganz klein, wässrig, kalt und stechend. Ihr Mund schrumpfte zusammen, ihre Haut war total gelb, als funktioniere ein lebenswichtiges Organ in ihrem Körper nicht richtig, als sei sie seit Jahr und Tag nicht aus diesem Zimmer, diesem dreckigen Haus herausgekommen!

Und als Aliides Blick langsam an der Vorderseite ihres Körpers nach unten glitt, sah sie auch, dass die beiden Oberschenkel der Frau in den Netzstrümpfen schlaff und voller Dellen waren und dass sie hier und da große blaue Flecken hatte, die an den Rändern bereits gelb wurden. Und an einer Stelle, nahe am Schritt, hatte sie sogar eine kleine Wunde, die wie ein Biss oder ein frisches, noch nicht ganz verheiltes Brandmal aussah. Der Badeanzug war, wie Aliide jetzt erkennen konnte, ein komisches altmodisches Modell. Gar nicht die Sorte, die sich zum Schwimmen oder Sonnen eignete. Schmuckvoll und verziert war er zwar, aber auch verschlissen, und an manchen

Stellen war die schmuddelige weiße Spitze abgewetzt oder ganz einfach abgerissen worden.

VERSCHWINDET! MACHT, DASS IHR WEGKOMMT! zischte die Frau plötzlich aus einem Mundwinkel, so hasserfüllt und kalt, dass sowohl K als auch Aliide vor Schreck fast bis auf die Straße zurückwichen. Ehe sie sich versahen, knallte die Frau daraufhin die Tür mit einer solchen Wucht zu, dass die Fensterscheiben klirrten und das Echo weit die Straße hinunter zwischen den Häusern erklang und noch eine ganze Weile zu hören war.

Erschüttert von allem, was sie gesehen hatten, und von den kalten Worten der Frau, verweilten sie trotzdem noch einen kleinen Moment an der Ecke vor der verschlossenen Tür. Denn das Ganze wirkte ja jetzt nur noch absurder und rätselhafter. Es fiel ihnen schwer, sich loszureißen, und sie hatten immer noch nicht den leisesten Schimmer, was in dem verdreckten Haus eigentlich vor sich ging.

Aber als bestimmt zehn Minuten lang nichts Interessantes geschehen war, begannen sie stattdessen, zu den Straßen hinüberzuschielen, die ein bisschen enger waren, ein bisschen dunkler, die fort zu den leerstehenden Häusern führten und an diesen vorbei zu den einsamen Grundstücken –

Ausgerechnet an diesem speziellen Tag war es gleichzeitig windig und warm, kühl und heiß. An manchen Stellen hatten sich daher Smog und Abgase in großen Nebelbänken und Streifen über die Stadt gelegt, so dass es manchmal dort, wo sie gerade vorbeigingen, düster und dunkel war, und manchmal, auf der anderen Seite, wieder hell, trocken und strahlend.

Sie gingen zunächst dorthin, wo die Häuser einfach leerstanden, ganz verlassen und dunkel, wo die Straßen menschenleer waren, in die beinahe ganz verwaisten Teile der Stadt, wo es betäubend heftig nach Krabben, Fisch und Pisse stank.

Und sie spürten gerade an diesem Tag, dass sie sich jetzt nicht einfach hiermit zufriedengeben wollten, dass sie nun doch noch ein bisschen weiter vordringen wollten. Denn sie fühlten sich stark und verhext und still genug, eine solche Expedition zu meistern, so als ob die Begebenheit mit der Frau auf geheimnisvolle Art und Weise eine abhärtende Wirkung auf sie gehabt hätte.

Die verlassenen Straßen durchquerten sie daher rasch, und nach einer kleinen Weile tauchten wie erwartet die einsamen Grundstücke auf; eins, zwei, drei konnten sie zunächst zählen, dann wurden es immer mehr und immer größere, immer windzerzaustere und einsamere, und dazwischen standen jeweils die Überreste eines oder zweier größtenteils eingestürzter Häuser, Häuser, die aussahen, als seien sie ganz von selbst zerfallen –

Aliide und K drangen weiter vor, rannten, gingen, und rannten wieder. Nach einer Weile mussten sie kurz stehenbleiben, um Atem zu holen, und da spürten sie beide, dass sie diesen komischen herben Geschmack von mit Blut gemischter Spucke im Mund hatten.

So kamen sie endlich – auch diesmal merkwürdig verschwitzt in ihren Kleidern und mit angeschwollenen Eingeweiden und Gesichtern – zu einer Stelle, wo ein ganzes Viertel dem Erdboden gleichgemacht worden war, wo sich am Ende der Straße eine riesengroße Brachfläche ins Unendliche ausdehnte. Hinten am Horizont sah man die Schiffe im Hafen und die großen Kräne, das knirschende Geräusch von Lasten, die gelöscht wurden, war deutlich zu hören, und der Wind blies frisch über das Grundstück, so wie er vom Meer her bläst, wenn sich die Wassermassen unruhig hin und her bewegen, genau diese Art Wind, und er zog die Dämmerung über die Stadt, Stück für Stück, wie eine dünne, dunkle Decke.

Hier blieben sie stehen, atemlos und mit Seitenstechen. Und in der Mitte dieses grandiosen verlassenen Grundstücks, das wohl das größte war, das sie je gesehen hatten, standen zwei dunkle alte Häuser, die man aus irgendeinem Grund noch nicht vollständig abgerissen hatte. Sie standen dicht beieinander und ihre hohen Silhouetten zeichneten sich scharf gegen den wolkenverhüllten Himmel ab. Und sowohl Aliide als auch K zögerten noch ein Weilchen am Ende der Straße. Von dort spähten sie zu den Häusern hinüber, die auf sonderbare Weise eine sehr starke Anziehungskraft auf sie ausübten, als müssten sie sich um jeden Preis dorthin begeben, hinein und hinunter in eines von ihnen, um nachzuschauen, ob noch irgendwelche Schätze oder Kostbarkeiten in den dunklen Zimmern vergessen worden waren.

K setzte also vorsichtig einen Fuß auf einen geweißten Backstein. Denn dieses gesamte Grundstück war, soweit das Auge reichte, ganz mit solchen brüchigen, geweißten Backsteinen bedeckt, mit Teilen zerbröckelter Häuser, Schutt, Brettern und Möbelresten.

Gemeinsam betraten sie vorsichtig das Grundstück, ergriffen beide einen kleinen Stock und begannen, wie damals, als sie zusammen im Park Pilze gesucht hatten, langsam immer weiter hinauszustreifen, während sie mit ihren Stöckchen vorsichtig im Schutt und zwischen den Steinen herumstocherten, auf der Jagd nach irgendwelchen Sachen, Überresten –

Aber gleichzeitig passten sie die ganze Zeit über sehr genau auf, sich zurückzuhalten, wollten nicht allzu tief darin herumbohren, besonders Aliide nicht. Denn während sie hier herumliefen und sich das einsame Grundstück um sie ausbreitete, hatte sie das sonderbare Gefühl überkommen, dass unter all diesem Schutt sehr gut lebende Menschen begraben liegen konnten. Und dass, wenn sie nun mit dem Stock einen Backstein zuviel ins Rollen brachte, etwas Furchtbares plötzlich bloßgelegt werden würde, was sie lieber nicht sehen wollte. Ein wohlbekanntes Gesicht vielleicht. Aber dieser Gedanke war so übelerregend schrecklich, dass sie ihn sofort verdrängen musste, so etwas wollte sie unter keinen Umständen erleben, und deswegen schlug sie von da an nur noch ganz leicht mit dem Stock auf die Oberseite der Backsteine.

Aber trotzdem fand sie mehrere kleine Dinge, wie zum Beispiel –

Eine Garnrolle –

Ein zerrissenes Stück Stoff (blau) –

Ein paar Porzellanscherben mit einem schönen, zierlichen Goldmuster –

Ein Stückchen Papier –

Eine Seite aus einem ansonsten zerstörten alten Buch, auf der man nur, in gothischer Schrift, die Worte entziffern konnte –

TIME IS, IT IS DONE –

Nachdem sie eine ganze Weile beharrlich gesucht hatten, richteten sie sich auf, beide gleichzeitig, und genau in dem Moment, in dem K aufsah, hob auch Aliide den Kopf. Dabei stellten sie zu ihrem großen Entsetzen fest, dass sie sich weit voneinander entfernt hatten. K setzte sich daher sofort in Bewegung und rannte zu Aliide hinüber, die zufrieden feststellen konnte, dass Ks Gesicht jetzt weitaus offener war und dass sich auf ihrem nussbraunen, sonst immer so glänzenden Haar von der schmutzigen Luft hier unten ein matter Film gebildet hatte. Große Strähnen hatten sich aus ihren Zöpfen gelöst und fielen ihr ins Gesicht, und in ihren Augen war jetzt nicht das kleinste bisschen Mädchenhaftigkeit oder Schüchternheit zurückgeblieben, sondern sie waren im Gegenteil nahezu schmerzlich weit aufgerissen, pechschwarz und feucht wölbten sie sich aus Ks etwas gestrafftem Gesicht.

Als sie sich dann umsahen, fiel ihnen auf, dass sie sich weit draußen auf dem Grundstück befanden, sehr nah an diesen beiden dunklen Häusern, so nah sogar, dass sie den kräftigen Luftzug spürten, der aus dem Innern der Häuser herauswehte. Der Geruch von Feuchtigkeit strich schwer über sie hinweg, würzig und nasskalt, als käme er direkt aus einer Höhle herausgeschwappt, als stünden die Häuser in Verbindung mit der Unterwelt und weitaus eigenartigeren Gegenden als diesen.

Das Gefühl, dass sie, koste es, was es wolle, in eines dieser Häuser hineingehen mussten um sein Inneres ein bisschen näher zu untersuchen, wurde zum Schluss so stark, dass sie ihm nicht länger standhalten konnten. Sie warfen ihre Stöckchen weg und gingen, ohne ihren Blick von den Häusern abzuwenden, langsam immer näher heran. Schließlich konnten sie erkennen, dass das rechte Haus wahrscheinlich früher einmal ein Ladenlokal beherbergt hatte.

Denn seine Tür stand sperrangelweit offen und schwang im Wind leicht hin und her, und nachdem sie noch näher herangegangen waren, konnten sie schließlich direkt ins Erdgeschoss hineinsehen. Und dort waren leider große Teile der Decke eingestürzt. Es war dunkel und daher sehr schwer zu erkennen, was das Ladenlokal eigentlich enthielt. Aber durch irgendein Loch fiel ein kräftiger Strahl gefiltertes Tageslicht herein. In seinem Schein sahen sie, dass es in etwas glänzte und funkelte, das auf dem Boden ausgebreitet lag, das zu kleinen Häufchen aufgeschichtet war, überall. Um ihre Neugier zu stillen, stellten sie sich in die Türöffnung und starrten geradewegs in das dunkle Ladenlokal hinein, bis sie sich an das Dunkel gewöhnt hatten und sehen konnten, was es enthielt, nämlich –

IMMORTELLEN!

Immortellen in ungeheuren Mengen füllten den Raum, in Zellophan gewickelte Sträuße, die in dem spärlichen Licht glitzerten und funkelten, und sie trauten zunächst kaum ihren Augen, konnten zunächst kaum atmen, sich nicht von der Stelle rühren –

Da lagen Schutt, Müll, Mörtel und Ähnliches, das sich von den Wänden und der Decke gelöst hatte. Aber auch dieses unglaubliche Meer aus praktisch unbeschädigten Immortellensträußen. Einige davon so groß wie kleine Bäume, oder Büsche, oder ganze Wacholdersträucher!

Sie wurden von einer sonderbaren Aufregung ergriffen und wussten anfangs weder ein noch aus, mussten wie gewöhnlich diesen merkwürdigen, völlig unerwarteten Anblick in sich aufsaugen, versuchen ihn zu verarbeiten; zu bestimmen, inwiefern das hier eigentlich Wirklichkeit war oder nicht.

Denn man brauchte ja bloß dort hineinzugehen und sich zu bedienen!

Aber dabei musste man natürlich sehr leise und vorsichtig sein, denn draußen hatte der Wind zugenommen, und mit dem Wind zog die Dämmerung in immer größeren Schritten über die einsamen Grundstücke und die Stadt. Und wenn der Wind blies, knarrte das Haus außerdem so eigenartig. Kleine weiße Mörtelstückchen, Fragmente, solche, wie man sie noch in den Körpern der durchsichtigen Tiefseefische findet, lösten sich von den Wänden und der Decke, bis ein stiller, leiser

Schnee in den dunklen Raum fiel, den zu betreten sich Aliide und K jetzt bereitmachten. Denn sie würden es sich, genau wie damals bei dem Schädel, nie verzeihen können, wenn sie sich jetzt aus purer Feigheit auf dem Absatz umdrehten und davonliefen. Deswegen redeten sie sich auch ein, dass das Licht, das durch die Öffnung hereinfiel, wohl doch ausreichen musste, um sich einigermaßen im Dunkeln orientieren zu können, in all dem Gerümpel. Im nächsten Moment gaben sie sich einen Ruck und betraten das Haus. Und nun hieß es einfach zugreifen, aussuchen und aussortieren, so viele Sträuße aufheben wie man irgend tragen konnte, und sie begannen sofort, sich zu grämen, dass sie kein Wägelchen dabei hatten, auf das sie all das hätten laden können, denn sie merkten ziemlich schnell, dass sie nur einen kleinen Bruchteil von dem tragen konnten, was sie haben wollten. Ein Strauß erwies sich bald als größer, schöner, vollendeter als der nächste, und kaum hatte eine von ihnen einen entdeckt, von dem sie dachten, das müsse der allergrößte, allerschönste sein, so stießen sie im nächsten Moment auf einen anderen, der noch eine Spur größer war, noch eine Spur schöner, und mussten deswegen stattdessen diesen sofort aufheben.

Sie gruben und wühlten, zogen unerschrocken die großen, toten, vertrockneten Blumen aus dem Schutt, nun nicht mehr im Geringsten zögernd oder ängstlich, denn die Aufregung erfüllte sie total und nichts konnte sie aufhalten. Nicht einmal die knarrenden Wände des morschen Hauses und die Gefahr, dass es jederzeit, wie Sunas Haus, plötzlich einstürzen und sie lebendig begraben konnte!

Und ohne dass es ihnen auffiel, hatte das leise Niederrieseln der Mörtelstückchen zugenommen und ein leichter Wind regte sich im Raum, ließ die runde, verstaubte Lampe an der

Decke wie ein Pendel kreisen, aber nicht einmal das quietschende Geräusch, das dadurch entstand, vermochte sich in ihre überhitzten Hirne zu drängen.

Und auf einer Theke mitten im Raum, unter einer dicken Schicht aus niedergerieseltem Mörtel und Staub, lag ein ungeheuer großes, fleckiges altes Kassenbuch, noch aufgeschlagen. Die vergilbten Seiten, voller pedantisch niedergeschriebener Ziffern und Summen, wurden lautlos umgeblättert, wie von einer großen, unsichtbaren Hand, in dem langsam kreisenden Wind.

Aber von all diesem Spukhaften bekamen Aliide und K überhaupt nichts mit. Ihr Haar hob und senkte sich um ihre Köpfe, und als sie endlich die allerschönsten, größten Immortellen, die sie hatten finden können, im Arm hielten und nicht mehr in der Lage waren, weiterzusuchen, stolperten sie trunken vor Erregung aus dem knarrenden, jetzt pechschwarzen Haus.

Auf telepathischem Weg hatten sie sich jedoch darauf verständigt, dass sie so schnell wie möglich wieder hierhin zurückkehren mussten, und dass sie unter keinen Umständen auch nur einem einzigen Menschen etwas von ihrer Entdeckung verraten würden!

Langsam, überhäuft mit Blumensträußen, machten sie sich auf den Weg durch die einsame Gegend, nach Hause. Aber die riesigen Sträuße versperrten ihnen die Sicht, und um nicht über die Backsteine und den Schutt zu stolpern, mussten sie sich so gut es ging mit den Füßen vorantasten.

Sie mochten sich gut und gerne eine Stunde oder länger in dem Haus aufgehalten haben. Denn es hatte jetzt begonnen, richtig dunkel zu werden. Wie gewöhnlich war die Luft direkt über den einsamen Grundstücken, draußen unter freiem

Himmel, eine kleines bisschen klarer als die Luft auf den Straßen zwischen den verfallenen Häusern, die sie nun, wenn sie vorsichtig an ihren Sträußen vorbeiguckten, undeutlich erkennen konnten.

Sie hatten vielleicht die Hälfte der Strecke zurückgelegt, als K plötzlich einen halberstickten kleinen Schrei von sich gab, wie vom Blitz getroffen stehenblieb, alle Sträuße, die sie im Arm hielt, fallenließ, sich die Hand vor den Mund schlug und leichenblass wurde. Und als Aliide sich umwandte und ihre Blicke sich begegneten, nahm K die Hand fort und wimmerte –

DAS NOTENHEFT!

Und dann noch einmal, aber diesmal leiser, als fürchte sie, dass jemand ihre Worte hören könne, hier draußen mitten auf dem einsamen Grundstück –

Das Notenheft!

So sprach sie, das sagte sie, und tatsächlich: das Notenheft, das K in einer weißen Plastiktüte dabeigehabt hatte, als sie vor ein paar Stunden das Haus der Klavierlehrerin verlassen und die Straße überquert hatten, in den Park gegangen waren und sich auf die Bank unter den Bäumen gesetzt hatten, dieses Notenheft war jetzt wirklich spurlos verschwunden.

In ihrem Eifer hatte sie es wohl irgendwo abgelegt, aber wo? wo? Hatte sie es überhaupt dabeigehabt, als sie begonnen hatten, zwischen den Häusern herumzulaufen, oder lag es vielleicht noch auf der Bank im Park, der eigentlich überhaupt kein Park war, sondern nur ein dreieckiger Fleck Erde an einer Straßenecke, wo ein paar verstaubte Bäume im Kreis um einen inzwischen unbenutzten Sandkasten voller Müll herumstanden? Oder wo dort draußen auf diesem öden, weitläufigen einsamen Grundstück, das ihnen jetzt geradezu höllisch groß vorkam, konnte es liegen?

Sie sahen sich um, sahen die Häuser weiter hinten in den Himmel ragen, pechschwarz jetzt, und kalt, sogar rein äußerlich. Die muffige blaue Dämmerung zog mit dem Abendwind über das Land herein, vom Meer. Sie wurde besonders an den Rändern des einsamen Grundstücks schnell dichter und würde in Kürze, jede Minute, über ihnen sein, also mussten sie sich jetzt beeilen, man hatte, wie immer hier in diesem Kinderleben, zu wenig Zeit, war in Eile –

Und Aliide warf solidarisch all ihre Blumensträuße weg, denn Ks Furcht und Entsetzen nahmen ihr jegliche Begeisterung und Freude daran. Wie gewöhnlich spürte sie Ks Angst so stark, als sei es ihre eigene, geriet selbst ganz außer sich und dachte; arme K! Nicht genug, dass sie jetzt zu spät nach Hause kommen würde, mit hoffnungslos verdrecktem Kleid, nicht genug, dass sie sich ihren Eltern widersetzt hatte, nun war auch noch das wertvolle Notenheft abhanden gekommen, und was K bei ihrer Heimkehr erwartete, daran wagte Aliide nicht einmal zu denken, aber K stellte kurz und bündig fest, den Blick unverwandt auf Aliide gerichtet –

SIE SCHLAGEN MICH TOT!

Und diese Worte – SIE SCHLAGEN MICH TOT! – ausgesprochen von einem Mädchen in Panik weit draußen auf einem einsamen Grundstück in einer immer dichter werdenden Dunkelheit, erschütterten Aliide, auch wenn sie selbst eigentlich nichts damit zu tun hatte, bei ihrer Heimkehr keine Bestrafung zu erwarten hatte –

Sie sahen beide erneut zu den Häuserruinen hinüber, besonders zu dem Haus, aus dem sie gerade gekommen waren, und waren sich sofort sicher, dass sich das Notenheft genau dort befinden musste –

Ja, zwischen den Blumensträußen auf dem Boden vielleicht oder auf der verstaubten Theke neben dem aufgeschlagenen alten Kassenbuch, in dem es von Zahlen wimmelte!

Sie wussten auch sofort, dass es ihnen unmöglich war, wieder dort hineinzugehen. Unmöglich, undenkbar, denn es hatte ja begonnen dunkel zu werden und dort drinnen musste es jetzt stockfinster sein. Man würde wahrscheinlich nicht einmal die Hand vor den Augen sehen können, geschweige denn die Tüte mit dem Notenheft, obwohl sie weiß war; das war trotzdem kein guter Plan, das trauten sie sich nicht.

Stattdessen begannen sie, panisch und planlos auf dem einsamen Grundstück im Kreis herumzuirren, zwei unendlich verängstigte, erschütterte Gestalten, und es war wirklich so, als habe das einsame Grundstück zu wachsen begonnen, sie hatten gar nicht darüber nachgedacht, wie groß es eigentlich war, aber du lieber Himmel! Es war ja ungeheuer, fanden sie jetzt, und es wurden immer mehr und mehr und mehr Backsteine, und unter dem Geröll war es, als ob die Menschen, die lebendig Begrabenen, allmählich wieder zum Leben erwachten, als ob sie sich bewegten, atmeten und flüsterten, da lagen und wimmerten, Jahreszahlen, Namen und komische Wörter murmelten.

Und sogar hier draußen unter freiem Himmel wurde die Dunkelheit dichter. Sie spürten beide ihren Druck, über sich und um sich herum, es fiel ihnen immer schwerer, etwas zu erkennen, und vor lauter Angst suchten sie immer nachlässiger, planloser, ohne nennenswerte Präzision.

Sie stolperten und kämpften sich durch das Geröll und einmal fiel K auf die Nase und schlug sich das Knie so an einem spitzen Backstein auf, dass Blut hervorquoll und in Strömen an ihrem Bein herunterlief. Aber das machte ihr nicht das

Geringste aus und sie gab keinen Ton von sich, denn alles, was sie im Kopf hatte, war das verschwundene Notenheft und dass es um jeden Preis wieder auftauchen müsse.

So rannten sie umher. Bis sie sich ganz plötzlich daran erinnerten, dass sie immer noch den Heimweg vor sich hatten. Und dass sie dabei durch die finster gewordenen Nebenstraßen laufen mussten, die alle tief und voller Müll waren wie trockengelegte Kanäle, und wo die Beleuchtung sehr sparsam oder beinahe nicht vorhanden war. Alles, was tagsüber in den Kellerräumen der Häuserruinen schlummerte, erwachte nach Einbruch der Dunkelheit wieder zum Leben und kroch hervor; schmuddelige Männer, bucklige, affenähnliche Männer, bei denen man mit allem rechnen musste!

Sie mussten dieses riesige einsame Grundstück augenblicklich verlassen, schnell! schnell! Bevor es so sehr gewachsen war, dass sie nie mehr herunterfänden, sondern stattdessen hier draußen bleiben müssten, im Kreis herum irrend, heimatlos, wie zwei unerlöste Seelen, gefangen in einem einsamen Vorhof der Hölle!

Unter völligem Schweigen, mit leeren Händen, rannten sie daher nach Hause.

Aliide hielt sich ein paar Schritte hinter K, und vor Aliides Tür trennten sie sich wortlos und Aliide sah K in der Dunkelheit unter der Brücke verschwinden.

Wobei sie sich ein paar Tage später wiedersahen und trotz allem wieder zu dem einsamen Grundstück hinausgingen.

Sie hatten das mit dem Notenheft natürlich mit keiner Silbe erwähnt, auch hatte K nicht darüber gesprochen, was ihr an diesem Abend eigentlich passiert war, als sie zu spät nach Hause gekommen war, schmutzig und mit leeren Händen. Sie hatte jedoch etwas Fahriges und Zugeknöpftes an sich, woraus

Aliide schloss, dass sie wohl gründlich Schläge bekommen hatte.

Aber als sie zu dem einsamen Grundstück zurückkehrten, weil sie trotz allem ganz eindeutig das Gefühl hatten, dass sie das mussten, da waren die beiden Häuser abgerissen, fort, ganz und gar zerfallen. Und die Blumensträuße, die sie auf halbem Weg weggeworfen hatten, waren auch weg, so als hätten sie geträumt oder sich alles nur eingebildet!

Und als sie trotzdem bis zu der Stelle mitten auf dem einsamen Grundstück liefen, wo die Häuser vor wenigen Tagen noch gestanden hatten, befanden sich dort nur noch zwei große, qualmende Haufen aus Backstein, Schutt, zersplittertem Glas und Mörtel. Ein einziger großer Immortellenstrauß war alles, was sie noch entdecken konnten, und der lag zerdrückt unter einem großen Balken.

Und das große, mit Zahlen und kryptischen Summen gespickte Kassenbuch war ein gutes Stück weit hinausgeschleudert worden. Die Seiten in dem Buch waren alle versengt, geschwärzt; zusammengerollt und verkohlt lag es da, wie eine große explodierte Blume, eine von innen heraus verbrannte, stinkende Rose, als sei es von innen einer großen Hitze ausgesetzt gewesen. Und als Aliide und K sich bückten und ihr Atem die verkohlten Reste streifte, zerfielen die Seiten, sie verwandelten sich in ein Häufchen feinen schwarzen Staub, und die Ziffern machten sich von den Seiten los und flogen, wie ein großer Schwarm teuflischer Fliegen, geradewegs auf und davon.

Ja, so manches Mal war Aliide dort unten herumgelaufen, aber dann war es in der Regel nicht mit K gewesen, sondern mit der schwindsüchtig blassen C, die in der Wohnung unter ihnen wohnte, im Erdgeschoss –

Cs Papa, ein hochgewachsener, griesgrämiger Typ mit erdbeerförmiger Nase und schütterem Haar, verbrachte viel Zeit auf See, und das war auch ein Glück. Denn zu Hause betrank er sich immer wieder sinnlos, demolierte die Kücheneinrichtung und schlug Cs Mutter, C selbst und Cs Schwester, die kleine C, der Reihe nach halb kaputt –

Das konnte sehr früh anfangen, so gegen halb sieben, an einem Freitagabend –

Man hörte zunächst C schreien, Stühle umfallen, Porzellan zerbrechen und ab und zu die Stimme der Mutter, die sich schwach und ohnmächtig über all das erhob, aber genauso schnell zum Verstummen gebracht wurde. Nach kurzer Zeit erreichte der Radau seinen Höhepunkt und schlug wenig später in eine bedrückende Stille um, die wesentlich schwerer auszuhalten war als Cs Schreie, die Proteste der Mutter und das Geräusch von zerbrechendem Porzellan. Das waren ja wenigstens Lebenszeichen gewesen, aber das hier?

In Aliides Kopf begann es vor Angst zu kribbeln und sie musste sofort in den Hof hinunterlaufen, sich vor Cs Küchenfenster stellen, beiläufig ein bisschen auf und ab gehen, sich auf die Zehenspitzen stellen und vorsichtig über das Balkongeländer linsen. Aber die Jalousien waren immer umsichtig heruntergezogen, die Fenster geschlossen, man sah absolut nichts, allerhöchstens eine schemenhafte Gestalt, die unruhig hin und her wankte und ihren unförmigen Schatten über die Küchenwände schleppte –

Es konnte jedoch auch vorkommen, dass sie es wirklich, im letzten Moment, schafften, sich vor ihm in Sicherheit zu bringen. Und dass sie alle drei heraufkamen und bei Aliide klingelten. Mama musste sich dann damit abfinden, den Rest des Abends mit Cs Mutter draußen in der Küche zu verbringen. Da saßen sie dann, fast ganz schweigend, jede auf ihrer Seite des Küchentischs. Und am Anfang, wenn Cs Mutter hereinkam, mit C und der kleinen C im Schlepptau, war sie noch ziemlich gefasst, aber nach einer Weile, je mehr sich die Anspannung löste, brach sie völlig zusammen. Wieder und wieder durchfuhr ein Zittern ihren grün und blau geschlagenen Körper, sie weinte still, mit geschlossenen Augen, die Hand auf den Mund gepresst, stammelnd, und langsam schwoll ihr Gesicht vom Weinen an, und von all den Schlägen, die sie stumm ertragen hatte –

Aliide, C und die kleine C hörten das von Aliides Zimmer aus, wo sie unter der Decke lagen, dicht nebeneinander, in Aliides Bett –

Alle drei dachten sie mit Grauen an Cs Papa, der, vorläufig jedenfalls, bewusstlos inmitten der Verwüstung auf dem Wohnzimmerboden der Wohnung unter ihnen lag. ABER WIE LANGE NOCH? Das war die Frage. Und die Beine der kleinen C waren hart und kalt wie Eis, sie zitterte, sie zitterten alle drei, aber sie sprachen nicht mit einem Wort über das, was geschehen war, noch nicht einmal viel später, als alles bis auf Weiteres vorbei war. Sie behielten es wie ein entsetzliches Geheimnis für sich, das man nicht einmal mit Worten anrühren durfte.

C, die kleine C und ihre hart geprüfte Mutter hatten Bekannte, die noch eines der verfallenen Häuser unten in den Hafenvierteln bewohnten. Und eines Abends im Frühling, als der Vater schon wieder eine Weile auf See war und Friede, Freude, Eierkuchen herrschte und die Mutter aufgrund der Abwesenheit des Vaters zu einem ganz neuen, viel fröhlicheren, nie zuvor gesehenen Menschen geworden war, kam Aliide einmal mit dorthin. Hinein in eine Straße, hinein in ein Haus und hinein in ein Zimmer, das im zweiten Stockwerk dieses Hauses lag –

Hier sah sie dann mit eigenen Augen, wie Cs Mutter mitten im Zimmer auf einem Stuhl saß und lachte. Eine andere Frau, eine komische in einem etwas lächerlichen Kleid mit großen Karos und frisch frisiertem Haar, lächelte C und Aliide aus einer etwas weiter entfernten dunklen Ecke betrunken an. An einem runden Tisch saß ein Grüppchen lachender, kartenspielender Männer. Die Luft war stark verraucht, der Tisch voll mit Flaschen und Gläsern, überquellenden Aschenbechern und Tellern mit Essensresten darauf, kleinen Vogelkadavern und Bergen von Knochen und Kartoffelresten.

Von Zeit zu Zeit lachte die Mutter auf, brüchig, froh, und die kleine C hatte sich in ihren Armen zusammengerollt, in einer merkwürdigen Stellung, mit dem Kopf nach unten. Die Mutter hielt sie an einem Fuß fest, an der Ferse, so als wolle sie mit Hilfe dieser kleinen Berührung das Wachstum der kleinen C aufhalten, wenigstens für diesen Abend.

Die Fenster waren zum Hof hin geöffnet. Die Äste des Baumes draußen reichten mit ihrem Licht fast bis ins Zimmer, manchmal verirrte sich ein metallisch riechender Windstoß herein und brachte Bewegung in die Rauchschwaden, so dass plötzlich Schatten über Wände und Fußboden huschten.

Aliide und C standen alleine, ein bisschen abseits, und betrachteten die kartenspielenden Männer, die Frau in der Ecke, die kleine C und die Mutter aus einem anderen, etwas dunkleren inneren Zimmer heraus. Aber auch dazu hatten sie bald keine Lust mehr, sie fühlten sich außen vor, gelangweilt, denn hier war eigentlich nichts mehr zu holen –

Und draußen lockte außerdem die neunzehnte Stunde des Tages. Oder was jetzt noch von ihr übrig war; zwanzig Minuten vielleicht, höchstens eine Viertelstunde.

Die Stunde, in der der silbrige Niederschlag des Lichts, das am Ende des Tages noch übrig war, sich sammelte und mit einer Vorahnung der Dunkelheit verschmolz, die sie in der Stunde darauf erwartete –

Gestärkt vom Anblick der kleinen C, die wie ein Zicklein in den Armen ihrer lachenden Mutter eingeschlafen war, fühlten sie sich plötzlich ganz frei, aus diesem Zimmer hinauszugehen, die Treppen hinunter und hinaus aus dem Haus –

Und weil C so erleichtert war, dass ausnahmsweise kein gewalttätiger, sinnlos betrunkener Papa zu Hause auf sie, die kleine C und ihre Mama wartete, trat sie ungehemmter und wilder auf, als es sonst ihre Art war.

Und ihre Ausgelassenheit steckte Aliide an, die rasch selbst immer wilder wurde, und so ging es weiter; eine reflektierte die Stimmung der anderen und am Ende waren sie so hysterisch und aufgedreht, dass sie sich über alles, was ihnen ins Auge fiel, halb kaputtlachten. Das kleinste Sahnebonbonpapier, das ihnen auf den kopfsteingepflasterten Straßen im Wind entgegenflog, ließ sie unter gewaltigen Lachkrämpfen zusammenbrechen und in entgegengesetzter Richtung davonrennen –

In die heruntergekommenen, seit langem verlassenen Hinterhöfe wagten sie sich aus offensichtlichen Gründen nicht hinein. Dort konnte jederzeit irgendein blutrünstiger alter Trunkenbold bewusstlos hinter den Mülltonnen liegen, von Unrat versteckt. Und da sie Cs Papa noch frisch in Erinnerung hatten, gingen sie lieber auf Nummer Sicher und blieben draußen auf der Straße oder dem Bürgersteig stehen, sehr dicht beieinander, und linsten vorsichtig in die Höfe hinein –

Und sahen dort unter anderem ein Autowrack, aus dem der ganze Vordersitz und das Armaturenbrett herausmontiert worden waren. Und einen mit Regen und Nässe prall vollgesaugten Sessel, aus dem Blätter und grüne Pflanzen sprossen. Und allen möglichen anderen alten Plunder und Müll, den die ehemaligen Bewohner offenbar aus dem Fenster geschmissen hatten, bevor sie sich davongemacht hatten –

In jedem der Höfe stand inmitten der kaputten Sachen und hinausgeworfenen Möbel ein Baum, der trotz des Zerfalls genügend Nahrung in der mageren Erde fand, die sich unter dem Kopfsteinpflaster verbarg. Und diese Bäume berührten mit ihren dürren Ästen die Wände der umliegenden Häuser, die dunklen Fenster und manchmal sogar die Türen, die alle ordentlich verbarrikadiert und verschlossen waren –

Und einmal, im Herbst, hatten sie eine Möwe mucksmäuschenstill in einem solchen Baum sitzen sehen, und der Baum war nackt gewesen, ganz ohne Laub, und kahl. Und weil die Höfe hier unten so dunkel und eng waren, als seien sie für eine ganz andere, kleinere, inzwischen ausgestorbene Sorte Mensch gebaut worden, wirkte alles, was sich aus Versehen hier hereinverirrte, überproportional groß und verzerrt. Die Möwe in dem Baum hatte daher etwas Traumartiges gehabt, sie war ihnen mit ihrem glänzenden, weißen Panzer aus Federn, ihrem perfekt gemeißelten Kopf und dem brutal gebogenen, langen Schnabel sowohl komisch als auch nobel vorgekommen, beinahe grotesk.

Und genau wie wenn Aliide und K sich in dem fensterlosen Saal befanden, in dem der Wal aufbewahrt wurde, hatte das eine Menge Fragen aufgeworfen, die unmittelbar beantwortet werden mussten. Auf denen man wieder und wieder und wieder herumkauen musste. Denn wie um alles in der Welt war die Möwe so tief in diesen nackten Baum hineingekommen, dessen Äste so dicht miteinander verflochten waren, dass der Vogel dort saß wie in einem Käfig, in den Baum eingesperrt?

Und eine ebenso riesenhafte, halluzinatorisch verzerrte Möwe, groß wie ein Hund, ja, geradezu wie ein Kalb, hatten sie ein anderes Mal in einem der Höfe stehen sehen, wo sie eifrig damit beschäftigt war, die Gedärme aus einer toten alten Ratte zu zerren. Und zusammen mit den Eingeweiden war eine Handvoll Maden aus dem Bauch der Ratte gefallen!

Zwar waren solche Bilder sowohl widerlich als auch aufwühlend; Bilder, die sich ganz unerwartet vor ihnen auftaten, bevor sie sich hätten wappnen können, aber sie wurden dadurch auch angespornt, noch schneller zu laufen, straßauf, straßab. Und jetzt waren sie schon tief im Innern dieser Abenddämmerung. Dem Licht nach zu urteilen, wenn sie sich einmal umsahen, waren sie schon bis zu deren Ende vorgedrungen, zu der Grenze, an der sich alles aufzulösen beginnt, wo die Geräusche dumpf klingen und alles andere so halluzinatorisch glasklar, aber gleichzeitig so erschreckend ist, wie es überhaupt im Wachzustand sein kann –

Und auf einmal, als sie zwischen den unbewohnten Häusern herumrannten, während die Dunkelheit sich herabsenkte und alle möglichen Arten von Dunstschwaden die noch recht klare Luft zu beflecken begannen und nur noch eine Viertelstunde oder zehn Minuten von der leuchtenden neunzehnten Stunde übrig waren, so dass das, was jetzt unausweichlich kommen würde, sie vollständig überrumpeln musste, falls überhaupt noch etwas passieren würde, bevor die Zeit abgelaufen war und die Dunkelheit hereinbrach, fiel Aliides Blick plötzlich wie zufällig auf eine alte Handtasche, die jemand in einem der dunklen, halbgeöffneten Eingänge verloren oder weggeworfen hatte –

Sie blieb stehen und rief C herbei. Gemeinsam betrachteten sie dann schweigend diese Tasche, die also nur ein paar jämmerliche Meter von ihnen entfernt lag und die man wohl ganz leicht an sich reißen konnte, wenn man nur einigermaßen zügig vorging.

Aliide trat näher und schob die fürchterlich schwere Holztür vorsichtig ein kleines bisschen weiter auf. Übelriechende alte Luft und Dunkelheit, die sich im Laufe der Jahre dahinter angesammelt hatten, schwappten über sie hinweg und die Tasche war sofort ein bisschen leichter zu erkennen –

Es war ein kaputtes Ding aus falschem Krokodilsleder mit einem goldfarbenen Verschluss in der Mitte. Aber sie konnte ja trotzdem alle nur denkbaren Kostbarkeiten enthalten. Zum Beispiel Geld, Schminkzeug, Schmuck, Äpfel, ein Ei, ein Buch oder ein Tütchen Samen, aus denen sonderbare Blumen wurden, wenn man sie aussäte. Die Möglichkeiten waren unendlich, und von diesem Gedanken getrieben, machte Aliide zu Cs großem Entsetzen geradewegs einen Schritt in den Eingang hinein –

Hier, in der Dunkelheit, die nach Krügen aus Steingut, Beeren und sonnengetrocknetem Gras roch, bückte sie sich und hob die Tasche auf. Als sie sie geöffnet hatte, erwies sie sich leider als ganz leer. Aber Aliide wollte sich damit nicht zufriedengeben, und als sie sich umsah und ihre Augen sich an die Dunkelheit gewöhnt hatten (es war kalt und sehr still hier drin, wie in einer anderen Zeit, an einem anderen Ort, in einem seit Urzeiten verschlossenen, aber vergessenen unterirdischen Gang oder wie in dem Erdkeller hinter dem Sommerhaus der Großeltern am See), entdeckte sie zu ihrer unaussprechlichen Erleichterung, dass der Inhalt der Tasche einfach herausgefallen war und jetzt ringsherum verstreut lag –

Die Gegenstände glommen schwach in der feuchtkalten Luft, und als Aliide etwas näher hinsah, erkannte sie der Reihe nach –

Einen Lippenstift in einer goldenen, etwas mitgenommenen Hülse –

Eine Puderdose aus cremefarbenem Plastik in Form einer Muschel mit einem Emblem, das aussah wie vergoldete Vogelscheiße, mitten auf dem Deckel –

Einen kleinen, zersprungenen sechseckigen Spiegel, einen rostigen Schlüssel zu einer unbekannten Tür, ein zusammengeknülltes Taschentuch mit Blutflecken darauf und zu guter Letzt, genialerweise, ganz genau EXAKT das, was sie zu finden gehofft hatte –

Geld!

Ja, ein paar Ein-Kronen-Stücke –

Vielleicht nicht so viele, alles in allem, aber in der Aufregung war es trotzdem so, als sei sie über ein ganzes Vermögen gestolpert, etwas unschätzbar Wertvolles und wahnsinnig Großes.

Sie verschaffte sich erst sorgfältig einen Überblick darüber, wo die einzelnen Gegenstände lagen, ging dann ein bisschen weiter hinein, bückte sich und begann mit zitternden, verschwitzten Händen alles aufzusammeln.

Im selben Augenblick war sie von einem sehr starken, angstähnlichen, aber gleichzeitig euphorischen Gefühl gepackt worden, denn besonders die Münzen glommen jetzt merkwürdig weit hinten an der Wand. Aber trotzdem rutschte sie geduckt näher an sie heran, tastete vor sich, unter sich, und streifte dabei unfreiwillig mit den Fingerspitzen den Steinboden –

Ganz hinten an der Wand lag eine dezimeterdicke, eiskalte Schicht abgestandener Luft, und aus dieser sammelte Aliide nun alle vier Münzen auf –

Sie schloss ihre Finger um die Münzen, atmete einen Augenblick durch, wartete und dachte nach, und als das erledigt war, als sie die Münzen in die Tasche gelegt und den Taschenspiegel aufgehoben hatte, ihn in der Hand hielt und gerade ebenfalls in die Tasche fallen lassen wollte, geschah es natürlich, dass sie aus Versehen ihr eigenes Gesicht erblickte, seltsam verzerrt in dem gesprungenen Glas. Und gleichzeitig machte C, die immer noch draußen auf der Straße stand, im Licht, und Wache hielt, ein komisches Geräusch –

Und als Aliide widerwillig den Blick von ihrem eigenen Spiegelbild hob und stattdessen geradewegs vor sich in die Dunkelheit hineinstarrte, stand da plötzlich, wie aus dem Nichts aufgetaucht, eine äußerst abgemagerte, ziemlich übel zugerichtete Frau, die sich zunächst, bevor Aliide die Fassung wiedergewonnen hatte, nur als Schattenriss gegen den erleuchteten Hof im Hintergrund abzeichnete –

Das Auftauchen der Frau überraschte Aliide so sehr, dass sie gar nicht dazu kam, Schreck oder Panik zu empfinden. Der Spiegel mit dem Gesicht darin purzelte in die Tasche. Sie vermochte nicht, sich vom Fleck zu rühren, gab keinen Laut von sich. Wo die Frau hergekommen war, war ein Rätsel, aber es konnte natürlich sehr gut sein, dass sie sich schon lange Zeit in der schwarzen Wand im Eingang versteckt gehalten hatte, jetzt aber ganz einfach genug davon hatte, sich losgerissen und die Dunkelheit abgeschüttelt hatte und hervorgetreten war –

Die Frau schwankte, warf den Kopf zurück und schüttelte sich, um den Druck und das Gewicht dieser Wand loszuwerden, die sie so lange zum Schweigen gebracht hatte. Und dass sie geschlagen und misshandelt worden war, dass ihr etwas passiert war, etwas Furchtbares, das auch in ihrem Innern großen Schaden angerichtet hatte, das war für Aliide ganz klar –

Ein Strahl abgestandener Atemluft, viele Jahre aufgestauter Dunkelheit, strömten aus dem derweil noch unsichtbaren Mund der Frauengestalt. Er streifte Aliides erhobenes Gesicht, und jetzt, nachdem sie ausgeatmet hatte, kam die Frau langsam zu sich. Sie streckte ihre vergilbte Hand aus, tastete nach der Wand und in der Luft herum, die sie umgab.

Draußen auf der Straße wehte ein leichter Windstoß vorbei, eine Prise Abenddämmerung fiel in den Hauseingang, und in ihrem schwachen blauen Licht traten die Gesichtszüge der Frau hervor und Aliide sah entsetzt in ein eingefallenes Gesicht, das vertrocknet war wie eine alte Frucht. Das sich geschlossen hatte, als habe sich das Blut in diesem Gesicht aufgelöst! Die Wangen waren eingesunken, die Gesichtszüge zusammengeschrumpft, der Mund ließ einen am ehesten an eine etwas grau gewordene, bittere Beere denken, oder eine Warze, die unter der Nase gewachsen war. Und zu allem Übel war das Gesicht auch noch mit einer schludrig aufgetragenen Schicht Schminke bedeckt; apricotfarbenem Puder, Makeup und einem smaragdgrünen Lidschatten, der viel zu dick um die Augen herum aufgelegt worden war. Diese Augen waren dunkel, halbgeschlossen und mit einer öligen Haut überzogen, die bewirkte, dass sich die Pupillen weit öffneten, wenn die Frau die Lider bewegte.

Als das blaue Licht ihr Gesicht traf, erstarrte sie plötzlich und murmelte etwas Unverständliches und Komisches –

Zwischen den eingesunkenen Lippen, die sie hier und da aufgebissen hatte, so dass Blut hervorgesickert und geronnen war, konnte Aliide eine vergilbte, abgestoßene Zahnreihe erkennen, in der die beiden oberen Eckzähne fehlten, und die Spitze einer verschrumpelten Zunge, grau wie die Zunge eines großen Sittichs. Und sie konnte feststellen, dass alles an dieser Frau, die Strickjacke, die Knöpfe der Strickjacke, der Rock, die zerrissene Nylonstrumpfhose und die Pumps, sowohl die Haut als auch die Nägel, die Zähne und das Haar, demselben pergamentgelben Farbspektrum angehörten.

Aliide schauderte, denn es war jetzt sehr kalt hier drin, die Dunkelheit war allein in der kurzen Zeit, in der sie einander Auge in Auge gegenübergestanden hatten, merklich dichter geworden –

Und während die Frau weiterhin in der Gegend herumtastete, fiel ihr Blick plötzlich auf die Tasche, die Aliide in der Hand hielt, und mit leiser Stimme wimmerte sie –

DU KLEINES, SÜSSES, LIEBES KIND, DU HAST SIE GEFUNDEN!

Sie streckte ihre Hand aus und griff nach Aliide, bekam sie aber zum Glück nicht zu fassen. Und vor lauter Schreck empfand Aliide nichts als Scham. Sie schämte sich, dass sie auch nur daran gedacht hatte, dieser bemitleidenswerten, armen Ruine von einem Menschen ihren allerletzten erbärmlichen Besitz zu stehlen!

Blitzschnell reichte sie ihr die Tasche und die Frau riss diese direkt an sich. Und trotzdem stand Aliide immer noch wie festgezaubert, denn sie spürte, dass das Ganze noch nicht vorbei war, oh nein, das war bei Weitem noch nicht vorbei, und keine von beiden rührte sich vom Fleck. Denn zwischen ihnen befand sich fast so etwas wie ein bodenloser Graben aus Dunkelheit, in den sie dann hineingeschleudert worden wären und der sie verschluckt hätte –

Die Frau öffnete die Tasche, wühlte mit einer Hand darin herum und Aliide war froh und sehr erleichtert und dankbar dafür, dass sie nicht mehr dazu gekommen war, einen der Gegenstände einzustecken. Ja, sie fühlte sich plötzlich beinahe unschuldig, gerettet und ganz und gar rein! Und die ganze Zeit über, während sich all diese Dinge abspielten, stand C immer noch draußen auf der Straße und hüpfte mit beiden Beinen auf und ab und schrie Aliide unaufhörlich an, dass sie da wieder herauskommen müsse, jetzt, AUF DER STELLE!

Aber Aliide ignorierte sie total. Sie verweilte immer noch unerschrocken im Hauseingang, den Blick jetzt wie gebannt auf das toupierte Haar der Frau gerichtet, das an der Oberfläche so aussah, als sei es mit einer dünnen, glänzenden Kruste bedeckt, wie eine Art Harsch, so als sei es außen lackiert oder mit einem Schutzfilm versiegelt –

Man konnte bis auf die Kopfhaut sehen, und sogar die war glänzend, irgendwie poliert. Im Gegenlicht schimmerte der Kopf hervor, klein, fein geformt, aber sehr dunkel.

C hatte aufgehört herumzuspringen und war stattdessen still geworden. Das Licht verlosch jetzt schnell überall und hinter der schmalen Gestalt der Frau wurde der Hof dunkel. Immer tiefer wurde die Stadt in die Nacht hineingezogen, und auf den Marktplätzen, auf allen offenen Plätzen, auf jeder Straße, breitete sich die tiefe nächtliche Stille aus. Die Luft zwischen den Menschen und den Häusern verlor ihren Glanz und ihre Leichtigkeit. Die Abstände schienen sich nun beinahe ins Unendliche zu dehnen. Jede kleine Straße war plötzlich unerhört heikel zu überqueren und zu betreten. Ja, es war fraglich, ob man überhaupt jemals bis zur Tür, zur Straßenlaterne oder zu dem abends geöffneten Kiosk im Haus gegenüber gelangen würde.

Als die Frau dann schließlich das Geld aus der Tasche nahm und es Aliide mit halbgeschlossenen Lidern reichte, die vier Ein-Kronen-Stücke, wahrscheinlich alles, was sie auf der ganzen Welt besaß, zögerte Aliide einen Augenblick, weil ihr plötzlich der Verdacht gekommen war, die Frau sei nichts anderes als eine Erscheinung –

Aber diese Zweifel verschwanden ebenso schnell wieder, wie sie gekommen waren. Aliide reckte sich nach den Münzen, die sehr langsam und lautlos durch die Luft schwebten und im Fallen ein bisschen Licht von der Straße auffingen, bevor sie auf ihrer Handfläche aufkamen –

Und genau in diesem Augenblick geschah es, dass die vergilbten Finger der Frau Aliide streiften, und die Frau riss die Augen auf. Sie sah geradewegs hinunter auf Aliide, aber gleichzeitig tief in sie hinein, tief hinein in Aliide und wieder zurück, bis zu einem Punkt, an dem alles durcheinander und schrecklich war, und das dauerte gar nicht lang, allerhöchstens eine Sekunde, aber trotzdem; lange genug –

Und bei dieser flüchtigen Berührung verlor die Frau das Gleichgewicht. Sie taumelte nach hinten, sank an der Wand zusammen, verschmolz wieder mit ihr, stieß einen Schrei aus und war verschwunden –

Im Hauseingang war es still, in der Wand war es still, im Hof wurde es dunkler und es gab plötzlich keine Anzeichen mehr dafür, dass die Frau sich ihnen überhaupt gezeigt hatte! Nichts außer den vier schmutzigen Münzen, die Aliide jetzt in ihrer Hand hielt –

Da wurde ihr mit einem Mal eiskalt vor Schreck. Sie fuhr herum und rannte zur Tür hinaus, und mit den Münzen in der Hand und C dicht auf ihren Fersen, unter völligem Schweigen, rannte sie dann weit fort von alledem, so weit fort wie man in diesem komplizierten Labyrinth aus verfallenen Holzhäusern und verlassenen Kopfsteinstraßen eben kommen konnte, in diesen Vierteln, wo man immer, wie man es auch anstellte, zum Schluss wieder zu seinem Ausgangspunkt zurückzugelangen schien –

Und es blieben noch sechs Minuten, noch fünf Minuten, drei, zwei, noch eine Minute von der leuchtenden neunzehnten Stunde, und in ihrer Panik bekamen sie einen kleinen

Vorgeschmack der Dunkelheit, die sie in der Stunde darauf erwartete. Denn durch die verbleibenden zwei, drei Minuten konnten sie ganz leicht hindurchsehen, und dahinter sah es verlassen aus, leer, wie in einer anderen Welt, einer anderen Zeit –

Und sie konnten auch nicht mit diesem wahnwitzigen Laufen aufhören, sie fragten sich nicht, wohin sie unterwegs waren, oder wieso, und plötzlich blieben sie stehen. Denn es war still, kalt, und die Dunkelheit war über ihnen. Die Stunde war zu Ende. Sie waren hindurch –

In der Kirche neben der Schule schlug die Uhr verhängnisvolle acht Mal, ein Mal für jedes Jahr, das Aliide gelebt hatte, und die acht Schläge löschten ein für alle Mal die sechzigste Minute aus. Sie verklangen, und wieder senkte sich eine abgrundtiefe Stille über die Stadt, auf ihre Menschen, Straßen, Häuser und Plätze, und natürlich auch auf die Stelle, an der sie selbst sich befanden. Also waren sie jetzt ganz einfach gezwungen, sich im Zaum zu halten. Jetzt, wo es so schwarz, still und kalt um sie herum geworden war, dass sie kaum einen Meter weit sehen konnten.

Und im Park an Gittes Haus, wo in Gittes Fenstern Licht brannte, setzten sie sich auf eine Bank unter den Bäumen, beruhigten sich und schauten sich die Münzen, die sie bekommen hatten, genauer an –

Als sie wieder zu Atem gekommen waren, teilte Aliide die Geldstücke auf, zwei behielt sie für sich und die anderen beiden gab sie C, die sich so sehr freute, dass sie noch eine ganze Weile danach in dem blauweißen Lichtkreis unter einer nahegelegenen Straßenlaterne herumtanzte. Sie küsste die Münzen, lachte, drückte sie fest an Stirn und Wangen und rannte dann schnurstracks über die verlassene Straße zu dem Kiosk an der Ecke, der gerade am Zumachen war –

Dort kaufte sie in letzter Minute, im Freudentaumel, alles auf. Dann kam sie wieder heraus und ging gemessenen Schrittes, ohne sich umzusehen, den Blick tief in die Tüte versenkt, zurück über die Straße. Sie setzte sich neben Aliide und stopfte summend alles in sich hinein, und vielleicht hätte Aliide es genauso machen sollen. Vielleicht hätte sie nicht eine einzige Sekunde zögern sollen, das Geld auszugeben?

Aber es war irgendwie so, dass sie zu spüren meinte, dass es etwas sehr Beängstigendes und Sonderbares mit diesen beiden Münzen auf sich hatte. Und die Erinnerung an das vertrocknete Gesicht der Frau, an den vergilbten Finger, der sie gestreift hatte (als sei dadurch vor aller Welt auf sie gezeigt worden, vor der gesamten Menschheit, so dass sie sich von nun an nicht länger verstecken könne), quälte sie weiterhin total, sie konnte sie nicht richtig abschütteln –

Ja, und immer, wenn sie die Münzen in die Hand nahm, dann fühlten sie sich auch tatsächlich kalt und fremd an, aber vor allem: SCHMUTZIG. Denn sie waren beide schwarz von einer Art Dreck, der nicht abzubekommen war, und es war unmöglich zu sehen, ob es sich um gewöhnliche, echte Münzen handelte oder nicht –

Also wagte sie noch nicht, sie zu benutzen. Denn sie verknüpfte sie komischerweise mit Tod, Wahnsinn, Vernichtung, einem Zustand äußerster Ohnmacht und Verletzlichkeit. Sie nahm sie daher überallhin mit und hoffte, dass sie irgendwann wenigstens einen Teil der verhängnisvollen Kraft, die von ihnen ausging, verlieren würden, dass diese schließlich nachlassen würde.

Manchmal, wenn sie allein auf einer Bank im Park saß und die Münzen in ihrer Hand wog, sah sie, gegen ihren Willen, das Gesicht der Frau wieder vor sich und spürte gleichzeitig, wie der vergilbte Finger ihre Hand berührte, ihr Wesen, alles, was sie ausmachte, ihr Leben und ihre Seele. Noch einmal ging der Blick der Frau geradewegs durch sie hindurch, geradewegs hinunter zu einem Punkt, der kalt und dunkel und fürchterlich war, wo ein einsames, kleines, zum Schweigen gebrachtes Kind saß und weinte, als säße es auf dem Grunde eines trockengelegten Brunnens in einer Wüste.

Und um sich zu schützen, dachte sie dann etwas vollkommen Idiotisches, so in der Art von –

ERLÖSE MICH VON DEM BÖSEN!

Erlöse mich von dem Bösen –

Eine aus dem Zusammenhang gerissene Phrase, ein seltsamer, aber doch für diesen Zweck passender Ausdruck, der einmal während einer Religionsstunde, als sie nicht gut genug aufgepasst hatte, in ihren Kopf eingedrungen war und sich dort für alle Ewigkeit eingebrannt hatte, und der jetzt, bei der Erinnerung an das Gesicht der Frau, wieder zum Leben erwachte und zur Anwendung kam –

In solchen Momenten steckte sie die Münzen für gewöhnlich schnell wieder ein, sah auf, lachte laut und schaute sich ein paar Mal ängstlich um. Denn sie musste versuchen, die Worte zu zerstreuen, die Erinnerung und all die plötzlich auftauchenden Gedanken. Sie musste sichergehen, dass niemand im Vorbeigehen etwas geahnt, etwas gesehen hatte –

Und sie sagte so etwas wohl nur, weil der Gedanke an das, was sie im Tausch gegen eine derart seltsame Währung möglicherweise bekommen konnte, ihr Angst machte. Sie lief ziemlich lange mit den Münzen in der Tasche herum, aber schließlich hielt sie die ungeheure Anspannung nicht mehr aus –

Und deswegen ging sie zwei Wochen später in den Kiosk gegenüber vom Jiffy's und kaufte dort, bei dem schnoddrigen

Inhaber, der etwas Feminines an sich hatte, nach salzigem Rasierwasser roch und einen mies behandelte, nur weil man ein Kind war, eine riesige Tüte mit bunt gemischten Süßigkeiten, die sie dann, auf einer Steinbank am Planschbecken sitzend, so schnell wie möglich, ohne nachzudenken, vertilgte.

Und wegen dieser beiden unglückseligen dunklen, schmutzigen Münzen, weil sie die aus der Hand der Frau entgegengenommen und ausgegeben hatte und, ohne groß nachzudenken, von all dem Süßen, das sie davon gekauft hatte, gegessen hatte, klopfte es wenig später – an einem regnerischen Tag, kurz nach der Mittagspause – an die Tür des Klassenzimmers.

Als die Tür aufging, stand dort eine ziemlich große, weiß gekleidete Frau, bei deren Anblick Aliide sofort ein ungutes Gefühl bekam. Die Frau wechselte umgehend ein paar kleine geflüsterte Worte mit der Lehrerin, woraufhin beide gemeinsam ihren Blick auf Aliide richteten, deren Name dann auch tatsächlich aufgerufen wurde, zwei Mal sogar, zur Sicherheit –

ALIIDE!

ALIIDE –

Und als das passierte, wusste sie sofort, ohne den geringsten Zweifel, dass die Stunde geschlagen hatte, dass jetzt Schluss war, und dass das hier nur der Anfang des Fürchterlichen war, das jetzt auf sie zukam.

Wie tief in Trance, völlig gelähmt von bösen Vorahnungen und Entsetzen, musste sie sich mitten im Zeichnen unterbrechen, in das sie schon ganz versunken gewesen war, und allein das war schon etwas Grässliches, so als würde man gezwungen, ein warmes Bad zu verlassen, lange bevor man eigentlich fertig war. Vor aller Augen musste sie ihren Platz verlassen und wie benommen zu dieser Frau nach vorne gehen, die ihr solche Angst einjagte, obwohl sie jetzt ein kleines bisschen kühl lächelte, und dann musste sie neben dieser Frau hergehen, so nah, dass es sich nach einer Weile anfühlte, als würde sie ausradiert und betäubt, neben dem großen Körper der Frau, weil von diesem eine so verheerend starke Ausstrahlung ausging.

Sie musste sich von dieser weiß gekleideten Frau alle Treppen hinaufführen lassen, bis hinauf ins oberste Stockwerk, wo sie noch nie zuvor gewesen war, und mit ihr in einen Umkleideraum gehen, wo es an den Wänden befestigte Bänke gab, Haken und zwei hohe Fenster, aber sonst nichts. Und von der Frau wurde ihr dann aufgetragen, all ihre Kleider auszuziehen, alles, bis auf die Unterhose, und obwohl sie jetzt vor Angst total am Ende war, tat sie, was die Frau ihr sagte.

Es gab dort noch eine andere Tür, zu einem anderen Raum. Eine Tür, durch die die Frau hindurchging und die sie dann hinter sich schloss, hinter der ein Licht brannte, und die kurze Zeit später wieder von ihr geöffnet wurde.

Und als Aliide dort hineinging, nackt bis auf die Unterhose, sah sie im Licht von Lampen, die sie zunächst blendeten, einen dunklen Schatten, der sich deutlich gegen eines der hohen Fenster am anderen Ende des Raumes abzeichnete –

Einen Schatten, der dann sofort aufstand und ihr entgegenkam, seine Hand ausstreckte und begann sie anzufassen, überall, ohne ein Wort, aber sie konnte überhaupt nicht sehen, wer das war, und der Schatten stand lange über sie gebeugt, atmete schwer und fasste sie weiter überall an, wie es ihm passte, ganz wie er Lust hatte, und das war genau das, was nie mehr, niemals, hätte passieren dürfen, und jetzt war es doch wieder passiert –

Und bei diesem Gedanken wurde es ganz kalt in Aliides Kopf,

ganz kalt,

ganz leer,

so als müsse genau dieser Gedanke im selben Moment vollständig ausgelöscht werden.

Und von diesem Moment an bis sie in dem dunklen Wartezimmer wieder zu sich kam, wo ihre Kleider noch an einem Haken hingen und ihre Stiefel noch dicht nebeneinander unter der Bank standen, erinnerte sie sich an nichts, an gar nichts.

Aber als sie sich dann langsam wieder bewegte und vorsichtig an ihrem Körper hinabschielte, den er angefasst hatte, wer auch immer das eigentlich gewesen war, da fühlte sich dieser Körper ganz plötzlich nur noch sehr fremd und merkwürdig an und gar nicht so, als sei es überhaupt noch der ihre. Sie wollte weinen, schreien und ihn vielleicht zertrümmern, jetzt, wo sie ihn ansah und überhaupt nicht mehr wiedererkannte. Denn sie war jetzt irgendwie von ihm getrennt. Sie spürte ihn nicht mehr auf dieselbe Weise, sie hatte nicht mehr das Gefühl, dass er wirklich zu ihr gehörte und dass das sie selbst war. Sie wollte nichts mehr von ihm wissen, nie mehr! Und sie sah jetzt auch im Licht dieser Ereignisse, wie abstoßend und tot er eigentlich schon immer gewesen war; eklig, tot, tot –

Und komisch fühlte sie sich; so schwach, so leer, so tot, so kalt!

Sie hatte vielleicht höchstens fünf Minuten in dem beleuchteten Raum verbracht und trotzdem fühlte es sich jetzt so an, als sei sehr viel Zeit vergangen, unzählige Jahre vielleicht, als sei sie aufgewacht und wieder irgendwohin zurückgekehrt, aber wohin? Das wusste sie nicht. Und gleichzeitig, da, tief in der dunklen Leere, die sich in ihrem Kopf aufgetan hatte, erhob sich eine kleine Stimme. Es war eine Kinderstimme, offensichtlich, aber trotzdem nicht richtig ihre eigene, und was diese Stimme ihr mit entsetzlicher Deutlichkeit sagte, war –

ETWAS FURCHTBARES IST PASSIERT!

Und als sie diese Worte aus ihrem Innern kommen hörte, wusste sie sofort, dass das stimmte,

dass das nicht zu leugnen war,

dass sie von nun an versuchen musste, mit diesem Wissen zu leben, allein. Aber was dieses Furchtbare eigentlich war, das wusste sie auch nicht, davon hatte sie keine Ahnung, weil ihr nicht erlaubt worden war, das zu sehen, weil der Gedanke in dem Moment ausgelöscht worden war, in dem sie ihn gedacht hatte, und was übrig blieb, waren

Schweigen, Kälte, Angst und ein ihr selbst plötzlich ganz fremder Körper.

Sie stand noch eine Weile herum, begann dann aber schnell, sich wieder anzuziehen. Sie zitterte heftig, hörte Stimmen hinter der verschlossenen Tür in dem beleuchteten Raum, und es war ihr selbst ein Rätsel, wie es ihr gelang, alle Treppen hinunter und bis zu der geschlossenen Klassenzimmertür zu gehen.

Hier blieb sie stehen, hob den Kopf und sah sich um, erneut irgendwie schlaftrunken, so als habe sie diesen Ort eigentlich noch nie zuvor gesehen, und diese Tür, die sie nun von allem Alten trennte, von ihrem alten Leben. Sie konnte ganz kalt feststellen, dass sich alles hier durch dieses Ereignis plötzlich unwiderruflich verändert hatte, und sie sah, dass die Wände ja in Wirklichkeit kalt und grau waren, dass alles andere hier alt, abgenutzt, verdreckt und heruntergekommen war, genau wie sie selbst und ihr eigenes Leben, dachte sie plötzlich. Und sogar das Tageslicht, das durch die hohen Fenster hereinstürzte, war dreckig, brachte aus dem schmutzigen, verstopften Himmel kleine Schmutzpartikel mit und fühlte sich eisig und nass an, wenn es sie traf und über ihren Nacken, ihr Gesicht und ihren Körper schwappte. Es vergrößerte auch unbarmherzig jedes kleine Staubkorn auf dem Fußboden. Und die ausgestopften Vögel im Vitrinenschrank starrten immer noch geradewegs ins Leere, aber wenn man näher heranginge um nachzuschauen, würde einem sofort auffallen, dass ihre Augen hart und starr und mit einer dicken, weißen Staubschicht bedeckt waren, so dass es einem in Zukunft sehr schwerfallen würde, sich einzubilden, dass sie lebendig waren und einem heimlich mit ihren Blicken folgten, wohin man auch ging.

Dann spürte Aliide auch, als sei es zum allerersten Mal, dieses ganze graue, tote, kalte Backsteingebäude überall um sich herum –

All seine eigenartigen, unbekannten Weiten,

die dunklen Korridore,

die Säle, die entweder voller Kinder waren oder über und unter ihr leerstanden.

Sie befand sich jetzt irgendwo tief innen in diesem labyrinthischen Gebäude, mitten drin, und wusste plötzlich nicht, wie sie hinausfinden sollte. Und gleichzeitig wurde ihr bewusst, dass sie bis jetzt aus irgendeinem Grund weder dieses Haus noch die Welt, in der das Haus stand, so hatte wahrnehmen können, wie sie wirklich waren, das heißt also rau, brutal, beängstigend und dunkel, ständig kurz davor, unterzugehen, mit Mann und Maus,

mit allem Lebendigen,

voller möglicher Gefahren und Bedrohungen,

komischer Stimmungen und Gefühle.

Aber jetzt spürte sie, dass sie darin nie mehr richtig sicher sein würde, dass sie von jetzt an immer auf der Hut sein müsse, egal mit wem sie es zu tun hatte. Gleichzeitig begannen der

Schock und die Betäubung nachzulassen, aber stattdessen regten sich eine Menge eigenartiger Gefühle in ihr. Verwirrung, Angst, Leere, Scham und Zorn, alles in einem einzigen Wirrwarr, alles durcheinander! Daher blieb keines dieser Gefühle rein und auch nur in Ansätzen begreiflich, und sie konnte um nichts in der Welt verstehen, wie sie es überhaupt jemals geschafft hatte, all das so lange in Schach zu halten. Denn sie erkannte all diese aufwallenden Gefühle sehr wohl dunkel wieder, konnte sich aber trotzdem nicht richtig erinnern, in welchem Zusammenhang sie ursprünglich entstanden waren. Aber anscheinend war es so, dass sie, während sie verdrängt gewesen waren, die ganze Zeit über still und heimlich zugenommen hatten und gewachsen waren, bis sie jetzt nicht mehr zurückzuhalten waren und Aliide mit so brutaler Kraft überfielen, dass sie nach hinten taumelte, den Mund öffnete und nach Atem rang.

Hinter der geschlossenen Klassenzimmertür hörte man vereinzelte Kinderstimmen, und sie konnte Tereses Stimme heraushören und zuordnen, und die Stimme, die dem Jungen mit dem erbsenähnlichen Gerstenkorn im Auge gehörte, aber eigentlich sagten die ihr überhaupt nichts mehr, und wenn es eine Sache gab, derer sie sich inmitten all dieser Verwirrung ganz sicher war, dann war es genau das, nämlich –

DA KANN ICH NIEMALS MEHR REINGEHEN!

Und in genau diesem Moment hörte sie auch, wie in einem der Korridore mehrere Stockwerke über ihr eine Tür geöffnet wurde, ja –

Eine Tür wurde geöffnet, jemand kam heraus, die Tür wurde geschlossen und der Unbekannte begann herumzulaufen, er oder sie lief dort oben irgendwo auf dem Korridor herum, in diesem plötzlich so großen, toten, einsamen Gebäude, das sie umschloss, und das Echo der Schritte hallte, sie schienen immer näher zu kommen und Aliide wurde von Panik ergriffen, von einer fürchterlichen Angst, denn sie wusste sofort, dass jemand hinter ihr her war. Jemand, jemand, jemand, und dass dieser Jemand vielleicht die schweigsame, weiß gekleidete Frau war, die gekommen war, um sie wieder abzuholen, oder am Ende sogar der mit der Hand, und deswegen riss sie blitzschnell ihre Steppjacke vom Kleiderhaken und rannte dann schnurstracks hinaus in den dunklen, sehr dichten Regen, der sich gleich nach dem Mittagessen über die Stadt gesenkt hatte. Rannte geradewegs hinaus in diesen Regen, um sich darin zu verstecken, von ihm verschlungen zu werden, und, wenn möglich, gereinigt.

Ohne auch nur den geringsten Gedanken daran zu verschwenden, dass sie ja von den Klassenzimmerfenstern aus gut zu sehen wäre, wenn jetzt eine der Lehrerinnen auf den Gedanken käme, mitten in der Stunde hinauszuschauen, raste sie in Windeseile über den menschenleeren Schulhof und befand sich kurz darauf draußen auf dem steilen, ganz frisch asphaltierten Straßenstück vor der Schuleinfahrt.

Aber sie wurde deswegen nicht langsamer, sondern rannte immer weiter, und natürlich fielen ihr die ganze Zeit über diese harten, ein wenig säuerlichen Regentropfen ins Gesicht, ins Haar, in dic Augen, und die musste sie daher in regelmäßigen Abständen mit der Hand von der Stirn und den Wangen wischen. Und jedesmal, wenn sie das getan hatte, musste sie die Tropfen hinter sich über die Schulter werfen, immer über die linke, unbedingt die linke, so dass das Ganze zu einer magischen Geste wurde, die sie zwanghaft wiederholen musste, während sie rannte, in der Hoffnung, dass sie so vielleicht das Furchtbare würde besänftigen können, den unbekannten Schatten, dem sie nun in Panik zu entkommen versuchte.

Und sie lief und lief, aber sie war und blieb, allen Gefühlen und aller Angst zum Trotz, im Grunde genommen kalt, leer und unberührt. Es war, als sei ein harter Kern aus Tod oder Kälte in ihrem Innern entstanden, ja; sie war leer und tot und kalt und durcheinander, und sie wusste nichts und fühlte nichts und fühlte doch fürchterliche, schreckliche Sachen, und während sie rannte, versuchte sie es daher damit, sich leise immer wieder folgende Wörter und Sätze vorzusagen –

ICH BIN VERZWEIFELT, ICH HABE ANGST –

ICH BIN VERZWEIFELT, ICH HABE ANGST –

Wie um mit Hilfe der Wörter zu versuchen, die überwältigenden Gefühle zu binden, die nun drohten, sie mit ihrer Intensität zu vernichten.

Aber es funktionierte ja überhaupt nicht, diesem Zustand mit Hilfe der gewöhnlichen Wörter einen Namen zu geben. Die Wörter, derer sie sich bisher bedient hatte, reichten ganz einfach nicht aus, denn wie bezeichnet man zum Beispiel mit einem einzigen Wort eine Angst, die mit Hilflosigkeit gemischt ist, gewürzt mit einer ganz kleinen Prise Tod und einer großen Portion Verzweiflung? Wie nennt man das? Nein, es gab kein Wort. Das musste man einfach einsehen.

All dies mündete nun in einen Ausbruch von Schweigen, welches dann wiederum einer Verlassenheit Platz machen würde, in deren Schatten die Welt in ihrer Deutlichkeit ab jetzt vollkommen unbegreiflich und weit entfernt erscheinen würde.

Und so sehr sie auch rannte und die Regentropfen über ihre linke Schulter warf, in der Hoffnung, den Unbekannten zu besänftigen, und die Worte wiederholte –

ICH BIN VERZWEIFELT, ICH HABE ANGST –
ICH BIN VERZWEIFELT, ICH HABE ANGST –
So war es ihr dennoch nicht möglich, aus dieser Verwirrung und Angst, oder wie man es nun nennen konnte, einen einzigen begreiflichen Satz oder Gedanken oder auch nur einen Laut zu gewinnen.

WARUM MACHE ICH DAS? dachte sie dann, verwundert über sich selbst und ihr eigenes Verhalten, kalt und am Boden zerstört.

Sie war jetzt bei den neu gebauten Hochhäusern angekommen, und dort begann sie, zu ihrem eigenen Erstaunen, zwischen den größer werdenden Wasserpfützen hin und her zu laufen. Sie konnte ihr merkwürdiges Handeln selbst nicht begreifen und verfolgte daher mit Interesse, wie eine Außenstehende, all die Machenschaften ihres Körpers und fragte sich gleichzeitig, was er sich wohl als nächstes ausdächte. Und mitten in alledem war ihr plötzlich danach zumute, lange und laut zu lachen.

WARUM MACHE ICH DAS HIER?
WARUM MACHE ICH DAS HIER?
dachte sie wieder und wieder und bemerkte jetzt ebenso verblüfft, dass sie an einer großen, schlammigen Pfütze stehengeblieben war,

dass sie einen ihrer Schuhe ausgezogen hatte,

dass sie in die Hocke gegangen war,

dass sie den Schuh umsichtig in das schlammige Wasser tauchte und danach in der Pfütze im Kreis herum rannte, mit einem nackten Fuß, nur um dann, als sie offenbar dachte, das sei jetzt genug, sofort weiter zur nächsten Pfütze zu laufen, um dort die ganze Prozedur mit dem anderen Schuh haargenau zu wiederholen –

Sie füllte ihn mit Wasser, bis es aus dem Leder vorne und an den Seiten und aus einem kleinen Loch in der Sohle heraussickerte, sie hatte den Regen im Rücken, aber das Gesicht frei und betrachtete den durchnässten, wassergefüllten Schuh eingehend und fühlte sich für einen Augenblick, nachdem sie das hier getan hatte, so eigenartig beruhigt, ja, gereinigt, und musste deswegen alles gleich noch einmal wiederholen.

Also tauchte sie den Schuh in die Pfütze und ließ ihn komplett mit schmutzigem Wasser vollllaufen. Und sie spürte, dass das Einzige auf der ganzen Welt, was ihr in einem Moment wie diesem ein bisschen Erleichterung verschaffen, ihre Gefühle ein bisschen lindern konnte, genau so eine Handlung war.

Als sie das Gefühl hatte, mit genau dieser Bewegung fertig zu sein, diese Handlung abgenutzt zu haben, so dass sie nicht länger eine lindernde Wirkung besaß, lief sie weiter, weit hinaus in den dunklen Regen, wo die vereinzelten Schattengestalten, die ein paar Meter weiter auftauchten, gespenstisch und mit verwischten Konturen, sie sofort veranlassten, noch schneller zu werden und erschrocken in die entgegengesetzte Richtung davonzusausen.

Am ganzen Körper, unter den nassen Kleidern, spürte sie immer noch klar und deutlich die kleinen Vertiefungen, die die Hand des Mannes hinterlassen hatte. Es schien auch nicht so, als seien sie am Verschwinden, zumindest wollte das Gefühl, das mit ihnen verbunden war, nicht verschwinden, das Gefühl, dass sie jetzt, ja, dass es aus mit ihr war. Dass sie am Ende war, verbraucht, dass sie jetzt plötzlich eine war, die es nie mehr wagen würde, richtig zu leben, in die Sonne zu sehen, furchtlos unter den Bäumen zu gehen, wo es dunkel war, und besinnungslos zu lachen oder zu weinen, wie sie gerade Lust hatte; all das war jetzt nur noch eine Erinnerung!

Nur auf Strümpfen, die patschnassen Schuhe in der Hand, lief sie den ganzen Weg nach Hause. Aber irgendwie automatisch, ohne richtig nachzudenken. Und der Regen lastete jetzt so infernalisch von allen Seiten auf ihr, dass sie ihn die ganze Zeit von ihrem Körper wegschieben musste, mit beiden Armen, um nicht von ihm erdrückt zu werden. Und in diesem Regen unterwegs zu sein war, wie langsam in tonnenweise dampfenden Körnern zu ertrinken, die über den Hausdächern ausgekippt wurden.

So befand sie sich dann endlich in der Diele, zu Hause, und spürte die eigenartige, ein wenig unangenehme elektrische Spannung, die in ihrem Körper nach einer großen körperlichen Anstrengung immer zu entstehen schien –

Sie war klebrig von Schweiß, und der Schweiß war fettig, so dass der Regen von ihr ablief wie das Wasser von einer Gans. Und sie war zwar wieder zu Hause, aber als sie den Kopf hob und sich umsah, als sie sich beruhigt hatte und wieder atmen konnte, und hören und sehen, da stellte sie dennoch zu ihrem großen Entsetzen fest, dass sie sich auch hier nicht mehr auskannte. Dass sich auch hier alles verändert hatte, sogar hier drin, da, wo es ja wohl trotz allem noch sicher sein sollte.

Was war das hier eigentlich für ein Ort?

Es roch nach irgendetwas, fremd, und sie erkannte zuerst nicht einen einzigen der Gegenstände wieder, die über den Boden verteilt lagen; die Schuhe, die Kleider, die Haarbürste, den kornblumenblauen Schal auf dem niedrigen Schränkchen aus rotgebeizter Birke –

Es war irgendwie so, als sei sie in die falsche Wohnung gelaufen. In ein ganz anderes Leben hinein, oder besser gesagt, als sei sie in ihrer Verwirrung in das gleiche alte Leben und die gleiche alte Wohnung hineingelaufen, aber durch eine

Öffnung, von der sie bisher nichts gewusst hatte. Als sei sie von unten auf diese Familie gestoßen, nachdem sie in irgendeinem unterirdischen Labyrinth herumgeirrt war, und sähe deswegen jetzt die Familie und ihr Zuhause aus einem ganz anderen, viel dunkleren Blickwinkel, von unten, ja, von schräg unten –

In der Küche saß Mama und war am Lesen. Und als Aliide sich in die Türöffnung stellte, um sie anzuschauen, war irgendetwas an diesem Anblick – Mama am Tisch, das Licht, das Fenster, alles – das ihr so verschlossen vorkam, so uneinnehmbar. So als stünde sie vor einem Bild, in das sie nie mehr hineinkönne, von dem sie nie mehr ein Teil sein könne, als müsse sie sich von jetzt an damit zufriedengeben, davorzustehen und es hilflos zu betrachten. Beinahe hätte sie die Hand gehoben und vorsichtig daran geklopft, um Mama zu wecken.

Aber das war jetzt nicht nötig, denn komischerweise spürte Mama ihre Anwesenheit im Zimmer. Und als sie aufsah und Aliide in der Türöffnung stehen sah, pudelnass, ohne Schuhe und mit leichenblassem Gesicht, mit weit aufgerissenen schwarzen Augen und einem Blick, von dem sie sich nicht erinnern konnte, ihn jemals zuvor an ihr gesehen zu haben, sprang sie natürlich sofort auf, lief auf sie zu, bückte sich hastig und streckte ihre Hand aus, um durch eine einzige leichte, schnelle Berührung den Zustand aufzuheben, in den Aliide geraten war –

Aber das ging nicht. Denn das Einzige, was Aliide von jetzt an nicht mehr ertragen konnte, war genau das, dass jemand sie anfasste, wer es auch war, denn das erweckte die Angst wieder zum Leben. Und die große tastende Hand des alten Doktors noch frisch in ihrer Erinnerung, und auch etwas anderes, Tieferes, Furchtbareres, das aufgedeckt worden war, wich sie sogar vor Mamas ausgestreckter Hand zurück und verhinderte damit das Einzige, was sie in diesem Moment wahrscheinlich hätte retten oder ihr hätte helfen können –

Und Aliides unerwartete Reaktion brachte Mama ganz durcheinander. Sie zog ihre Hand zurück und ihr Gesichtsausdruck veränderte sich, sie fragte sich sofort, was sie falsch gemacht haben könnte, dass Aliide sich ihr entzog und so komisch und vorwurfsvoll aussah, als wolle sie etwas von ihr, aber was?

Und Aliide wiederum interpretierte Mamas Reaktion so, als ob Mama jetzt Ekel vor ihrem eigenen Kind empfinden müsse, so dass in diesem Moment – als sie einander so vollkommen verschlossen, eingefroren gegenüberstanden – eine Kettenreaktion der Missverständnisse zwischen ihnen entstand. Und sie wurden füreinander zum Rätsel. Und das, was ja nur eine hilflose Geste von Mama gewesen war, löste das Schweigen aus, das sie dann im Laufe der Jahre beide mit sich fortriss und immer tiefer wurde.

Aber jetzt war jetzt! Dieser Moment. Und Aliide hatte trotz allem das Gefühl, dass sie Mama etwas sagen müsse. Es schmerzte überall in ihrem Körper von dem, was sie sagen wollte, wofür sie aber gleichzeitig keine Worte fand, kein einziges Bild, und das sie auch nicht richtig ans Licht bekam, um es ordentlich sehen zu können –

Und die Stimme war wieder da. Die, die zu ihr sagte, aus der dunklen Leere in ihrem Kopf heraus –

ETWAS FURCHTBARES IST PASSIERT!

Etwas Furchtbares –

Aber es war ein großer Unterschied, diese Worte in sich zu hören oder sie selbst in den Mund zu nehmen und sie direkt auszusprechen, sie in all ihrer Nacktheit zu hören, vor sich selbst und einem anderen.

Und plötzlich, während sie so dastand und zu Mamas fragendem, verwirrtem Gesicht aufsah, wurde sie wieder von Panik ergriffen. Denn ihr wurde klar, dass sie Mama JETZT erreichen musste, und dass es egal war, was sie sagte oder aus sich herauspresste, WENN SIE NUR IN DIESEM AUGENBLICK NICHT STUMM BLIEB! Denn wenn sie zuließ, dass das Schweigen sich fortsetzte, dann wäre es danach für ewig zu spät. Mit jeder Sekunde, die verging, würde sich das Schweigen unerbittlich vertiefen und sie einander noch fremder machen. Und kaum hatte sie diesen Gedanken gedacht, da war die Sekunde auch schon vorbei und das Schweigen rauschte mit ihr davon, es schäumte in ihr auf und spülte alles mit sich fort, was sie Mama hätte sagen wollen, und plötzlich war sie nur noch hart, kalt und wütend, verwirrt und stumm, und dachte; was ist eigentlich passiert?

Ach, nichts!

Absolut nichts war eigentlich passiert, es war, als hätte sie sich alles bloß eingebildet. Eine so lächerliche Nichtigkeit konnte unmöglich Anlass zu all diesen widerwärtigen, irrationalen Gefühlen geben, die nun von allen Seiten auf sie einstürmten, pausenlos, ohne Ende!

Das war bloß das Resultat ihrer eigenen übertriebenen Zimperlichkeit und Empfindlichkeit. Sie nahm lediglich alles so intensiv und seltsam vergrößert wahr, weil sie ein Angsthase war, ein verhätscheltes kleines Balg, das nichts aushielt! Und sie ekelte sich plötzlich vor sich selbst. Die einzige Lösung war, dass sie sich von jetzt an abhärten musste, sich steinhart und unverletzlich machen musste, denn wenn sie diese Gefühle hier weiter zuließe, wäre sie bald am Ende und tot.

Und sie empfand eine immer heftigere Verachtung für sich selbst und ihre lächerlich übertriebenen Reaktionen, die von jetzt an niemals in angemessenem Verhältnis zu dem stehen sollten, was passiert war. Und das wirkliche Schweigen begann also hier, in dem Moment, in dem sie, statt sich berühren zu lassen, statt den Mund aufzumachen und irgendeinen Laut von sich zu geben, irgendein Wort, vor Mamas ausgestreckter Hand zurückwich, schwieg und wartete.

Und dennoch war es so, als ob es ihr auf irgendeine Weise – indem sie den ganzen Weg im Regen heimgelaufen war, den Regen von ihrem Gesicht gewischt hatte, die Tropfen über die linke Schulter geworfen hatte, an den Pfützen stehengeblieben war, beide Schuhe ausgezogen und in das schlammige Wasser getaucht hatte – geglückt war, sich auszudrücken.

Denn das hatte etwas bedeutet. Das hatte es ganz bestimmt, das spürte sie jetzt ganz deutlich.

Von diesem verhängnisvollen Tag an hatte sie keine ruhige Minute mehr –

Und auch wenn sie zu Hause war und daher eigentlich das Gefühl haben sollte, in Sicherheit zu sein, verschwand die Angst nicht, sondern Aliide befand sich weiter auf der Flucht, fort von sich selbst, aber paradoxerweise auch immer tiefer in sich hinein, so dass sie bei ihren Versuchen, dem Furchtbaren zu entkommen, diesem gleichzeitig entgegenlief.

Schon jetzt, ein paar Tage nachdem es passiert war, war sie sehr weit gekommen, sehr tief, kam es ihr vor, und sie war außerstande anzuhalten, denn Fliehen war das Einzige, was sie tun konnte, und irgendetwas musste sie ja tun –

Und irgendwo da drin, im Labyrinth der Psyche, war das Furchtbare noch vorhanden, und sie konnte jederzeit wieder daraufstoßen –

Irgendein unbedeutendes Ereignis konnte plötzlich Anlass zu Assoziationen geben, die sie bis hinunter zu ... zu ... etwas so Schrecklichem führten, dass man daran überhaupt nicht denken konnte, so dass auch dieser Gedanke blitzschnell verdrängt werden musste, so dass sie noch ein bisschen schneller laufen musste, und damit gleichzeitig tiefer hinein.

Und dann kam dazu noch –

Das Gefühl von Ekel und Scham, das Gefühl, dass sie jetzt nicht mehr sicher war, das Gefühl, dass sie verfolgt wurde, dass sie ganz allein auf der Welt war, betäubt. Das Gefühl, dass sie etwas undefinierbar Schreckliches gestreift hatte, das noch in ihr weiterlebte, aber das sie, gerade deswegen, trotzdem nicht sehen konnte; das Gefühl, dass die Grenzen sich aufgelöst hatten –

Und die Welt um sie herum, das Leben der Menschen, das Leben in ihrer eigenen Familie und ihr Körper, all das kam ihr jetzt immer weiter weg und unverständlich vor, als hätte es nichts mehr mit ihr zu tun. Denn sie stand jetzt außerhalb davon.

Mehrere Tage lang, vielleicht eine ganze Woche nachdem es passiert war, bewegte sie sich auf ruckartige, halb erstarrte Weise. Als sei ihr Körper nur sehr lose zusammengesetzt, als seien der Kopf und alle Gliedmaßen locker und es bestünde das Risiko, dass alles auseinanderfiele, wenn sie sich zu heftig bewegte.

Und die Menschen machten ihr Angst. Sogar Mama, Papa und Idrok machten ihr auf unerklärliche Weise Angst, und bei dem kleinsten Geräusch zuckte sie vor Schreck heftig zusammen. Ihre Haut fühlte sich kalt an, und sie musste in allen Situationen den Rücken frei haben. Wenn sie einen Raum betrat, musste sie alle anderen Leute im Raum genau im Auge haben, und wenn irgendjemand auf sie zukam und sie ansprach, ihr auch nur die unschuldigste kleine Frage stellte, brachte sie das so durcheinander, dass sie beinahe in Tränen ausbrach. Aber gleichzeitig musste sie vor dieser Person immer auch ihre Reaktionen und Gedanken verbergen, denn davor ekelte sie sich so. Und sie wunderte sich darüber, wie wenig die anderen offenbar sahen. Ja; dass niemand etwas sah! Und wer es sah, hatte nichts gesehen –

Und alle Wörter, sich mit Hilfe des gesprochenen Wortes anderen mitzuteilen, das machte ihr nun mehr Angst als jemals zuvor, denn jedes kleine Wort, das sie von sich gab, konnte man drehen und wenden und dabei etwas Verdächtiges darin entdecken. Die menschliche Rede war wie eine Art Kot, den man absonderte; sie enthielt Spuren von allem, was man in sich aufgenommen hatte, sie verriet etwas über den Zustand des Körpers. Und Aliide wollte deswegen nichts von sich preisgeben. Alles musste sie für sich behalten! Damit sie sich in ihrer Verwirrung nicht plötzlich verplapperte und für die anderen in diesem Zustand sichtbar wurde.

Nach ein paar Tagen ließen die allerheftigsten Gefühle dann doch zunächst einmal nach. Sie fühlte sich ein bisschen besser, ein bisschen leichter. Aber alles auf der Welt und ihr eigenes Leben waren dennoch gnadenlos verändert, irgendwie in Trümmern. Das ließ sich nicht leugnen.

In der Schule hatte sie darum gebeten, den Platz wechseln zu dürfen, so dass sie nun ganz hinten saß, in der Bankreihe neben der Wand an der Tür, vor einem hohen Schrank, wie in einer Ecke.

Aber jeden Tag saß sie stocksteif da und befürchtete immerzu das Schlimmste. Dass es wieder an die Tür klopfen würde und dass es wieder die weiß gekleidete Frau wäre, die gekommen war, um sie zu holen, und dass sich alles wiederholen würde. Immer öfter hatte sie außerdem morgens das Gefühl, dass eine Art Dreck in ihrem Gesicht und an ihren Händen und Füßen zurückgeblieben war, lange nachdem der Schlaf sich im Rest des Körpers verflüchtigt hatte und sie schlaftrunken, noch ein kleines bisschen angeschwollen, aus dem Bett gekrabbelt und ins Bad gestolpert war, um Pipi zu machen.

Dort verbrachte sie immer mehr Zeit damit, auf dem Bidet zu stehen, seitlich über das Waschbecken gebeugt, um auf diese Weise in dem verhassten Badezimmerspiegel ihr Gesicht gründlich unter die Lupe nehmen zu können.

Wenn sie vorsichtig ihre Wangen und ihren Mund berührte, spürte sie total deutlich, wie sich die kleinen Schmutzpartikel von der Haut lösten und ins Waschbecken rieselten. Aber wenn sie mit der Hand über die Innenseite des Waschbeckens strich, über die kühle, glatte Oberfläche des Porzellans, und dann die Hand hob und sorgfältig jeden Finger und ihre Handfläche untersuchte, so war daran nicht die geringste Spur von diesem rätselhaften Dreck zu sehen, von diesem Schmodder –

Trotzdem stand sie jetzt so gut wie jeden Morgen auf dem Bidet und drehte ihr Gesicht besorgt hin und her und auf und ab, und sie gab sich nicht zufrieden, bevor sie nicht tatsächlich meinte, direkt unter der Haut etwas Dunkles erkennen zu können; so eine einzige große, oberflächlich liegende Blutung, besonders deutlich sichtbar unter den Augen, um die Nase herum, um den Mund herum und an den Schläfen, wo die Haut ja am dünnsten war, so hauchdünn und zart wie die Seiten in der roten Bibel der Lehrerin.

Aber dann wurde ihr plötzlich eiskalt und sie musste vom Bidet hinuntersteigen und hinausgehen, innerlich völlig erschüttert, so als habe sie wirklich etwas Furchtbares in ihrem eigenen Gesicht gesehen und sei dadurch an das erinnert worden, was sie in ihrem Innern mit sich herumtrug.

Vielleicht war es immer schon dagewesen, aber ohne dass sie es vorher geahnt hatte; vielleicht würde es sich mit der Zeit auswachsen, von selbst abklingen, wenn ihr Gesicht ein bisschen größer und deutlicher geworden war und nicht länger so durchlässig und porös war, dass man mit Leichtigkeit alles sehen konnte, was sich auf seinem Grund befand.

Und sie versuchte anfänglich, diesen Gedanken hier zu widerstehen, aber das erwies sich ziemlich bald als sinnlos.

Den tiefen, scheußlichen Ekelgefühlen konnte sie jetzt nicht entkommen. Und immer öfter hatte sie das Gefühl, dass es etwas gab, was sie ihrer Umwelt mitteilen musste, was sie loswerden, sagen musste, schnell, schnell, weil etwas im Begriff war, mit ihr zu geschehen, weil sie mitten in irgendeiner Katastrophe steckte und die Zeit davonlief. Eine Frist war am Ablaufen, und jeden Augenblick würde es sie eingeholt haben!

In ihrer Einsamkeit arbeitete sie daher eine Reihe eigenhändig konstruierter Rituale aus.

An manchen Tagen dachte sie sich, dass sie ganz einfach von nun an, für alle Zukunft, ein Richtiges Mädchen werden und sich auch so benehmen müsse und ein für alle Mal damit aufhören müsse, so hemmungslos zu sein, so übertrieben und gierig, so dreckig. Denn sie hatte den dringenden Verdacht, dass es genau aufgrund dieser Eigenschaften war, dass sie sich so fühlte, wie sie es nun tat, dass sie deswegen in all das hineingeraten war.

Sie war zu der Überzeugung gelangt, dass ein unterwürfigeres, beherrschteres Benehmen eine schützende Wirkung auf sie haben würde, denn man musste sich nur mal K anschauen, zum Beispiel!

War die etwa nicht sauber, immer? Nie wachte K morgens auf und hatte noch Dreck und Schmodder im Gesicht und an anderen Körperteilen! Nie hatte K, so wie sie, Aliide, diese dunklen Schatten direkt unter den Augen –

Solche Tage begannen immer damit, dass Aliide sich auf der Toilette verbarrikadierte und sich dort übertrieben sorgfältig wusch, und zwar besonders im Gesicht, das sie ja ihrer Umwelt zeigen musste, und in dem alle genau sehen konnten, wie es um sie bestellt war –

Sie schrubbte und rieb es mit einem sauren kleinen Stück Seife und einem rauen Waschlappen, in der eitlen Hoffnung, dass sich der Dreck so vielleicht auflösen und dann fortspülen lassen würde.

Und mitten in dieser Prozedur, wenn ihr Gesicht schmerzhaft zu brennen begann, wurde sie eine Sekunde lang von einem Gefühl vollständiger Ohnmacht übermannt, ihre Hand war dann wie versteinert und sie musste ganz still stehenbleiben, über das Waschbecken gebeugt, daran festgeklammert, den Tränen nahe, sich vollkommen im Klaren darüber, dass es ja schon lange, zumindest was sie betraf, zu spät war. Und dass es völlig sinnlos war, hier zu stehen und auf diese Weise zu versuchen, den Dreck im Gesicht in den Griff zu bekommen, weil er ja doch jede Nacht, bis in alle Ewigkeit, ihr Leben lang, aufs Neue heraufgespült werden und sich in ihrer Haut festsetzen würde und dort für jedermann sichtbar wäre.

Aber es gelang ihr dann doch, sich aus dem Zustand der Betäubung wieder herauszureißen und sich zu zwingen, das Ritual zu Ende zu bringen, und dann ging sie, trotz allem ein wenig erleichtert, dazu über, sich die Zähne zu putzen und ihr Haar zu bürsten, das sie zusammennahm und von ihrem ausnahmsweise sauberen Gesicht zur Seite zog und einen Moment lang in der Hand hielt, als berechne sie sein Gewicht, seine Qualität, und stellte dabei fest, dass es viel zu trocken und struppig war.

Die borstigen Strähnen band sie zu einem mageren Zöpfchen zusammen, das sie mit einem Gummiband im Nacken befestigte. Um den Zopfansatz herum wickelte sie dann ein übelriechendes, altes grünes Seidenband, das lange auf dem Grund des Badezimmerschranks herumgelegen hatte.

Als auch das erledigt war, warf sie einen hastigen Blick in den Spiegel, musste bei diesem Anblick würgen, dachte

WAS FÜR EINE BLÖDE KUH!
WAS FÜR EIN SCHEUSAL!

und ging dann in ihr Zimmer, wo sie ein leichtes ärmelloses Kleid mit Rüschen am Saum auswählte, aus einem dunkelgrünen Stoff mit kleinen weißen Blümchen. Ein Kleidungsstück, das nun wirklich viel zu fein und dünn war, um es an einem so gewöhnlichen, etwas kühlen und wolkenverhangenen Schultag wie diesem zu tragen.

Aber es führte kein Weg daran vorbei, denn dieses abstoßende Kleid hier war das einzige richtig ordentlich Mädchenhafte, was sie in puncto Kleider besaß. Und in diesem Moment kam Mama ins Zimmer. Für gewöhnlich brachten sie solche Einfälle von Aliide zur Verzweiflung, allerdings auf eine versteckte, unterdrückte, schwelende Art, und so war es auch jetzt –

Ein stummer Kampf brach zwischen ihnen aus. Kein einziges Wort fiel, aber sie warfen sich gegenseitig kalte Blicke zu, und Aliide, die sich der Tatsache sehr wohl bewusst war, dass Mama sie niemals zur Strafe verhauen würde, hielt einfach den Blick gesenkt, fest auf das gerichtet, was sie in der Hand hielt, das Kleid nämlich, und blieb bei ihrem Vorsatz –

Schließlich zog Mama sich zurück, ging in die Küche und man hörte sie dort draußen grimmig mit dem Geschirr herumklappern und die Schranktüren zuschlagen.

Als Aliide das Kleid angezogen hatte und in ihrem Zimmer stand, zum Aufbruch bereit, bekam sie plötzlich gewaltige Gewissensbisse, weil sie sich Mama gegenüber so aufgeführt hatte –

Die Ärmste! Ein so störrisches Benehmen war ja nicht gerade das, was man in erster Linie von einem Richtigen Mädchen erwartete, das sich ja im Gegenteil in allen Lebenslagen fügen, zügeln und dem Willen anderer unterwerfen sollte.

Nein, das war absolut gar nicht gut, das hier, aber Aliide tröstete sich gleichzeitig damit, dass ihre Verwandlung ja gerade erst begonnen hatte. Sie sagte sich, dass, wenn diese erst einmal abgeschlossen wäre, wenn sie erst vollständig bis in die kleinste Faser hinein eine andere geworden wäre, dass so etwas dann nie mehr vorkommen würde. Und wenn Mama eines schönen Tages plötzlich feststellen würde, wie brav und vernünftig ihr einst so bockiges, eigensinniges Kind unerklärlicherweise geworden war, ja, dann wären all die alten Geschichten vergessen und Mama würde sich riesig über Das Richtige Mädchen freuen, das den Platz ihres widerspenstigen Kindes eingenommen hatte –

Diese Überzeugung tröstete Aliide, und sie schloss jetzt die Augen und zählte innerlich auf, was sie von nun an alles nicht mehr tun durfte –

Nicht rennen –

Nicht zu laut sprechen oder lachen –

Durch nichts auffallen, es sei denn durch ihre außergewöhnliche Sanftmut und Milde, ihren Gehorsam, ihre Sorgfalt und ihr niedliches Aussehen –

Nicht so hemmungslos zeichnen, nicht so grob, und nur solche Dinge wie Sonnen und Blumen und lächelnde Kinder vor schmucken kleinen Häuschen, an denen der wilde Wein emporkroch –

Außerdem würde sie genau wie Suna, Suna würde ihr Vorbild sein, immer Ordnung in ihren Büchern auf der Bank halten und ihre Sachen mit derselben unerhörten Behutsamkeit behandeln.

Und sie würde ordentlich gehen, einen Fuß vor den anderen setzen und sonst nichts, den Rücken gerade halten und den Kopf erhoben tragen!

In allen Lebenslagen, egal wie ihr innerlich wirklich zumute war, würde sie sich so mustergültig, tadellos und beherrscht benehmen, wie es nur möglich war. Aus der Tiefe ihrer großen Verzweiflung heraus würde sie wohltuend geheimnisvoll lächeln und so mit diesem Lächeln ihre Verzweiflung bezwingen.

Denn das war die erste Bürgerpflicht eines Richtigen Mädchens, das war das, woran man sich in seiner Eigenschaft als Richtiges Mädchen orientieren musste –

Sauberkeit, Niedlichkeit, Tadellosigkeit, Demut; immer und immer und immer wieder.

Aber kaum war sie aus der Tür getreten und stand draußen auf der Treppe, als sie auch schon spürte, wie, all ihren guten Vorsätzen zum Trotz, das kräftig gebürstete, festgezurrte Haar begann, sich nach alter Gewohnheit auf ihrem Schädel zu kräuseln, wie sich einige Strähnen lösten und ihr ins Gesicht fielen und sie an der Nase kitzelten, und wie die kratzigen weißen Kniestrümpfe herunterrutschten und ihre dürren, blassen Beine entblößten, und wie das Kleid, dieses grüne Scheißkleid! sich unbarmherzig auf ihrem Rücken, in den Achselhöhlen und über der Brust verknautschte, während sie, auf den Handlauf des Geländers gestützt, langsam die Treppe hinunterschritt.

Und als sie in die frische Luft hinaustrat und ihren Blick über die lange, breite Passage gleiten ließ, die sich zwischen den Hochhausreihen nach unten erstreckte, bis hinunter zur Kirche, als sie diese Weite sah, in die geradewegs hinauszulaufen ihr freigestanden hätte, wenn sie nur nicht auf die Idee gekommen wäre, für alle Ewigkeit ein Richtiges Mädchen zu werden, zuckte es hier und da in ihren Armen und Beinen und sie musste sich wirklich aufs Äußerste beherrschen, um nicht all ihre Vorsätze über Bord zu werfen.

Stattdessen tat sie einen zutiefst schmerzhaften, aber auch stärkenden Atemzug und begann zu gehen, sehr vorsichtig, wie auf einem dünnen, glühend heißen Seil über einem Abgrund.

Unendlich vorsichtig setzte sie ihre Füße auf dem Boden auf, um erst zu prüfen, ob er sie auch wirklich tragen würde. Denn es war sonderbar, es war schlichtweg seltsam, wie zerbrechlich und unberechenbar sich die ganze Welt plötzlich anfühlte, als Aliide jetzt in sie hinausging, in dem grünen Kleid ohne Ärmel, in Gestalt eines Richtigen Mädchens. Zwar hatte sie ja genau dieses Gefühl schon lange geplagt, aber jetzt war es stärker, es war, als könnten die Häuser, die Wolken, der ganze Himmel jede Sekunde bersten und über ihr zusammenstürzen, als versteckten sich Schatten, affenähnliche, monströse Männer, alle möglichen Gestalten hinter jedem kleinen Baum, hinter jeder Straßenecke, in jedem düsteren Winkel, bereit, sich jeden Moment auf sie zu stürzen!

Als sie den Blick senkte, fiel ihr auf, dass sich ganz vorne auf ihren glänzenden weißen Schühchen ein dichter, zarter Dunst abgesetzt hatte –

Während sie ging, hielt sie den Kopf gesenkt und wagte kaum auszuatmen, denn die geringste kleine Druckveränderung im Körper konnte die im Augenblick gerade schlummernden verhängnisvollen Kräfte aktivieren, die sonst wie statische Elektrizität dafür sorgten, dass ihr Haar senkrecht vom Kopf abstand, ihre Schuhe beschlugen, ihre Kleider sich zerknitterten und aus ihren Fingerspitzen, ihren Lippen und ihrer Nasenspitze kleine glühend heiße Funken sprühten.

Und während ihres unerträglich langweiligen, anstrengenden Mädchenspaziergangs sah sie von Weitem, aus dem Augenwinkel, viele wunderbare Dinge und schmutzige Sachen, z.B. vergessenes Baumaterial, eine alte Plane und Steine, zu denen sie im Normalfall auf dem schnellsten Weg hingerannt wäre, die sie aufgehoben, näher untersucht und vielleicht in ihre Tasche gesteckt hätte.

Aber all diesen Versuchungen zum Trotz gelang es Aliide, den ganzen Weg zurückzulegen, ohne ihnen ein einziges Mal nachzugeben. Die Beherrschung, die sie das kostete, ließ auf ihrer Nasenspitze kleine Schweißperlen hervortreten, und bei ihrer Ankunft war sie schon so am Ende vor lauter Anspannung, dass sie keine Ahnung hatte, wie sie es schaffen sollte, das weiter durchzuhalten und den Rest des Tages zu überstehen.

Dennoch schaffte sie es bis zum Klingelzeichen. Aber die ganze Stunde über saß sie dann da und rutschte auf ihrem Stuhl herum und konnte sich nicht konzentrieren, weil sie sich in dem dünnen, ärmellosen Kleid so entsetzlich lächerlich fühlte, so als sei sie darin völlig bloßgestellt, und dieses Gefühl nahm von Minute zu Minute zu.

Sie hatte den Eindruck, dass alle sie anstarrten. Sobald sie sich umdrehte, waren da immer welche, die dicht beieinander saßen und flüsterten und in ihre Richtung sahen, und an ihren Blicken erkannte sie, dass sie wussten, dass sie ganz genau sahen, wie schmutzig sie innerlich eigentlich war und wie lächerlich sie sich machte, indem sie versuchte, etwas so Offensichtliches zu verbergen –

Ja, jetzt durfte sie also hier sitzen wie ein Blödmann, ein Idiot, den Blicken der anderen ausgesetzt, aber das geschah ihr recht, das war die Quittung dafür, dass sie geglaubt hatte, mit diesem Kleidungsstück hier irgendetwas verbergen zu können.

Sobald sie einmal nicht schreiben oder zeichnen musste, setzte sie sich sofort auf ihre Hände, damit niemand sah, wie der Schmutz schon wieder begonnen hatte, sich zu vermehren.

Aber ihr Gesicht konnte sie ja leider nicht auf dieselbe Weise verbergen. Es hatte sich nach der gründlichen Reinigung einen kleinen Moment lang glatt und sauber angefühlt wie Porzellan, aber jetzt, nachdem sie eine Weile herumgelaufen war, war der Dreck wieder in Bewegung geraten, und es war, als habe sich auf ihrer Haut ein schmieriger Film gebildet.

Auf rätselhafte Weise zitterte sie vor Scham, und als es endlich zur Pause klingelte, achtete sie darauf, zu den anderen Abstand zu halten, in ihrer eigenen Ecke zu bleiben. Sie pfiff jetzt vollständig auf den Versuch, etwas aus sich zu machen, was sie doch nicht war und das zu werden sie sich auch niemals würde zwingen können.

Nein, für immer und alle Zeit, von nun an bis in Ewigkeit, würde sie eine Art Monster bleiben, nicht richtig tot, aber auch nicht richtig lebendig, weder das eine noch das andere, nicht von menschlichem Geschlecht, sondern eine Ausgeschlossene und niemals so wie Die Anderen hier –

Und sie spürte – sie wusste nicht zum wievielten Mal – dass es schon zu spät war, zu dunkel, seit Langem schon. Dass sie wohl nie etwas anderes gekannt hatte, auch wenn sie versucht hatte, sich das einzubilden.

Den ganzen Schultag musste sie noch in dieser verhassten Mädchenverkleidung überstehen, mit nackten Beinen und in einem ekelhaften rüschengeschmückten Kleid, das viel zu viel von ihrem Körper (der Wurzel allen Übels) offenbarte, als dass sie sich auch nur annähernd entspannt oder sicher gefühlt hätte.

Aber jetzt, wo sie wenigstens wieder zur Vernunft gekommen war und alle Hoffnung aufgegeben hatte, all ihre Vorsätze, war sie ja wenigstens wieder sie selbst –

Das heißt also schmutzig und abstoßend, und bei diesem Gedanken war sie wie ausgewechselt, raste herum wie eine

Verrückte und machte sich absichtlich dreckig, so gut sie konnte. Denn, so argumentierte sie jetzt, wenn sie in ihrem Innern so schmutzig war, dass all dieser Dreck Nacht für Nacht an die Oberfläche stieg, sie durchdrang und dann am Morgen im Gesicht, an den Händen und Füßen zurückblieb, dann hatte es wohl keinen Sinn, vor seinen Mitmenschen so zu tun, als gäbe es ihn nicht, als sei man sauber, denn das konnte ja doch nie richtig klappen. Und die reinliche Oberfläche führte nur dazu, dass sie sich innen noch viel schmutziger fühlte. Denn der Kontrast wurde dadurch so groß, sie musste jetzt das Äußere wieder mit dem Inneren in Einklang bringen, die verlogene, äußere Reinheit beseitigen –

Sie musste jetzt aufpassen, dass ihr bloß niemand zu nahe kam und sich von dem Kleid, dem gebürsteten Haar und dem noch einigermaßen sauberen Gesicht in die Irre führen ließ, nur um dann das Ganze zu durchschauen und sie zu verstoßen. Denn so ging es zu hier im Leben, und da konnte man sich genauso gut gleich von Anfang an ans Alleinsein gewöhnen, sich hart machen, sich eiskalt machen und lernen, ohne all das zu leben, von dem man ohnehin wusste, dass man es nicht bekommen konnte –

Hart und kalt wie Stein und Erde und insbesondere das rostige, kleine Eisengeländer, das am Rande des Abgrunds unter den erstarrten, kleinen Bäumen verlief und an dem sie jetzt wie in Trance herumfingerte.

Sie sah auf die Häuser und Höfe hinab, auf das, was dort eigentlich vor sich ging, die Leute, die kamen und gingen, ihr sonderbares, weit entferntes Leben. Sie spürte einen starken, gärenden Sog in ihrem Körper, wollte sich hinauslehnen, wollte sinken, stürzen, aber eine übereifrige Lehrerin kam angerannt und schrie gellend, dass sie sofort dort weggehen solle.

Da lief sie stattdessen hinüber zur Turnhalle –

Dort lehnte sie sich an die Wand und rieb den Rücken ruhig und systematisch an dem dreckigen Backstein, so dass der Schmutz allmählich an ihrem Kleid hängenblieb und den grünen, gemusterten Stoff verdunkelte, bis kein einziges der hellen, kleinen Blümchen mehr hindurchschimmerte. Und mitten in alledem schenkte ihr diese Handlung wie gewöhnlich ein Gefühl des tiefen Friedens.

Denn wie gesagt; endlich musste sie sich ja wenigstens in dieser Hinsicht nicht mehr verstellen. Und sie tat dann all das, worauf sie in ihrer Eigenschaft als Richtiges Mädchen hatte verzichten wollen. Und sie tat es zusätzlich übertrieben, grob und demonstrativ, mit gewaltiger Hingabe und Kraft, damit wirklich alle sehen und begreifen würden, wie sie innerlich beschaffen war. Und sobald sie zu Hause angekommen war, riss sie sich erleichtert die sorgfältig verdreckten Mädchenklamotten vom Leib, knüllte sie zusammen und begrub sie ganz weit unten im Wäschekorb, als seien sie das Einzige, was noch von einem Menschen übrig war, den sie gerade aus dem Weg geräumt hatte und an den sie jetzt nicht mehr erinnert werden wollte.

Dann zog sie ihre gewöhnlichen alten Klamotten und ihren Pulli an.

Sie öffnete ihr Haar und das Blut floss zurück in Gesicht und Kopf, dann ging sie hinaus ins Badezimmer, kletterte aufs Bidet und musterte sich erbarmungslos in dem verhassten Spiegel.

Eingehend, kalt –

So betrachtete sie sich selbst.

Und sie wich nicht ein einziges Mal mit dem Blick aus, obwohl sie sich wirklich ungeheuer vor dem ekelte, was sie nun sah –

Ein widerliches Kind nämlich, ein ekliges Kind, Aliide, Aliide, die sie immer intensiver zu hassen und zu verachten begonnen hatte, die sie verwünschte, ein Scheusal.

Diese Gefühle brach sie dann abrupt ab und machte sich ohne nennenswerte Anstrengung kalt und hart und leer, und ging hinaus.

Es kam immer seltener vor, dass sie an das Land zurückdachte, und an das Leben, das sie dort zurückgelassen hatte. Die Berge dort, die Winter, die Sommer und die Grillen, die mit ihrem beharrlichen Lied manchmal überall in der Nacht Löcher in die nassen Steine zu bohren schienen. Denn wozu sollte das jetzt überhaupt noch gut sein? Man konnte das ja doch niemals zurückbekommen. Es war fort, aus, vorbei, und sie konnte kaum glauben, dass es überhaupt existiert hatte, außer als Idealzustand, den sie sich selbst in ihrer Entbehrung zusammenfantasiert hatte.

Aber es gab noch Bilder aus dieser Zeit, Bilder, die Papa selbst aufgenommen hatte, und einmal, eines Abends, als sie alle vier in dem dunklen Wohnzimmer versammelt waren, während der Regen fiel und die Dunkelheit draußen auf den Straßen immer dichter wurde, holte Papa den Projektor hervor und stellte ihn auf den Couchtisch. Eine große, weiß gestrichene Leinwand wurde über dem Fernseher aufgebaut und die Lichter wurden ausgemacht.

Kurze Zeit später teilte ein staubiger Lichtstrahl die Dunkelheit im Wohnzimmer und ein Bild entfaltete sich vor ihren Augen. Anfangs konnten sie nichts als eine verschwommene, undeutliche Pfütze aus Licht sehen, aber nachdem Papa etwa eine Minute damit zugebracht hatte, geduldig die Bildschärfe einzustellen, wurden endlich Menschen, Bäume,

Umrisse und Dampf sichtbar. Und Aliide erinnerte sich sofort an diesen Tag, damals, denn das war gewesen, als sie während der weiten Reise an den heißen Quellen haltgemacht hatten!

Die heißen Quellen! Wie hatte sie die jemals vergessen können? Der Film zeigte nun stumm, wie Dampf aus einem brodelnden grauen Matsch aufstieg, wie klägliche kleine Schattengestalten mit gesenkten Köpfen im Gänsemarsch über schmale Stege gingen, die kreuz und quer über diesem stinkenden Matsch ausgelegt worden waren, und so, exakt so, musste es dann wohl doch in der Hölle aussehen!

Der Dampf wurde vom Wind davongeweht, breitete sich aus und umschloss die Menschen, stieg zum Himmel auf, wo er dann hängenblieb, und die Erde selbst, das Gras, das dichte Moos und vielleicht sogar die Felsplatten waren ganz abgebrannt. Stattdessen erstreckten sich dort große, weite, dampfende Felder. Eine Art gelbliche, nässende Kruste war alles, was übrig geblieben war! Und überall gab es Quellen von unterschiedlicher Tiefe, deren Inhalt aus regenbogenfarbenem Erdbebenwasser oder einer nach Schwefel stinkenden, blubbernden, bleigrauen Masse bestand.

Mitten in alledem waren bewachsene Inseln übrig geblieben. Kleine verdorrte Fichten und Kiefern, felsige Hügel, blassgelbe Erdhaufen von trockener, sandähnlicher Konsistenz, auf denen nichts, nicht einmal ein Grashalm, wachsen konnte. Und jetzt, plötzlich, wehte der Dampf davon und aus dieser totenstillen, schwefelgetränkten Höllenwelt kam Aliide ein Kind entgegen.

Ein schmächtiges, ganz gewöhnliches kleines Mädchen mit Zöpfchen, in einem gestreiften Pulli, einer dunklen Hose und Leinenschuhen, und es dauerte einen Moment, bis Aliide klar wurde, dass sie selbst dieses Mädchen war, das ihr jetzt auf sonderbare Weise aus der Erinnerung an all das entgegenkam.

Ja, das war sie, so wie sie in dem Moment ausgesehen hatte, als diese Erinnerung in ihr entstanden war. Aber natürlich von außen gesehen, ganz plötzlich, von sich selbst, mehrere Jahre später!

Der Geruch von Schwefel, die feuchtigkeitssatte Hitze, die aus den Quellen stieg und einem mit solcher Kraft entgegenschlug, dass man beinahe umfiel, die todesähnliche, drückende Stimmung, die über allem lag, das Schweigen der Menschen untereinander, die stillen Bäume, all das war so exakt und detailreich in Aliide aufgehoben, dass sie das Gefühl hatte, dass sie sich in diesem Moment noch dort befand. Und doch war sie inzwischen, erwiesenermaßen, eine ganz andere! Und es war plötzlich mehrere Jahre später und sie saß in einem dunklen, kleinen Zimmer in einer verpesteten Stadt tausend Meilen weit entfernt und sah sich selbst aus der Erinnerung an all das hervortreten!

Und als sie sich selbst in dem Film sah, wurde sie von einem sonderbaren Gefühl ergriffen und kam ganz durcheinander. Denn es entstand eine Kluft. Sie konnte das Bild in ihrer Erinnerung und das Bild, das sie da vor sich hatte, nicht richtig zusammenfügen. Denn das, was sie als Erinnerung in ihrem Innern bewahrt hatte, war großartig und vollkommen, und sie selbst war in der Erinnerung der Mittelpunkt der Welt und des ganzen Universums. Die, die all dieses Unerhörte und die ganze Welt an ihrem Platz hielt, die alles spürte, von der alles ausging und um die herum sich alles formte; und in ihrer Erinnerung konnte nichts von alledem existieren, ohne dass sie selbst es sah, es spürte. Aber das Mädchen, das ihr jetzt im Film entgegenkam, wirkte auf sie so klein, unscheinbar und zart, dass es unmöglich irgendetwas davon enthalten konnte. Ja, konnte sich eine, die so klein war, überhaupt an die Sonne erinnern? Konnte sie in ihrem unscheinbaren kleinen Kopf überhaupt irgendwelche Gedanken, irgendwelche Träume beherbergen? Denn sie schien nur ein ganz kleiner Teil von alledem zu sein, ein unerhört kleiner, vernachlässigbarer Teil der Wälder, der Quellen, des Himmels und der ganzen restlichen Welt und Menschheit!

Und wenn ihr jetzt ein solches Kind in ungefähr dieser Größe und diesem Alter auf der Straße entgegengekommen wäre, dann hätte sie sich nie ausmalen können, wie es in seinem Innern aussah. Nie hätte sie das Ausmaß all dieser Tiefen erahnen können, die es in seinem Innern verbarg, oder die unfassbare Stärke der Gefühle, mit denen es täglich konfrontiert wurde.

Dann kamen, in rascher Folge, noch andere Bilder.

Eines, auf dem Mama in einem türkisblauen gehäkelten Jäckchen, einer schwarzen Elasthanhose und Leinenschuhen, schlank wie ein Reh und mit hocherhobenem Kopf, über einen Steg ging, während Aliide und Idrok durch die Nebelbänke hinter ihr hertippelten. Aber da stieg eine Rauchwolke aus der verbrannten Erde oder einer nahegelegenen Quelle auf und sie waren alle drei verschwunden.

Und da war plötzlich das Haus, in dem sie einmal gewohnt hatten! Der Garten und der große Stein auf der Rückseite des Hauses. Aber war der wirklich so klein gewesen, so verhältnismäßig unscheinbar, und nur ein simpler Stein? Und da war das Gemeindeland vor dem Haus, im Winter, die Kiesfläche, die man mit Wasser überspült hatte, auf der alle Nachbarskinder Schlittschuh fuhren! Und noch einmal war da Aliide selbst, jetzt in einer schwarzen Hose, mit weißen Schlittschuhen und einer blauen Jacke mit weißem Pelzfutter um die Kapuze. Sie stand draußen auf dem Eis und schwankte, mit dem schielenden, schlaffen Idrok in ihren Armen, und Dampf, Atemluft, etwas Weißes und Heißes, stieg im Film aus ihren offenen Mündern auf. Und sie konnte sich genau an das Eis erinnern, das sie an diesem Tag unter ihren Füßen gehabt hatte. Wie sie darunter den Boden hatte sehen können, vereinzelte Grashalme, Steine, ein bisschen vergrößerten Müll, bevor der Lichtstrahl brach und alles dunkel und still wurde.

Und dann war da ja auch noch diese Sache mit –

Dem Tod.

Dann war da ja auch noch diese Sache, dass sich ihr, je älter sie wurde, desto öfter und intensiver das Wissen um den Tod in seiner allerschlimmsten, allerursprünglichsten Form aufdrängte.

Denn manchmal, samstagabends zum Beispiel, wenn sie sich alle auf dem Sofa versammelt hatten und Fernsehen schauten, konnte die körperliche Nähe ihr plötzlich zu viel werden. Sie konnte plötzlich nicht mehr atmen und bekam dann einen ganz unerklärlichen, aber sehr starken Durst, der sie hinaus in die Küche trieb, um sich dort mit einem großen Getränk abzukühlen.

Auf dem Weg zurück ins Wohnzimmer, mit dem vollen Saftglas in der Hand, konnte es dann vorkommen, dass sie völlig außerstande war, sich den anderen wieder anzuschließen. Und zwar deswegen, weil sie stattdessen gegen ihren Willen stehengeblieben war, den Blick wie gebannt auf die entsetzliche Radierung gerichtet, die direkt neben der Tür hing.

Die, welche anzusehen sie immer so lange wie möglich vermied. Die kurz und gut DER PREDIGER hieß und eine

Menschenmenge darstellte, deren Gesichter vor Glückseligkeit oder Schläfrigkeit verzerrt waren. Alle hatten ihre Augen auf einen knochigen, weißgewandeten, bärtigen Kerl gerichtet, der in ihrer Mitte stand und eine Hand ausstreckte, als griffe er nach der Kehle des Betrachters und wolle ihn mit sich in die Menge ziehen. Seine knotige, ausgestreckte Hand warf einen spinnenähnlichen Schatten über die verzerrten Gesichter. Sie hatten ihn über sich, den Schatten dieser tastenden Hand, und er war groß, dicht, schrecklich, fast schrecklicher als die Hand selbst, die Aliide übrigens ein ungutes Gefühl bereitete, weil sie sie nicht nur an den Tod, sondern auch an die tastende Hand der Schattengestalt in dem Hauseingang und den Mann und die weiß gekleidete Frau in dem beleuchteten Raum erinnerte.

Und sie verfluchte sich selbst dafür, dass sie unvorsichtig genug gewesen war, ihren Blick in diese Richtung wandern zu lassen. Sie wusste doch, wohin das führen würde! Dass sie dann nicht an der Radierung vorbei und zurück ins Wohnzimmer gehen konnte, bevor das Wissen um den Tod in ihr fertig gewirkt hatte.

Der Hand des Predigers völlig ausgeliefert, wurde ihr wieder einmal die Nähe des Todes im Hier und Jetzt bewusst. Sie spürte ihn dicht auf den Fersen, in ihrem Innern, denn er war hier, hier, hier, hier, und sie wiederholte das Wort HIER, bis sie einen Punkt erreicht hatte, an dem sie wirklich, zu ihrem Entsetzen, begriff, dass es so sein musste. Dass der Tod, in diesem Moment, mitten unter ihnen wütete. Seiner Vollendung entgegenging, sie alle aushöhlte, ganz, ganz heimtückisch; denn so war er –

In den alleralltäglichsten Beschäftigungen und Geschehnissen, genau vor ihrer Nase, war alles ganz still und unaufhaltsam im Begriff, zu zerfallen und ihnen weggenommen zu werden. Eine tiefe Verdrossenheit überkam Aliide, wenn sie daran dachte. Denn hatte dann überhaupt irgendetwas einen Sinn, hatte es dann einen Sinn, auch nur zu VERSUCHEN, einen anderen Menschen zu lieben, oder ein kleines Tier, wenn das, was man liebte, doch die ganze Zeit über den Tod in sich trug und, ehe man wusste, wie einem geschah, wieder fort sein würde?

Und oft hatte sie dann das Gefühl, dass sie eigentlich alle in einem kleinen Haus eingeschlossen waren, von dem sie vor nicht allzu langer Zeit in der Schule gelesen hatte und das sie seither nicht richtig vergessen konnte, nämlich im PESTHAUS. Ein Haus, in das früher die Menschen, wenn sie sich mit der Pest angesteckt hatten und die Krankheit bei ihnen noch nicht ausgebrochen war, sie aber trotzdem schon den Tod in ihrem Körper trugen, zur Sicherheit miteinander eingeschlossen wurden, wo sie dann zusammengepfercht sitzen mussten, schweigend, während sie einander heimlich aus den Augenwinkeln betrachteten, um zu sehen, wer von ihnen als Erster sterben würde. Und dass Idrok in diesem Haus am Fenster saß. Und dass sie in Idroks Gesicht einen kleinen Fleck sehen konnte, einen kleinen, ganz unauffälligen schwarzen Ausschlag, der ein Zeichen dafür war, dass er bald sterben würde. Und dass er sie anlächelte, nichtsahnend, und dass sie selbst mit Trauer im Herzen zurücklächelte, weil sie nicht wollte, dass er etwas merkte, und dass sie einen ähnlichen Ausschlag, A DEADLY TOKEN, auch an Papas Nacken gesehen hatte, genau unter den Haaren, wo er selbst nichts davon mitbekam –

Ja, denn alles war davon betroffen und absolut nichts blieb verschont. Und das war ein ermüdender und zutiefst kräftezehrender Gedanke, der einen nie wieder ganz loslassen wollte, wenn er einmal zugeschlagen hatte. Diese Sache, dass alles dabei war, sich zu zersetzen und ausgelöscht zu werden, dass alles unablässig in einem Zerfall begriffen war, von dem man im Normalfall nicht viel mitbekam, während man auf der Erde herumlief, vollauf beschäftigt mit dem Versuch, sein Leben zu leben.

Und was man auch nicht spürte, war, dass der eigene Körper die ganze Zeit auf genau dieselbe Weise auf dem Weg fort von einem war. Wie die Zellen zusammengesetzt wurden, entstanden, abgestoßen wurden und damit alles einem unendlichen Wandlungsprozess unterworfen war. Die Hände, und nicht zuletzt das eigene Gesicht, das wohl nicht besonders lange halten würde, das wahrscheinlich ziemlich schnell verklingen würde, denn so fühlte es sich tatsächlich inzwischen an (kalt, klein, durchsichtig und schwach).

Und wie konnte etwas so Verheerendes wie der Tod selbst so still sein, so wenig Aufhebens von sich machen? Er müsste, Aliides entschiedener Ansicht zufolge, zumindest einen Ton haben, einen eigenen Laut, denn selbst das allerkleinste Tier hatte einen Laut, für den es bekannt war, und sogar die Steine gaben einen Ton von sich, wenn sie von oben in dunkle Brunnen oder stinkende Sümpfe fielen.

Es war unfassbar, aber dennoch nichts, woran man irgendetwas ändern konnte. So sehr man auch flehte und bettelte, verschont zu bleiben, es nutzte nichts, denn sogar das allerkleinste Kind musste einsehen, dass man den Tod nicht aufhalten konnte. Dass dieser Scheißtod nie auch nur eine einzige Sekunde Pause machte, dass er nie wartete, bis man ihn eingeholt hatte, und dass man nie im Leben mit allem richtig fertig sein würde, denn immer würde es noch irgendetwas zu fühlen, zu sehen, zu hören, zu erinnern oder zu schmecken geben. Er kam, wann er kam, wie es ihm gefiel, in allen möglichen Gestalten, er wartete auf einen mit großer Geduld und stand immer bereit.

Denn der Scheißtod war sogar in einem! Langsam, gespenstisch leise, öffnete er sich wie eine große Düne aus eiskaltem, schwarzem Sand innen im Körper. Eine Düne, die mit einem saugenden kleinen Schauer auseinandersank, sich öffnete, so dass sich an ihrer Stelle ein großer Spalt bildete. Ein Hohlraum, in den man dann Tag für Tag ein bisschen weiter hineinsackte. Und diesen wachsenden Spalt konnte man manchmal fühlen, wenn man die Hand vorsichtig auf eine bestimmte Stelle an der Brust legte, wo es kalt war, wie ein eiskalter Punkt, weil es unmittelbar unter dem Fleisch leer und weit offen war.

Ja, der Tod breitete sich aus, der Tod breitete sich aus, der Tod breitete sich aus, kleine weiße Partikel sanken auf den Boden des Saftglases, das sie in den Händen hielt, im Wohnzimmer seufzte jemand sehr tief, eine Stimme im Fernsehen sagte plötzlich ganz verzweifelt WE TURNED OUR EYES AWAY OR, der Regen fiel und der Tod breitete sich aus –

Und bald würden sie alle tot sein, alle vier. Und was hatten sie dann eigentlich voneinander sehen können? Tja, das hätte sie ihnen sagen können! Nichts! Fast nichts, auf jeden Fall noch nicht.

Eine kleine Weile noch, wozu auch immer das jetzt eigentlich gut sein sollte, würden sie hier sitzen, schmerzhaft stark verbunden in einer Gemeinschaft, die so kryptisch intensiv war, dass keiner von ihnen, am allerwenigsten sie, Aliide, sie deuten konnte. Verbunden nicht durch Liebe, sondern durch eigenartige, widersprüchliche Bindungen, eine Art Magnetismus und starke Spannungsfelder.

Und Aliide machte den Gedanken an den Tod immer deutlicher. Sie ging ihn durch, wieder und wieder und wieder, schliff ihn, wie man die Schneide eines Messers schleift, und am Ende war er so scharf geworden, dass sie ihn gegen sich selbst wenden und ihn mit großer Präzision unaufhörlich tief in sich hineinstoßen konnte, den Gedanken daran, wie DER TOD SEINER VOLLENDUNG ENTGEGENGING, genau in diesem Moment, an einem gewöhnlichen Samstagabend, an dem sie alle vor dem Fernseher versammelt waren, Chips aßen und *Paul Temple* schauten! Es würde vielleicht fünfzig Jahre dauern, oder vielleicht, mit ein bisschen Glück, hundert Jahre, in denen die Tage kamen und gingen und die Jahreszeiten einander ablösten, aber sterben würden sie alle, früher oder später! In dem dunklen, tiefer werdenden Todesspalt versinken, der unterschiedlich schnell in ihnen allen wuchs, das würden sie! Und wenn sie so weit gedacht hatte, dass ihr das alles völlig klar vor Augen stand, fühlte sie sich machtlos und unendlich überdrüssig. Jetzt schon, so früh im Leben, war ihr so zumute, dass sie sich nicht mehr bewegen und nichts mehr sehen wollte.

Nein, denn das Haus, in dem sie jetzt wohnten, das im Moment noch so neu war, dass es immer noch nach ausgehärtetem Beton, Kleister, frischem Kitt und Farbe roch, würde doch früher oder später vollständig der Erosion zum Opfer fallen, und nicht einmal ein kleiner Krümel würde davon übrigbleiben. An der Stelle, wo es jetzt stand, würde die Erde, das Einzige, was eigentlich von Dauer war, zurückbleiben, und fürchterliche Pflanzen würden mit der Zeit an diesem unzugänglichen Ort zu wachsen beginnen.

Und Aliide stand immer noch da, während die Minuten vergingen –

Der Tod breitete sich aus, und sie war immer noch unfähig, sich von der ausgestreckten Hand des Predigers loszureißen, deren Druck sie jetzt an ihrer Kehle zu spüren meinte. Und das Saftglas war seit langem beschlagen, denn der Tod breitete sich aus, und auf dem Grund des Glases lag eine unappetitliche Schicht aus weißem Schleim. Sie konnte jetzt nichts anderes tun, als alles seinen Gang gehen zu lassen, abzuwarten, bis der Augenblick sich selbst verbraucht hatte, bis er sie endlich losließ und die Geräusche aus dem Zimmer sich wieder bemerkbar machten.

Erst dann, tief erschüttert, konnte sie endlich den Blick von der Radierung losreißen, zu den anderen reingehen, sich zwischen sie quetschen und dort, während der Tod sich ausbreitete, ihren pipiwarmen roten Saft trinken, als sei nichts geschehen.

In der Schule, im Religionsunterricht, kam es in letzter Zeit ziemlich oft vor, dass sie den Auftrag erhielten, Bilder zu den Geschichten zu malen, die ihnen die Lehrerin aus einer kleinen, dicken, in raues rotes Leder eingebundenen Bibel vorlas, deren Seiten zart wie Schleierspitze und beinahe ganz durchsichtig waren.

Während sie las, schritt die Lehrerin langsam zwischen den Bankreihen auf und ab. Manchmal blieb sie stehen und unterbrach sich mitten in einem Satz, mitten in einem Wort, so dass die Geschichte einen Moment lang frei in der Luft schwebte, während die Lehrerin schweigend auf die langsam entstehende Zeichnung eines Kindes schielte. Dann ging sie beruhigt weiter und nahm das Lesen dort wieder auf, wo sie sich gerade unterbrochen hatte.

Das war das Beste, was es für Aliide im Augenblick gab –

Es war eine herausfordernde, einsame und anspruchsvolle Tätigkeit, in der man wunderbar versinken konnte; man konnte alles loswerden, was sich in einem angehäuft hatte, alles, was man mit sich herumschleppte und was einen langsam verzehrte; sich reinigen; einen ganz kleinen Moment lang still, konzentriert und selbstständig völlig in etwas Äußerem aufgehen, das trotzdem ein Teil von einem selbst war und aus einem selbst kam –

Deshalb hörte sie immer sehr genau zu bei den Geschichten von Ruth, von Daniel in der Löwengrube, von Moses und den Steintafeln und Moses im Schilf und Moses, wie war das noch gleich? als er das Wasser mit seinem Stab teilte (auf der Innenseite war das Wasser weiß gefüttert, versilbert, das war Aliide aufgefallen). Und schon nach dem zweiten oder dritten Buchstaben sah sie in der Regel ganz klar vor sich, was sie zeichnen musste –

Tief in ihrem Innern wusste und spürte sie das ja, aber auf der bewussten Ebene blieb sie noch einen Moment lang blind und leer. Nein, wie immer bewegte sich alles in der Tiefe. Und das tatsächliche Bild, das Motiv, konnte sie erst nur als leichtes inneres Beben wahrnehmen, als dumpfe kleine Explosion; wie wenn eine Fistel, tief innen im Körper, in der Leistengegend vielleicht, plötzlich aufplatzt und ihr Inhalt herausquillt und den ganzen Bauchraum durchdringt –

Darauf folgte dann ein vielfarbiger Lichtschein, der aus einer anderen, noch ein bisschen dunkleren Ecke des Bewusstseins aufstieg. Der von so tief innen kam, dass er zunächst nur als plötzliche, unerklärliche schwache Schläfrigkeit wahrzunehmen war. Ein Bleigeschmack auf der Zunge, im Mund, in der Nase.

Sie musste dann ganz still sitzenbleiben, warten, Geduld haben. Geduldig musste sie der eintönigen Stimme der Lehrerin lauschen, obwohl in ihr schon alles klar war, denn sie musste dem Bild jetzt Zeit geben, sich in aller Ruhe zu stabilisieren. Wenn sie sich ausgerechnet jetzt, in diesem kritischen Augenblick, auch nur das allerkleinste bisschen bewegte, dann würde alles verlöschen, in sich zusammenstürzen und ein starkes, schreckliches Abgrundgefühl zurücklassen. Dieses Abgrundgefühl würde dann noch den ganzen Tag in ihrem Körper festsitzen und sie hart und verstockt machen.

Deswegen war es jetzt von äußerster Wichtigkeit, dass sie ganz still dasaß und einfach wartete. Und während sie das tat, sah sie aus dem Fenster oder auf ihre eigene Hand hinunter, während sich das Bild ungestört in ihrem Innern verdichtete, bis sie endlich einen Druck im Kopf verspürte, und zwar mit einer solchen Intensität, dass sie einen Moment lang Atemnot bekam und nichts außer diesem Bild wahrnehmen konnte. Schließlich musste sie sich mit beiden Händen an der Tischplatte festhalten, um nicht vom Stuhl zu fallen –

Da saß sie nun ganz erfüllt und bebte –

Blind tastete sie dann nach einem Stift, egal welchem, egal welcher Farbe, denn jetzt musste es schnellgehen, es ging um Sekunden. Und wenn sie einen erwischt hatte, setzte sie seine Spitze aufs Papier und machte sich bereit und ließ es dann kommen –

Einen kurzen, schwindelerregenden Augenblick lang konnte man das Bild sehen –

Ja, da war es jetzt! Da saß es. Glasklar, erhellt bis ins kleinste Detail, schmerzhaft deutlich für sie, durchdrungen von einem Licht, das es mit sich heraufgesaugt hatte – von Farben und Licht, Farben so klar und leicht wie Wasser aus dem blutgefüllten Inneren des Körpers. Aliides Blick wurde dunkel und gläsern, sie starrte vor sich hin ins Leere und konnte für einen Uneingeweihten einen abgestumpften, fast ein wenig schwachsinnigen Eindruck machen, aber in Wirklichkeit war sie genau in diesem Moment damit beschäftigt, sich so viel wie möglich von dem Bild einzuprägen, um es dann schnell einfangen zu können.

Denn bald wurde es viel zu schwer, zu reich und satt um sich weiter halten zu können. Und wenn es allzu lange in ihrem Kopf festsaß, raubte es ihr so viel Kraft und Energie, dass sie es kaum noch schaffte, das Gesehene aufs Papier zu bringen, die furchterregende Hand zu heben, zu –

Langsam verdunkelte sich das Bild dann an den Rändern –

Es oxidierte, es wurde von einer Dunkelheit angegriffen, die sich unerbittlich einen Weg in sein Inneres suchte, zu seinem erleuchteten Zentrum, das ein Gesicht sein konnte, ein Baum, ein Bach, eine Stadt. Das Bild wurde dunkler, bis es mit einem leisen saugenden Geräusch, wie eine wässrig gewordene Eisschicht im Frühjahr, brach, und Teilchen für Teilchen zurück in die Tiefe schwebte, um dort langsam, still und leise einen Verwesungsprozess zu durchlaufen, in seine Bestandteile zerlegt zu werden und dann, nach einer gewissen Zeit, in neuer Gestalt wieder aufzuerstehen; schwer, sonderbar, reich und satt.

Und wenn das passierte, wenn der Zerfall begann, wurde Aliides Gesicht schnell sehr kalt, ganz weiß. Sie war bereits vollauf mit dem Versuch beschäftigt, alles, was sie gesehen hatte, die ganze Herrlichkeit, alle Details, so gut es ging aufs Blatt zu bekommen (aber das war leider oft viel zu klein, und eine Menge musste zurückbleiben).

Und um richtig sehen zu können, drückte sie ihr eiskaltes Gesicht fest auf das Papier, als handele es sich dabei eigentlich um ein kleines, beschlagenes Fenster, durch das sie jetzt nach dem schnell verglühenden Bild Ausschau hielt, nach dem, was davon noch übrig war –

Und wieder einmal war es so, dass sie mit aller Kraft zeichnete, alles gab, weil keine Zeit mehr war, niemals, überhaupt nie mehr. Und da war dieses Gefühl wieder; der Tod! der Tod! Der monströse, affenähnliche alte Tod, der ihr in den Nacken keuchte, wo sie ging und stand. Sie zeichnete, als ginge es um Leben und Tod, als kämpfe sie um ihr Leben, oder vielleicht so, als grübe sie, als schleudere sie große Fetzen Dunkelheit aus ihrem eigenen Innern, um es dort ein bisschen heller zu machen, um den Druck dort zu mindern, um nachzusehen, ob es nicht doch möglich war, dass diese Dunkelheit, trotz allem, auf ihrem Grund, etwas Wertvolles enthielt, eine seit langem vergessene Kostbarkeit, und nicht nur ständig dieses Schreckliche –

Und wie sie so kämpfte und sich ins Zeug legte, konnte man manchmal den Eindruck gewinnen, dass sie zwar wie eine Besessene kämpfte, um das Bild aus sich herauszustemmen und es loszuwerden, jedes einzelne Quäntchen, aber dass sie auch, gleichzeitig, mit ebenso großer, wenn nicht größerer, Leidenschaft DAGEGEN kämpfte. Kämpfte, um es wieder zurück in die Tiefe zu zwingen, als wehre sie sich gegen das, was es möglicherweise enthalten und über sie selbst verraten könne, als wolle sie das nicht sehen und müsse doch um jeden Preis Gewissheit haben!

Es konnte dann vorkommen, dass die Lehrerin ausgerechnet an ihrer Bank vorbeikam. Es konnte vorkommen, dass sie, ohne dass Aliide es merkte, auf Aliides Zeichnung schielte, und auf Aliide selbst. Und dass sie dabei eine Beklemmung verspürte und sich von dem, was sie da sah, unangenehm berührt fühlte; von den Farben, die ineinander flossen, und nicht zuletzt von den seltsamen halberstickten Lauten, die Aliide hervorstieß, so als würde sie lebendig in ihrer eigenen Zeichnung begraben.

Und dann war es beinahe so, dass die Lehrerin die Zeichnung an sich raffen wollte, mit ihr zum Fenster laufen und sie dort hochhalten, von Licht durchfluten lassen wollte. Um sie untersuchen zu können, wie man ein Röntgenbild untersucht, um darin, wenn möglich, den kleinen Schatten zu finden, den Pfropfen, der hinter all den mehr oder weniger rätselhaften Schmerzen und Symptomen des Patienten steckt.

Aliide fürchtete sich vor sich selbst, sie fürchtete sich vor anderen, nichts ergab mehr einen Zusammenhang. Die Welt, der Körper, das, was im Körper passierte, waren nicht länger zu überblicken und vorherzusehen, und sie hasste diese ihrer eigenen Ansicht nach übertrieben hysterischen Reaktionen, die jetzt nie mehr in angemessenem Verhältnis zu dem standen, was passierte. Es war wohl kein Grund sterben zu wollen und in Tränen auszubrechen, wenn einem ein Betrunkener entgegenkam, als wolle er einen anfassen, in einem stinkenden, dunklen Gässchen, oder wenn ein schattenähnlicher alter Doktor einen überall mit seiner ekligen alten Hand angefasst hatte!

Und um sich zu schützen, machte sie sich also hart und kalt, so gut es eben ging. Aber die Härte, die so entstand, war ja in Wirklichkeit sehr oberflächlich, irgendwie porös und nicht viel wert. Sie war so beschaffen, dass sie, ganz im Gegenteil, das nur verschlimmerte, was Aliide mit aller Kraft zu verbergen suchte, so dass sie dann noch mehr von dieser nutzlosen Härte in sich herbeizwingen musste, zum Preis einer noch tieferen, noch endgültigeren Verwirrung und Unruhe!

Schließlich griff sie auch zu einer minutiösen Ritualisierung ihres Alltags. Und ohne dass sie selbst es eigentlich merkte, wurde sie von Tag zu Tag immer tiefer da hineingezogen; unmerklich wuchsen die Zwänge heran, sie wuchsen in die Höhe wie die Dornenhecke um Dornröschens Schloss, wo alles zu Stein geworden ist und das Mädchen seinen versteinerten Schlaf schläft.

Sie fassten in ihr Fuß, und nicht einmal sie selbst merkte es richtig, weil sie keinen Überblick hatte, sie war noch nicht mehr als eine winzige, kaum erkennbare Figur ganz unten in der Ecke eines riesigen Gemäldes. Sie konnte nicht über dieses Gemälde hinaussehen und auch nicht erkennen, wo der Schatten herkam, der jetzt so schwer auf sie fiel, in wem dieser Schatten seinen Ursprung hatte.

Eine Eigenheit nach der anderen kam hinzu. Aber gleichzeitig nahm sie es sehr genau damit, dieses Chaos vor ihrer Umwelt zu verbergen, vor Idrok und den Eltern. Niemand durfte davon wissen, niemand durfte es sehen! Und vor C und K hielt sie immer eine etwas unbeteiligte, ein wenig hochnäsige Fassade aufrecht. Bei dem Gedanken daran, vor einer von ihnen die Maske fallen zu lassen, wurde ihr offen gesagt ganz schlecht, übel vor Ekel. Das wäre so, als sähe man eine Handvoll Maden aus einem frisch gebackenen Brot herauskrabbeln!

Irgendwie schaffte sie es auch, ein gewisses inneres Gleichgewicht herzustellen. Am besten war es, nicht so viel nachzudenken. Jede Bewegung war strikt reglementiert. Sie musste die Dinge so und nicht anders tun, hierhin gehen statt dorthin, und wenn sie diesen Regeln nicht gehorchte, wenn sie stattdessen auf die Idee kam, sich gegen all das aufzulehnen, dann kochte die Angst in ihr hoch und überwältigte sie total, schlimmer als je zuvor, so heftig, dass es nicht zu beschreiben war. Und da war es nicht gerade fair, ein Kind zu sein und keinen einzigen Menschen zu haben, an den man sich hätte wenden können, denn man hatte eigentlich keine Ahnung, was da überhaupt mit einem geschah, und wusste deswegen auch nicht, was man hätte sagen sollen, und hatte keine Sprache für das, was man nicht verstand, keine Worte, die stark und tief genug waren!

Seit einer Weile hatte sie außerdem damit aufgehört, ihr vom Schlaf geschwollenes Gesicht morgens im Badezimmerspiegel unter die Lupe zu nehmen, denn das traute sie sich ganz einfach nicht mehr. Der Anblick erfüllte sie mit Ekel und Angst, und sie fürchtete sich vor dem, was sie dort jetzt möglicherweise hätte entdecken können. Denn wozu hätten die kleinen Schmutzpartikel, die jede Nacht aus der Tiefe heraufstiegen und dann in ihrer Haut zurückblieben, jetzt nicht Anlass geben können?

Sie vermied es auch sorgfältig, so gut wie möglich, ihr eigenes Gesicht zu berühren, ihren Mund, ihr Haar, ihre Lippen, alles. Es war so unglaublich eklig, dieses Gefühl von Fleisch, von Haar, dieses Gefühl, dass das hier, das Fleisch und sonst nichts, sie war. Manchmal musste sie stillstehen, breitbeinig, und die Finger spreizen, damit die Ekelgefühle sie nicht überwältigten, und manchmal lag sie im Bett auf dem Rücken, von Panik ergriffen, weil sie irgendwo im Körper festhing, und sie zerrte und riss an ihrem Körper, an ihren Haaren, wie um zu versuchen ihn loszuwerden, ihn zu zerstreuen.

Und wenn sie sich waschen musste, befeuchtete sie inzwischen nur noch schnell ihre Hand und rieb damit in großer Angst, mit klopfendem Herzen, über ihre Wangen und ihre Stirn. Das musste schnell gemacht werden. Und mit einem Minimum an Gefühl, damit sie keine Unregelmäßigkeiten entdecken oder wieder von diesem widerwärtigen Fleischgefühl gepackt werden konnte –

Und wenn sie sich zufällig aus Versehen in einem Spiegel sah oder in einem Schaufenster draußen in der Stadt, oder wo auch immer, wenn sie nicht darauf vorbereitet war, dann erkannte sie dieses hässliche, widerliche Kind, das ihr da entgegenkam, gar nicht wieder, leichenblass im Gesicht und eklig überall, bis ins kleinste Organ und den kleinsten Darm hinein. Dann hielt sie sich selbst für ein völlig fremdes Kind und dachte sofort empört und bestürzt, dass –

WAS IST DENN DAS FÜR EIN IDIOT!

Und nahm sofort Verteidigungshaltung ein. Machte sich hart, ballte die Fäuste, biss die Zähne zusammen und stierte starr zurück, begegnete dem Blick des fremden Kindes, der abstoßend offen und dunkel und erschrocken war, und bereitete sich darauf vor, im schlimmsten Fall einen Satz nach vorn zu machen und dem Kind eine reinzuhauen, um es auf diese Weise aus dem Weg zu räumen, es ein für alle Mal totzumachen –

Aber wenn sie dann erkannte, dass das ja sie selbst war, ihr eigenes Spiegelbild, das sie da sah, ihr eigener Blick, dem sie begegnete, sie selbst, die sie zusammenschlagen und totmachen wollte, fiel alles Harte und Vorlaute von ihr ab und sie zog sich stattdessen zitternd zurück und dachte noch lange über die Tatsache nach, dass das Kind, das sie töten wollte, sie selbst war.

Und weil die Angst vor dem eigenen Gesicht, die Angst vor dem, was sie dort jetzt vielleicht entdecken könnte, keine Grenzen kannte, dehnte sie sich auch auf den restlichen Körper aus, auf die Brust, die Beine, die Arme, alles. Und Aliide vermied es in allen Lebenslagen, ihren Körper anzusehen. Aber das war sehr schwierig. Denn er war immer da, er saß fest, er umgab sie ja! Und manchmal zwang sie sich, es doch zu tun, vielleicht einfach um sich zu quälen oder um sich zu vergewissern, dass er äußerlich intakt war, dass noch nichts zu sehen war. Aber das endete immer damit, dass sie von einer so scheußlichen, schleichenden Angst, einem gestaltlosen Schrecken, gepackt wurde, der sie von allen Seiten angriff.

Wenn sie sich abends oder morgens umzog oder wenn sie baden musste, oder im Umkleideraum vor oder nach dem Turnen, löste sie das Problem so, dass sie ihre Aufmerksamkeit von ihrem Körper ablenkte, indem sie stattdessen einen kleinen Fleck an der Wand vor sich fixierte, oder irgendeinen Gegenstand, der auf dem Boden lag –

Denn der Körper war stumm, der Körper schwieg einfach!

Er schwieg und schwieg und schwieg, und es war ein trügerisches Schweigen, eine trügerische Stille, denn was verbarg sich dahinter, was ging eigentlich im Schutz dieser Stille vor?

Dass es etwas Schreckliches war, etwas Zerstörerisches, das spürte Aliide ja.

So knochig, so hager dieser Körper in Wirklichkeit auch war, so war Aliides eigener Meinung nach immer zu viel davon vorhanden. Zu viel Fleisch, in dem es still war, zu viele Nerven, die sich wie fadenförmige Pilzwurzeln in dem stummen Fleisch verzweigten, zu viele Knochen, zu viel Blut, kurz gesagt, von allem zu viel, und sie bekam in diesem Körper jetzt nie richtig Boden. Er war innen vollkommen grenzenlos; zu versuchen, sich das Ende dieses Körpers und seines Innenraumes vorzustellen, war, wie wenn man versuchte, sich das Ende des Universums vorzustellen; ein Ding der Unmöglichkeit, und das machte einen total verrückt!

Ja, der Körper, der schwieg und war stumm, hörte aber trotzdem nie auf, sich einem auf die hinterhältigste Weise mitzuteilen, von innen heraus, in den unergründlichsten Handlungen und Ritualen, auf die man nun zurückgreifen musste, um sich zu beruhigen –

Und sie verstand nicht, was er damit zum Ausdruck bringen wollte, ihr Körper; was er ihr sagen wollte. Aber sie spürte, dass er gegen sie arbeitete, dass es sich hier um eine Verschwörung handelte, dass in ihm irgendeine fürchterliche Krankheit schlummerte, von der sie vorläufig noch nichts merkte. Eine Krankheit, mit der man viele Jahre leben konnte und die sich nur ab und zu in Form von Angst und einer plötzlich aufflackernden Panik bemerkbar machte, die aber eines Tages vollständig ausbrechen und sich als grässlich erweisen würde, und vielleicht sogar ihr Tod sein würde, wie auch immer –

Und es war wohl nur eine Frage der Zeit, bis die verhängnisvollen Ekelgefühle und die Angst und so, all das, was jetzt auf das Innere des Körpers beschränkt war, schließlich so stark geworden wäre, dass es auch außen sichtbar würde –

Es würde sich so abspielen, dass eines Tages plötzlich ein unscheinbarer kleiner Fleck, wie ein Geburtsmal, auf der Innenseite ihres rechten Oberschenkels auftauchen würde, oder an einem Arm, oder wo auch immer. Und der Fleck würde mit der Zeit wachsen und sich erst zu einem Ausschlag entwickeln, dann zu einer Pocke, und am Schluss zu einer gräulichen, nässenden Beule, die dann platzen würde, und danach würden sich die Beulen an ihrem ganzen Körper ausbreiten, bis sie wie eine Pestkranke aussähe, so dass alle es sehen könnten!

Ja, so würde es kommen, so würde es mit großer Sicherheit ablaufen –

Sie sah es vor sich, klar und deutlich; das war es also, was sie in ihrem Gesicht oder am Körper zu entdecken fürchtete, wenn sie jetzt nachschaute –

Zeichen, Abdrücke, blaue Flecken, kurz gesagt –

Spuren, Fingerabdrücke, als sei da einmal eine große Hand gewesen und habe sie berührt, im Schutz der Nacht, der Dunkelheit, im Schlaf.

Nachts träumte sie jetzt oft so heftig. All die mühsam errichteten Barrieren, die die sperrigen Gefühle tagsüber an ihrem Platz hielten, lösten sich dann auf.

Im Schlaf wurde sie deswegen hin und her geschleudert, auf und ab, es konnte passieren, dass sie patschnass geschwitzt und mit Herzklopfen erwachte, ganz gerädert von all diesen Träumen, an die sie sich leider nie erinnern konnte. Alles, was davon übrigblieb, waren ein paar zusammenhanglose Worte, die sie offenbar im Traum zu sich selbst gesagt hatte und dann beim Aufwachen wiederholte –

ES WAR –

ES WAR –

ES WAR –

Aber was?

Und wer?

Und warum?

Dann schmolzen auch diese Wortreste. Und ihr war nur noch übel, so als habe sie stundenlang mit verbundenen Augen zusammengekauert auf dem Boden eines morschen hölzernen kleinen Karrens gelegen und sei darin einen schmalen, steinigen Weg auf und ab gefahren worden, der sich um einen kargen, unwegsamen Berg schlängelte.

Den Tränen nahe, aufgedunsen und ganz wund, lag sie im Bett auf dem Rücken und starrte vor sich hin in die Dunkelheit, wieder einmal all diesen Gefühlen ausgesetzt, die sich noch nicht einmal an einem Traum festmachen ließen! Weil sich auch der Traum jetzt, in dem Moment, in dem Aliide die Augen aufgeschlagen hatte und sich des Zimmers, der Möbel und des Bettlakens, das sich um sie herumgewickelt hatte, bewusst geworden war, in Luft aufgelöst hatte.

Und ganz genauso gab es auch im Wachzustand kein konkretes Geschehen, keine Erinnerung, auf die sich ihre Gefühle zurückführen ließen.

Nichts, außer dass sie an diesem Regentag in den beleuchteten Raum gegangen und dort angefasst worden war, überall, von irgendeinem unidentifizierbaren Schatten, aber das reichte in Aliides Augen bei Weitem nicht aus, um als wirkliche Erklärung dafür zu dienen, dass sich so eine Art Dunkelheit über ihre ganze Welt gelegt hatte und die Dinge nicht länger zusammenzugehören schienen –

Es gab also überhaupt nichts –

Nichts Greifbares!

Nichts war passiert, was sie hätte benennen können, das in angemessenem Verhältnis zu alledem stand, nichts, woran sie sich hätte erinnern können, so dass sie damit auch das RECHT gehabt hätte, so zu empfinden, so dass man hätte sagen können, sie habe einen GRUND, so zu fühlen, wie sie es jetzt tat –

Alles, was sie tat, war bloß ihre eigene Schuld. Denn es gab keine richtige Erinnerung und nichts, was all das ausgelöst haben konnte, es gab nichts außer ihrer Zimperlichkeit, ihrer Überempfindlichkeit, die sie um jeden Preis bekämpfen musste, so dass sie sich nunmehr in einem ständigen, völlig aussichtslosen Kampf mit sich selbst befand.

Und sie konnte auf alle möglichen komischen Gedanken kommen –

Komische Gedanken und Vorstellungen, komische innere Szenen und Bilder setzten ihr zu; so hatte sie zum Beispiel eines Abends im Fernsehen eine Sendung gesehen, in der beschrieben worden war, wie Perlen entstehen, also, wie sie eigentlich am Anfang nur kleine Verunreinigungen sind,

Sandkörner,

Erdkrümel,

die sich aus Versehen in bestimmten Muscheln eingenistet haben und dort in das nasse rosa Fleisch eingebettet sind, wo sie im Laufe der Jahre langsam von einer kalten, weißen, harten, schimmernden Haut bedeckt werden. So dass das ursprünglich Schmutzige am Ende zu etwas äußerst Seltenem, Kostbarem und Begehrtem wird.

Da fielen ihr plötzlich siedend heiß die Schmutzpartikel ein, die ja jede Nacht in ihrem Körper an die Oberfläche gespült wurden und dann morgens noch im Gesicht, an den Händen und Füßen festsaßen.

Also hatten vielleicht auch diese Partikel eine derartige Verwandlung durchgemacht, also war vielleicht inzwischen ihr ganzer Körper voll mit kalten, weißen, harten Perlen, Perlen, die sie schwer machten, die dafür sorgten, dass sie sich unförmig fühlte, erfroren und tot!

Und wenn sie dem dann wirklich nachspürte, wenn sie sich ein bisschen auf dem Sofa hin und her drehte, vorsichtig, damit niemand etwas mitbekam, ja, dann konnte sie auch tatsächlich spüren, dass überall in ihr Fleisch Perlen eingebettet waren,

dass ihr Körper gespickt war mit großen, schmerzhaften Perlenschwärmen,

dass eine ganz vorne in der Zungenspitze saß,

dass hier und da an der Unterseite der Zunge Perlen saßen,

was dazu führte, dass sie jetzt immer öfter sogar darauf verzichtete zu sprechen, weil die Zunge sich so schwerfällig anfühlte und das Gesprochene so breiig wurde.

Und in jeder Fingerspitze steckte eine kleine Perle, ganz vorne, und wenn sie vorsichtig die Finger der rechten Hand an ihre Wange legte, spürte sie zum ersten Mal, wie kalt und hart diese innen waren.

Im Fernsehen hatte man dann mit einem kleinen Messer eine Muschel aufgebrochen, und ganz tief innen, auf einem Bett aus feuchtem rosa Fleisch, thronte tatsächlich eine kleine, perfekte, weiß schimmernde Perle –

Aber die aufgebrochene Muschel hatte in Aliides Augen eher einem aufgeschlitzten Geschlechtsorgan mit einer Perle darin geglichen, und der Anblick brannte sich tief in sie ein, und er war eklig, betäubend eklig. Sie hatte versucht sich dagegen zu wehren, aber sie hatte es absolut nicht verhindern können; das Bild saß, wo es saß, tief innen in ihrem Kopf, beschwerlich und stark. Sie hatte dagegen angekämpft, sie hatte es nicht so sehen wollen, aber sogar dort, in ihrem eigenen Geschlechtsorgan war, wie in der aufgeschlitzten Muschel im Fernsehen, eine kalte, harte Perle festgeklemmt.

Und Aliide wollte am liebsten gar nicht darüber nachdenken, wie sie dort hingekommen war, aber trotzdem; die Perle rief sich jetzt ständig in Erinnerung. Wenn Aliide sich bewegte, wenn sie atmete und sprach, scheuerte die Perle tief in ihrem Körper, so dass es Aliide nie richtig erlaubt war, sie zu vergessen, und es war eine eklige, schmerzhafte kleine Vorstellung, die mit der Zeit nur noch beängstigender wurde und schwerer auszuhalten war.

Aliide wollte sie um jeden Preis loswerden und überlegte sich dann, nach einer Weile, dass,

wenn sie sich einfach die ganze Zeit über in Bewegung hielt,

wenn sie einfach weiterhin floh, ohne Fragen zu stellen,

wenn sie nie richtig innehielt und keinem einzigen Menschen ihr wahres Gesicht zeigte,

und wenn sie außerdem nie irgendjemanden erahnen ließ, was tatsächlich in ihrem Innern vorging, und immer alles sorgfältig in sich verbarg,

ja, dann würde das hier vielleicht mit der Zeit von selbst vorbeigehen, von selbst heilen, und das eklige innere Bild, das sie die ganze Zeit über heimsuchte, würde vielleicht verblassen und verschwinden, und die Perlen in ihrem Fleisch würden sich vielleicht unmerklich zersetzen und den Körper dann mit dem Urin verlassen, und mit dem Schweiß, oder in Form einer geruchlosen, sorbetartigen, perlmuttweißen Ausscheidung –

Und vielleicht, vielleicht, würde sie dadurch schließlich von diesem Gefühl hier befreit werden, dass sie ein für alle Mal in eine kalte, dunkle kleine Ecke gestellt worden war, um dort einsam zu leben, dass sie dazu verdammt war, von dort aus still das Leben zu betrachten, und die sie nie zu verlassen wagte.

Aber all das half ja wenig.

Es half sogar überhaupt nichts!

Es wurde dadurch nicht besser –

Im Gegenteil.

Und apropos Perlen, einmal brachte sie es sogar fertig, eine richtige Perle in sich hineinzubekommen, eine kleine rote Plastikperle, die sie auf dem Boden eines leeren alten Marmeladeglases gefunden hatte, das ewig auf dem Fensterbrett in ihrem Zimmer herumgestanden und Staub gesammelt hatte.

Wie gewöhnlich schien das Ganze zunächst eine völlig gedankenlose Handlung zu sein, die mit der Zeit jedoch ihre Augen für noch mehr Dunkelheit und weitere verborgene Tiefen öffnete.

Als sie die Perle aus dem länglichen Glas herausgeschüttelt und saubergemacht hatte, indem sie sie an einem Hosenbein abgerieben hatte, und dann da stand und sie im Licht der Schreibtischlampe begutachtete, fand sie, dass sie einen eigentlich eher an eine kleine, noch unreife, säuerliche Johannisbeere denken ließ, die sie am liebsten in den Mund gesteckt hätte, um daran zu saugen.

In der Mitte der Perle befand sich außerdem ein eigenartiger schwarzer Kern, den das Licht der Lampe nicht zu erhellen vermochte. Wie sie die Perle auch drehte und wendete, sie blieb innen schwarz, und als sie diesen Kern aus Dunkelheit entdeckt hatte, verspürte sie plötzlich auch, seltsam roh und brutal, den Drang, diese Perle sofort zu probieren, sie in den Mund zu stecken und daran zu saugen.

Ohne Vorwarnung war außerdem ein gewaltiger Hunger in ihr ausgebrochen. Es war, als sei ihr nie zuvor in ihrem ganzen

Leben klargeworden, wie leer, wie einsam sie sich eigentlich die ganze Zeit über gefühlt hatte. Ja, so schrecklich einsam und leer, dass das Sicheinverleiben dieser bescheidenen, kleinen roten Plastikperle vielleicht doch am Ende diese Gefühle würde dämpfen können (obwohl ihr auch der Hunger und das plötzlich aufflackernde Verlangen nach der Perle irgendwie einsam und leer vorkamen).

Und weil es ein ganz gewöhnlicher Abend mitten in der Woche war, und weil es jetzt fast sechs Uhr war, drang durch den Türspalt Kochdunst zu ihr herein, und als sie diese Gerüche in sich aufsaugte, wurde der Hunger noch stärker, sie konnte ihn nicht länger aushalten, sondern MUSSTE jetzt ganz einfach versuchen, ihn bis auf Weiteres zu stillen, indem sie die Perle in den Mund steckte.

Also schloss sie die Augen, also öffnete sie den Mund, legte die Perle äußerst vorsichtig ganz vorne auf ihre Zungenspitze, schloss genauso vorsichtig die Lippen und drückte die Perle an den Gaumen, ließ sich auf die Knie fallen und begann, auf allen Vieren in dem Durcheinander auf dem Fußboden herumzukrabbeln.

Denn im Zusammenhang mit den Hungergefühlen, im Zusammenhang mit der Einsicht in ihre eigene Leere und Verlassenheit hatte sie im Kopf die Spannung eines Bild verspürt, und schon jetzt war dieses Bild so reich, satt und klar, dass es ihr eine ganze Menge Schmerzen bereitete. Und deswegen musste sie es so schnell wie möglich, bevor es verdarb und für immer auseinanderbrach, loswerden, verewigen, alles aufs Papier bringen, um dadurch auch sehen zu können, was es eigentlich darstellte.

Sie war so erfüllt von diesem Gedanken und dem Bild, das immer schlimmer, klarer und intensiver wurde, dass sie nach einer Weile ganz einfach vergaß, dass sie die Perle im Mund hatte. Und da, plötzlich, nur wegen dieser Sache, geschah das Furchtbare. Als sie unters Bett geschaut und dort keine Spur ihres Zeichenblocks oder ihrer Wachsmalstifte hatte entdecken können und deswegen enttäuscht aufstand, sich den Staub abklopfte, sich streckte, den Kopf in den Nacken warf und tief Luft holte, wurde die Perle die Speiseröhre hinuntergesaugt und wanderte dann weiter in ihren Körper hinein.

Am Anfang spürte Aliide eigentlich gar nichts, nichts Außergewöhnliches, keinen Schreck, keine nennenswerte Verwirrung, sie betastete nur ein bisschen ungeschickt mit den Fingern ihren Mund. Es dauerte einen kleinen Moment, bis sie die Tragweite des Vorfalls begriff, bis sie von einem eiskalten Entsetzen ohnegleichen gepackt wurde und ihr auf einmal völlig klar wurde, dass sie nun wirklich sterben musste, dass jetzt Schluss war, jetzt war WIRKLICH ein für alle Mal Schluss mit allem, was das Leben beinhaltete; Schluss, Ende, und die Zeit war jetzt am Verrinnen, jetzt blieb nichts als der Versuch, einen Platz zu finden, der einsam und leer genug war, um dort auf den Tod zu warten –

Sie blieb jedoch eine ganze Weile regungslos stehen und starrte die Wand vor sich an, sie horchte auf all die bis dahin verborgenen Töne des Todes, konnte aber nichts hören, noch nicht, sie wartete darauf, dass die Wand nachgeben, den Blick auf einen Abgrund freigeben würde, auf ein Nichts, das sie dann sofort verschlingen würde. Aber nichts dergleichen geschah –

Und wie lange würde dieses Sterben eigentlich dauern?

WIE LANGE?

Wieder durchfuhr eine Eiseskälte ihren Körper. Die Perle! Die Perle! Aliide spürte plötzlich, wie diese, nachdem sie aufgrund der Aufregung eine Weile still gelegen hatte, ihre verhängnisvolle, sehr schmerzhafte Wanderung in die Tiefen und das Innere ihres Körpers antrat. Dort drang sie dann in einen kleinen, engen, abseits gelegenen Darm ein, in dessen Biegung sie eingeklemmt wurde und steckenblieb. Sehr langsam zersetzte sich die Perle und löste sich auf. Die Magensäfte und das salzige Plastik bildeten zusammen eine stark ätzende tödliche Säure, die innerhalb kurzer Zeit ein unscheinbares kleines Loch in die Darmwand hineinfressen würde, und durch dieses unscheinbare kleine Loch würden bald riesige Mengen Blut eindringen. Zunächst zwar nur tröpfchenweise, langsam, dann jedoch mit immer höherer Geschwindigkeit, in einem immer kräftigeren Strahl, und am Schluss würde das Blut ihr Inneres ausfüllen, ihr in den Kopf steigen und ihren Tod verursachen!

Ja, aufgrund dieser leisen inneren Blutung, die die Perle verursacht hatte, würde sie ganz allmählich einen unerhört qualvollen, langsamen Tod sterben. Nur weil sie die Perle verschluckt hatte, fühlte sich ganz plötzlich alles so seltsam an, so unwirklich, so endgültig und schrecklich, beinahe so, als sei sie mit der Perle in ihrem Innern viel zu schwer für die Welt in ihrer jetzigen Gestalt geworden, als dass diese sie weiterhin zu tragen vermocht hätte. Unter dem Gewicht dieser schmelzenden roten Perle sackte ihr Körper daher durch eine weitere stille, gefrorene Schicht der Wirklichkeit, noch eine äußere Schicht zerbrach, Aliide spürte, wie sie unter ihren Füßen zersprang, und sofort fiel sie, und das ging mehrere schreckliche Sekunden lang so.

Als dieses Gefühl abgeklungen war, hob sie den Kopf und sah sich um und entdeckte zu ihrem großen Erstaunen, dass sie sich trotzdem immer noch in ihrem Zimmer befand, mit ihrem Körper und allem, und dass es darin noch so aussah wie immer, aber dass es dennoch, weil sie einige Sekunden lang so haltlos gefallen war, eine Spur dunkler war, wie wenn man ein Zimmer von unten aus einem schrecklichen, vernichtenden Gefühl heraus betrachtet.

Und als sie danach ihre Besitztümer anschaute – die Möbel, das Chaos, die ständige Unordnung und die Wand, die blaue, unbewegliche – wurde ihr auch sofort klar, dass sie augenblicklich von hier verschwinden musste, hinaus! hinaus! fort von ihrem eigenen Zimmer und allem, was auch nur im Geringsten nach Vertrautheit, Gemütlichkeit, Geborgenheit und Leben aussah. All das musste sie jetzt verlassen und loslassen, denn sie ertrug es nicht, das zu sehen, jetzt, wo sie sowieso in Kürze sterben würde, jetzt, wo ihr ohnehin jede Sekunde alles entrissen werden würde ... jetzt, wo sie sowieso unter grässlichen Leiden einsam sterben würde!

Und die Frage stellte sich ihr wieder und wieder –

WIE LANGE WÜRDE DIESES STERBEN DAUERN?

Vielleicht würde es sich über Monate und Jahre hinziehen, tagein und tagaus, leise und zermürbend, so dass sie den Tod, wenn er dann endlich zuschlug, als Befreier begrüßen würde? Aber wie dem jetzt auch sei, so schmerzhaft, so schwer und qualvoll es auch sein mochte, so durfte trotzdem kein anderer Mensch jemals auch nur ahnen, was in ihr ablief!

Niemand! Niemals! Nie! Sogar in diesem äußersten Augenblick musste alles verborgen bleiben, getarnt, und nichts von dem, was in ihr vorging, was jetzt ihre Wirklichkeit darstellte, durfte an die Oberfläche steigen und für andere in ihrem Gesicht, ihren Bewegungen, in ihrer Art zu sprechen oder in ihren Worten sichtbar werden.

Allerhöchstens – wenn der Tod jetzt sehr schnell zuschlug und sie ganz einfach hier zu Boden sinken würde, bevor sie es geschafft hätte, das Zimmer zu verlassen – dann würde sie hier mitten in ihrer Unordnung liegen, mitten in all ihren Siebensachen, ohne dass auch nur ein Wort, ein Laut der Erklärung über ihre verschlossenen Lippen käme!

Und wenn die anderen sich dann ins Zimmer gedrängt hätten und erschrocken, hilflos über sie gebeugt stünden und ihre allerletzten Todeszuckungen mitansähen und in Verzweiflung sähen, wie das Leben sie verließ, dann würde sie sie nur anlächeln, ja, lächeln, schweigend, still und geheimnisvoll aus der Tiefe ihrer Angst und ihres Schmerzes! Der bloße Gedanke daran, all das für andere sichtbar werden zu lassen, erfüllte sie eigenartigerweise mit Ekel und Angst –

LIEBER STERBE ICH, dachte sie und erschauerte, ihr wurde noch eiskälter, als sie spürte, wie sich das Wort STERBEN in ihr wie ein großer, schwarzer Tintenklecks ausbreitete.

Nein. Es war ihre eigene Schuld, sie musste ganz allein sich selbst die Schuld geben. Damit musste sie jetzt in den Tod gehen, allein, ohne Unterstützung, und niemand durfte das sehen. Denn niemand konnte ihr helfen, es gab sowieso keine Rettung, und sie wollte, musste, ja, um jeden Preis musste sie sich jetzt wie ein zu Tode verwundetes Tier von jedem Kontakt mit Menschen zurückziehen und einen versteckten, dunklen, ganz verlassenen Ort aufsuchen, wo sie, von menschlichen Blicken in Frieden gelassen, ihrem qualvollen herannahenden Tod ins Auge sehen konnte, ohne sich zusammenreißen zu müssen, wenn der Schmerz zu heftig und die Angst zu unerträglich und stark wurde.

Aber trotzdem stand sie immer noch in ihrem Zimmer, umgeben von all ihren Sachen, mit der Plastikperle in ihrem Innern, die angefangen hatte sich aufzulösen, und dem kleinen mysteriösen Darm, der schon auf dem besten Weg war, sich zu zersetzen. Und sie ging so langsam, so still und leise dem Tod entgegen, dass sie selbst kaum etwas davon spürte. Und irgendwie war das fürchterlich, denn dadurch war alles so wenig greifbar und undurchsichtig, sie wusste nicht richtig, wo sie stand. Sie wünschte sich jetzt fast einen vagen kleinen Schmerz, dem sie hätte nachspüren können, um dadurch erfassen zu können, wie weit das Sterben eigentlich vorangeschritten war, wie weit sie schon gekommen war.

Und während sie jetzt über all das nachdachte und all das fühlte, hörte sie plötzlich auch, wie von weit, weit her, von oben aus der wirklichen Welt sozusagen, die Stimmen der Eltern, die draußen in der Küche leise miteinander sprachen.

Die alltäglichen Geräusche, die sie erreichten, waren irgendwie gedämpft, und sie musste sehr lange und genau hinhören, bevor sie sie identifizieren konnte; das da war Papas Stimme, und das hier? Das Geräusch von klirrendem Glas, eine Kühlschranktür, die geöffnet und wieder zugeschlagen wurde, eine Gabel, die ins Spülbecken fiel, Wasser, das lief, Schritte, Stühle, die über den Boden schabten –

Und sie dachte, zum ersten Mal, empört, schwach, wütend, alles auf einmal –

Oh!

Diese armen, unglückseligen, machtlosen kleinen Eltern, die ihr Leben irgendwo in der Mitte der Familie leben, in ihrer Tiefe, auf ihrem Grund, in einer Nähe, die sich manchmal so stark und so intensiv anfühlt, dass man nicht durch sie hindurchsehen kann, sie nicht aushalten kann und sie manchmal mit Kälte verwechselt!

Diese armen kleinen Eltern, die überhaupt nichts zu sehen oder auch nur zu ahnen scheinen von den schrecklichen Leiden und dem Kampf, der sich täglich still und leise praktisch direkt vor ihren Augen abspielt; ja, diese hilflosen, blinden Eltern, welche täglich zu schonen und hinters Licht zu führen sich jedes Kind zur Aufgabe machen muss, ganz einfach weil es sie umbringen würde zu sehen, zu wissen oder auch nur zu ahnen.

Als sie das gründlich genug gedacht hatte, hielt sie es nicht länger aus, sondern alles zerbrach erneut, sie riss die Tür auf und rannte aus dem Zimmer, obwohl das Abendessen inzwischen auf dem Tisch stand und die beiden armen ahnungslosen Eltern sie mit erzürnten Stimmen aufforderten zu bleiben.

Sie zog sich Jacke und Stiefel an und, unten im Hof angekommen, als die Tür hinter ihr ins Schloss gefallen war, als sich die Stille wieder zwischen die Hochhäuser gesenkt hatte, da erkannte sie, dass sich alles hier draußen schon wieder verändert hatte und dass die Veränderung wieder einmal tiefgehend und total war, endgültig. Und da drehte sie sich um und warf einen raschen Blick in das jetzt stille, dunkle Treppenhaus und dachte –

NEHMEN DIESE STÄNDIGEN VERWANDLUNGEN DENN WIRKLICH KEIN ENDE? KÖNNEN SICH DIE WELT UND DIE WIRKLICHKEIT UNENDLICH OFT VERÄNDERN, ABER TROTZDEM IMMER NOCH IN IRGENDEINER FORM WEITEREXISTIEREN? MACHEN DIE EWIGEN VERÄNDERUNGEN DIE WELT NICHT GANZ KAPUTT?

Dass etwas geschehen war, merkte sie zuallererst am Nebel, an der Stille, die todesähnlicher und steriler war als je zuvor. Aber auch an der grobkörnigen Kälte, die für dieses Jahr neu war und die, wie sich herausstellte, wenn man sie auf die Zunge oder die Lippen bekam, nach altem Fisch schmeckte. Als wäre sie von irgendeinem unsauberen Polarmeer hereingeweht worden, wo verrottende, wurmstichige Eisberge herumschwammen und die Wale einsam starben und dabei im Schatten der Eismassen unbestimmte elegische Todeslaute ausstießen.

Und sie merkte es nicht zuletzt natürlich an der Dunkelheit, die vorher fast nur unter den struppigen Sträuchern zu erahnen gewesen war, nachdem es geregnet hatte und die Erde dort durchlässig und locker geworden war. Oder ganz unten in dem dezimeterhohen Gras, das jetzt so langsam begonnen hatte, in den Beeten zu sprießen; weiße Tropfen, grüne Tropfen, weißschimmernde, grüne Tropfen.

Es war eine Dunkelheit, um deren Nähe sie lange gewusst hatte, aber sie hatte gleichzeitig den Hang gehabt, sie zu leugnen und zu verdrängen –

Sie hatte sie in sich selbst gesehen,

in anderen,

im Lächeln und in den Taten der anderen,

in Frauen und Männern,

in den Blicken der kugeläugigen Kinder. Und wenn diese sich bewegten, wenn sie sich umdrehten, hatte sie sie um ihre mageren, biegsamen kleinen Körper herum aufschimmern sehen, in der Luft, die sich geöffnet hatte, wie sich das Wasser langsam um einen Schwimmer öffnet (so dass man plötzlich sieht, wie schwarz und bodenlos dieses Wasser eigentlich ist, unter der dünnen, versilberten Oberfläche).

Das erfüllte sie jetzt mit dem starken, aber doch absolut nicht greifbaren Gefühl, dass (und sie dachte das genau in dem Moment, in dem sie sich umdrehte und die merkwürdigen, kleinen, insektenähnlichen Kräuter bemerkte, die mittlerweile in den Beeten sprossen) –

WENN ICH JETZT DIESES KALTE EINFACHE KRÄUTCHEN ODER DIESES FURCHTBARE KLEINE

BLATT AUSREISSE, WENN ICH JETZT GANZ EINFACH NUR DIESEN GRASHALM ZUR SEITE BIEGE, UM ZU SEHEN, WAS ER EIGENTLICH VERBIRGT, DANN WIRD ALL DIE AUFGESTAUTE DUNKELHEIT, DIE ICH BISHER NUR GEAHNT HABE, IN ALL IHRER SCHEUSSLICHKEIT HERVORSPRUDELN UND DIE GANZE WELT UNTER SICH BEGRABEN UND UNS ALLE VERSCHLINGEN –

Ja, diese Dunkelheit hatte jetzt WIRKLICH begonnen, sich hervorzudrängen!

Sie war jetzt draußen, so als hätte sich ein gieriges kleines Individuum, das von nichts die Finger lassen konnte, kurz vor dem Abendessen zu später Stunde hinausgeschlichen und hätte GENAU DEN kleinen Grashalm entfernt, der bis dahin wie ein Stöpsel die Dunkelheit unter Verschluss gehalten hatte, sie versiegelt hatte.

Und jetzt war sie natürlich nicht länger aufzuhalten. Es gab keine Möglichkeit, unerbittlich stieg sie aus der Tiefe empor und durchströmte alles, was man sah; jeder Winkel, jede kleine Nische würde bald vollkommen von ihr durchdrungen sein und niemand würde sich in einer solchen Dunkelheit jemals wieder Gehör verschaffen können, gesehen oder verstanden werden können!

Und alles auf der Welt war nur deswegen so dunkel, weil es im Körper so dunkel war, das wusste sie wohl, das spürte sie wohl, und sie wusste auch, dass dies das Letzte war, was sie nun von der Welt sah, bevor der Tod zuschlug. Und dass es deswegen für sie jetzt darauf ankam, sich alles hier richtig gründlich und rücksichtslos anzuschauen, nicht mit dem Blick auszuweichen, egal wie elend ihr vor Todesangst und Panik war.

Und was sie sah, als sie sich nun zwang hinzuschauen, waren –

Die zunehmend verschwimmenden Konturen der Häuser, die mit Nebel gefüllten Sandkästen ein bisschen weiter entfernt, keinen einzigen Menschen, keinen einzigen Menschen, Lampen, die in den dunkelsten aller Räume brannten, deren Bewohner jetzt um den Abendbrottisch versammelt saßen, mit dem Tod in ihren Körpern, wie im Gebet über den dampfenden Hackbraten, die Magermilch, das aufgeschnittene fette Brot gebeugt. Und über alledem schließlich ein paar große, fluoreszierende Wolkenstapel, hinter denen man an einer bestimmten Stelle gerade noch den trockenen, emailleartigen Schein eines Mondes erkennen konnte, der wie eine Fischschuppe matt glänzte, völlig nutzlos.

Denn die Dunkelheit, sowohl die äußere als auch die innere, nahm jetzt rasch an Stärke zu und Aliide zuckte beim Gedanken daran plötzlich zusammen.

All diese Todesgedanken hatten sie für eine Weile den Anlass des Ganzen völlig vergessen lassen, die Perle, die in ihrem Innern feststeckte, aber jetzt spürte sie deutlich, wie diese ätzte und brannte, und da verspürte sie plötzlich einen Funken Leben in sich, den sie dazu nutzte, den ganzen Weg zum Park zu laufen, um dort, in ihrer Einsamkeit, auf den Tod zu warten.

Der Park war zum Glück so gut wie menschenleer –

Die Laternen brannten. Nebel hing in der feuchtkalten Luft, aber vorläufig nur als Andeutung, als Spur. Auf den Lichtungen bildeten sich Nebelstreifen, als hätte sich die Luft dort geschnitten, und Aliide, sterbend (denn sie meinte jetzt wirklich, etwas vom Tod zu spüren), begann sofort, hin und her zu laufen, immer im Kreis, auf den kleinen asphaltierten Spazierpfaden, die sie in Schnörkeln immer tiefer hinein zum Kern des Parks führten.

Der Gestank von den Teichen, dem großen wie dem kleinen (und einem dritten, den nicht viele kannten, weil er fast ganz versteckt lag, eingebettet in ein ungewöhnlich dicht belaubtes Waldstück irgendwo in den unzugänglicheren Teilen des Parks), hatte sich jetzt im Gras festgesetzt und in dem wenigen verfärbten, sterbenden Spätsommergrün, das noch übrig war. Er hatte sich in jede versteckte kleine Lichtung geschlichen und überall roch es nun wie in einem alten, ungelüfteten, schimmelbefallenen Keller –

Aliide lief von Baum zu Baum, instinktiv berührte sie einen jeden von ihnen, ohne eigentlich ihr eigenes Gesicht spüren zu können, und gleichzeitig bat sie, geduldig, in ihrem Innern –

NIMM DAS WEG!

MACH MICH LEBENDIG!

NIMM DAS WEG!

Und mit diesen Worten war sicherlich die Perle gemeint, die in ihrem Innern feststeckte und all diesen Schmerz und diese Angst verursachte, aber auch etwas anderes, etwas

Schlimmeres,

Tieferes,

Schrecklicheres,

etwas so vernichtend Schreckliches, dass sie nicht einmal daran zu denken vermochte, etwas, wovon das mit der Perle nur eine stille Spiegelung war.

Aber niemand konnte sie hier hören, und deswegen schrie sie und berührte alle Bäume, die stillen, harten Eichen, die mitten da draußen auf dem nassen, stinkenden Gras standen. Es war, als könne sie durch diese leichte Berührung auf einen Schlag von all ihrer tiefen Verzweiflung und Angst befreit werden. Als könne sie dadurch vielleicht in letzter Minute dem Tod entgehen, der jetzt im Expresstempo auf sie zugerast kam.

Und sie tat das, obwohl ihr vollkommen bewusst war, dass nichts sie retten konnte, nicht einmal ein Wunder, ein reines Mirakel, und es war auch keine Handlung der Welt kryptisch genug, ihr wenigstens zeitweise Linderung oder Erleichterung zu verschaffen.

Und alle Baumstämme waren auf merkwürdige Weise klebrig, ein bisschen schleimig, als habe sich ein Tier – vielleicht eine kleine Ziege, die aus einem der Gehege oben im Streichelzoo ausgebrochen war – bis hierhin vorgewagt und sei dann zwischen den Bäumen herumgelaufen und hätte sie in seiner Verzweiflung zu fressen versucht, aber ohne Erfolg zu haben, genau wie Aliide.

Das ging eine ganze Weile so. Aliide schrie ein letztes Mal auf und rannte dann hinunter zu dem großen Teich, wo sie sofort Zuflucht zu dem riesigen Rhododendrongebüsch nahm –

Wenn dieses Gebüsch im Sommer in voller Blüte stand, machte es auf den ersten Blick einen unerhört imposanten, beinahe blendenden Eindruck. Seine aufgesperrten kleinen Blüten saßen sehr dicht aneinander und bildeten eine so gut wie undurchdringliche Mauer, und das war auch ein Glück, denn wenn man wie Aliide auf die Idee käme, diese Mauer zu durchbrechen, dann würde man schnell merken, dass im Innern dieses gewaltigen Gebüschs eigentlich eine unerhörte Misere herrschte. Denn im Sommer schlichen sich die Spaziergänger im Vorbeigehen dort hinein, setzten sich in die Hocke, erledigten ihr Geschäft und gingen wieder hinaus. Und wenn Windstille herrschte, wenn die Hitze am schlimmsten war, an manchen windstillen, sengend heißen Tagen Ende August, gab das Gebüsch einen unbeschreiblich widerlichen Gestank von sich, zusammengesetzt aus dem süßsauren, etwas schalen Duft der Blüten einerseits und den unverwechselbaren Gerüchen von Exkrementen und Müll andererseits.

Aber jetzt war der Sommer definitiv vorbei. Es war feucht und kalt. Der Gestank war daher abgeklungen und das Gebüsch war dabei, sich zu senken, in sich zusammenzusinken. In immer schnellerem Tempo warf es nun seine Blüten ab, lautlos ließen sie sich fallen und lagen im Gras und auf den Wegen verstreut wie schmuddelige alte Handschuhe. Da fiel eine und dort fiel noch eine, aber man hörte sie nicht, man merkte es an nichts anderem als an einem leichten Beben, das jedes Mal das Gebüsch durchfuhr, wenn eine neue Blüte sich löste und herunterfiel.

Hier also irrte Aliide umher –

Es war geräumig, wie in einem großen Saal, einem unterirdischen Wald.

Bald würde der Park draußen öde, leer und tief, dunkel und verbrannt daliegen wie ein Krater, in den ein Meteorit eingeschlagen und bis auf weiteres alle Vegetation ausgelöscht hat. Aber bis dahin würde sie längst tot und begraben sein, zu Erde verwandelt, von Maden befallen, die zuerst ihr ganzes Gesicht auffressen und sie unkenntlich machen würden, denn

von Erde ist man genommen,

und Erde wird man wieder sein!

Erde, ja –

Sie bemerkte ganz flüchtig, aus einem Augenwinkel, dass es ausgerechnet hier drin sehr viel davon gab, und diese war, wie gesagt, bedeckt mit hart gewordenen alten Kothaufen,

altem, benutztem Klopapier,

Zeitungspapier, mit dem sich jemand abgeputzt hatte,

blutigen Unterhosen und Damenbinden,

leeren Flaschen, Kondomen und allem möglichen anderen Müll, in den sie nicht hineinzutreten versuchte, indem sie die Beine beim Gehen anhob wie ein Storch.

Sie war so vertieft, so versunken in den Gedanken an den Tod, in den sie in Kürze hinuntergezwungen werden sollte, dass sie Schweißausbrüche bekam, abwechselnd heiß und kalt. Und auf eine komische Art außerdem. Denn es fühlte sich so an, als ob die Haut eigentlich gar keine Flüssigkeit durchließ. Als würde sie einfach auf der Oberfläche zersetzt, fortgeschmolzen. Und der kalte Schweiß, den Aliide sich von den Lippen leckte, schmeckte süß, wie Sacharin, während die heiße Sorte den Geschmack des Körpers selbst angenommen hatte und deswegen salzig war, stark und streng, ungefähr wie Bouillon oder eine wässrige, aus alten Knochen gekochte Suppe.

Manchmal blieb sie natürlich stehen, sah auf und fasste leicht an einen Ast, wie um nachzusehen, ob die Welt wirklich immer noch stand. Und das tat sie anscheinend, denn als Aliide nun den Blick hob, fiel ihr das Licht der Straßenlaternen direkt in die Augen und sie musste blinzeln.

Ah; es war ein eigenartig blaues, fast ein bisschen außerirdisches Licht, das in kleinen stechenden Strahlen durch die Löcher drang, wo einst die Blüten gesessen hatten. Und mit jeder neuen Blüte, die fiel, wurde das Gebüsch innen eine Spur heller, leichter.

Die Erde –

Die Welt –

Dann schloss sie die Augen, wieder fühlte es sich an, als ob sie stürzte und fiel, und als sie die Augen wieder öffnete und sich umsah, befand sie sich unten am Teich, und im Wasser vor ihr war ein Mädchen, ein äußerst unangenehmes, störendes Mädchen, das mit leerem Blick zu ihr aufsah. Anscheinend lag es auf dem Rücken in dem schlammigen grauen Wasser. Wobei es sich letzten Endes doch nur um eine Spiegelung handelte, aber die Spiegelung war ungewöhnlich schwer, denn an ihren Rändern spannte das Wasser sich ein bisschen –

Der Rest des Teiches lag in vollkommener Dunkelheit, so still und dicht, dass man wahrscheinlich geradewegs über ihn zur anderen Seite hätte gehen können, ohne auf den Grund zu sinken. Und an seiner matten, harten Oberfläche, auf der vereinzelte Blätter und ein bisschen Gras herumlagen, wollten keine anderen Spiegelbilder hängenbleiben. An den Rändern des Teiches stand das Schilf und stank wie kleine, verrottete Hafergarben, und draußen auf der von Vogelkot weißgekalkten Halbinsel, unter dem windschiefen chinesischen Baum, hatten sich alle Enten zusammengekauert, die Köpfe unter die Flügel gesteckt, und schliefen tief und fest.

Da riss sich Aliide sofort vom Teich los und setzte sich stattdessen auf eine Bank neben dem Rhododendrongebüsch, so weit von der nächsten Straßenlaterne entfernt wie möglich.

Plötzlich schwappte eine Welle der Erleichterung und des Friedens durch sie hindurch.

Sie drehte den Kopf nur ein winziges bisschen, beugte sich vor und lauschte in den eigenen Körper hinein, um festzustellen, inwieweit noch Herztöne zu hören waren oder nicht, und ja, da waren noch welche. Ein paar vereinzelte, schwache, bebende konnte sie gerade noch auf der Innenseite des Fleisches wahrnehmen. (Und sie sah ein Herz vor sich, durchsichtig glatt mit roten Adern darin, wie eine faustgroße Feuerqualle –)

Sie konzentrierte sich und es gelang ihr schließlich, den stechenden Schmerz, den sie in regelmäßigen Abständen zu spüren glaubte, an einem Punkt genau unter dem linken Rippenbein zu verorten, im Zwerchfell, da! da! Sie beugte sich noch ein bisschen weiter vor und legte vorsichtig einen Finger darauf. Denn sie betrachtete diesen kleinen Stich als sicheres Anzeichen dafür, dass die Darmwand jetzt ganz perforiert und das Blut im Begriff war, in ihren Bauchraum einzudringen, tropfenweise, in immer schnellerem Tempo.

Da erhob sich, als sie aufsah, von der Mitte des Teiches ein weißer Kringel –

wie weißer Sand,

wie weißer Staub von unbekannter Art,

als habe das Wasser begonnen, genau in der Mitte zu verdunsten, und ein schwacher, kaum spürbarer Wind wehte all dieses Weiße zwischen die Bäume, ließ es dort zurück, wo es sich auflöste und zu Boden fiel, in das übelriechende Gras.

Und dann war es merkwürdig, äußerst merkwürdig! Denn jedes Mal, wenn sie den Kopf hob und den Blick auf irgendeinen in Nebel gehüllten Gegenstand draußen in dem immer dunkler werdenden Park richtete, schien sich ein ebensolcher weißer Kringel wie Rauch aus dem zu lösen, was sie gerade betrachtete. So wurde alles, was sie ansah, eine Spur blasser, undeutlicher, nur dadurch, dass sie es ganz flüchtig mit dem Blick streifte! Und deswegen musste sie jetzt den Kopf gesenkt halten, denn je mehr sie schaute, mit diesem intensiven, weit offenen Blick, desto schneller würde die Welt vergehen und verdunsten, und jetzt, in ihrer Angst, wollte sie sie um jeden Preis noch so lange wie möglich behalten.

Aber trotzdem spürte sie zweifelsfrei, dass alles dabei war, sich aufzulösen, zu versinken, und egal wie sie sich verhielt, es war trotzdem bald alles aus, sie hatte nichts mehr zu verlieren, es blieb also nur noch eins –

Sie schloss die Augen und kauerte sich auf der Bank zusammen, ballte die rechte Hand zu einer harten Faust, biss die Zähne zusammen, beugte sich weiter vor. Sie holte aus und begann, sich ruhig und methodisch hartnäckig aufs Zwerchfell zu schlagen, genau unter dem Rippenbein, wo die Perle vermutlich saß.

Sie hatte die vage Vorstellung, dass dies die Perle vielleicht dazu bringen könne, sich zu lösen und wieder hinauf in ihren Mund zu gelangen, so dass sie sie dann würde ausspucken können. Und so wenigstens einigermaßen leer und gereinigt würde sterben können. Das erwies sich jedoch als sehr viel schwieriger, als sie zunächst geglaubt hatte. Denn sie musste den Körper, den Rumpf, entspannt und locker halten, während sie die Hand und den Arm so fest wie möglich anspannen musste, damit der Schlag den maximalen Effekt haben und überhaupt ordentlich treffen würde.

Das kostete ungeheuer viel Energie, und es passierte manchmal, dass sie ganz und gar daneben traf und stattdessen zur

Seite geschleudert wurde und fast kopfüber auf den Boden fiel.

Nach einer Weile fühlte es sich jedoch so an, als sei es ihr tatsächlich geglückt, mit Hilfe des Schlagens etwas von der Innenseite ihres Magens abzuklopfen. Es bewegte sich etwas in ihrem Bauch, es war auf dem Weg nach oben, und sie beugte sich daher vor, bereitete sich darauf vor, es zu erbrechen, spuckte auf den Kiesweg und verbrachte dann mehrere Minuten damit, das Ausgespuckte eingehend zu untersuchen. Aber wie sie es auch betrachtete, so konnte sie doch nichts anderes erkennen als ein kaltes, weißes Sekret. Glasklar wie das Weiße von einem Ei, das sie in ihrem Innern herumgetragen hatte und nun durch all ihr Klopfen hatte zerschlagen können.

Sie machte trotzdem weiter, bis sie in eine Art Trance fiel. Ihr Arm schien aus eigenem Antrieb zu arbeiten, wurde allerdings immer erschöpfter, immer unsicherer und tastender, es passierte immer öfter, dass sie ihren Körper ganz verfehlte und zur Seite fiel. Zum Schluss, als sie einen Krampf im Arm hatte und spürte, dass sie am Ende ihrer Kräfte war, gab sie dann doch auf, unfähig, weiterzumachen, weil sie keinen Sinn mehr darin sah. Und sie sank in sich zusammen, kollabierte, blieb auf der Bank sitzen, den Kopf zwischen den Knien und den Mund weit offen, während mehr von dem kalten, weißen, eiweißähnlichen Sekret auf den Kiesweg zu ihren Füßen tropfte.

Nach der gewaltsamen Kraftanstrengung, die all dieses Klopfen mit sich gebracht hatte, war sie vollkommen tot, vollkommen schlaff am ganzen Körper. Aber plötzlich fuhr doch Leben in sie und sie setzte sich kerzengerade auf und versuchte, sich die ganze rechte Hand in den Mund zu schieben, denn sie WEIGERTE sich, ihr Schicksal anzunehmen.

In dem Versuch, die ganze Hand in den Magen zu schieben, um dadurch vielleicht die Reste der Perle herausnehmen und wegwerfen zu können, kratzte sie sich mit den Fingern tief unten im Rachen herum, bis sie aus Versehen an eine Art Sperre geriet, wodurch sie einen heftigen Krampf auslöste. Und ihr ganzer Körper krümmte sich, sie wurde gewaltsam nach vorne geschleudert und war gezwungen, die Hand aus dem Mund zu nehmen und hustete noch mehr kaltes, weißes Sekret aus, aber sonst nichts, keine Perle.

Als sich der Anfall gelegt hatte, saß sie wieder so still da wie vorher, den Kopf schwer zwischen den Beinen hängend, den Mund weit geöffnet, ganz benebelt von all dem Laufen, all dem Klopfen, der Angst und dem Gedanken an den Tod, dem sie jetzt einsam entgegensehen musste. Ihre Arme zitterten eigenartig und der Rest ihres Körpers fühlte sich unwirklich nah an, unwirklich fleischig, fest geschlossen saß er um Organe und Knochen und alles, was sie war.

Mühsam glitt sie von der Bank und schwankte –

Vorsichtig betastete sie mit dem Fuß den Boden und stellte fest, dass er hart war, er würde sie also wohl noch einen kleinen Moment tragen. Dann schleppte sie sich, vor Schmerzen gekrümmt, mit gesenktem Blick, aus dem stillen, in Nebel gehüllten Park hinaus. Aber sie musste ein gutes Stück gehen, bis sie es am Spielplatz wagte, den Kopf zu heben und sich umzusehen –

Die kleinen roten Spielzeughäuser, in denen die Kinder tagsüber mit feuchten, kleinen Holzklötzchen und Brettern spielten, standen jetzt leer, und dort, auf der grünen Tischtennisplatte, lagen jede Menge Laub aus der großen Krone der Eiche und ein Schläger, den man vergessen hatte einzuschließen.

Ansonsten war alles verlassen, weiß und still; alles war von Dunstschwaden umgeben, aber Aliides Sinne, und ganz besonders ihr Gehörsinn, waren so bis zur Schmerzgrenze geschärft, dass sie trotzdem zu hören meinte, wie der Nebel sich an die Blätter der sterbenden Bäume und Sträucher heftete, oder wie der Wind dort blies, wo sie selbst nicht war, oder noch schrecklicher, noch sonderbarer; wie ein morscher Baum oder ein verfaulter Baumstumpf plötzlich im Wald auseinanderfiel und eine große, tiefe Stille zurückließ.

Glücklicherweise begegnete sie auf ihrem Rückweg aus dem Park nicht einem einzigen Menschen. Auf jeden Fall nicht, soweit sie sehen konnte. Wobei es ja gut möglich war, dass irgendwo hier im Nebel, hinter irgendeinem Baum, noch so ein verängstigter armer Teufel stand und starb. Eine arme Seele! Ein armer Sterbender! Aber das kratzte sie jetzt kein bisschen, sie hatte weder Zeit noch Kraft, sich darum zu sorgen oder auch nur darüber nachzudenken.

In dem großen Backsteingebäude des Altersheims waren die Fenster schwach erleuchtet, und da saßen sie nun, all die sterbenden Tantchen und der kleine alte Mann, der immer weniger wurde, mit jedem Mal, das man ihn sah. Dort drin saßen sie und blickten zurück auf ihre langen, kurvenreichen, komplizierten Lebenswege, und so alt, kränklich und kraftlos sie auch sein mochten, so sehr sie auch litten, so waren sie trotzdem nicht so arm dran wie Aliide jetzt! Denn sie hatten wenigstens ihr Leben BIS AUF DEN GRUND ausleben dürfen. Sie waren wenigstens nicht mittendrin unterbrochen worden. Und es war absolut nicht so wie mit ihr, Aliide, die noch ein armes Kind war, aber jetzt sterben musste, weil sie so, ja, wie war sie gewesen? Gierig, blöd genug, diese verfluchte kleine Perle in den Mund zu stecken!

Und sie sah jetzt, weil der Nebel Einzug gehalten hatte, immer weniger von der Welt und der Wirklichkeit, die noch vor einer lächerlichen Stunde so unverrückbar gewirkt hatte, als ob nichts ihr jemals etwas anhaben könne. Und dieses Wissen um den Tod, das sie manchmal ergriffen hatte, wenn ihr Blick zufällig auf die Radierung gefallen war, die neben der Tür im Flur hing, war nichts im Vergleich zu dem hier, absolut nichts –

Sie war jetzt bei den Hochhäusern angekommen und vor ihr, den ganzen Weg bergab, lag die Passage in tiefem Nebel. Sie sah die Kirche nicht, sie sah nichts, aber sie setzte Fuß vor Fuß, und genau vorm Jiffy's kam ihr dann doch ein Mann aus dem Nebel entgegen. Aber er sah sie nicht einmal! Er würdigte sie keines Blickes und sie nahm an, dass das damit zusammenhing, dass der Tod jetzt begonnen hatte, sie für andere Menschen unsichtbar zu machen, für die Lebenden (wobei »unschuldig« das Wort war, an das sie, aus Versehen, zuerst gedacht hatte).

Alles Lebendige war gnadenlos dabei, sich von ihr zu entfernen. Es verstummte und verschwand hinter einer immer dichter werdenden Mauer aus feuchtem, kaltem, langsam aufsteigendem Nebel. Das ging sehr träumerisch vonstatten, sehr leise, wofür sie dankbar war, und in den Häusern hier, überall, zeugten die schwach erhellten Fenster, wie im Altersheim, von einem für Aliide unbegreiflich gewordenen menschlichen Leben –

Als sie dann endlich vor der verschlossenen Wohnungstür stand (nur indem sie sorgfältig den Namen auf dem Briefschlitz las, konnte sie sich ganz sicher sein, dass sie an der richtigen Tür war), hörte sie die Geräusche aus den benachbarten Wohnungen und fand sie genauso unbegreiflich wie die

Lichter, die sie gerade in den Fenstern der Menschen gesehen hatte.

Sie war weiterhin fest davon überzeugt, dass sie, was auch passierte, ihrer eigenen großen Angst und ihrem Schmerz zum Trotz, dieses Furchtbare um jeden Preis vor ihren Familienmitgliedern verbergen musste. Denn wenn die auch nur eine Ahnung davon hätten, was Aliide und damit auch ihnen bevorstand, was sich in ihr abspielte, dass sie im Sterben lag, ja, das würde sie zweifellos umbringen und alles, diese ganze Familie, schon jetzt in Trümmer legen, und wozu sollte das gut sein? Sie würden ja sowieso nichts machen können, das mit dem Tod war so fürchterlich und endgültig, was sollte es bringen, darüber zu sprechen? Deswegen war es jetzt ihre Aufgabe, zu tarnen, zu verstecken, zu verbergen.

Sie glättete also ihr Haar, fuhr rasch mit der Hand hindurch, schüttelte ein paar Mal gründlich den Kopf, um ihr Gesicht in Ordnung zu bringen und von allem zu befreien, was im schlimmsten Fall die Aufmerksamkeit der Eltern oder Idroks hätte auf sich ziehen können.

Als sie sich dann so einigermaßen gefasst fühlte, öffnete sie die Tür und trat ein –

Sie ging direkt ins Wohnzimmer und hoffte, dass es niemandem auffallen würde, wie es um sie bestellt war, aber gleichzeitig hoffte sie, mit einem anderen Teil ihres Ichs, dass einer von ihnen sofort, instinktiv, mit einem einzigen Blick, sehen und verstehen würde, wie alles zusammenhing; die Perle, das Blut, der Tod, und all das andere, all das viel Tiefere, Schrecklichere.

Hier in der Wohnung waren die anderen wie gewöhnlich, an einem Abend wie diesem, tief versunken in ein Leben, das ihr auf einmal, gleich beim Hereinkommen, vollkommen fremd und beinahe lächerlich kompliziert vorkam. Hatte sie wirklich einmal an all dem teilgehabt?

Mama wies leise, ohne den Blick von der Wäsche zu heben, die sie gerade am Tisch zusammenlegte, darauf hin, dass das Essen im Ofen stand und dass sie sich nur zu bedienen brauche. Aber der bloße Gedanke an Essen erschien Aliide vollkommen absurd, jetzt, wo ihr sowieso nur noch der Tod, ihre eigene Vernichtung, bevorstand.

Sie sah sich um, und, ja: da stand also Mama, auf der etwas Schweres zu lasten schien (was war es, das sie in letzter Zeit ständig quälte?), und legte Wäsche zusammen. Und da war Papa, der sich mit derselben Verschlossenheit genau in diesem Moment bückte und ein paar Unterlagen aus seiner schwarzen, verschlissenen alten Aktentasche nahm. Und da war natürlich Idrok, der mit seinem noch nicht richtig patinierten Haar in eine Sofaecke geschmiegt saß und ein zerlesenes Exemplar von *Tim und Struppi* auf dem Schoß aufgeschlagen hatte, und alles war genau wie immer, und doch absolut nicht wie immer. Denn sie sah das ja jetzt so, wie eine Sterbende die Welt betrachtet, und das, worin sie sich befunden und gelebt hat. Wobei sie trotzdem eine große Erleichterung verspürte, als ihr jetzt bewusst wurde, dass keiner hier ahnte oder spürte, dass eine Katastrophe im Anmarsch war, dass sie eine Todgeweihte, eine Sterbende, in ihrer Mitte hatten.

Und gleichzeitig, der Erleichterung zum Trotz, war es doch schrecklich. Dass man da sitzen und sterben konnte, umgeben von seinen eigenen Familienmitgliedern, tief im Innern fürchterlich verletzt, von Schmerz und Angst fast zugrundegerichtet, ohne dass es denen überhaupt auffiel, dass man das so vollständig verbergen konnte. Dass man damit allein war. Mutterseelenallein musste man das mit sich herumtragen!

Und dass die keinen blassen Schimmer davon hatten, wie schrecklich schlecht es ihr in Wirklichkeit gerade ging; dass sie nichts sehen konnten, aber schlimmer noch; dass sie selbst nicht zuließ, dass sie etwas sahen –

Sie versuchte sich die Trauer und den Schmerz in ihren Gesichtern vorzustellen, wenn sie sich am nächsten Morgen in ihr Zimmer hineindrängen und sie dort blutüberströmt und tot im Bett finden würden. Aber das tat ihr so unbeschreiblich weh, und sie befürchtete, dass man ihr das am Gesichtsausdruck ansehen könnte, dass es ihnen auffallen würde, und deshalb verdrängte sie diese Bilder sofort.

Stattdessen betrachtete sie diese Menschen noch einmal heimlich, aus dem Augenwinkel. Noch heute Morgen, bevor sie die Perle in den Mund gesteckt hatte, war ihr das gemeinsame Leben mit ihnen anscheinend völlig selbstverständlich und nicht im Geringsten unbegreiflich vorgekommen. Aber jetzt plötzlich, im Schatten des Todes, der ihr bevorstand, wurde ihr klar, dass das nur Einbildung gewesen war, eine Art Traum! Sie konnte sich in ihren kühnsten Fantasien nicht vorstellen, wie es gewesen war, morgens aufzuwachen und das ganze Leben vor sich zu haben, weit offen und unendlich, so dass man nur hinausstiefeln musste, als sei das die selbstverständlichste Sache der Welt! War das wirklich einmal so gewesen?

Aber das sah sie ja jetzt, dass sie im Grunde wohl nie verstanden hatte, worauf das Leben hier, unter diesen Menschen, eigentlich hinauslaufen sollte. Und deswegen war es vielleicht tatsächlich am besten, wenn man es recht bedachte, dass sie jetzt gleich starb, dass sie dieses Sterben ein für alle Mal hinter sich brachte. Denn es würde ja doch wahrscheinlich mit der Zeit immer schlimmer werden, enger, immer mehr würde man sehen, fühlen, erinnern, das man nicht ertragen konnte, und wofür lohnte es sich dann noch zu leben? Was hatte das Leben denn dann für einen Sinn, wenn man schließlich wie auf einem winzig kleinen Stein oder Felsen weit draußen in einem totenstillen, schwarzen Meer erzwungener Amnesie stand?

Und jetzt! jetzt!

Sie erstarrte und spürte, wie es in ihrem Bauch heiß wurde, überall. Es brannte im Rachen, der ganz mitgenommen und wund davon war, dass sie mit ihren Fingern darin herumgekratzt hatte. Das Blut hatte sich Durchbruch verschafft! Es stieg in ihrem Körper und machte sie schläfrig und schwer, und diese vage Übelkeit, die sie verspürt hatte, seit sie ins Zimmer und ins Licht getreten war, erreichte jetzt ihren Höhepunkt, und ein eigenartiges Schweregefühl überkam sie.

Es fiel ihr immer schwerer, die Augen aufzuhalten, sie spürte ein komisches Kribbeln und Stechen ganz vorne in den Fingerspitzen und in den Lippen. Und das Zimmer erschien ihr plötzlich so weit entfernt, als betrachte sie es vom Grunde eines Brunnens weit draußen in einer riesigen Wüste. Und die Geräusche im Zimmer bekamen einen eigenartigen, eiskalten, leicht metallischen Klang; wenn sie verklungen waren, hinterließen sie einen dunklen Bodensatz, ein Restgeräusch, das sich wie ein kleiner schwarzer Wurm noch lange ganz tief in ihrem Kopf hin und her wand.

Was konnte das anderes sein als DER TOD?

Was stand sonst noch aus?

Sie musste jetzt aufstehen und, ohne das geringste Aufhebens von sich zu machen, allen einen letzten Blick zuwerfen und aus dem Zimmer huschen, hinein zu sich.

Und als sie sich umwandte und das Wohnzimmer verließ, um ihre Familie nie wiederzusehen, dachte sie –

LEBT WOHL!

Lebt wohl –

Ihr wusstet es nicht, ihr konntet nichts tun, niemand ist schuld, nur ich! Und dann schloss sie ihre Zimmertür hinter sich, zog sich schnell aus und schlüpfte in das frisch gewaschene Nachthemd, das Mama ihr aufs Bett gelegt hatte.

Sie schlüpfte ins Bett und zog sich die Decke über.

Auch die war frisch gewaschen und deswegen auch ein bisschen steif, ein bisschen kühl, so als sei sie über Nacht draußen aufgehängt gewesen und hart geworden vom Frost, der den blaugrauen Chlorgeruch in den Stoff hineingefroren hatte.

Sie lag ganz still, mit dem Gesicht zur Wand, damit ihre Eltern glauben sollten, sie sei schon eingeschlafen, und ihr nicht zu nahe kämen mit ihren Körpern und ihrer Wärme, wenn sie jetzt, einer nach dem anderen, die Tür einen Spalt öffneten und ein letztes Mal Gute Nacht! Gute Nacht! flüsterten, mitten ins Zimmer hinein, in Richtung der Sterbenden dort in der Dunkelheit –

Und zur Sicherheit machte sie auch die Augen zu, denn nicht einmal den Anblick ihrer Schatten, die sich deutlich an der blauen Wand abzeichneten, konnte sie ertragen. Und trotzdem ... trotzdem hatte sie irgendwie das Gefühl, dass die Wärme, die von ihnen ausging, ihr Bett erreichte.

Und sie zogen die Tür hinter sich ins Schloss. Und alles wurde still –

Die Welt war jetzt fort, sie hörte die anderen nur leise. Und sie öffnete die Augen, schloss sie aber wieder und spürte in ihrem Innern, dass sie randvoll mit Blut war, das immer weiter anstieg, das sich von unten hochdrückte, übelerregend und heiß. Und sie stellte sich vor, wie es sein würde, wenn sie dann gestorben wäre, wie das Blut aus all den widerwärtigen

Öffnungen ihres Körpers hervorsickern und auf der sauberen, steifen Bettwäsche Flecken hinterlassen würde, sie völlig durchdringen würde. Ein fürchterlicher Anblick würde sich den Eltern und Idrok bieten, wenn sie sich am nächsten Morgen in ihr Zimmer drängten, um nachzusehen, was eigentlich mit ihr los war, weil sie noch nicht aufgestanden war. Und sie würden sich Vorwürfe machen, dass sie nichts geahnt oder gesehen hatten, sie würden sich die Haare raufen und von Trauer und Schuldgefühlen verzehrt werden, Tag und Nacht würden sie ihr Gesicht vor sich sehen, vielleicht so, wie es heute Abend ausgesehen hatte, und niemals würden sie Ruhe finden. Sie würden mit diesem Gedanken und diesem inneren Bild nicht weiterleben können, aber mit der Zeit würde sich das Leben auch darum schließen, und sie würden weitergehen, allein, alle drei.

Da, mitten in diesen Überlegungen, spürte Aliide plötzlich die Anwesenheit des Todes im Zimmer. Denn alles wurde mit einem Mal auf eine tiefe, sonderbare Weise still. Ja, er war jetzt irgendwo hier, der Tod, er saß in der Dunkelheit und wartete, in einer Ecke, wie ein großes, unbegreifliches Tier, ein stiller brauner Hund ohne Augen.

Das also war der Tod?

Ja, das war wirklich der Tod!

Aber wie leicht, wie verhältnismäßig selbstverständlich er sich doch anfühlte!

Einem ganz normalen Einschlafen merkwürdig ähnlich, das einen in Wellen überkommt, nach einem langen Tag in der Sonne. Nach einem Tag mit allerhand aufregenden Unternehmungen, und Tieren, und ganzen Bäumen, und sonderbaren, im Laub begrabenen Schädeln, und Wäldern! Dunklen, blauen und kalten Wäldern, wie Höhlen unter der Erde –

Und jetzt schloss sich die Bewusstlosigkeit um sie. Sie kam und sie ging und sie kam wieder. Aliide sank und kam wieder an die Oberfläche. Einen Moment lang konnte sie deutlich die Wände des Zimmers und die Dinge um sich herum wahrnehmen, dann wurde sie plötzlich wieder zu schwer, zu vollgesaugt und schläfrig, sie sank, und sah dann, unter sich oder in sich oder wo auch immer, einen fürchterlichen Abgrund, an dessen Rändern feurige Flammen tanzten.

Und in diesen feuergesäumten Abgrund stürzte sie dann und verschwand.

Als sie am nächsten Morgen dann trotzdem die Augen aufschlug und feststellte, dass sie am Leben war, war der ganze Raum in ein kaltes, blendend weißes Licht getaucht, und es war offenbar sehr früh, lange bevor die anderen aufgewacht waren oder der Verkehr unten auf den Straßen in Gang gekommen war –

Sie konnte sich beim besten Willen nicht daran erinnern, wer sie war, was sie am Vortag getan hatte und was ihr passiert war; an das ganze Herumgerenne zwischen den Bäumen im Park, an die Perle, an den Teich, und auch nicht an das, was sie jetzt, hier in ihrem Zimmer, im Bett auf dem Rücken liegend, eigentlich empfinden sollte –

Es war lediglich so schmerzhaft leer in ihrem Innern, als sie jetzt versuchte nachzudenken, sich zu erinnern, ihre Gedanken zu sammeln. Mit offenem Mund lag sie auf dem Rücken und starrte an die Decke und dachte, dass diese Leere, zu der sie da erwacht war und in der sie scheinbar feststeckte, viel schlimmer war als all die Todesangst, die sie am Tag zuvor ausgestanden hatte. Und da! da! bei diesem Gedanken, bei dem Wort Todesangst, fiel ihr plötzlich alles wieder ein. Und die Erinnerung an die Geschehnisse des Vortags kehrte bis ins kleinste Detail zu ihr zurück. Und Aliide ließ sich bereitwillig, dankbar mit Erinnerungen und Gefühlen füllen, und dachte erleichtert; ja! ja! so war das ja! genau so! Angst! Todesangst!

Panik! Und jubelnd nahm sie alles in sich auf, bis die Leere verschwand.

Aber das mit dem Tod, dass sie sich dem so nahe geglaubt hatte, schon halbwegs in ihm drin, das ließ sie dann doch nicht richtig los. Das befand sich noch wie eine dicke, kalte schwarze Schicht auf der Innenseite ihres gesamten Körpers und Kopfes, und dieses Gefühl, dass dies das Letzte war, was sie von der Welt und den Menschen sah, bevor der Tod zuschlug, auch das ließ sie nicht richtig los –

Denn wenn man sich ein für alle Mal wirklich auf den Gedanken eingelassen hat, dass man sterben muss und dass das unausweichlich ist, bildet sich bei einem Menschen eine bestimmte Art Blick, ein BLICK IM BLICK, der äußerst schmerzhaft ist und einem dann das Leben schwer macht. Und einen solchen Blick hatte jetzt Aliide. Einen Blick im Blick, der ihr schwer zu schaffen machte, weil er ihr nie Ruhe ließ; alles, was sie nun ansah, tat ihr weh! In seiner Schönheit, in seiner Scheußlichkeit, egal wie es aussah, tat es weh, und dann hatte sie auch Träume. Besonders einen, der sich ständig wiederholte –

Er begann immer damit, dass sie dastand und aus einer großen, blauen, klobigen Tasse Milch trank. Gierig schüttete sie die Milch in sich hinein, aber wenn sie die Tasse fast ganz leergetrunken hatte, bemerkte sie plötzlich, dass die Milch ja ranzig schmeckte, sauer, und ihr wurde klar, dass sie alt und verdorben sein musste. Aber jetzt hatte sie schon fast alles in sich hineingekippt und es war zu spät. Da war nichts mehr zu machen, und sie wurde von Panik ergriffen, vorsichtig betastete sie mit den Fingern ihren Mund und rieb dann verzweifelt mit der Hand über ihre Lippen, aber der widerliche, saure Milchgeschmack saß in ihrer Zunge fest und im Mund und an den Zähnen, er stieg ihr in die Nase, und sogar ihr Haar und ihre Haut begannen schließlich muffig und sauer zu riechen. Und wenn sie dann in die Tasse hineinsah, entdeckte sie, dass auf dem Boden der Tasse eine Handvoll schwarzer Maden lag. Und dass sie sich alle bewegten, dass sie lebendig waren! Und wenn dort Maden waren, dann musste sie ja auch in der ranzigen Milch welche mitgetrunken haben, aber jetzt war es ohnehin zu spät, ja, es war seit langem zu spät, wie immer, und sie fühlte sich krank, fiebrig, ihr war schlecht.

Und nicht einmal im Wachzustand wollte dieser Traum sie ganz loslassen, denn manchmal kam es vor, dass sie am nächsten Tag diese kleinen schwarzen Maden überall zu sehen glaubte. Alles schien irgendwie von diesen Maden befallen zu sein, und sie entdeckte, dass sich auch im Innern der Sonne eine zusammengerollt hatte,

mitten in der Sonne,

auf dem Grund der Sonne,

und diese einzige kleine schwarze Made reichte aus, um dem Sonnenlicht eine eigenartige, etwas dunklere Schattierung zu geben. Wie das Licht in einer alten Wochenschau aus den Vierzigerjahren; obwohl also strahlend die Sonne schien, fühlte sich das Licht um Aliide herum irgendwie dunkel an, als ob es mitten am Tag dämmerte, bloß wegen dieser einen kleinen Made, die zusammengerollt auf dem Grund der Sonne lag!

Und Aliide glaubte zu hören, wie die Maden an der Welt fraßen, wie sie das Grünzeug im Park verschlangen, wie sie sich leise, aber zielstrebig durch die dicken Baumstämme bohrten und mit ihrem Gekaue, ihrem Gefresse sogar die Erdkruste aushöhlten –

Und eines Tages, eines Nachmittags, ging das so weit, dass sie draußen im Wohnzimmer am Fenster stand und in aller

Seelenruhe ein Glas Milch trank, als ihr plötzlich der Traum einfiel, glasklar, fast brutal, und sie auf einmal das Gefühl hatte, dass diese Milch da ganz genauso sauer und ranzig schmeckte wie die Milch im Traum. Und als sie in ihr Glas hinunterschaute, kam es ihr so vor, als könne sie auf seinem Boden ein paar schwarze Maden erkennen, ganz deutlich! Und davor ekelte sie sich so sehr, dass sie blitzschnell, instinktiv, mit der Hand ausschlug, so dass die Milch wild durch die Gegend spritzte. Sie verteilte sich über das gesamte Fenster, auf dem Fußboden, auf allen Kakteen und Topfpflanzen, die auf der Fensterbank aufgereiht waren. Und Aliide stand immer noch da, zitternd, mit dem leeren Glas in der Hand, und sah schweigend zu, wie die Milch von der staubtrockenen Erde in den Blumentöpfen aufgesaugt wurde und von den Blättern der Pflanzen tropfte, am Fenster herunterrann –

Aber es war, als könne sie nie mehr richtig lebendig werden. Und dieser Blick – der, den man davon bekam, dass man sich dem Tod nahe geglaubt hatte, ganz dicht dran – ließ ihre Panik, ihre Angst und diese schleichende Unruhe noch stärker zunehmen.

Wie sollte sie die ganze Zeit mit dieser ständigen Angst leben? Denn je intensiver sie wahrnahm, desto toter und erschöpfter fühlte sie sich gleichzeitig. Wenn sie zum Beispiel mit Mama runter zum Kurzwarenladen ging, der nicht weit vom Haus der Klavierlehrerin entfernt war, in Gittes Viertel, dann passierte es jetzt oft, dass sie in ihrem Innern die ganze Zeit über stumm wiederholte und betete –

GOTT!

GOTT!

Lass mich aufhören zu fühlen und zu sehen!

Verschone mich doch!

Mach, dass das aufhört, wenn auch nur für eine einzige Sekunde, eine zehntausendstel Sekunde; mach, dass ich mich ein bisschen erholen kann, damit ich aufatmen kann, mich ausruhen, meine Kräfte sammeln, Gott, ich bitte dich, nur eine einzige Sekunde, verschone mich, lass mich aufhören zu –

Und so weiter! So betete und flehte sie in ihrem Innern, aber das nutzte gar nichts, denn Gott (dieser Teufel!) hörte ihr nicht zu, anscheinend; sonst hörte ihr ja auch keiner zu, keiner sah etwas, warum sollte also ausgerechnet er dann etwas sehen? Gott war ja sowieso auch nur so ein ekliger alter Kerl, der unsichtbar und allmächtig über den Wolken versteckt saß und einen mit kaltem Blick betrachtete und alles verurteilte, was man tat –

Schon nach etwa einer Minute, nachdem sie die staubige, alte hölzerne Wendeltreppe hinter der Schule hinuntergegangen waren und dann den Park an Gittes Haus durchquert hatten, schon da brummte Aliide der Kopf und sie war erschöpft von der Anspannung, die es sie kostete, ständig alles und jeden hier unten im Auge zu behalten.

Denn hier musste Mama ständig überwacht und beschützt werden. Sie musste um jeden Preis von all den unberechenbaren Trunkenbolden und zweifelhaften Elementen ferngehalten werden, die jederzeit, wenn man am wenigsten damit rechnete, aus einem dunklen Hauseingang auftauchen oder um die erstbeste Straßenecke getorkelt kommen konnten. Sie war so hilflos, ihre Mama! Sie wusste nicht einmal selbst, wie hilflos sie war. Aber Aliide wusste es, und es war ihre Aufgabe hier auf der Welt, Mama ständig zu beschützen, sie zu verteidigen. Denn sie, Aliide, war diejenige, die wusste, was passieren konnte, wenn etwas passierte!

Und wenn sie schon nicht vermeiden konnte zu SEHEN – denn das wusste sie ja dann doch sehr wohl, dass das nicht ging – so bat sie Gott stattdessen darum, wenigstens nicht SPÜREN zu müssen, was sie sah –

Ja, denn alles, was sie sah, machte ihr Angst. Alles! Ständig! Alles drang unaufhörlich direkt in sie ein, sie spürte es in der Haut, im Fleisch, wie ein starkes, fürchterliches Zucken. Und nicht ein kleines Detail hier auf der Welt entging ihr. Das machte sie alles so müde, so wahnsinnig überdrüssig, so tot, dieses Durcheinander; es war so, als hätte man ständig einen großen rotierenden Stein im Kopf; langsam bildete sich ein Hohlraum.

Manchmal wurde sie wütend und dachte; ist das vielleicht zu viel verlangt, was?! Ein so bescheidenes Anliegen von einem hilflosen, kleinen, wehrlosen Kind, wie sie es war? Aber das war es offenbar, denn nicht einmal das gestand er ihr zu, Gott, dieser geizige Teufel –

Sie stand derart unter Hochspannung, dass sie beim allerkleinsten Geräusch zusammenzuckte; die kleinste Geste, mit der sie nicht von Anfang an gerechnet hatte, ließ sie erstarren, die Zähne aufeinanderpressen, zurückweichen, die Fäuste ballen, Verteidigungshaltung einnehmen.

Und sie ging jetzt links von Mama, ganz außen, denn so konnte sie unterwegs den Bürgersteig und die ganze Straße im Auge behalten.

Ab und zu warf sie ganz flüchtig, heimlich, einen Blick hinauf in Mamas Gesicht, um herauszufinden, welche Art Stimmung oder Gefühl Mama in diesem Moment, ganz unbewusst, von ihr gespiegelt oder bekräftigt haben wollte. Aber dieser Blick war eigentlich ganz unnötig, denn alles, was Mama empfand, egal wie tief es saß und wie gut sie es zu verbergen glaubte, schnappte Aliide trotzdem blitzschnell auf; nichts entging ihr –

Es war natürlich von äußerster Wichtigkeit, dass Mama nicht einen Augenblick lang ahnte oder merkte, dass Aliide auf der Hut war. Dass Aliide hier neben Mama auf glühenden Kohlen ging und nach möglichen Gefahren Ausschau hielt, und dass Mama ihrem eigenen Kind ihre Sicherheit verdankte.

Hier unten galt es für Aliide, einen ungerührten Eindruck zu machen, nichts von dem zu zeigen, was sie fühlte und womit sie sich in ihrem Innern herumschlug. Manchmal war sie so beschäftigt mit dem dunklen Spiel der Kräfte, das ständig zwischen ihnen ablief, dass sie, wenn Mama sie ansprach, nicht einmal ihre Worte zu erfassen vermochte. Denn sie konnte sich nicht auf beide Sachen gleichzeitig konzentrieren.

Sie waren jetzt hier unten, alle beide, auf dem Weg zum Kurzwarenladen, und alles war finster, finster, und die Hauswände sonderten allerhand übelriechende, sonderbare Ausdünstungen ab. Dunkel klafften die Eingänge, an denen sie vorbeigingen, und alles war wie ausgestorben, aber es war eine trügerische Leere, mit der es jederzeit vorbei sein konnte –

Vor ihnen, auf der anderen Straßenseite, stand eine große, dicke Tante in einem langen Wintermantel und einem flauschigen kleinen Hut. Sie hatte einen winzig kleinen Hund an der Leine, nicht größer als eine Ratte. Der Hund stand ganz vorne am Bürgersteig und starrte Aliide und Mama über die Straße hinweg an. Er hatte große, pechschwarze Glupschaugen, die nicht richtig zu dem zierlichen kleinen Kopf passten, wie die Augen einer blutrünstigen exotischen Spinne. Die Frau schimpfte unbeirrt auf einen schmächtigen kleinen Mann ein, der zitternd vor ihr stand und den Kopf hängen ließ. Ihre gellende Stimme hallte zwischen den Hauswänden, und wie immer hielt Mama den Blick gesenkt und tat so, als habe sie nichts gesehen oder gemerkt, während Aliide dann diejenige war, die spüren und sehen musste –

Und so war das: immer, immer. Und es gab keine Gnade, keine Rettung war in Sicht, sie war ganz einfach nicht so beschaffen, dass sie neben einem anderen Menschen hergehen und sich so benehmen konnte, als sei derjenige gar nicht da. Sie konnte sich von jemandem, den sie neben sich hatte, nicht abschirmen; wenn sie sich in der Gesellschaft eines anderen befand – seien es C, K, Mama oder wer auch immer – dann war sie sofort auch in das Gefühlsleben des anderen miteinbezogen; was diese Person ausstrahlte, übertrug sich blitzschnell auf Aliide, egal was passierte. Die Gefühle der anderen waren in ihr so stark wahrnehmbar, dass sie manchmal Schwierigkeiten hatte, sie von ihren eigenen zu unterscheiden; manchmal kam sie ganz durcheinander und wusste kaum, wer sie selbst war und was sie selbst wollte und warum, wo die Grenze zwischen ihr und den anderen eigentlich verlief. Und immer, um darin nicht zu ertrinken und ganz davon verschlungen zu werden, musste sie wie eine Wahnsinnige kämpfen, aber leise und vorsichtig, so dass man es nicht sah, so dass man es überhaupt nicht merkte oder spürte.

Und wenn sie hier unten zwischen den baufälligen alten Häusern entlanggingen, von denen die Farbe abblätterte, auf dem Weg zum Kurzwarenladen, dann konnte Aliide in ihrem hochempfindlichen Sinneszustand in jedem einen Betrunkenen erkennen, einen potenziellen Gewalttäter, schon auf mehrere hundert Meter Abstand. Und wenn das passierte, wenn sie meinte, irgendetwas Verdächtiges oder Beunruhigendes zu sehen oder zu spüren, wenn sie einen buckligen, kleinen, komischen alten Kerl weiter vorn um die Ecke torkeln sah, dann musste Mama in Windeseile in Sicherheit gebracht werden, was von Aliide natürlich ein listiges Vorgehen erforderte.

Denn auch jetzt war es von äußerster Wichtigkeit, dass Mama nichts ahnte oder mitbekam, dass sie sich nicht sorgte oder ängstigte. Aliide löste das normalerweise so, dass sie ganz einfach so tat, als interessiere sie sich für etwas in einem Schaufenster auf der anderen Straßenseite. Sie griff also nach Mamas Arm, zog sie mit sich über die Straße und konnte dann fürs Erste aufatmen, bis sie den nächsten Betrunkenen oder komischen Alten entdeckte oder erahnte, ein bisschen weiter vorn, hinter der nächsten Straßenecke. Und so ging das, wenn sie sich dort unten befanden, sie und Mama, auf dem Weg zum Kurzwarenladen, es war wie eine Strahlung, die die Körper bestimmter Menschen umgab, ohne dass es ihnen selbst bewusst war; Gefühle und Stimmungen, von denen die anderen selbst nichts wissen wollten, um die sollte sie, Aliide, sich bitte schön kümmern.

Und zu Hause war es auch nicht viel besser. Im Gegenteil, es war fast noch schlimmer, denn dort war es so eng, die Decke so niedrig, die Zimmer waren so klein, es gab keine Fluchtmöglichkeiten. Draußen konnte sie sich ja immerhin auf dem Absatz umdrehen und in die entgegengesetzte Richtung davonlaufen, auch wenn das nie etwas half.

Aber hier?

Tja, es passierte nichts, eigentlich. Es waren einfach all diese Stimmungen, diese unaussprechlichen Schwankungen in dem Spannungsfeld zwischen ihr, Idrok, Mama und Papa. Sonst nichts, nichts Bestimmtes. Sie meinte spüren zu können, wie die Gedanken in den Köpfen der Leute umschlugen, hin und her, von Gleichgültigkeit zu Verzweiflung, von Hitze zu Kälte, vor allem bei Mama.

Sie bewegten sich alle vier in einem sonderbaren Schweigen, Seite an Seite, aber dennoch auf eigenartige Weise voneinander getrennt, irgendwie nah und trotzdem dicht AUSEINANDER. Und in bestimmten Situationen, in Augenblicken höchster Intensität, wurde sie fast zerquetscht von den unterdrückten Kräften, die hier am Werk waren, und innerlich krümmte sie sich dann wie in einem Krampf, und es kroch ihr buchstäblich unter die Haut.

Wie damals, als sie und Mama allein auf dem Sofa vor dem Fernseher saßen und sich einen Film anschauten, in dem ein kleines Mädchen seinem Vater davonlief und sich draußen in dichtem Schilf versteckte, aber dann, nach einer Weile, von seinem Vater gefunden wurde, der es hochhob und nach Hause trug.

Aliide spürte sofort, wie sich bei genau dieser Szene die Beschaffenheit von Mamas Schweigen veränderte. Bis dahin war es neutral gewesen und hatte sich nur auf Mama selbst und die unmittelbare Umgebung ihres Körpers beschränkt, aber jetzt wurde es plötzlich sehr intensiv, fast verzweifelt, und schwappte aus ihr heraus, bis es den ganzen Raum erfüllte und sogar Aliide verschluckte.

Und sie konnte sich nicht dagegen wehren, denn gegen was genau sollte man sich da eigentlich wehren? Wie wehrt man sich eigentlich gegen ein Schweigen, das ja doch absolut nicht zu greifen ist? Dennoch hielt sie tapfer dagegen, auf ihre eigene ohnmächtige Art, leise, damit man es auf keinen Fall spürte oder merkte. Aber es war, als sei über ihr ein Netz ausgeworfen worden und würde nun um sie beide herum festgezurrt, so dass es Mama und sie zusammenzwang. Ein Netz aus ungeheuren Spannungen, die immer stärker wurden, bis auch Mama es nicht mehr aushielt und ganz plötzlich herausplatzte –

ALLE KINDER WOLLEN GEFUNDEN WERDEN!

Aus irgendeinem Grund wurde Aliide wahnsinnig wütend, sie geriet ganz außer sich vor Raserei, vor Zorn –

ALLE KINDER WOLLEN GEFUNDEN WERDEN!

Was wusste sie denn DAVON? Alle Kinder wollen gefunden werden; das wollten sie überhaupt nicht! Sie nicht! Nicht Aliide, sie wollte von niemandem gefunden werden; niemals! Im Gegenteil, sie wollte sich verstecken, sie wollte entkommen, selbst wenn das bedeutete, dass sie sterben musste, wollte sie entkommen, sich verstecken!

Und sie hatte gut Lust, plötzlich vom Sofa aufzuspringen und Mama anzuschreien, mit dem Kopf gegen die Wand zu rennen, etwas sehr Wertvolles kaputtzuschlagen, das man nie mehr würde ersetzen können, den Couchtisch oder den Fernseher umzuschmeißen, irgendetwas, Hauptsache, es knallte. Aber stattdessen saß sie wie gewöhnlich einfach weiter schweigend neben Mama und wurde langsam von innen heraus verzehrt, wendete alles nach innen. Und bald war das Schlimmste vorbei, die Sendung war zu Ende, Mama ging hinaus in die Küche, aber Aliides Wut verrauchte nicht und sie konnte das Ganze nicht abschließen.

Als sie dann später einschlafen sollte, gab sie sich einer Fantasie hin –

Die Fantasie war in Schwarz-Weiß, war kalt und gemein, aber Aliide ließ sie trotzdem ungestört ablaufen, denn es beruhigte sie gleichzeitig, und sie dachte –

Eines Tages würden ihr die Augen aufgehen, ihrer Mama!

Eines Tages, eines Tages, warte nur, dann gnade ihr Gott!

Und sie ergriff den Faden des Gedankens und begann ihn zu entwirren, denn das beruhigte sie wieder, und ja –

Eines Tages würden sie beide sich plötzlich draußen auf einem Weg befinden, einem Kiesweg, der sich durch eine sonderbare, kalte, herbstliche Landschaft schlängelte, mit kargen, abgeernteten Äckern auf der einen Seite und einem dichten Wald aus lauter toten Laubbäumen und Fichten auf der anderen, rechten Seite. Ja, eines Tages würden sie zusammen einen solchen Weg entlanggehen und nach einer Weile auf einen kleinen Pfad stoßen, der ins Gras hinunterführte, hinunter in den Graben auf der rechten Seite, und diesen Pfad würden sie einschlagen.

In den Wald hinein würden sie miteinander gehen, und im äußeren Kreis der Bäume wäre es noch recht hell, wie in einem kleinen, frisch erblühten Gebüsch im Frühling, denn zunächst wüchsen dort nur Haselsträucher und niedriges Gestrüpp und andere Pflanzen, durch die das Licht mit Leichtigkeit hindurchgelangte, und am Boden wäre der Pfad im Überfluss von großen, fleischigen Pilzen gesäumt. Nachdem sie dem Pfad ungefähr eine Viertelstunde lang gefolgt wären, bis dorthin, wo nur noch ungeheuer hohe Tannen wüchsen, würde es auf einmal um sie herum seltsam dunkel werden. Und trotzdem würden sie widerwillig zusammen weitergehen, immer tiefer hinein, bis sie zu einem eigenartig geformten Berg gelangten, der da läge wie mitten in den Wald geworfen, ganz kahl. Und hier würden sie den Pfad verlassen und, ein bisschen erschrocken über den Berg, geradewegs in das dichte Unterholz hineingehen, das ringsherum den Boden bedeckte. Gemeinsam würden sie anfangen, die Beeren zu pflücken, die dort wüchsen, sie in den Einmachgläsern sammeln, die sie mitgebracht hätten, und langsam, langsam, ganz unmerklich, würde Aliide sich von Mama zu entfernen beginnen, bis sie sich nach einer Weile im Schatten des Berges befände, auf der Rückseite des Berges, bis der Berg zwischen ihnen läge, und dort würde sie sich aufrichten, umsehen und Erleichterung darüber empfinden, endlich allein zu sein. Und gleichzeitig würde ihr auffallen, wie es aus dem Berg heraus ein bisschen wehte, genau da, wo sie stand. Und wenn sie sich dann umdrehte und sich die Bergwand genauer ansähe, würde sie am Fuße des Berges einen kleinen Laubbaum entdecken. Sie würde sehen, wie sich dieser Baum ein kleines bisschen zur Seite neigte, als käme ein Luftzug aus dem Berg, und wenn sie dann zu dem Baum hinüberginge, um ihn mit einer Hand ein wenig zur Seite zu biegen, würde sich dort eine Öffnung befinden, die direkt in den Berg hineinführte, und dort würde sie hineinklettern.

Dort wäre es feucht und dunkel, und da wäre auch ein kleiner Felsvorsprung, auf dem sie sitzen könnte. Und so, allein, mit dem Einmachglas auf dem Schoß, würde sie auf dem Felsvorsprung sitzen und warten, bis es Mama endlich auffiele, dass sie verschwunden war, und sie ihren Namen zu rufen begänne, auf der anderen Seite des Berges. Erst nur ganz leise, vorsichtig, aber dann immer verzweifelter, wenn sie keine Antwort erhielt –

ALIIIDE –

ALIIIDE –

Aber sie würde sich nicht vom Fleck rühren, Aliide, sie würde ganz einfach im Innern des Berges sitzenbleiben, den Blick starr auf die einzige armselige, schwarz gewordene Beere auf dem Boden des Einmachglases gerichtet. Und warten, bis Mama angerannt käme und direkt vor der Felsspalte stehenbliebe, so dass sie von der Seite genau in Mamas Gesicht sehen könnte, wenn diese noch einmal, ganz außer sich, verzweifelt und verweint, ihren Namen rief –

ALIIIDE!
ALIIIDE!
Und ganz plötzlich würde der kleine Baum vom Wind zur Seite geblasen, so dass sie ganz deutlich Mamas Gesicht sehen könnte, und trotzdem würde sie sich überhaupt nicht rühren. Sie würde einfach in der Dunkelheit und Kühle auf dem Felsvorsprung sitzenbleiben, mit dem Einmachglas auf dem Schoß, und warten und lauschen. Aus dem Innern des Berges heraus würde sie ganz kalt Mamas verweintes Gesicht betrachten und nach einer Weile würde Mama laut rufend weiterlaufen. Ihre Rufe würden langsam verklingen, während Aliide immer noch da säße, ohne sich zu rühren, und die Dunkelheit sich über den Wald senkte und alles still würde, sehr still, so still wie im Tod, endlich, sehr still, und sie wäre allein, und von den anderen getrennt, und hätte ihre Ruhe, Amen.

Einmal, eines Nachmittags, als Aliide wie gewöhnlich allein zu Hause war und in Mamas versteckten Schätzen herumwühlte, fand sie in einem Schrank eine kleine rosa Schachtel, die eine kleine Muschel, eine Haarspange aus durchsichtigem grünem Plastik, ein paar Briefe in Mamas rätselhafter Muttersprache und, nicht zu vergessen, eine Schwarz-Weiß-Fotografie enthielt, die sie sehr verwirrte.

Auf diesem Bild war nämlich ein Kind zu sehen, das sie sofort für sich selbst hielt. Denn es hatte ein ebenso weißes, von vorzeitigem Ernst beschwertes Gesicht wie sie selbst, ein Gesicht, das von einem stillen und für ein derart kleines Kind beunruhigend intensiven Blick verdunkelt wurde. Und sie konnte sich kaum vorstellen, dass es noch jemanden auf dieser Welt gab, der schon einmal mit einem solchen Blick und einem Gesicht wie ihrem gelebt hatte!

Wobei sie gleichzeitig das Gefühl hatte, dass irgendetwas an dem Ganzen nicht richtig stimmte, denn das Foto war offenbar vor sehr langer Zeit aufgenommen worden, in einer ganz anderen, für sie selbst fremden und viel härteren Zeit. Und trotzdem stand da ja ein Kind, das ihr exaktes Ebenbild war! Und wer waren dann diese beiden Jungen da? Sie konnte sich absolut nicht an sie erinnern, hatte sie garantiert noch nie zuvor gesehen.

Sie studierte dieses Foto lange, wurde dadurch jedoch nicht viel schlauer. Eine Weile wusste sie weder ein noch aus, eine

Weile musste sie tatsächlich immer wieder ihr eigenes Gesicht berühren, so wie es jetzt war, um sich zu versichern, dass es noch da war, und gleichzeitig musste sie sich fragen, inwiefern sie sich nun in diesem Bild befand oder außerhalb davon, und welches dieser beiden Kinder sie eigentlich war, und in welcher Zeit sie sich befand, und dann wo genau in dieser Zeit.

Sie musste den Kopf schütteln, damit ihre Gedanken auf die richtigen Plätze fielen, und nachdem sie das getan hatten, da sagte ihr plötzlich auch etwas, dass das gar nicht sie selbst war, die sie da sah, dass das unmöglich sie sein konnte, sondern dass das vielmehr Oma war, die auf dem Foto zu sehen war; ja, Mamas Mutter, so wie sie als kleines Kind ausgesehen hatte, als Mädchen!

Dass sie einander glichen wie ein Ei dem anderen, darüber hatte Aliide sich noch nie Gedanken gemacht, denn heute war Oma ja eine ziemlich alte Frau und hatte sich verändert, und es war deswegen nicht gerade leicht sich vorzustellen, wie sie als kleines Mädchen ausgesehen haben mochte.

Aber auf dem Foto, das Aliide ausgegraben hatte und jetzt in ihrer Hand hielt, war Oma noch klein, vielleicht vier Jahre alt, und Aliide konnte deutlich sehen, dass es zwei kleine Details gab, die sie voneinander unterschieden. Zum einen, dass die Oberlippe des Mädchens auf dem Foto einen Hauch schmaler war als ihre eigene. Und zum anderen die Tatsache, dass dieses Mädchen auch von einer etwas dunkleren Aura umgeben war, einer Schwermut, die sich um Aliide herum noch nicht richtig hatte bilden können und es vielleicht auch nie tun würde, weil sie einer ganz anderen, viel dunkleren Zeit angehörte.

Das Mädchen trug ein schwarzes, bodenlanges, schlichtes Kleid, und um seinen Hals war ein kleiner weißer Spitzenkragen befestigt worden, man hatte es auf einen länglichen

Schemel gestellt, der ziemlich hoch war, fast wie ein Klavierstuhl, und rechts und links von ihm standen seine beiden bedeutend älteren, ebenfalls schwarz gekleideten Brüder. Während die Jungen mit ihren kurzgeschorenen, unebenen Köpfen einen etwas bäuerlichen, verdutzten Eindruck machten, hatte das Mädchen auf dem Schemel zwischen ihnen ganz im Gegenteil etwas beinahe Vornehmes an sich. Denn es hatte feine Gesichtszüge, sein Haar war lockig und ganz weiß, wie das von Idrok; sein Gesicht erschien Aliide beinahe leuchtend, aber gleichzeitig sah sie, dass es schon kochte vor leisem, unterdrücktem Trotz, und das kam ihr bekannt vor, damit war sie vertraut! Sie bildete sich auch ein, dass ein säuerliches, beinahe sarkastisches Lächeln die Lippen des Mädchens umspielte, das nur für sie, Aliide, gedacht war. Ja, dieses Mädchen da, das aussah wie Aliide, war sehr böse, sehr wütend, das war sonnenklar!

Es hatte außerdem auf eigenartige Weise nach den Schultern der Jungen gegriffen und sie praktisch von sich weggestoßen, wie um selbst mehr Platz zu bekommen, wie um sich selbst für den Betrachter hervorzuheben. Und das war eine merkwürdige Geste für ein derart kleines Kind, das erweckte den Eindruck, als ob diese Kleine da in ihrem unscheinbaren Körper unerhörte Kräfte beherbergte –

Während die beiden kurzgeschorenen Brüder schüchtern und sehr verlegen in die Kamera schielten, von schräg unten, mit gesenkten Köpfen, feuerte das Mädchen stattdessen einen dunklen und sehr aufsässigen Blick ab, der nicht einmal nach gut und gerne vierzig Jahren seine Kraft verloren hatte. Er ergriff sofort Besitz von Aliide und brachte in ihr so viel in Bewegung, dass ihre Hand zu zittern begann, so als begegneten sich ihre Blicke in Wirklichkeit hier und jetzt, in diesem

Zimmer. Und im Schnittpunkt dieser beiden Blicke – dem des Mädchens auf dem Foto und dem Aliides – entstand eine Stille, die sich um Aliide herum ausbreitete. Zeit und Raum lösten sich auf, lösten sich voneinander, glitten auseinander; etwas öffnete sich, unter und in ihr –

Sie hielt sich das Foto jetzt ganz dicht vors Gesicht und nahm zitternd, von einem sonderbaren Schwindelgefühl ergriffen, jedes kleine Detail unter die Lupe. Und sie entdeckte, dass hinter den drei schwarz gekleideten Geschwistern ein riesiges Hintergrundbild die ganze Wand bedeckte. Ein Hintergrund, eine Leinwand, eine Art Kulisse, auf die eine Landschaft aufgemalt war. Aber es war eine gespenstische Landschaft, nahezu durchsichtig, ausradiert. Man konnte durch sie hindurchsehen, und die einst in sehr kräftigen Farben gemalten, scharf umrissenen Sträucher und Bäume, die Hügel, der Himmel und die Wolken waren zu brüchigen Konturen verblasst, und auch diese würden sich bald gänzlich aufgelöst haben, verschwunden sein. Es gab einen Weg, der vom Betrachter fort ins Innere des Bildes führte, geradewegs hinein in diese beinahe ausradierte Landschaft, die frei in einem Nebel zu schweben schien, an dessen Stelle sich schon bald ein einsamer, dunkler Abgrund auftun würde. Genau wie es mit dem wirklichen Land gewesen war, das die Geschwister auf dem Foto noch bewohnten, das sie aber im Erwachsenenalter unter dramatischen Umständen zurücklassen mussten.

Aliide setzte ihre minutiöse Untersuchung fort und entdeckte, dass sich links von dem größeren Jungen ein hohes weißes Podest aus Pappmaché oder einem ähnlich gearteten trockenen Material befand, und dass auf diesem Podest eine struppige, vertrocknete Pflanze stand. All das – der Hintergrund, das falsche Podest mit der Pflanze darauf, die schlichte schwarze Kleidung, die die Geschwister trugen – gab dem Ganzen einen beinahe etwas wohlhabenden Anstrich, der jedoch sofort von den ungehobelten, groben Dielen, aus denen der Fußboden bestand, und den klobigen Schnürstiefeln bäuerlichen Modells, die die Kinder ebenfalls alle trugen, zunichtegemacht wurde.

Als Aliide dann aufs Neue das seit langem verloschene Mädchengesicht betrachtete (denn wo um Himmels willen sollte man es jetzt wiederfinden können, es sei denn in Form einer Spiegelung aus der Tiefe von Omas nun runzeligem Gesicht?), erkannte sie allerdings trotz allem diesen Blick da wieder –

Ja, das war ohne Zweifel Omas Blick. Es war nur so, dass dieser Blick im Lauf der Jahre von den Dingen getrübt worden war, die das Mädchen gesehen hatte, von denen es Zeugin geworden war, wie zum Beispiel von den Schrecken des Krieges oder dem zu frühen Tod des einen oder anderen. All das, was sie gesehen und dann aus unterschiedlichen Gründen in ihrem Innern bewahrt hatte und worüber sie hatte schweigen müssen, all das hatte ihn getrübt! Denn so etwas zehrt an den Augen eines Menschen; das, was man sieht und verschweigt, macht einem Angst, und wenn das jetzt tatsächlich derselbe Blick war, den Aliide hier bei dem Mädchen sah, dann musste ja, komischer Gedanke, der Körper, aus dem Oma jetzt bestand und in dem sie jetzt herumlief, identisch mit dem Kinderkörper sein, den Aliide hier auf dem Foto sah –

Aliide begann nun zu verstehen, wie alles zusammenhing, und es war eine fürchterliche Entdeckung, die sie da gerade machte, es gab nämlich keinen Ausweg mehr aus einer solchen Entdeckung, und sie brachte ihr Gesicht, ihr ganzes Herz, zum Erstarren und Stocken –

Aliide nahm das Bild jetzt noch genauer unter die Lupe. Fieberhaft, frenetisch starrte sie tief hinein, in der Hoffnung, dort irgendein kleines Anzeichen dafür zu finden, dass sie sich getäuscht hatte, dass es überhaupt nicht Oma war, die sie da sah, sondern jemand ganz anderes, jemand Fremdes, der längst gestorben war und den es somit auf dieser Welt nicht mehr gab!

Aber sie wurde sich ihrer Sache nur noch sicherer; in genau diesem unscheinbaren Mädchenkörper, dem ersten Körper, schlummerten alle übrigen Körper (der des etwas größeren Kindes, der der Jugendlichen, der der Erwachsenen, der des mittleren Alters und der der Greisin, und schließlich sogar der tote Körper). Sie lagen in der Tiefe dieses Körpers versunken und warteten darauf, zu gegebener Zeit auftauchen zu dürfen! Und trotzdem war das alles zusammen ein und derselbe Körper! War es vielleicht genau das, was dem Mädchen auf dem Foto einen derart intensiven, an Hass grenzenden Blick verlieh? Dass es in seinem Innern bereits den Druck all dieser Körper erahnte, die im Laufe der Jahre, allmählich, unendlich langsam, der Reihe nach an die Oberfläche steigen und einander ablösen sollten?

Und gleichzeitig, parallel dazu, als ob das nicht schon reichte, hatten eine Reihe sehr brutaler, blutiger Ausbrüche stattgefunden, da ja dieser Körper, der selbst in einem unaufhörlichen Veränderungsprozess begriffen war, vier weitere Individuen hervorgebracht hatte. Wovon eines Aliides eigene Mutter gewesen war, deren erster Körper auf genau dieselbe Weise begonnen hatte, sich zu öffnen und einer etwas größeren, schwereren Ausgabe Platz zu machen, die natürlich auch nach einer Weile, nachdem sie schon viele Veränderungen durchlaufen hatte, aber trotzdem noch lange nicht fertig war, ebenfalls zwei ganz neue Individuen, Körper, hervorgebracht hatte. Wovon einer dann Aliide selbst gewesen war und der andere Idrok, und jetzt?

Nun war also sie selbst an der Reihe, auf genau dieselbe gnadenlos widerliche Art und Weise von innen her zerrissen zu werden, von dem nächsten Stück Körper, dessen Schwere und Druck sie genau in diesem Moment, mit dem Bild in der Hand, in diesem Zimmer, jetzt, in ihrem eigenen Innern spürte! Was vielleicht zum Großteil erklären konnte, warum sie sich immer so schwerfällig fühlte, so vollgestopft. Die Körper lagen ja in ihr begraben, einer im anderen, mit ihrem Hervorbrechen würde sie nach und nach schwer und sonderbar und träge werden! Träge ... Kein Wunder, dass sie ständig von seltsamen Gefühlen geplagt wurde, kein Wunder! Dieser Körper, den sie jetzt hatte, war ja nur die Spitze des Eisbergs! Denn in ihrer Tiefe lagen all die übrigen Körper versteckt, wartend, schlummernd, und sie sah auch schon vor sich, wie ihr jetziges Gesicht bald aufbrechen würde, sich öffnen würde für das unbekannte Gesicht, das sich darunter verbarg, und das sie ab und zu schon jetzt spüren konnte.

Dieses neue Gesicht würde, wenn es dann zum Durchbruch gekommen war, vielleicht ein paar Stunden halten, ein paar Monate oder ein Jahr oder vielleicht noch länger, und dann, wenn es ausgedient hatte, würde es wieder einem neuen Gesicht Platz machen. Das sich zu gegebener Zeit für ein weiteres öffnen würde. Und noch eins. Und noch eins. Und so würde es also weitergehen, ein Leben lang! Eine Art unendlicher, bis zum Tod andauernder Häutung. Bis man ganz und gar umgekrempelt war und all das Innere außen war, und all das Äußere innen, und Körper um Körper würde aus den Tiefen steigen, in allen möglichen unterschiedlichen Ausführungen, und nie würde man es richtig schaffen, sich an einen von ihnen zu gewöhnen, bevor es Zeit für den nächsten war!

Sie fühlte sich ganz erschöpft, zutiefst angeekelt und den Tränen nahe, wenn sie an dieses Wachsen dachte, das man anscheinend nicht aufhalten konnte, das innen und außen abzulaufen schien, in alle Richtungen! Überall lief das so, und es war unmöglich, den Überblick zu behalten, alles barg ein Wachstum, an dem auch sie gegen ihren Willen Anteil hatte und dem sie sich niemals entziehen konnte, weil sie ausgerechnet hier ihren Platz hatte, auf der Erde, an der Luft, neben dem Baum unter der Sonne –

Und dieses Wachsen dehnte sich in die Zukunft aus, und es verzweigte sich sogar rückwärts, tief hinunter in die Vergangenheit, hinunter in eine große Stille, welche die Stille und das Schweigen der Toten aller Zeiten war.

In diesem Moment, während sich die Stille immer weiter um sie herum öffnete, war ihr, als habe sie im Zimmer einen kleinen Seufzer gehört, ein Ausatmen. Sie wandte den Kopf, aber diese Bewegung machte sie lediglich zum ersten Mal auf die unglaubliche Masse an Toten aufmerksam, die von hinten herandrängten, und ihr wurde klar, welchen ungeheuren Druck all diese Toten, die derart dicht an dicht lagen, auf einen Menschen im Alltag ausübten.

Und der Druck der Vergangenheit, jedes einzelnen Individuums der Vergangenheit, kam dann noch zu dem Druck all dieser Körper hinzu, die in ihr lagen und scheuerten und schmerzten, und dieser gesammelte Druck wurde, wenn man sich jetzt wie Aliide in das Ganze hineinzudenken versuchte, fürchterlich, beinahe unmöglich auszuhalten, er nahm einem den Atem!

Und aus dieser Masse der Toten war sie selbst einmal aufgestiegen und saß nun, hilflos darin verwurzelt, ganz obenauf, wie ein zartes Pflänzchen, eine Distel, eine Brennnessel auf der Spitze eines Komposthaufens, und nur allzu bald würde auch sie, die so lebendig war, so unbändig, zersetzt werden und wieder zu Erde zerfallen. Die wiederum schließlich als Dünger für neue, ebenso zarte Pflanzen dienen würde, die zu gegebener Zeit verwelken, sterben, vermodern und wieder zu Erde zerfallen würden. Und so würde es immer weitergehen, in alle Ewigkeit, ohne Ende. Und auch sie hatte schon jetzt ihren zugewiesenen Platz unter all diesen Toten und würde mit ihrem Tod bald ein anderes, noch lebendes armes Würstchen beschweren, das dann über den unerhörten Druck Bauklötze staunen würde!

All das sah sie in dem leuchtenden Mädchengesicht auf dem Foto. All das und noch mehr. Denn die Gedanken wollten nirgends ein Ende nehmen, aus diesem Gedanken, jener Einsicht, erwuchs sofort ein neuer, und sie verspürte eine nur noch tiefere, trotzigere Abscheu, als ihr klar wurde, dass sie an all dem beteiligt war und dass sie nichts tun konnte, um sich dem zu entziehen, davon Abstand zu nehmen. Tot wie lebendig, für alle Ewigkeit hatte sie bereits ihren Platz, und so klein sie auch war, so unschuldig und rein und ahnungslos sie sich auch zu stellen versuchte, so gab es doch keine Gnade, denn sie war die, die sie war, sie steckte fest, es gab keinen Ausweg aus dieser Entdeckung!

Nicht genug also, dass man als Kind dieses unsagbar komplizierte neue Leben vor sich hatte, das es zu leben galt. Jetzt sah sie auch, dass man ja zu allem Übel auch noch unter dem entsetzlichen Druck all dieser Toten, dieser Unbekannten, versuchen musste, all seine verhältnismäßig banalen Entscheidungen zu treffen, die anderen zu erreichen (auch die, die einem am allernächsten standen, ja, vielleicht INSBESONDERE die,

die einem am allernächsten standen), und dass man außerdem täglich die Bürde eines jeden geplagten kleinen Kindes tragen musste, das jemals gelebt hatte. Und zu alledem kam noch die gesammelte Bürde all der anderen Leben hinzu, mit denen man jeden Tag konfrontiert wurde und die zu verstehen man sich abmühte, deren eigenartigen Launen man sich als Kind ständig unterwerfen musste, ohne Fragen zu stellen!

Ja, und diese vier Menschen, diese kleine Familie, zu der sie gehörte, war ja eigentlich im Prinzip nichts anderes als eine fleischliche Mündung, aus der die ganze Zeit über Wahrnehmungen und Gefühlsreste aus der Vergangenheit strömten, nur um dann die eigenen Handlungen, Sinne und Vorhaben zu durchdringen und zu verdunkeln, so dass man daran gehindert wurde, einander klar zu sehen, sich selbst und andere zu erreichen. Und es war rührend, aber gleichzeitig zutiefst beklemmend und traurig zu sehen, wie tapfer sie trotzdem alle darum kämpften. Wie sie sich bis zum Äußersten anstrengten bei dem Versuch, sich unter dem ungeheuren Druck der Vergangenheit und all dieser Toten da zu bewegen, so blind, so völlig erschöpft von all diesem Gewicht!

Diese Familie hier war, mit ihren vier Körpern aus Fleisch und Blut, wie die Spitze eines Vulkans, und manchmal, in bestimmten, besonders kritischen Momenten, konnte man klar und deutlich die unerhörten Kräfte spüren, die ständig auf unterschiedlichen Ebenen am Werk waren, die manchmal sehr nahe daran waren, zum Ausbruch zu kommen und die man ständig besänftigen musste –

Und all das musste man also mitbedenken, wenn man versuchte, sein eigenes Leben zu leben, sein einziges: in jeder Sekunde musste man gegen all das ankämpfen, und zwar gleichzeitig! Und Aliides Übelkeit nahm zu, um dann allmählich in einen seltsamen, dumpfen, anhaltenden Schmerz überzugehen, der sich keinem bestimmten Körperteil zuordnen ließ, der aber dennoch von tief innen zu kommen schien, der sich mit dem Schmerz vergleichen ließ, der entsteht, wenn ein Backenzahn das Zahnfleisch durchstößt. Ein durchdringender, etwas kitzelnder Schmerz, der aufflammte, sobald sie innehielt und sich von der Welt und den Menschen dort zurückzog und stattdessen der Frage nachspürte, EXAKT WIE VIEL VON SICH SELBST SIE NOCH, WIE DAS MÄDCHEN AUF DEM FOTO, UNENTDECKT IN IHREM KÖRPER MIT SICH HERUMTRUG. All die anderen schlummernden Körper! Ein jeder von ihnen gleich schwer und seltsam, unmöglich, sich an ihn zu gewöhnen! Und das überkam sie auch, wann immer sie versuchte, sich ein Bild von der Seele zu machen. Oder wie man nun mit einem Wort dieses Unerhörte, Formlose, bezeichnen sollte, das sich nach innen öffnete, ins Unendliche, im Schutz dieser Hand, dieses Mundes, dieses Fleisches, kurz und gut, im Schutz dieses unscheinbaren dürren Mädchenkörpers!

Sie nahm sich dann ihre Hand vor, hielt sie sich ganz dicht vors Gesicht und musterte sie eingehend, als hätte sie sie auf dem Boden gefunden, und den fürchterlichen Kontrast zwischen eben dieser Hand, die so klein und zart war, und der Dunkelheit der unendlichen Dimensionen, die sie verbarg, erlebte sie als Eiseskälte, als Schaudern. Denn dort, in dieser Hand und diesem Körper, gab es so etwas wie eine labyrinthische, grenzenlose Galaxie, in der sich im Prinzip alles Mögliche verbergen konnte, und irgendwann musste sie sich ja doch dort hineinzwingen, hinunter in ihr eigenes Innere, es erforschen, beleuchten und anschauen, denn aus genau diesem Durcheinander und dieser Dunkelheit, aus genau dieser labyrinthischen Galaxie der Seele, musste man schließlich einen vollwertigen Menschen aus Fleisch und Blut gewinnen.

Ja, einen Menschen, schlicht und ergreifend, musste sie daraus gewinnen können, ihn aus den unteren, inneren Regionen ihrer selbst emportreiben; ein Individuum, einen, der den Mut hatte zu leben, einen richtigen Menschen, wahrhaftig und einigermaßen unängstlich, den man dann auch an die Oberfläche zwingen musste und in den Körper hinein, in jeden kleinen Zipfel des Körpers, ganz und gar, die Finger musste man füllen, Arme und Beine und Kopf und Rumpf musste man mit diesem Menschen füllen!

Und die Ansätze zu diesem Menschen durften unter gar keinen Umständen unerlöst in der Tiefe des Körpers bleiben, in Rohform, unter gar keinen Umständen durfte man diesen Menschen am Wachsen hindern. Denn dann würde er einfach in eine andere Richtung wachsen, nach innen, und zu etwas Monströsem werden, das man dann nicht mehr sehen und kontrollieren könnte. Er würde sich zu etwas Entsetzlichem entwickeln und in ihren Tiefen sein eigenes Leben führen, während der Teil von ihr, der sich an der Oberfläche befand, der Teil von ihr, der ihr Körper war, langsam aber sicher zu einem blutleeren, kleinen Schwächling würde, der es schließlich wohl nicht mal mehr schaffen würde, sich seiner Hand zu bedienen, um das einfachste kleine Bild zu malen, weil alle Kräfte gebraucht würden, um den Unteren zu besänftigen! Und der würde nie genug bekommen! Während man an der Oberfläche langsam verkümmerte, immer ausgemergelter, hohläugiger, stumm und schwach wurde, und am Ende gar nichts mehr wusste, und sich wie eine lebendige Tote fühlte und hilflos in einer Welt herumstolperte, die man nicht mehr sehen oder verstehen konnte. Und schließlich täte es einem innerlich ganz furchtbar weh von alledem, was nicht nach außen wachsen durfte! Das sich stattdessen unaufhörlich nach innen wenden musste. Und der Schmerz würde unerträglich werden, beinahe unmöglich auszuhalten. Und es passierte jetzt immer öfter, dass Aliide mitten in einem Spiel, beim Gummispringen mit K oder wenn sie über irgendetwas lachen musste, oder wenn sie alle um den Abendbrottisch versammelt saßen und aßen, dass sie plötzlich mitten in dem, was sie gerade tat, innehielt und erstarrte, weil etwas in ihr bloßgelegt worden war –

Es konnte zum Beispiel sein, dass ihr Blick zufällig auf ihre eigene Hand fiel und sie dabei zu Tode über deren Kleinheit erschrak, ja, die Kleinheit ihres ganzen Körpers jagte ihr Angst ein –

SELTSAMER BODENLOSER KÖRPER, dachte sie dann –

SELTSAMER, BODENLOSER KÖRPER, WARUM MUSST DU MICH SO QUÄLEN, DIE GANZE ZEIT UND OHNE ENDE, ICH BIN IMMER SCHON HIER AUF DER WELT GEWESEN, IN ANDERES FLEISCH GEGOSSEN, ABER TROTZDEM, GEGEBEN HAT ES MICH HIER, IMMER, UND WAS MIR FRÜHER EINMAL PASSIERT IST, ALS ICH IRGENDWIE EIN ANDERES KIND WAR, ABER TROTZDEM IM GRUNDE GENOMMEN DIESELBE, DARAN WILL ICH NICHT EINMAL DENKEN!

Solche Gedanken kamen plötzlich in ihr zum Durchbruch, und um all dem ein Ende zu bereiten, versteckte sie ihre Hand unter dem Tisch, aber es war ja doch, wie gewöhnlich, bereits zu spät.

Zu spät! Sie konnte beim besten Willen nicht verstehen, wie es funktionieren sollte, all die übrigen immer plumperen Körper aus diesem unscheinbaren Körper hervorzubringen, ohne dabei grässlich leiden zu müssen. Sie konnte sich nicht vorstellen, dass das überhaupt möglich war, ohne dass man dabei auch, auf irgendeine Art, jedes Mal sterben musste. Und zum Tausch für das Leben, das man bis dahin gelebt hatte, ein anderes, ein noch ganz unbekanntes Leben bekam, über das man gar nicht Bescheid wusste, in dem alles vollkommen anders war, unbekannt, und das deswegen schon wieder erforscht werden musste, schon wieder, mit allem, was dazugehörte.

Wieder einmal spürte sie unter und in sich den steigenden Druck der dicht gelagerten Körper und des Menschen, der sich eines Tages, obwohl sie heute noch nicht glaubte, dass das möglich war, in den allerkomischsten Handlungen und Worten bemerkbar machen würde, hörbar und sichtbar. Ganz plötzlich! Eines schönen Tages in einem kleinen, rot gestrichenen Zimmer mit einem Spiegel darin, während der Regen fiel –

Sie würde noch verwirrter und fassungsloser sein. Am Anfang würde es nur ganz sachte und zaghaft vonstattengehen, aber trotzdem! aber trotzdem! es würde kommen, es würde geschehen, und es war unvermeidbar, und es machte ihr jetzt schon Angst!

Und es würde schwer sein, das wusste sie, und beim bloßen Gedanken daran, so etwas durchstehen zu müssen, hätte sie fast am liebsten den Atem angehalten, um alles Wachstum in sich auf allen Ebenen zu stoppen; damit alles ganz genau so bleiben würde, wie es jetzt war. Aber auch das war ja nicht die Lösung des Problems, denn das Leben, das sie jetzt führte und das, was sie jetzt empfand, war eigentlich auch nichts, worin sie bleiben wollte.

Denn das war ja schon schrecklich, denn das war ja schon beängstigend, denn schau mal! hör mal! fühl mal! SIEH!

Das durchsichtige Gesicht, das sie nun trug, reichte bei weitem nicht aus, um allem Ausdruck zu verleihen, was sie fühlte und war, all dem Widersprüchlichen, das sie mit sich herumschleppte, und diese unscheinbare Hand mit ihren fünf ebenso unscheinbaren Fingern war auch nicht genug und würde es auch niemals sein, wie man die Sache auch betrachtete, egal wie sehr sie noch wachsen mochte. Und egal wie dicht ihr Fleisch wurde und wie sehr Aliide auch kämpfte und sich abmühte, um sie mit diversen Übungen und gewaltsamem, selbstzerstörerischem Zeichnen zu stärken –

Und bald würde ein Tag kommen, an dem diese Hand aufgrund irgendeines Vorfalls, eines wohlgemeinten verirrten Wortes, anstatt wie gewöhnlich die Bilder hervorzubringen, die sich zu allen Zeiten und Unzeiten in Aliide anhäuften, unbeweglich auf der Bank neben dem leeren Blatt Papier liegenbleiben würde. Weil das, was sich im Körper angesammelt hatte, plötzlich zu viel geworden war, zu stark, und deswegen nicht mehr durch diese unscheinbare Hand nach draußen gelangen konnte!

Ein solcher Moment würde früh genug kommen, und es war ein erschreckender Gedanke, dass der Körper alles war, was man hatte, alles, was einem zur Verfügung stand. Dass man sein ganzes Leben lang gezwungen sein würde, lediglich mit diesem Körper allem Ausdruck zu verleihen, was einen ausmachte –

Dieses blasse Gesicht, das Auge hier, dieser Mund, diese zitternde Hand, in der Aliide jetzt das Foto hielt, aus dem ihr Omas seit langem verloschenes Kindergesicht entgegensah.

Und dieser Tag kam ziemlich bald, denn so sprach er, ihr Papa –

DENK IMMER DARAN, DASS ICH DICH AM LIEBSTEN HAB!

Das sagte er, genau so, und ohne nachzudenken sagte er das! Als sei es die natürlichste Sache der Welt, so etwas zu einem seiner eigenen Kinder zu sagen.

Das Ganze ereignete sich an einem trüben, regnerischen Frühlingstag in den Ferien, als nur er, Aliide und Idrok zu Hause waren, nach dem Mittagessen, als Idrok in sein Zimmer gegangen war und nur sie und Papa noch in der Küche waren, wo sie Seite an Seite schweigend Geschirr abtrockneten.

Wie gewöhnlich war Aliide selbst tief in Gedanken versunken, die gerade sehr zahlreich, unheimlich kompliziert und energieraubend waren. Also war sie auch jetzt nicht bereit! Denn alles war zumindest nach außen hin wie immer. Draußen war es so gut wie Frühling und im Park, der während des ganzen schneearmen Halbwinters einem großen, ausgebrannten, lehmigen Krater geglichen hatte, hatte das Grün rasch wieder zu sprießen begonnen. Ganze Bäume schienen über Nacht direkt aus der kühlen Erde gesprossen zu sein, dampfend, gefüllt mit Spatzen, die wie Wühlmäuse in langen, dichten Reihen auf den versteckten, inneren Ästen schlummerten. Kleine, grüne Inseln stiegen hier und dort an die Oberfläche, Gras sickerte hervor, das Wasser in den Teichen wurde von Stunde zu Stunde ein bisschen klarer, wie also hätte sie, Aliide, wissen können, dass es ausgerechnet jetzt passieren würde?

DENK IMMER DARAN, DASS ICH DICH AM LIEBSTEN HAB, sagte er da, apropos gar nichts, apropos fallender Regen, apropos klarer werdende Teiche im Park. Und Aliide wusste sofort, dass er da etwas Fürchterliches, nahezu

Verbotenes gesagt hatte. Ja, es war schrecklich und beinahe unverzeihlich, so etwas zu einem seiner eigenen Kinder zu sagen, denn wie sollte sie jetzt mit einem solchen Wissen weiterleben können? Was sollte sie noch zusätzlich mit der Liebe, die einem anderen gehörte? Mit der Liebe, die Idrok so dringend gebraucht hätte, was war jetzt aus dieser Liebe anderes geworden als eine weitere Bürde, die sie ihr Leben lang mit sich herumschleppen musste, die ihr tiefe Schuldgefühle verursachte und für die sie sich schämte. Denn das Gleichgewicht zwischen ihr und Idrok war jetzt gestört, auf ewig. Und das war ungefähr so, wie wenn die Erwachsenen in ihrer Einfalt sagten –

DIESEM KIND WERDE ICH ALLES GEBEN, WAS ICH SELBST NIE BEKOMMEN HABE, ALS ICH KLEIN WAR!

Aber was sollte dieses Kind, das hier und heute lebte, jetzt, denn mit all dem anfangen, was diesem Erwachsenen selbst damals vor langer Zeit gefehlt hatte?

Und außerdem hatte sie sich überhaupt keiner Liebe verdient gemacht! Und sie war sich schon jetzt, in dem Moment, in dem die Worte ausgesprochen wurden, völlig darüber im Klaren, dass sie sich von nun an, aufgrund dieses Vorkommnisses, noch mehr zusammenreißen musste. Niemals durfte sie einer einzigen lebenden Seele verraten, was sie gehört hatte, und besonders Idrok gegenüber musste sie sich im Griff haben, egal was passierte.

Papa hatte sich jetzt leider umgedreht. Er trocknete Geschirr ab und pfiff ganz unbeschwert vor sich hin, als habe er überhaupt nichts gesagt, als sei nichts passiert, aber für Aliide war alles unwiderruflich und auf ewig zerstört. Von dem Teller, den sie in der Hand hielt, tropfte es, dunkle Tropfen, die aussahen wie Blut, breiteten sich lautlos auf dem Boden zu ihren Füßen aus.

Er hatte das ja gut gemeint! Aber trotzdem war es nicht richtig! Und sie fühlte sich innerlich so unfassbar gekränkt, und sie machte sich selbst Vorwürfe, dass sie Idrok die Liebe gestohlen hatte, die ihm eigentlich rechtmäßig zustand. Und sie wollte irgendwie protestieren, wollte Einwände erheben und Papa zurechtweisen, aber wie widerspricht man denn in einem solchen Fall? Sagt man kurz und gut nein?

Schweigend trockneten sie weiter Geschirr ab, während der Regen fiel und im Park noch ein oder zwei spatzengespickte Bäume sprossen. Es schien Papa überhaupt nichts ausgemacht zu haben, das zu sagen, im Gegenteil; als sie aus dem Augenwinkel sein Gesicht betrachtete, sah er vielmehr erleichtert aus, befreit. So als habe ihn das jetzt lange genug belastet, und nun, endlich, sei er es losgeworden und habe es stattdessen ihr übergeworfen, so dass sie jetzt diejenige war, die es tragen, die unter dieser Bürde straucheln musste –

Als sie das Gefühl hatte, mit dem Geschirr fertig zu sein, legte sie vorsichtig das Tuch zur Seite und stellte den Teller auf die Spüle. Sie ging hinaus ins Kinderzimmer, gerade so wie sie war, verstört, durcheinander, gekränkt und schwer von Schuldgefühlen.

In der Türöffnung blieb sie stehen und betrachtete Idrok, der zusammengekauert auf dem hinteren Bett saß, unter der Lampe, ein aufgeschlagenes *Tim-und-Struppi*-Heft auf seinem Schoß. Sein Gesicht, seinen leichten Silberblick und sein Haar, das noch nicht hatte fest werden können, das seinen Kopf noch bedeckte wie ein klares Sekret, das in einem kleinen Schleimbeutel hinten im Nacken produziert wird. All das zu sehen tat ihr jetzt unbeschreiblich weh –

Denn wie konnte es möglich sein, dass Papa SIE, dieses eklige, chaotische Kind, aus dessen Innern jede Nacht Schmodder und Schmutz heraufgeschwemmt wurden, lieber hatte als Idrok? Der zwar ein störrischer kleiner Teufel sein konnte, aber der trotzdem, im Vergleich zu ihr, so durch und durch rein und unbefleckt war.

Und den niemand verletzen durfte, niemals, den zu beschützen und zu bewachen jetzt, wegen dieser Sache, noch wichtiger geworden war!

Wie konnte Papa dieses so unheilbar schmutzige Mädchen lieb haben, das ja nie im Leben, egal wie es sich entwickelte, diese Liebe würde vergelten können. Jede Liebe, egal wie stark sie war und von wem sie kam, war an ihr verschwendet, hatte keinerlei Wirkung auf sie, konnte ihre wahre Natur nicht verwandeln oder verändern, an der Tatsache rütteln, dass sie verdorben war. Sahen sie das denn nicht, merkten sie das denn nicht, sah er wirklich nicht, wie sie eigentlich war, ein Scheusal, kaputt, und warum bestanden sie darauf, warum bestanden ihre Eltern darauf, sie trotzdem lieb zu haben?

Und sie war außer sich, rasend, schwer von Schuldgefühlen, wusste nicht wohin mit dieser Bürde, zu der Papas Liebe plötzlich geworden war. Denn es war fürchterlich, das Objekt einer solchen Liebe zu sein, ohne sie erwidern zu können, erwidern zu wollen, erwidern können zu wollen!

Was jetzt auch geschah, egal, wie aufgebracht und wütend sie auch wurde, wenn sie und Idrok zusammenrasselten und sich verprügelten, so durfte sie doch nie die Fassung verlieren und sich verplappern und Papas Worte als Waffe gegen Idrok verwenden –

Sie musste sich jetzt noch mehr beherrschen, ihre Zunge im Zaum halten, koste es, was es wolle, und mehrere Tage lang biss sie sich deswegen dauernd in die Oberseite der Hand, um mit Hilfe des Schmerzes ihre Aufmerksamkeit von den wütenden Gefühlen abzulenken, die sich um nichts in der Welt ausgerechnet über Idrok entladen durften –

Aber innerhalb kurzer Zeit waren sie so stark geworden, dass sie alles überschatteten und durchdrangen, sie konnte an nichts anderes denken als daran, dass sie diese Gefühle irgendwie in Schach halten musste, dass sie ein Ventil dafür finden musste, ohne dass sie sich über einem anderem entluden. Und es regnete weiter, tagein, tagaus fiel der Regen hinunter in die Stadt, und es hatte eigentlich keinen Sinn rauszugehen, denn im Park war der Boden matschig und vor der Haustür lag die Passage verlassen, leer und grau.

Und sie wusste, dass es früher oder später sowieso ausgesprochen würde, denn sie spürte, wie es Stunde um Stunde wuchs, wie der Druck innerlich zunahm. Langsam, unaufhaltsam, wurde sie immer empfindlicher und gereizter, in ihrem Mund war es jetzt glühend heiß, ihre Ohren brannten, ihre Hände wurden heiß und zitterten, ihre Gedanken wollten nicht länger einen Zusammenhang ergeben, sie konnte sich nicht aufs Lesen oder Zeichnen konzentrieren, konnte nicht länger als eine Minute stillsitzen, dann sprang sie auf und rannte zwischen den Zimmern hin und her, um sich zu beruhigen, um die Erregung zu dämpfen. Und sie wagte es auch nie, sich allzu lange mit Idrok in einem Zimmer aufzuhalten, denn weiß Gott wozu das führen konnte, und sein bloßer Anblick tat ihr jetzt weh –

Aber selbst wenn sie sich körperlich verstümmelt hätte, sich die Zunge mit einer Nagelschere abgeschnitten und sie aus dem Fenster geworfen hätte, dann hätte das trotzdem nicht ausgereicht oder geholfen, auf irgendeine Weise wäre es doch gesagt worden. Denn das hatte sie verdient, es würde ein für alle Mal enthüllen, wie teuflisch sie eigentlich war!

Und dieser entsetzliche Moment kroch nun Minute um Minute näher heran. Und wenn sie Idrok jetzt ansah, empfand sie eine immer tiefere Schuld und Scham, eine solche Trauer, eine solche Hoffnungslosigkeit, und wenn sie Papa ansah, konnte sie ihm gegenüber nichts als Zorn empfinden, denn er hatte sie ja mit seinen gutgemeinten Worten in diese Situation gebracht.

Ein paar Tage vergingen –

Dann passierte natürlich das, was sie um jeden Preis hatte vermeiden wollen.

Und es wurde dadurch beschleunigt, dass sie und Idrok wegen des anhaltenden Regens mehrere Tage am Stück hatten drinbleiben müssen. Unaufhörlich und hartnäckig zankten sie sich um Nichtigkeiten. Bisher hatte sie sich immer, in letzter Minute, beherrschen können. Sie hatte die Zähne zusammengebissen, sich zurückgezogen und Idrok seinen Willen gelassen, obwohl sie vor Wut kochte, vor einer Mischung aus allen möglichen und unmöglichen undefinierbaren Gefühlen –

Aber jetzt, ausgerechnet heute, von dem Moment an, in dem sie wach wurde, den Regen hörte und aus dem Bett aufstand, war es, als würde sie unerbittlich von Idrok angezogen, von der Möglichkeit, ihn zu verletzen, ihm zu schaden, und der Druck stieg weiter an, ihr war zeitweise so heiß, dass sie nicht richtig klar sehen konnte, alles nahm sie wie durch einen Schleier wahr, und sie wusste, dass es jetzt passieren würde, jeden Moment.

Und als sie wieder einmal wegen irgendeiner Bagatelle zusammenrasselten, einander Auge in Auge gegenüberstanden und an einem Buch zerrten, stieg ihr alles zu Kopf und die

Dämme brachen und sie war einen kurzen Moment lang wie ausgewechselt wegen irgendeiner Nichtigkeit, die er gesagt oder getan hatte.

Bevor sie wusste, wie ihr geschah, hatte sie es schon ganz kalt hervorgestoßen, ihm direkt ins Gesicht, und kaum hatte sie es gesagt, erschlaffte er völlig. Er verlor die Fassung und ließ das Buch los, wurde bleich, rang nach Atem und taumelte nach hinten, wurde still, sank in sich zusammen und wandte sich von ihr ab, und sie hörte ihn ganz leise zu sich selbst sagen, »hat er überhaupt nicht«, so als hätte er es in Wirklichkeit immer geahnt. Und das machte alles noch schlimmer. Das machte es ihr ganz unmöglich, ihm einfach nachzulaufen, jetzt, wo er sich mit schweren Schritten zu seinem Bett schleppte.

Denn sie wollte vor ihm auf die Knie fallen, ihn festhalten und sagen, »nein, nein, das hab ich nur so gesagt, das stimmt überhaupt nicht, Entschuldigung, Entschuldigung«, aber eine solche Äußerung kann man nicht einfach so zurücknehmen! Sie beißt sich an jemandem fest, und hier stand sie nun wie ein Blödmann, ein richtiger Idiot, mitten im Zimmer, mit dem Buch in der Hand, während draußen der Regen fiel. Und nie hatte sie einem anderen Menschen gegenüber eine solche Ohnmacht und Trauer empfunden, wie jetzt, als sie Idrok zusammengesunken auf der Bettkante sitzen sah, verstummt, mit gesenktem Kopf.

Herrgott, gütiger Gott, was hatte sie getan?

Wenn er wenigstens wütend geworden wäre, sie geschlagen hätte, aber er rührte sich nicht vom Fleck, saß nur ganz still da, mit gesenktem Kopf. Und sie verdiente es nicht, weiterzuleben, denn sie war jetzt nicht viel besser als ein Erwachsener, sie war sogar schlimmer als Papa, denn er hatte das, was er gesagt hatte, wenigstens aus Liebe zu ihr gesagt, während sie es nur aus sich hinausgeschleudert hatte, um sich ein bisschen Erleichterung zu verschaffen.

Und am nächsten Tag waren die Ferien zu Ende und Aliide saß wieder in ihrer Bank in der Ecke, ein kleines graugrünes Blatt Papier vor sich und einen Wachsmalstift in der Hand. Und sie war, wie sie zumindest glaubte, den umwälzenden Ereignissen der vergangenen Tage zum Trotz, wieder einmal bereit, sich für das Bild zu öffnen, das in ihrem Innern entstanden war. Das fertig in der Tiefe lag und auf seinen Durchbruch wartete.

Die Lehrerin, die braunhaarige mit dem etwas lüsternen Gesichtsausdruck, stand ganz vorne am Pult. Die kleine, dicke rote Bibel aufgeschlagen in der Hand, ergriff sie nun das Wort und begann auf und ab zu gehen, und was sie da sagte, war –

ISRAEL ABER HATTE JOSEF LIEBER ALS ALLE SEINE SÖHNE ... UND ALS SEINE BRÜDER SAHEN, DASS IHR VATER IHN LIEBER HATTE ALS ALLE SEINE BRÜDER, HASSTEN SIE IHN UND KONNTEN MIT IHM KEIN GUTES WORT MEHR REDEN.

Aber warum ausgerechnet diese Worte, ausgerechnet jetzt, nach allem, was passiert war? Das war ein Zeichen, zweifellos, und als sie das hörte, erstarrte sie, und Idroks leichenblasses Gesicht erschien vor ihrem inneren Auge, genau so, wie es in dem Moment ausgesehen hatte, als sie die Worte hervorgestoßen hatte, die nie hätten gesagt werden dürfen, und das ließ sie dann nicht mehr los.

Leiernd, die Bibel in der Hand, schritt die Lehrerin wie gewöhnlich zwischen den Bankreihen auf und ab. Sie ließ ihren Blick einen Augenblick lang auf jedem der Kinder und seiner Zeichnung ruhen, und Aliide konnte spüren, wie sie langsam immer näher kam, wie ihre Stimme immer lauter wurde, und somit auch die Worte –

ALS SIE IHN NUN VON FERN SAHEN, EHE DER BRUDER NOCH IN IHRE NÄHE GEKOMMEN WAR, FASSTEN SIE DEN PLAN, IHN ZU TÖTEN –

Und sie versuchte, ihre Hand zu bewegen, sie zu verschieben, versuchte, sie anzuheben und die Stiftspitze aufs Papier zu setzen, weil die Worte ihr Angst machten, aber ohne Erfolg. Sie konnte ihre Hand jetzt wirklich nicht mehr bewegen, und das war entsetzlich, denn das war die Strafe. Und alles war genau so, wie sie befürchtet hatte, alles, was sie so sorgfältig verdrängt hatte, hatte jetzt begonnen sie zu lähmen, es war zu stark geworden, und sie fühlte jetzt auch deutlich in ihrer Brust und in ihren Armen und Fingerspitzen die Spannung des Bildes, das schon dabei war, sich in ihr zu verdichten, aber nicht mehr nach außen dringen durfte oder konnte. Der Schmerz, den das verursachte, war unerträglich! Und obwohl sie immer noch wie eine Verrückte darum kämpfte, die Hand heben zu können, die Hand, in der sich alles verbarg, ließ diese sich nicht mehr von der Stelle bewegen, sondern lag, wo sie lag, wie ein toter Fisch, auf der Bank neben dem Papier! Aber das Bild sah sie dennoch in ihrem Innern, ganz deutlich, und das, was man sieht und verschweigt, macht einem Angst. Immer wieder sprudelte es empor und verdichtete sich und erfüllte sie, ihren Kopf, ihr ganzes Wesen nahm es jetzt in Beschlag –

Und nun hörte sie auch, zu ihrem großen Entsetzen, dass das Leiern sehr nah herangekommen war, es war jetzt fast direkt neben ihr –

Die Lehrerin näherte sich mit ihrer aufgeschlagenen roten Bibel und ihren Worten unaufhaltsam Aliides Bank, und sie hatte noch nichts gezeichnet! Auf ihrem Gesicht brach der Schweiß aus, am Körper, innerlich und überall, aber die Hand ließ sich nicht bewegen –

Und jetzt war die Lehrerin plötzlich da –

Sie blieb neben Aliides Bank stehen, las jedoch weiter, und tief und vielsagend war ihre Stimme –

Vorsichtig beugte sie sich über die erstarrte Aliide, äugte über ihre Schulter direkt auf das leere Blatt, und ihre Stimme war jetzt ungemütlich nah, strich über Aliides linkes Ohr, als seien die folgenden Worte eigentlich an niemand anderen gerichtet als an Aliide –

UND WEITER SPRACH RUBEN ZU IHNEN –
VERGIESST KEIN BLUT,
WERFT IHN IN DEN BRUNNEN IN DER WÜSTE,
ABER LEGT NICHT HAND AN IHN.

Und diese Worte verfolgten sie mehrere Tage –

WERFT IHN IN DEN BRUNNEN, ABER LEGT NICHT HAND AN IHN; und ganz besonders das; ABER LEGT NICHT HAND AN IHN –

Und das Bild, das sie in der Religionsstunde nicht auf gewohnte Weise hatte loswerden können, das Bild von dem Kind auf dem Grund des Brunnens in der Wüste, das Bild, das so stark war, dass es sich gestaut hatte und jetzt noch in ihrem Körper festsaß, irgendwo in ihrer Brust, das verdichtete sich jetzt so sehr, dass der Druck in ihr weiter anstieg –

Ja, vielleicht war es genau wegen dieses im Körper aufgestauten Bildes, dass sie in letzter Zeit mit einer so ungewöhnlich seltsamen Stimmung hier herumlief. Randvoll just mit Ekel und Hass. Sie unterdrückte diese Gefühle so gut sie konnte, aber am Ende war sie doch wieder ganz erfüllt davon; ein ständig zunehmender Nebel lag jetzt gefährlich nah an der Oberfläche und vibrierte, er war manchmal so stark, dass um sie herum beinahe Funken sprühten, und sie konnte es in ihren Händen spüren, im Gesicht, in der Nasenspitze, überall, und manchmal musste sie die Hände an die Wand klatschen, um sich von diesem Gefühl zu befreien.

Unendlich viel Energie und Konzentration benötigte sie nun, um jede kleine Handlung von dieser aufgestauten Aggressivität frei zu halten, damit sich diese nicht noch einmal über dem armen, unschuldigen kleinen Idrok entladen würde, denn wenn das passierte, würde sie mit sich selbst nicht mehr leben können –

Nein; all dieser Hass und dieser Ekel und dieser gewaltige, seltsame Nebel, der sie bis zum Rand füllte, verdichteten sich nun stattdessen jedes Mal, wenn sie mit Ks ein Jahr jüngerer Schwester M zusammentraf, die K in allem sehr ähnlich war. Sie hatte ganz genau dasselbe glänzende, braune, kühle Haar, das sie an den Ohren zu Zöpfchen zusammengebunden hatte, und die gleichen großen, ruhigen, dunklen Augen, aber ihr Gesicht war eine Spur nichtssagender, schweinchenartiger als das von K.

Bisher hatte diese M nicht so viel Aufhebens von sich gemacht. Sie war schlau genug gewesen, sich fernzuhalten, wenn Aliide und K sich trafen, hatte sich nicht in ihre Spiele eingemischt, sich nicht zwischen sie gedrängt, was Aliide an und für sich trotzdem nicht daran hinderte, sie schrecklich zu finden.

Aber jetzt, seit einer Weile, war das plötzlich anders.

Irgendetwas war in diese M gefahren, denn sobald K und Aliide beieinander waren und zum Beispiel gerade ein Gummiband an einem Pfosten unter dem Regendach vor dem Damenfriseur befestigt hatten, vor Ks Haustür, und jede von ihnen ihr Sprungsystem ausgeklügelt hatte, das so kompliziert war, dass sie selbst kaum den Überblick über alle Runden und Schritte behielten, war M plötzlich da und quengelte, ob sie nicht mitmachen dürfe.

Jetzt war M ja bei Weitem nicht so unschuldig und treuherzig, wie sie einen immer glauben machen wollte, mit diesem Blick da, mit diesen flehenden, weit aufgerissenen Augen. Das war kein Kind auf der ganzen Welt, das wusste Aliide sehr wohl, denn sie wusste ja, wie sie selbst manchmal sein konnte, wie sie sich aufführen und anstellen konnte, um genau das zu bekommen, was sie wollte, und deswegen konnte sie genau diese Seite auch sehr deutlich an anderen Kindern wahrnehmen. Und das war eine Seite, vor der ihr ganz besonders graute, die sie vollkommen abstoßend fand, und jetzt sah sie die ganz deutlich ausgerechnet bei dieser M –

M bediente sich einer besonders gerissenen Vorgehensweise –

Sie ließ Aliide und K erst eine Weile miteinander allein, bis sie wirklich ganz in ihr Spiel versunken waren, aneinander festgesaugt. Dann, wenn sie die Zeit für reif hielt, kam sie nach unten und schaute ihnen aus einigem Abstand ganz still zu. Erst nach einer Viertelstunde kam sie dann noch ein bisschen näher und ergriff das Wort –

BITTE, winselte sie dann flehend, und zog das Wort in die Länge, und so begann sie mit ihrer Quengelei und setzte auch, um dem Quengeln Nachdruck zu verleihen, eine außergewöhnlich eklige, hilflose, aber gleichzeitig eingebildete Miene auf –

Und von dem Moment an konnten sie natürlich nichts Richtiges mehr machen, aber sie spielten dennoch tapfer weiter, so lange es nur ging.

M trug wie gewöhnlich haargenau das gleiche Kleid, das K gerade anhatte. Ein selbstgenähtes, einfaches Modell mit einem kleinen, weißen abnehmbaren Kragen. Es war aus einem Stoff genäht, der sich, wenn man ihn mit der Hand streifte, ganz steif und kalt anfühlte, ungefähr wie Pappe. Und an den Füßen hatte sie ein Paar roter Lederschuhe, genau wie K, und um den Hals trug sie, genau wie K und Aliide, einen Schlüssel an einer zerkauten Schnur.

Und mit ihrer bloßen Nähe, weil sie Ks Schwester war und man deswegen nicht mit ihr konkurrieren konnte, und weil sie deswegen solche Macht hatte, brachte sie den Nebel in Aliide wieder zum Aufsteigen –

Es brodelte und kochte jetzt in Aliide; neuer, frischer Zorn und neuer Hass brachen aus ihrer Tiefe hervor, das aufgestaute Bild in ihrer Brust geriet in Bewegung. Es war wie eine Bewegung aus Schmerz, gewaltsam und grau, aber trotzdem eigentlich gar kein Schmerz, sondern eher eine Art Hass, eine Wut, die sich nicht länger ersticken lassen wollte. Wie ein stinkender, in ihren zarten Mädchenkörper eingesperrter Wirbelsturm, ein uralter Wirbelsturm aus derart komischen und geheimnisvollen Kräften, dass man sie sich nicht einmal vorstellen konnte, der sich jetzt unendlich langsam und quälend in ihr zu drehen begann und dabei jede Menge Schlacke vom Grund ihres Wesens aufwirbelte und ihrem eiskalten, bleichen Gesicht jegliches Blut entzog.

Der ganze Hass und der ganze Nebel richteten sich jetzt gegen M, die mit ihrer Quengelei so erfolgreich alles zum Einsturz gebracht hatte, was sie und K endlich zwischen einander hatten aufbauen können; die Nähe, die Konzentration, alles!

Und wie früher bereits erwähnt war K ja ein Richtiges Mädchen und deswegen waren bestimmte Seiten, bestimmte Eigenschaften bei ihr besonders ausgeprägt. Sie war äußerst beherrscht, und das machte es oft schwer, das Spiel mit ihr so intensiv und tief werden zu lassen, dass es Aliide befriedigte. Aber wenn sie nur lange genug spielten, ohne zu sprechen, ohne innezuhalten, und unter großer gemeinsamer Konzentration, wenn sie nur von ihrer Umwelt und insbesondere von M in Frieden gelassen wurden, dann wurden sie schließlich voneinander angezogen und wurden im besten Fall nahezu eins, zu einem einzigen Organismus, und ihre

Gedanken und Gefühle konnten ganz ungezwungen zwischen ihnen passieren –

Aber jetzt, wo M so gut wie immer dabeistand und auf ihre raffinierte, verschlagene Weise flehte und bettelte und dabei aussah wie ein braunäugiges kleines Ferkel von einem Mädchen, das Aliide am liebsten gleich vermöbelt hätte, wirkte das auf K so, dass sie sich nie richtig traute loszulassen und zu entspannen, sondern stattdessen verkrampft blieb und sich jeden einzelnen Schritt gut überlegen musste.

Aber trotzdem; sie weigerten sich so lange es ging, der Quengelei und dem Druck von M nachzugeben, sie versuchten sie mit allen möglichen Tricks und Methoden loszuwerden, sie versuchten sie völlig zu ignorieren, sie behandelten sie wie Luft, wie ein Nichts, aber sobald M das merkte, war das für sie ein Signal, schnurstracks nach oben zu ihrer Mama zu gehen. Und dann war alles im Eimer, dann war alles aus, dann konnten sie nicht mehr viel machen, denn das verfehlte seine Wirkung nie –

Kurz darauf steckte die Mutter den Kopf aus dem Schlafzimmerfenster und schrie so laut sie konnte, mit einer rauen, hohlen Stimme, die kaum zu dem fein geschnittenen Gesicht und dem hübsch geschminkten roten Mund passen wollte, dass, wenn sie M nicht beim Gummispringen mitmachen ließen, sie dafür sorgen würde, dass es auch für sie beide mit dem Spielen vorbei sei, für den Rest des Tages, für den Rest der Woche. Und unmittelbar darauf kam M wieder herunter, jetzt triumphierend, mit hoch erhobener Nase. Und sie sah wichtig, eingebildet und hochmütig aus, denn sie war sich ja von Anfang an ihrer Macht voll und ganz bewusst gewesen. Aliide sah, wie sie das Wissen genoss, dass sie sie, Aliide, ganz leicht für immer aus Ks Leben verbannen konnte, wenn sie das wollte. Und Ks Mama würde das mit Sicherheit zu schätzen wissen, denn sie hatte Aliide ja eigentlich nie besonders gemocht, das spürte Aliide sehr wohl. Sie hatte sehr wohl gemerkt, wie Ks Mutter sie ansah, wenn sie bei K zu Hause waren und spielten, irgendwie gleichzeitig kalt und angeekelt, so als sei sie, Aliide, eine Art Ungeziefer, das man ausrotten musste.

Damit Ks Mutter also nicht auf den Gedanken käme, dass sie nur wegen M mit dem Gummispringen aufgehört hatten, weil das die fatale Konsequenz haben konnte, dass K eine ganze Woche lang nicht mit Aliide spielen oder sich ihr auch nur nähern durfte, machten sie noch eine kleine Weile weiter. Jetzt allerdings verkrampft, klar, beinahe pflichtschuldig, mit M in der Mitte. M hopste ungeschickt, eifrig, sie verbarg ihren Eifer und ihre Begeisterung kein bisschen, und Aliide ekelte sich nur noch mehr vor ihr, denn sie konnte Menschen und Kinder nicht ausstehen, denen man alles so deutlich ansah, die nicht, wie sie, Verstand genug hatten, sich zu beherrschen und zu verbergen, was sie eigentlich fühlten –

Und K war jetzt verschlossen. Verschlossen und unerreichbar, in ihrer eigenen Mädchenhaftigkeit begraben. Und Aliide selbst kochte vor Zorn, weil K mit dem Eindringen ihrer Schwester in ihrer beider Spiel mit einem Schlag wieder dazu übergegangen war, sich wie ein Richtiges Mädchen zu benehmen, so ein bisschen steif und kraftlos –

Alles war verhunzt. Die Stimmung, die ihnen gehört hatte, diese tiefe Nähe zueinander, die sie endlich so geduldig im Laufe des Spiels hatten aufbauen können; all das hatte dieses kleine Biest, dieses verdammte Miststück, kaputtgemacht!

Aliide spürte, wie der muffige alte Wirbelsturm und das Bild und der aufgestaute Hass und der ganze Zorn ihr zu Kopf stiegen, in ihrem Körper eine halbe Drehung beschrieben und sie dabei fast vom Boden abhob. Etwas schürfte an der Innenseite ihres Körpers und sie wurde von Abscheu durchzuckt, als sie jetzt K anschaute, die ein bisschen abseits stand und mit leerem, scheinbar abwesendem Blick die hüpfende M betrachtete. Die machte die ganze Zeit Fehler, aber weder K noch Aliide verloren darüber ein Wort.

Als K dann an der Reihe war, sah sie sich jedes Mal, wenn sie mit dem Fuß auf dem Boden aufkam, ängstlich um, so dass das Springen unendlich lange dauerte und gebremst wurde, es schien ganz plötzlich in den Schnellvorlauf zu wechseln und wurde dann wieder so langsam, dass es aussah, als hätte es ganz aufgehört, und K war kurz davor, umzukippen und auf die Nase zu fallen.

So kam es, dass eines Tages etwas äußerst Verhängnisvolles passierte, das auf ewig alles zwischen K und Aliide zerstören sollte –

Es war an einem Tag, an dem sich all das mit M und K wieder haargenau so abgespielt hatte. M hatte erst stumm dagestanden und zugeschaut, angefangen zu quengeln, und als sie sie einfach ignoriert hatten, war sie hinauf zu ihrer Mama gegangen, die dann den Kopf aus dem Schlafzimmerfenster gesteckt und Aliide und K angebrüllt hatte, dass sie M mitmachen lassen müssten. Der einzige fatale Unterschied war, dass Aliide jetzt einfach nichts mehr in dieser Richtung ertragen konnte. Als M auf einmal strauchelnd das Gleichgewicht verlor und gegen sie prallte, hatte sie die Beherrschung verloren und M eine geklebt, so dass M nach hinten taumelte und mit dem Kopf gegen den Pfosten knallte.

In dem Pfosten summte es dumpf nach diesem Zusammenstoß, und die Schwingungen breiteten sich aus wie Ringe auf einer ruhigen Wasseroberfläche, und genau dieser Augenblick war deswegen sehr still, sehr leer und sehr klar, lautlos, bodenlos öffnete er sich um sie herum –

Sowohl Aliide als auch K sahen M erstaunt an, die mit weit aufgerissenen Augen, offenstehendem Mund und glasigem Blick ganz still neben dem Pfosten stand, ihren Kopf befühlte und ausdruckslos vor sich hinstarrte. Und Aliide lagen die Worte DAS WOLLTE ICH NICHT! DAS WOLLTE ICH NICHT! fertig auf der Zunge, aber sie konnte sich trotzdem nicht überwinden, sie auszusprechen, weil das ja doch nicht ganz stimmte –

Aber, wie immer bei solchen Anlässen, hatte sie für eine Tausendstelsekunde das Bewusstsein verloren, und sie hatte deswegen keine Ahnung, was die Tat eigentlich ausgelöst hatte. Obwohl sie ja deutlich spürte, wie es in ihrer Brust spannte und sich drehte, wollte sie nicht glauben, dass es das in ihrem Körper angestaute Bild war, der Nebel des Hasses und der muffige alte Wirbelsturm, die sie dazu gebracht hatten, M eine zu kleben –

Und einen Moment lang wurde es so verhängnisvoll still.

Der Augenblick weitete und vertiefte sich nur so um sie, bis sie alle drei in ein Schweigen versunken waren, dicht beisammen und doch getrennt, jede für sich, weit voneinander entfernt, und dieses tiefe Schweigen zwischen ihnen nahm zu. Aliide hatte immer noch das schmuddelige Gummiband um die Knie, K stand etwas abseits und schaute, M stand am Pfosten und fingerte immer noch scheinbar wie betäubt an ihrem ausdruckslosen Gesicht herum.

In diesem Moment drehte Aliide zufällig den Kopf und sah in den Friseurladen hinein, dessen Tür weit offen stand. Und da sah sie, dass es darin leer war; leer, bis auf eine Kundin, die in einem der Stühle saß und ihren Kopf auf und ab bewegte, hin und her, langsam, so als sei er unheimlich schwer und passe ihr nicht richtig und könne jeden Moment abfallen. Hinter ihr hielt eine Friseurin einen kleinen, runden Spiegel in die Höhe, der es der Frau ermöglichte, ihren eigenen Nacken zu sehen, während sie gleichzeitig in dem Spiegel an der Wand sehen konnte, wie sie sich von vorne ausnahm. Auf dem Fußboden, um den Stuhl herum, lag eine dicke Schicht aus abgeschnittenen dunklen Haaren, und das Ganze sah seltsam und irgendwie brutal aus, wie Schlachtabfälle, wie die Reste von etwas Totem.

Aliide versuchte, sich selbst darüber klarzuwerden, was eigentlich passiert war –

Sie hatte sich einfach nicht zurückhalten können, etwas war ganz einfach über sie gekommen, es war aus ihr aufgestiegen, hatte sie umschlossen und mit sich in die Tiefe gezogen. Vielleicht war es doch der furchtbare alte Wirbelsturm gewesen, der sich jetzt wieder in Bewegung gesetzt hatte? Doch; denn in der Mitte der Windhose hatte sich plötzlich ein Abgrund geöffnet und in diesen Abgrund war sie hineingestürzt, und während sie stürzte, hatte sie versucht, sich zu retten, indem sie wild mit den Armen herumgefuchtelt hatte, um etwas zu fassen zu bekommen, woran sie sich hätte festklammern können, und so war es dann wohl passiert, dass sie M eine geklebt hatte, weil M gerade zufällig im Weg gestanden, sich gerade zufällig da befunden hatte –

Ja, so war es gewesen, so musste es gewesen sein!

Wobei der Schlag schließlich nicht besonders hart gewesen war. Das konnte er wohl kaum gewesen sein, da M nicht einmal umgefallen war, sondern immer noch dastand, wenn auch schwankend, ein bisschen wacklig auf den Beinen. Sie hatte auch keinen Mucks von sich gegeben, Gottlob, ihr Gesicht war immer noch genauso ausdruckslos und ihr Blick genauso leer.

Noch gab es also Hoffnung, die Sekunden vergingen, ohne dass irgendeine Reaktion in ihren Augen oder ihrem Gesicht erkennbar war, und Aliide dachte, dass es vielleicht doch nicht so schlimm gewesen war, wie sie erst geglaubt hatte. Vielleicht würde doch alles ganz unbemerkt vorübergehen, vielleicht würde sich der Augenblick genauso still wieder um das fatale Ereignis schließen, wie er sich jetzt, in diesem Moment, um sie herum weitete. Vielleicht würde er ganz spurlos vorübergehen und nicht einmal ein Kräuseln an der Oberfläche ihres gemeinsamen Lebens zurücklassen?

Ja, Gott, lass es so kommen, denn dann, dachte Aliide aufgeregt, den Blick unverwandt auf Ms immer noch ganz ausdrucksloses Gesicht gerichtet, dann würde sie hoch und heilig vor Gott Vater selbst, diesem Teufel, geloben, sich auch M gegenüber zurückzuhalten, so sehr ihre Gegenwart und ihre Miene sie auch anekelten, und all ihre wirklichen Gefühle zu unterdrücken. Und koste es, was es wolle, würde sie in Zukunft einfach froh und dankbar für das bisschen Zeit sein, das sie alleine mit K verbringen durfte. Und wenn M dann auftauchte und sich wieder zwischen sie drängen wollte, würde sie sich entweder einfach ganz still zurückziehen und davongehen, oder aber, falls sie sich zum Bleiben entschied, sich beherrschen, alles herunterschlucken, geschehen lassen –

Erst jetzt wurde ihr richtig bewusst, dass M ja in der Tat die Macht hatte, nur durch ein Wort, eine kleine Andeutung, allem, was sie und K miteinander teilten, ein Ende zu setzen; den verbotenen Ausflügen hinunter zu den einsamen

Grundstücken, den Nachmittagen, an denen sie in das weiß gekalkte Zimmer der Klavierlehrerin eingeschlossen waren, wo die Luft von Tönen klirrte, den langen, planlosen Wanderungen in den nach Tod riechenden, menschenleeren Sälen des Museums.

Und sie staunte darüber, dass sie daran nicht früher gedacht hatte, denn das hatte sie nicht, nicht richtig, nicht ordentlich. Aber vielleicht lag das daran, dass der bloße Gedanke daran viel zu wehtat? Sie staunte darüber, dass sie so blöd hatte sein können, ein solcher Idiot, dass sie nicht gesehen hatte, wohin das langfristig führen konnte –

Aber sie sagte sich, dass es wohl doch dieser unglückselige Nebel in ihrem Innern gewesen sein musste, dieser muffige alte Wirbelsturm aus Kräften, die noch immer langsam in ihr kreisten, das Bild, das ihre Brust verstopft hatte, die Summe all dessen, die sie dazu gebracht hatte, völlig die Besinnung zu verlieren, und sonst nichts.

Sie betrachtete Ms Gesicht so gründlich, dass sie beinahe ganz vergaß zu atmen. Am liebsten hätte sie sich vor M auf die Knie geworfen und sie gebeten, in Gottes Namen über die Sache hinwegzusehen. Aber sie wagte jetzt nicht, sich von der Stelle zu rühren, und ein bisschen Würde hatte sie dann doch noch im Leib, trotz allem.

Und Ms Gesicht war jetzt nur noch einen kleinen Moment lang ausdruckslos. Dann verließ Aliide alle Hoffnung. Denn sie beobachtete plötzlich, wie von innen etwas Dunkles unwiderruflich darüberschwappte, wie es nach und nach immer grimmiger und kälter wurde. Es nahm einen Ausdruck an, der ihr verriet, dass M in ihrem Innern nun eiskalt herauszubekommen versuchte, wie sie den Vorfall am besten zu ihrem eigenen Vorteil wenden konnte. Wie sollte sie vorgehen, um auf die denkbar beste Weise Aliide ein für allemal aus ihrem eigenen und vor allen Dingen aus Ks Leben hinauszubefördern? So dass sie K in Zukunft ganz für sich alleine hätte.

Der Prozess hatte begonnen und war nicht aufzuhalten. Aliide glaubte auch zu sehen, wie ein leises Lächeln ganz flüchtig Ms Lippen umspielte, aber dieses Lächeln ging leider schnell in eine gramvolle Grimasse über, die sich vertiefte, als M es plötzlich eilig hatte, das allersauerste, dunkelste Geheul aus ihrem Innern heraufzuzwingen.

Und K? Wo war eigentlich K unterdessen hingekommen?

Sie war erstarrt, sie stand ganz still, ein bisschen abseits von ihnen und blickte stumm über das Planschbecken und tat so, als habe sie überhaupt nichts gesehen, als sei das alles spurlos an ihr vorbeigegangen. Und als Aliide die Art und Weise sah, wie K jetzt dastand, wusste sie, dass mit diesem Ereignis hier alles, was einmal zwischen ihr und K gewesen war, vollständig und unwiderruflich zerstört worden war.

Und wohin alles so schnell verschwunden war, war unmöglich zu sagen, aber fort war es, daran bestand kein Zweifel; fort! ausgelöscht! verwüstet! Und zwischen ihnen war nur eine große, steife Kälte zurückgeblieben, die jetzt nichts auf der Welt mehr überbrücken oder füllen konnte.

Jetzt hatten sogar das ganz rätselhaft Zarte, die Zerbrechlichkeit und das Schweigen, welche die besonderen Kennzeichen ihrer Freundschaft gewesen waren, die sie, all ihren Verschiedenheiten zum Trotz, dennoch miteinander hatten aufbauen können – sie und K, K und sie – jetzt hatte auch das ein Ende. Und Aliide empfand das wirklich so, als sei sie in eine Wüste hinausgetrieben worden, wo sie bis in alle Ewigkeit, nackt und verbrannt unter einer stinkend heißen Sonne, im Kreis um einen kleinen toten Baum würde herumlaufen müssen, in dessen verkohltem Stamm eine einzige weiße Made schlummerte, ja: so fühlte sie sich jetzt, genau so –

Und als M endlich genug Tränen zusammengekratzt hatte, als ihr bis dahin ausdrucksloses Gesicht bis zur Unkenntlichkeit verzerrt war, unmittelbar bevor sie den Mund öffnete, drehte sie ein kleines bisschen den Kopf und streifte Aliide mit einem triumphierenden Blick. Erst dann ließ sie ein Geheul ertönen und rannte brüllend, als zöge das Geheul sie willenlos hinter sich her, geradewegs hinauf zu ihrer Mama.

Und genau in dem Moment, als die tiefe Stille, in der sie sich befunden hatten, zu Ende war, wandte sich auch K Aliide zu. Und wie um diesen Augenblick wirklich für alle Zeiten in Aliides Bewusstsein einzuprägen, wie um ihr den Gnadenstoß zu geben, und damit in Zukunft auch nicht der geringste Zweifel herrschen würde, wo sie jetzt standen, warf sie Aliide einen durchdringenden, unendlich wirkungsvollen Blick totaler Verachtung zu. Einen Blick, der so intensiv war, dass Aliide sich erst ein paar Mal umdrehen musste, um mit eigenen Augen zu sehen, was für ein Monster K da eigentlich entdeckt hatte. Nur um herauszufinden, dass da gar nichts war, dass dieser intensive, angewiderte Blick niemand anderem gegolten haben konnte als ihr selbst, Aliide!

Sie machten dann noch ein kleine Weile mit dem Gummispringen weiter. Aber es war tot, es war kalt, es war vollkommen wertlos. Und plötzlich, zum ersten Mal seit Jahr und Tag, hätte Aliide gerne geweint. Vor sich sah sie die unendliche, sinnlose Einsamkeit, die jetzt auf sie zukam, die dieser Vorfall zur Folge haben würde. Sie sah vor ihrem inneren Auge schon die sengend heiße Wüste mit dem wurmstichigen Baum, und die langen Stunden nach Schulschluss, wenn K nicht mehr da sein würde, nicht einmal mehr als Möglichkeit, sondern nur als ein weiterer Gedanke, ein weiterer Wunsch, den Aliide würde verdrängen müssen.

Sie spürte plötzlich eine ungeheure, schmerzhafte Brüchigkeit in ihrem Fleisch, es war ein Gefühl, als ob dieses Fleisch jede Sekunde, nur dadurch, dass der Wind die Richtung änderte, dass jemand sie ansprach oder auch nur ein Schatten auf sie fiel, von ihren Knochen abfallen und ihr Skelett und alles in ihrem Innern bloßlegen könne.

Aber sie hielt wie eine Wahnsinnige dagegen an, denn sie hatte nicht vor, vor Ks Augen zusammenzubrechen. Hier? Nein! Zum Teufel! Auf gar keinen Fall! Diese Genugtuung sollte dieses Biest nicht bekommen, und mit einem Mal hatten sich all die liebevollen Gefühle, die sie bis dahin für K gehegt hatte, in Hass verwandelt. Und stattdessen machte sie sich nun so kalt und stumm wie möglich.

Sie hielt die Augen weit aufgerissen und regungslos, damit die Tränen wegtrocknen konnten, und das klappte tatsächlich. Es funktionierte, Augen, Blick und Gesicht blieben ausdruckslos, sie verrieten nichts von dem Chaos, das nun in ihr wütete –

Aber im Gegenzug wurde sie sensibel für alle äußeren Geräusche, und für den Wind, der blies, und das Licht, das jetzt auf sie fiel –

Und K war jetzt vollkommen unnahbar! Eine andere, eine Fremde. Hatte sie wirklich irgendwann einmal etwas mit diesem zugeknöpften kleinen Püppchen gemeinsam gehabt, das in einem blassrosa Kleid des denkbar schlichtesten Modells, mit gesenktem Blick und dem etwas miesepetrigen Gesichtsausdruck einer erwachsenen Frau unbeholfen über und auf das Gummiband hüpfte, das zwischen Aliides Knien und dem Pfosten verlief?

Schluss jetzt, aus, Ende!

Und dann wurde sie reingerufen, K –

Und zwar zum Glück, denn das war sowieso viel zu schmerzhaft, das hier, es herrschte eine viel zu kühle Spannung zwischen ihnen, als dass sie überhaupt hätten weitermachen können. Und außerdem; die Stimme der Mutter klang so streng und kalt, sie war so ganz ohne Erbarmen, hart und böse. So hatten sie sie noch nie zuvor gehört! Unwiderruflich zog sie K zu sich und lieferte somit den endgültigen Beweis dafür, dass alles zwischen ihnen von jetzt an für ewig vorbei war, und tatsächlich –

Drei Tage später feierte K eine Party, und Aliide war nicht eingeladen –

In ihrer Einfalt hatte sie geglaubt, sie sei es, weil sie am Tag vor dem fatalen Zwischenfall – damals, als noch alles beim Alten war, ein Zustand, den sie sich jetzt in ihren kühnsten Fantasien kaum noch ausmalen konnte – aus Ks eigener Hand eine Einladungskarte entgegengenommen hatte und auf Ks dringenden Wunsch versprochen hatte zu kommen.

Und weil sie seither von K nichts gehört und sie auch nicht gesehen hatte, ging sie davon aus, dass diese Einladung immer noch galt. Und sie hegte außerdem, trotz allem, eine Art unbestimmter Hoffnung, dass ihre Freundschaft vielleicht noch zu retten sei, dass es vielleicht am Ende doch nicht so schlimm aussähe, wie sie geglaubt hatte.

Also ging sie an diesem Tag gleich nach der Schule auf dem schnellsten Weg nach Hause, zog sich um und machte sich fein. Sie wusch ihr Gesicht, extra für K, bis es schmerzhaft brannte, und obwohl es ihr schwere Erstickungsgefühle verursachte, zog sie das grüne, ärmellose, rüschenbesetzte Kleid mit den kleinen Blümchen an, ein paar weiße Kniestrümpfe und die glänzenden weißen Schühchen, die die Tendenz hatten, vorne sofort zu beschlagen.

Von ihrem eigenen Geld hatte sie eine Schachtel taubenblaues Briefpapier mit passenden Umschlägen dazu gekauft, und das verpackte sie nun nach allen Regeln der Kunst in ein bisschen Geschenkpapier, das noch von Weihnachten übrig war und das sie hinter dem Staubsauger im Putzschrank gefunden hatte. Dann schrieb sie, so schwungvoll wie möglich, ihren Namen in eine eigenhändig gezeichnete Glückwunschkarte.

Sie hatte, wie gesagt, weder K noch M seit diesem Vorfall vor drei Tagen gesehen. Es war also ein nervöses und vor Angst beinahe aufgelöstes Kind, das sich an diesem Tag gegen vier Uhr auf den Weg zu Ks Haus machte, klingelte und an der Sprechanlage wartete.

Warum tat sie das?!

Sie hatte solche Angst, solche Heidenangst, dass sie sich fast übergeben musste; ihre Zunge war trocken, ihr Mund war trocken, sie zitterte, und als die Stimme von Ks Mama endlich aus dem kleinen Lautsprecher drang, wusste sie erst gar nicht, was sie tun sollte, sie bekam keinen Ton heraus, sondern wurde stattdessen von Panik ergriffen und wollte am liebsten einfach das Geschenk wegwerfen, davonrennen und alles vergessen.

Trotzdem biss sie jetzt die Zähne zusammen, trotzdem zwang sie sich stehenzubleiben, und sie hasste das, diese ganze widerwärtige Situation, sie hasste sich selbst, weil sie stattdessen nicht einfach davonrannte, denen ihre Verachtung zeigte, sich befreite, einen Dreck auf diese Armleuchter gab; sie hasste sich selbst, weil sie doch die Stimme von Ks Mama, so wie sie erst vor wenigen Tagen geklungen hatte, noch deutlich im Ohr hatte. Und dennoch stand sie also jetzt wieder hier, dennoch kroch sie zu Kreuz, zu allem Übel auch noch denen zuliebe extra fein angezogen und gewaschen, nur K zuliebe.

Aber ... vielleicht am Ende doch nicht?

Es waren ja inzwischen ein paar Tage vergangen. Die Stimme der Mutter klang gar nicht mehr so böse und schonungslos, also hatte sie vielleicht alles vergessen und sich beruhigt? Daher fasste Aliide sich schließlich ein Herz, stellte sich auf die Zehenspitzen, sagte ihren Namen, laut und deutlich, direkt in die Sprechmuschel, und bat darum, hereinkommen zu dürfen.

Danach ging sie direkt zur Tür, nahm den Türgriff in die Hand und zog ein paar Mal daran. Aber die Tür war und blieb verschlossen. Aliide wurde wütend und in ihr wuchs die Panik. Und sie musste sich beherrschen, zur Besinnung kommen, so konnte es nicht weitergehen!

Sie ging zurück zur Sprechanlage, klingelte noch einmal, sie wiederholte ihren Namen und ihr Anliegen mit einer zu ihrem eigenen großen Entsetzen plötzlich brüchigen und nackten Stimme. Sie versuchte ihre Stimme klar und ruhig klingen zu lassen, damit Ks Mama sich nicht noch mehr vor ihr ekeln würde, als sie es ohnehin schon tat. Sie schrie HALLO! HALLO! aber sie bekam keine Antwort. Alles, was ihr entgegenschlug, war ein Schweigen, das sie zu allem Übel auch noch vollkommen besinnungslos verzweifelt machte. Denn es war so überhaupt nicht greifbar, und es war widerlich zu wissen, dass Ks Mama alles hören konnte, was Aliide sagte, wie Aliide schrie und sich anstellte, während sie selbst unerreichbar in diesem großen, schweigenden Haus aus Stein verborgen war –

Aber Aliide klingelte weiter.

Sie hielt den Klingelknopf mehrere Minuten am Stück gedrückt, bis ihr Daumen weiß wurde, bis ihr ganzer Arm und ihre Hand weiß wurden, und gleichzeitig flehte sie stumm und verzweifelt in ihrem Innern, als ginge es hier um Leben und Tod –

ANTWORTE DOCH!

ÖFFNE DOCH!

ANTWORTE DOCH!

Aber das war kein guter Plan, denn nichts passierte, und obwohl sie in einem sehr frühen Stadium bereits die Sinnlosigkeit ihres Vorgehens erkannt hatte, so war da doch irgendetwas, das sie noch hielt, das sie dazu zwang, weiterzumachen –

Sie zog und zerrte an der Tür. Schließlich trat sie ganz besinnungslos gegen die Backsteinwand, und das tat sie, bis es ihr davon im ganzen Bein wehtat, und im restlichen Körper, und im Kopf, und in den Augen und der Nase. Aber auch davor wich das Schweigen nicht zurück. Im Gegenteil. Mit jedem Tritt, den Aliide austeilte, vertiefte es sich noch. Es schien sich auszubreiten und es war jetzt nicht nur hier still, nein, sondern überall auf der ganzen Welt und in ihr selbst. Und zwischen Aliide und allen anderen Menschen, dem Rest der Menschheit, überall, war es auch still.

Nach einer Weile fühlte sie sich plötzlich beobachtet, so als habe sie jemandes Glotzaugen im Nacken. Sie musste daher sofort aufhören und sich vorsichtig umdrehen, um herauszufinden, ob jemand draußen am Planschbecken das Ganze mitbekommen hatte.

Sie blinzelte ins Sonnenlicht hinaus, und nach einer Weile sah sie –

Das Leben da draußen ging genauso weiter wie immer!

Da war das Wasser im Becken, aber da war auch die einfache kleine Brücke, die sich über das Wasser wölbte, und da waren die Frauen, die mit ihren vollen Einkaufstaschen aus dem Jiffy's herausstolperten, da waren die Alten aus dem Heim im Park, die langsam vorbeischritten, paarweise. Aus irgendeinem Grund hatte sich eine kleine Menschenansammlung vor dem Eingang zum Jiffy's gebildet, aber keinem einzigen Menschen war ihre Lage aufgefallen, die Szene, die sich unter dem Regendach vor Eingang Nummer 14 abgespielt hatte.

Nein, sie sahen wie immer nichts, gar nichts, und wenn sie jetzt umgebracht worden wäre, direkt vor ihren Augen von einem bestialischen Verrückten niedergeschlagen worden wäre, hier, mitten unter ihnen, dann hätten sie wahrscheinlich trotzdem nichts gesehen, gehört, gemerkt oder gespürt.

Trotz allem erleichtert ging sie noch einmal vor zur Sprechanlage. Sie war jetzt gefasster, und Gottseidank noch eine Spur härter, stummer. Alles, sogar eine Ohrfeige, ganz unverhohlene Gewalt gleich welcher Art oder eine böse, vorwurfsvolle Stimme, all das wäre ihr lieber gewesen, wäre so unendlich viel besser zu begreifen und auszuhalten gewesen als dieses teuflische Schweigen, das sie nun empfing und gegen das sie sich nicht wehren konnte, das über sie hinwegschwappte und in alles hineinkroch –

Einer Stimme hätte sie ja immerhin widersprechen können. Und wenn jemand sie geschlagen hätte, aber das? Dieses Schweigen? Eigentlich war ja gar nichts passiert! Es war einfach nur still, und in der Stille fiel alles wieder auf sie selbst zurück, und es war schon wieder nur sie; sie, und all ihre komischen Gedanken, ihre eigene Schuld –

Und obwohl sie sich selbst nicht mehr ertragen konnte, sich selbst nicht und übrigens auch sonst niemanden, obwohl sie allein der Gedanke mit Verachtung erfüllte, zwang sie sich trotzdem, in ihren allerfeinsten Kleidern und mit hoch erhobenem Geschenk, hinauf zwischen die Sträucher in den Beeten direkt unter K und Ms gemeinsamem Fenster, um von dort aus Ks Namen zu rufen, jedes Mal ein bisschen lauter, ein bisschen nackter und ohnmächtiger.

Sie argumentierte jetzt so, dass sie, nachdem sie ohnehin schon so weit gegangen war, die Sache genauso gut bis zum bitteren Ende durchziehen konnte. Denn wenn jetzt alles sowieso schon verspielt war, dann hatte sie ja auch nichts mehr zu verlieren. Während der letzten zwei, drei Tage hatte es unaufhörlich geregnet, und der Regen – eine wahre Sintflut, die die ganze Stadt unter sich begraben hatte – hatte den sonst so harten Boden besonders unter den Sträuchern schaumig und locker gemacht. Aliide sank sofort bis zu den Knöcheln ein. Die körperwarme Erde schloss sich um ihre glänzenden weißen Schühchen und saugte sie nach unten, und das war ein ekliges, widerliches Gefühl.

Sie begann Ks Namen zu rufen, wieder und wieder, hilflos wie eine Ertrinkende, deren Kräfte rasch dahinschwinden. Ihre Beklemmung wuchs nur noch, als sie ihre eigene Stimme hörte, während sie gleichzeitig versuchte, sie so lange wie möglich unbekümmert und von jeder Spur der Verzweiflung frei klingen zu lassen, so dass K, wenn sie schließlich von ihr erreicht würde, sie nicht abstoßend finden und ihr deswegen nicht antworten würde –

Ab und zu, wenn sie ihr Rufen kurz unterbrach und stattdessen mit entblößtem Gesicht auf den Zehenspitzen stand und lauschte, konnte sie aus dem dunklen Kinderzimmer einen kleinen Chor von Mädchenstimmen hören.

Das Murmeln wurde von Zeit zu Zeit von Ks ekstatischen Ausrufen übertönt, wenn sie im Freudenrausch das Papier von einem weiteren Geschenk riss und noch eine Schachtel

Briefpapier, noch ein *Nancy-Drew*-Buch, noch ein Mäppchen enthüllte.

Da wurde Aliide klar, dass sie sich noch mehr anstrengen musste, also rief sie ein bisschen lauter, aber auch das half nichts –

Stattdessen bückte sie sich und hob eine Handvoll warmer Erde auf, die sie mit aller Kraft ans Fenster schleuderte.

Der Erdkuchen saß einen Moment an der Scheibe fest, bevor er sich mit einem kleinen saugenden Geräusch, wie wenn sich ein geschwollenes Auge öffnet, löste und senkrecht in einen Strauch im Beet fiel. Und der Strauch zitterte, so wie Aliide selbst zitterte, in Erwartung einer Reaktion von K –

Da erst wurde endlich das Murmeln im Zimmer leiser und kurz darauf erschien K am Fenster. Und sie war, soweit Aliide sehen konnte, fein angezogen, sauber und sehr niedlich. Mit einem intensiven, aber gleichzeitig leeren Blick starrte sie geradewegs in die Luft über Aliides Kopf –

Aliide hatte beinahe alle Hoffnung aufgegeben, K jemals wiederzusehen, und daher wurde sie beim bloßen Anblick von K, egal wohin das führen mochte, ganz froh und ausgelassen. Sie vergaß völlig, sich zu beherrschen, und dass alles, alles, aller Wahrscheinlichkeit nach schon vorbei war. Stattdessen rief sie noch einmal Ks Namen und winkte gleichzeitig mit der Karte und dem Geschenk. Damit K sie sähe, sie hineinließe, Erbarmen mit ihr hätte, sie wieder annähme, zu sich nähme und alles verzeihen würde.

Aber als sie Ks Blick begegnete, wurde ihr kalt und sie verstummte irritiert. Denn es war immer noch derselbe angeekelte, verächtliche Blick, den K ihr an diesem verhassten Tag zugeworfen hatte. Er hatte sich überhaupt nicht verändert. Er war, wenn das überhaupt möglich war, fast noch schlimmer geworden.

Ein paar andere Mädchengesichter waren hinzugekommen. Niedlich, sauber und hochnäsig tauchten sie an der Scheibe neben und direkt hinter K auf. Sie sahen mit gerümpften Nasen auf Aliide herab, neigten sich einander dicht zu, flüsterten hinter der Scheibe miteinander und sahen dann schweigend, angeekelt, wieder auf sie herab.

Aliide spürte, wie sie unter ihren Blicken hilflos und schwer wurde. Ihr wurde klar, dass sie über alles, was sie getan hatte, Bescheid wussten, über das, was geschehen war, darüber, was für ein Mensch sie wirklich war, wie schmutzig und dumm und teuflisch sie tief in ihrem Innern war, denn K hatte ihnen alles über sie erzählt, und mehr dazu!

K warf nun einen schnellen, ängstlichen Blick über ihre Schulter ins Innere des Zimmers, trat dann zur Seite und öffnete das kleine Belüftungsfenster –

Da vergaß sich Aliide auf Neue. Im Glauben daran, dass alles wieder in Ordnung sei, schwang sie sich auf die Zehenspitzen, winkte mit dem Geschenk, öffnete ihren Mund und machte sich bereit, K eine ausführliche Erklärung dafür zu geben, warum alles so gekommen war, wie es gekommen war. Denn wie im Schein eines Blitzes sah sie plötzlich, wie alles zusammenhing, und sie glaubte sogar, dass sie für all das Worte finden würde. Sie wollte gerade zu sprechen beginnen, als K sich langsam ein Stück aus dem Fenster beugte, ihren Blick auf einen Punkt irgendwo genau neben Aliide richtete und mit einer komischen rauen Stimme, die ekligerweise sehr an die Stimme erinnerte, die ihre Mutter immer benutzt hatte, wenn sie Aliide und K trennen wollte, kalt zischte –

DU HAST HIER NICHTS ZU SUCHEN!

HAU AB!

Und ohne überhaupt eine Antwort abzuwarten, schlug sie das Fenster dann wieder zu, ging zurück ins Zimmer und war fort!

Aliide stand immer noch auf den Zehenspitzen im Beet, das Geschenk und die Karte in der Hand, mit halbgeöffnetem Mund; vernichtet. All das Komplizierte, das sie gerade in ihrem Innern gesehen hatte und wovon sie gespürt hatte, dass sie es wohl doch würde in Worte fassen können, all das fiel plötzlich einfach in sich zusammen und war fort.

Und obwohl sie ja schon wusste, dass alles aus und vorbei war, so war es doch erst die Tatsache, dass sie so brutal zum Schweigen gebracht worden war, die das Fass zum Überlaufen brachte. Denn das war der Tropfen! Davon würde sie sich nicht mehr erholen können. Und es war so, als sei sie mit einer großen, eiskalten Nadel in den Kopf oder ins Auge oder einen anderen äußerst empfindlichen Körperteil gestochen worden; ein kleiner Stich, gefolgt von einer großen erstaunten Leere, diesem Gefühl des Todes, das sie dennoch zuweilen als eine Art Linderung erfuhr –

Sie blieb noch eine Weile unten im Beet stehen und hörte die Mädchen hinter der Scheibe murmeln. Und was gesagt wurde, konnte man nicht verstehen, aber Aliide war trotzdem vollkommen überzeugt, dass sie das Thema war. Was für ein Mensch sie war, ob sie eigentlich überhaupt ein Mensch war; wie widerlich sie war, lauter solche Sachen –

Von nun an würde sie niemandem mehr vertrauen können!

Gerüchte würden verbreitet werden, verzerrt, und die Menschen, denen sie hier begegnete und an denen sie vorbeiging, würden sich nach ihr umdrehen, ihr nachsehen, kalt und angeekelt, aber na und? Es war ja klar, dass es jetzt keinen Sinn mehr hatte, hier stehenzubleiben und zu hoffen und sich noch mehr zum Gespött zu machen, falls es überhaupt möglich war, noch tiefer zu sinken –

Sie kletterte aus dem Beet und sah, dass sie ganz lehmverschmiert und dreckig war, aber das war wohl nur richtig so. Denn genau so war sie ja; das war ihre wahre Natur.

Sie beschloss, sich auf den Heimweg zu machen und zu vergessen und die Erinnerung an das, was geschehen war, so gut es eben ging zu verdrängen, genau wie alles andere auch. Und es wurde ihr auf einmal bewusst, dass es, wenn das so weiterginge, bald nicht mehr viele Dinge geben würde, an die sie denken oder denen sie sich in Gedanken nähern konnte, und diese Erkenntnis fand sie irgendwie urkomisch, zum Lachen.

Aber sie wollte noch nicht richtig nach Hause gehen, nicht bevor sie einen kleinen Umweg am Jiffy's vorbei gemacht hatte, wo jetzt etwas so Spektakuläres wie ein toter Schweinswal eingekauft worden und auf zwei leere umgedrehte Kisten direkt am Eingang gelegt worden war.

Um den Schweinswal hatte sich eine Menschenansammlung gebildet, die hauptsächlich aus alten Leuten aus dem Altersheim bestand, und zu diesem Grüppchen gesellte sich nun Aliide; sie trat hinzu und schubste rücksichtslos eine kleine Omi zur Seite, die einen erschrockenen kleinen Aufschrei von sich gab, aber das kratzte Aliide jetzt nicht im Geringsten, sie hatte mit den Menschen hier jetzt kein Erbarmen mehr –

Sie schloss sich der Menschentraube genau in dem Moment an, in dem ein Opi mit karierter Schirmmütze zitternd seinen Stock erhob und das arme Tier ganz vorsichtig in die Seite pikste, wie um sich zu vergewissern, dass es wirklich tot war, richtig tot, richtig ordentlich, wirklich tot –

Und das war es. Wahrhaftig! Aliide erschauerte, tot und kaputt, wie sie selbst es jetzt war; TOTER ALS TOT!

Nie in ihrem Leben hatte sie etwas so unbeschreiblich Totes gesehen, nicht einmal der staubige ausgehöhlte alte Wal im innersten Saal des Museums konnte sich mit diesem Schweinswal messen, wenn es ums Totsein ging, vielleicht deswegen, weil Aliide den Schweinswal mit neuen Augen und somit einem für alles Tote empfänglicheren Blick betrachtete.

Und im Tod hatte der Schweinswal merkwürdigerweise eines seiner höchst menschlichen, mandelförmigen Augen ausgerechnet auf Aliide gerichtet. Von allen Menschen dieser Welt war es ausgerechnet SIE, an der sein Blick hängenblieb, und war das nicht sonderbar, sag mal? Und sie spürte, dass sie dadurch in dem Zustand, in dem sie sich im Moment befand, irgendwie fixiert wurde. Sie würde sich daraus lange Zeit nicht befreien können, dieses Gefühl brannte sich ihr nun ein; das Gefühl, dass sie tief in ihrem Innern schmutzig war, schmutzig und gleichzeitig (so als wäre das eigentlich dasselbe) sehr dumm, lächerlich, ein Nichtsnutz. Aber darüber hinaus auch das Gefühl, dass sie nun vollständig erledigt und erniedrigt worden war. Und nicht erst jetzt, sondern vor allem einmal vor ganz langer Zeit, einmal ganz tief innen, und dass das, was sie jetzt fühlte, eigentlich nur alte Gefühle waren, die die ganze Zeit über dagewesen waren und die bei jedem Ereignis dieser Art aufgefüllt wurden, verstärkt, und immer mehr an Tiefe und Intensität gewannen.

Und sie hatte auch das Gefühl, dass eine Art Verbindung, die zwischen ihr selbst und der Welt und ihren Eltern und allem Lebendigen bestanden hatte, irgendwann einmal auf brutale Weise abgerissen worden war. So dass sie deswegen nicht länger das Gefühl haben konnte, dass sie Anteil an dem hatte, worum es im Leben ging, sondern stattdessen allein dastand, einsam, als sei sie direkt aus der Erde geboren worden, aus einem Stein oder einem Baum, woraus auch immer, nur nicht aus einem Menschen, denn sie konnte das Menschliche jetzt nicht mehr ertragen und wollte nichts mehr damit zu tun haben.

Und all das empfand sie auf eine so vage und wenig greifbare Weise, dass es unmöglich zu verstehen war.

Als sie sich den Schweinswal lange genug angeschaut hatte, drängelte sie sich genauso rücksichtslos wieder aus der Menschentraube heraus und trat den Heimweg an –

Aber als sie bis zur Brücke gekommen war, in die Dunkelheit und Kühle, die darunter herrschten, blieb sie stehen, mit gesenktem Kopf –

Denn dort war es so sonderbar. Als sei sie plötzlich tief unten in einer Schlucht gelandet! Irgendwo weit unten in dieser Dunkelheit tropfte es schwach. Und wieder war es, als ob eine Stimme in ihrem Innern zu sprechen begann, doch diesmal wiederholte sie die ganze Zeit, ungebeten, wie um Aliide daran zu erinnern –

SCHAU DICH DOCH MAL AN!

SCHAU DICH DOCH MAL AN, DU KLEINES SCHEUSAL; DU KLEINES MISTSTÜCK!

Und sie konnte die Stimme überhaupt nicht aus dem Kopf bekommen, sie saß dort und nagte an ihrem Hirn wie eine hungrige kleine Made, langsam und beharrlich höhlte sie sie aus. Und es war eine Stimme, die sie dann bis weit ins Erwachsenenalter hinein verfolgen sollte, die manchmal schlummerte, und dann wiederum, bei anderen Gelegenheiten, zum Leben erwachte und vernehmlich wurde, die schließlich aus ihrem eigenen Mund zu hören war, verkleidet als ihre eigene Stimme, und wie eine auswendig gelernte Hausaufgabe würde sie beim Anblick des abstoßenden Gesichts im Spiegel dieses Sprüchlein aufsagen –

SCHAU DICH DOCH MAL AN, DU KLEINES SCHEUSAL, DU BLÖDE KUH!

Da merkte sie plötzlich, als sie den Kopf hob und sich umsah, dass sie ganz nah an den großen, alten Holzcontainer herangekommen war, der einmal ihnen gehört hatte.

Es war lange her, dass sie ihn überhaupt eines Blickes gewürdigt hatte. Aber da sie sich jetzt direkt in seiner Nähe befand, musste sie natürlich zu ihm hingehen und mit Trauer im Herzen das raue Holz berühren.

Er war jetzt so schmutzig. So fleckig und grau! Jemand hatte darangepinkelt, jemand hatte noch mehr unanständige Wörter auf das einst so frische Holz gekritzelt. Alles, was von ihm übrig geblieben war, war etwas Verdrecktes und Leeres, das einmal alles enthalten hatte, was ihnen gehörte, und es versetzte ihr einen Stich in die Brust, als ihr das klar wurde. Dass alles vorbei war, zu Ende, sogar das; dass diese leere, dreckige Kiste alles war, was noch übrig war!

Ganz langsam drehte sie ein paar Runden um den Container und fragte sich, wie es möglich war, dass er einst, vor gar nicht allzu langer Zeit, das gesamte Familieneigentum enthalten hatte, all ihre Siebensachen, die jetzt die Zimmer in der Wohnung füllten, welche ihrerseits mit der Zeit begonnen hatte, einen verwilderten, verstopften Eindruck zu machen.

Um sich zu vergewissern, dass er wirklich leer war und nichts darin vergessen worden war, legte Aliide Ks Geschenk auf den Boden und kletterte auf die Steinmauer daneben. Dort oben beugte sie sich vorsichtig vor und guckte hinunter in den Container. Direkt in das Gesicht des Betrunkenen, der zusammengerollt auf dem Boden unter einer alten Tageszeitung lag und fest schlief.

DA IST ER JA!

War ihr erster instinktiver Gedanke, woraufhin sie sofort von der Mauer sprang, ganz durcheinander kam, zur Tür rannte, stehenblieb, erstaunt auf ihre leeren Hände sah, bemerkte, dass sie Ks Geschenk vergessen hatte und deswegen zurücklaufen und es holen musste.

Die Angst und all die widersprüchlichen, namenlosen Gefühle hatten in dem Moment, in dem sie den schlafenden Betrunkenen gesehen hatte, eine neue Bedeutung bekommen. Als sie ihn angesehen hatte, hatte er sich unruhig bewegt und sich die dreckige Zeitung übers Gesicht gezogen, wie eine Decke, so dass sie nicht hatte erkennen können, wie er aussah. Das verstärkte ihre Angst und ihre Panik, und in diesem Zustand kam sie zu Hause an –

Aber die Wohnung war zum Glück vorläufig noch ganz leer, da war Gottseidank noch niemand, den sie täuschen und schonen musste, noch nicht.

Zornig und verzweifelt über sich selbst und alles, was passiert war, riss sie sich also all ihre Kleider vom Leib, knüllte die ganze verhasste widerliche Mädchenausrüstung zusammen und schleuderte sie unters Bett, in der Hoffnung, dass niemand sie dort jemals finden würde. Sollte sie verrotten! Die weißen Schühchen und Strümpfe waren mit Lehm verschmiert, der in der Wärme einen herben, stechenden Geruch abgab, fast so wie Mist. Ks Geschenk und die Karte zerriss sie in kleine Schnipsel, bitter, energisch, so als handele es sich bei dem, was sie da kaputtriss, um K selbst, die Erinnerung an K und alles, was sie miteinander geteilt hatten. Die Schnipsel stopfte sie in eine Plastiktüte, die sie dann entschlossen, ohne eine Träne zu vergießen, zuknotete und in den Müllschlucker warf.

Sie blieb noch einen Moment stehen und hörte die Tüte in der dunklen Rinne nach unten segeln und in dem unterirdischen Raum landen, wo der Müll gesammelt wurde, denn dort gehörte sie hin, zusammen mit allem andern, was einmal zwischen ihr und K gewesen war.

Dann schloss sie die Klappe und ging wieder nach drinnen.

All das war eine Vorsichtsmaßnahme gewesen, die sie getroffen hatte. Damit ihre Eltern nicht Verdacht schöpfen würden und vielleicht anfingen, eine Menge unangenehmer Fragen zu stellen, die sie nicht würde beantworten können und die ihr sowieso nichts bringen, sondern zu ihrer Verwirrung nur noch beitragen würden –

Jede Spur eines Beweises, alles, was überhaupt nur irgendetwas über diesen Vorfall verraten konnte, und über die Erniedrigung und den Schmerz, den man sie gezwungen hatte auszuhalten, musste auf jede denkbare Art und Weise von ihnen ferngehalten werden.

So schwindelte sie fröhlich den ganzen Abend hindurch; erzählte von dem Fest, davon, wie es gewesen war und von allem, was sie gemacht hatten. Und sie stellte zu ihrer großen Verwunderung fest, dass das Lügen sie berauschte. Kaltblütig würzte sie ihre Beschreibungen mit allerhand kleinen Details, die ihre Glaubwürdigkeit noch erhöhen sollten, sie ging so vollständig in ihrem Lügen auf, dass sie schließlich selbst nicht mehr wusste, wo ihr der Kopf stand. Hatte es sich so zugetragen, wie sie erzählte, oder so, wie es sich tatsächlich zugetragen hatte? Und es war, als ob das Lügen eigentlich gar nicht gelogen war, sondern nur eine Methode, alles umzukrempeln, so dass das Dunkle nach innen gekehrt wurde, wo man es nicht sah.

Jetzt war es also meistens so, dass sie tagsüber in der Schule allein herumlief und über ihr Schicksal nachdachte.

Zwar spielte sie ab und zu mal sporadisch mit der einen oder anderen, aber es musste dann immer eine sein, die sie nicht richtig kannte, die nicht hier aus der Gegend war und bei der man also auch nicht damit rechnen musste, dass sie über die Sache mit K und M informiert war. Eine, die das Gerücht über Aliides wahre brutale Natur hoffentlich noch nicht erreicht hatte, dieses Gerücht, welches sich, den Blicken der Leute nach zu urteilen, wie ein Lauffeuer unter den Menschen auf der Welt verbreitete.

Sie spielten dann immer eine Weile, aber es endete doch jedes Mal damit, dass Aliide von einem unbeschreiblich schwermütigen und traurigen Gefühl ergriffen wurde, das sie zwang, das Ganze abzubrechen und davonzugehen. Denn alles kam ihr plötzlich so sinnlos und tot vor. Was für einen Sinn hatte das schon, irgendetwas, jemals? Es konnte ja doch nie mehr so sein wie mit K. Niemals so dicht und intensiv, wie es unter günstigen Umständen zwischen ihnen hatte sein können! Und früher oder später würde auch dieser Mensch sie durchschauen und verstoßen. Die Erinnerung an die Ausflüge – den Schädel, den sie im Laub gefunden und ins Museum getragen hatten, die einsamen Grundstücke, und wie sie zusammen ihre Angst überwunden hatten und in das dunkle, verwitternde, zum Abriss bestimmte Haus hineingegangen waren und, wie zur Belohnung, in dem Schutt tausende beinahe ganz unversehrte, schön in Zellophan eingewickelte Immortellensträuße gefunden hatten – all das verfolgte sie, wollte sie nicht loslassen, und es wurde immer wieder wachgerufen, wenn sie auf die Idee kam, mit einer anderen zu spielen, wie zur Strafe.

Also ließ sie auch das bleiben.

Und sie spürte, dass man über sie tuschelte. Dass die Menschen sie mit ihren Blicken verurteilten. Eine schwere Welle aus Kälte und Verachtung schlug ihr entgegen, wenn sie an bestimmten Personen vorbeiging; an Grüppchen mit wildfremden Frauen, Männern und besonders Kindern, solchen, die kleiner und hilfloser waren als sie, zu denen sie in letzter Zeit am liebsten hingerannt wäre, um ihnen eine reinzuhauen und sie bewusstlos zu treten, bis sie starben und aufhörten zu existieren und sie nicht länger mit ihren Blicken heimsuchen und quälen konnten.

Ja, wenn sie jetzt vorbeiging, verstummten alle und sahen auf, folgten ihr einen Moment lang mit ihren Blicken, wandten sich dann einander zu und sagten etwas zueinander und schauten dann wieder sie an, mit Abscheu im Blick, noch angeekelter.

Vermutlich war es K oder M oder vielleicht sogar deren Ma gewesen, die dieses Gerücht darüber verbreitet hatte, wie gewalttätig und brutal sie eigentlich war. Dass sie M eine geklebt hatte und dass ihr deswegen nicht zu trauen war, dass man am besten daran tat, sich von ihr fernzuhalten.

Aber das machte ihr absolut nichts aus, see if I care! dachte sie aufsässig und biss die Zähne zusammen. Wenn sie es so haben wollten, dann sollten sie es auch so bekommen! Aber sie würde sich unter keinen Umständen dadurch entmutigen und einschüchtern lassen, es stimmte ja auch, trotz allem, wenn man mal darüber nachdachte! Sie HATTE M ja eine geklebt und sie WAR ja ein Nichtsnutz! Und warum sie getan hatte, was sie getan hatte, tat nichts zur Sache, das war uninteressant –

Und außerdem; wenn sie richtig darüber nachdachte, war es eigentlich eine riesige Erleichterung für sie, dass all das endlich passiert war, denn jetzt hatte sie ja immerhin eine Bestätigung für das bekommen, was sie so lange nur geahnt hatte. Dass nämlich »einsam« doch auch so etwas wie »stark« bedeutet.

Jetzt hatte sie also jede Menge Zeit, einfach allein herumzulaufen und ihre Umgebung zu beobachten. Sie prägte sich genau ein, wie alles aussah, alle Details, all das Kleine, auch solche Dinge, die einem Uneingeweihten belanglos vorkommen mochten, zum Beispiel, wie die Schatten in einem besonderen Winkel aus unterschiedlichen Gegenständen fielen, wie sich die Wolken stapelten und wieder auseinanderfielen, all die Stunde um Stunde beinahe unmerklich wechselnden Schattierungen des Lichts. Ja, so lange es nur nichts mit etwas Menschlichem zu tun hatte, denn die Menschheit konnte sie absolut nicht mehr ertragen, aber die Bäume, die Sonne und alle Tiere, bis hin zur kleinsten Ameise oder Raupe, spendeten ihr noch immer, wenn auch nur ganz schwach, eine Art Linderung und Trost.

Und im selben Maße, in dem die Menschheit in ihrer Achtung sank, nahm ihre Wertschätzung für jede andere Lebensform zu. Wenn sie auf einem Weg im Park eine Raupe fand, musste sie sie sofort ganz vorsichtig aufheben und in Sicherheit bringen, sie ins Gras legen, sie auf ein Blatt in einem Gebüsch setzen, wo sie dann leben konnte –

Jetzt, wo sie weit in etwas hinausgetrieben worden war, das inmitten der Betonneubauten und Menschen zunehmend einer riesigen Wüste glich, in der ein kleines Kind am Grunde eines Brunnens sitzt und weint, setzte ihr der Blick im Blick immer mehr zu. Dieser Blick, der sich in ihrem Blick geöffnet hatte, als sie aus Versehen die grässliche Plastikperle aufgegessen hatte –

Oder vielleicht gab es jetzt, was für ein schrecklicher Gedanke, sogar einen Blick in dem Blick, der sich in ihrem Blick geöffnet hatte? Mit anderen Worten, einen dritten Blick. Und wenn das so war, wie lange und wie tief würden sich jetzt solche Blicke in ihr öffnen? Vielleicht würde sie nach einer Weile zu dem letzten Blick vorstoßen, dem siebten Blick, dem verheerendsten von allen. Dem, der ihre Augen und damit sie selbst für noch entsetzlichere Dinge öffnen würde?

Aber mit dem zweiten Blick war es schon schlimm genug, denn mit ihm sah sie schon alles glasklar verzerrt, kam nie zur Ruhe und hüpfte wie ein Spatz zwischen den verschiedenen Eindrücken hin und her –

Manchmal trat sie aus der Tür und ihr Blick fiel aus Versehen auf die schwangeren Frauen, die mit grotesk angeschwollenen Körpern, ausdruckslosen Gesichtern und strähnigem Haar, in geblümten Kittelschürzen, dicht nebeneinander auf den Bänken weiter unten am Sandkasten saßen. Sie rauchten träge und hielten ein wachsames Auge auf die Kinder, die mit Schaufeln, Eimern und leeren Flaschen im Sand zu ihren Füßen spielten.

Und wenn Aliide das erst gesehen hatte, wenn so alles erst ins Rollen gekommen war, dann war auch dieser Tag ganz verdorben. Denn irgendwie fühlte sie sich bei diesem Anblick total niedergeschmettert und am Boden zerstört. Sie schaffte es durch nichts, dieses Bild wieder aus ihrem Körper zu vertreiben, es loszuwerden, und selbstverständlich musste sie sich damit quälen, stehenzubleiben und die Frauen aus gehörigem Abstand zu betrachten.

WIE FURCHTBAR! dachte sie –

Wie absolut furchtbar, etwas in sich zu haben, in sich hineingestopft, hineingezwungen. Etwas, das an einem frisst. Das einem an den Kräften zehrt, einen aussaugt, größer wird, und langsam, unmerklich, Züge annimmt und schließlich ein ganzes Gesicht bekommt, das dem gleicht, das man selber hat! Etwas, das sich Tag für Tag, Stunde um Stunde, im Stillen zu etwas Furchtbarem entwickelt und einen deswegen ekelhaft schwer, plump, abstoßend und aufgequollen sein lässt. Etwas, das schließlich auf die denkbar blutigste Weise hervorbricht, sich einem zuwendet und einen ansieht, kalt und hasserfüllt, aus einer dunklen, kleinen Ecke heraus. Ja, etwas, das einmal ein Teil von einem selbst gewesen ist, das man aber, wenn es sich erst einmal aus einem herausgedrängt hat, absolut nicht mehr kontrollieren, bändigen oder verstehen kann!

Das war der am meisten groteske Zustand, den sie sich überhaupt vorstellen konnte, und es war unmöglich, dass die sich da aus eigenem Antrieb, ganz freiwillig, hineinbegeben hatten. Sie mussten dazu gezwungen worden sein, und bei diesem Verdacht, als das Wort GEZWUNGEN in ihrem Kopf verklungen war, breitete sich dieses totale Schweregefühl bis in ihre Finger und Zehen aus, in ihrem Kopf und ihrem ganzen Körper. Und sie fühlte sich völlig erschöpft, wollte sich ganz plötzlich bedecken, wollte eine Art Kreuzzeichen über die Vorderseite ihres Körper schlagen, um sich in alle Ewigkeit Amen vor diesem Widerlichen zu schützen, um selbst nie in diesen entsetzlichen Zustand zu geraten –

Die Frauen hatten halblanges, fettiges, eisenfarbenes Haar, das sie freitagsnachmittags wuschen oder bloß ohne viel Aufwand nass machten und auf große Lockenwickler drehten. Die Haut in ihren Gesichtern war vorzeitig gröber geworden. Aliide konnte nicht erkennen, ob sie miteinander sprachen oder nicht, aber ab und zu kam es vor, dass eine von ihnen plötzlich einem der im Sand spielenden Kinder etwas zurief, und manchmal brachen alle gleichzeitig, mal wieder, in ein lautes Lachen aus, dessen Echo schicksalsschwer zwischen den grauen Hochhauswänden hallte. Und erst, wenn Aliide das hörte, kam sie wieder zu sich. Aber nicht, bevor sie das Ganze so weit getrieben hatte wie nur möglich, bis zum Äußersten, so weit, dass sie da fast nicht mehr hinausfand!

Dann musste sie wie immer versuchen, sich von dem, was sie gesehen hatte und woran sie erinnert worden war, zu entfernen, indem sie sich auf dem Absatz umdrehte und in die entgegengesetzte Richtung davonrannte, so schnell sie nur konnte. Und wie gewöhnlich führte sie das zwar weit weg von dem Anblick, um den es ging, aber gleichzeitig immer weiter und tiefer in die Verwirrung und Angst hinein, der sie ursprünglich hatte entkommen wollen.

Sie lief dann zum Beispiel weit in den Park hinaus, hinunter zu den zum Abriss bestimmten Häusern, oder, wie jetzt, die Treppen hinauf und in ihr Zimmer. Aber die Gefühle wollten nicht aufhören sie zu verfolgen. Denn dort, in ihrer

Einsamkeit, wurde sie stattdessen von Übelkeit überwältigt und wollte alles erbrechen, was sie jemals gesehen, gefühlt und erinnert hatte.

Das ging so weit, dass sich ein wenig saure Spucke auf ihrer Zunge sammelte. Und unmittelbar darauf tauchte ein unbeschreibliches Bild in ihrem Kopf auf. Still wurde es, ganz still, und mitten in der Stille sah sie vor ihrem inneren Auge, wie eine der aufgequollenen Frauen plötzlich die Zigarette von ihren Lippen nahm, sich vorbeugte, seelenruhig den Mund öffnete und das gesamte Kind herauswürgte. Und dieses Kind war noch nicht ganz fertig. Es war klebrig, gelblich, schuppig und sehr weich, so wie die beiden zusammengewachsenen Kinder in dem alten spiritusgefüllten Einmachglas im Museum. Es drängte sich aus dem Mund der Frau und plumpste auf den Boden zu ihren Füßen, und Aliide sah wie verhext, wie die Sandkörner an seiner nassen Haut kleben blieben und wie verzerrt sein Gesicht war, weil es noch nicht richtig hatte Form annehmen können, wie es sich bewegte, sich hin und her wand, wie –

Und um zu versuchen, dieses Bild loszuwerden, das gar nicht verschwinden wollte, um zu versuchen, es zu zersplittern, musste sie erst eine gewisse Anzahl von Malen mit beiden Beinen auf der Stelle hüpfen, dann schnell zwinkern und ganz heftig atmen, um sich davon zu befreien, es zum Verblassen zu bringen.

Danach musste sie exakt eineinhalb Sekunden lang vollkommen stillstehen, so als versuche sie, mit bis zum Hals klopfendem Herzen, sich so klein wie möglich zu machen und sich tot zu stellen, in der Hoffnung, eine große Gefahr möge vorüberziehen. Und sie spürte, dass es sich wirklich um eine Sinnestrübung gehandelt hatte, aber dass die Welt nun ganz allmählich begann, wieder klarer zu werden, und dass dabei gleichzeitig auch ihre Gedanken wieder klarer wurden.

Aber dann musste sie sich selbst an den Haaren ziehen, um mit Hilfe des Schmerzes zu versuchen, die letzten Reste des Bildes zu zerstreuen. Sie musste mit den Händen gegen die Wand schlagen, damit es ein für alle Mal zersplitterte und sie in Frieden ließ. Und all das musste sie tun, während sie gleichzeitig in ihrem Innern Folgendes wiederholte –

ABER SIE KÖNNEN MICH NICHT ZWINGEN!

SIE KÖNNEN MICH NICHT ZWINGEN!

Wenn auch mit plötzlich brüchiger, leiser Stimme, wie ein Flehen, ein kleines, kaltes, ohnmächtiges Gebet, so als sei sie selbst nicht richtig überzeugt, und ohne dass sie den blassesten Schimmer hatte, was mit dem Wort »sie« gemeint war, wer »sie« eigentlich waren –

Und weil sie all das gesehen hatte, was sie jetzt gesehen hatte – die grotesk aufgequollenen Frauen und den grässlichen Zustand, in dem sie gefangen waren – wollte sie sich jetzt am liebsten selbst entkommen, allem, was sie war und ihrem ganzen Körper. Der war sowieso nur eine Bürde und verursachte Unannehmlichkeiten. Ja, weil er es war, jedenfalls soweit sie das beurteilen konnte, der hinter all diesen Reaktionen steckte und die ganze Zeit neue Spannungen und Bilder aufschnappte, die er dann tausendfach vergrößerte und verzerrte. Weil er keine Ruhe geben und sie auch nur eine Sekunde in Frieden lassen konnte, deswegen wollte sie sich jetzt kleinmachen, ihn ganz loswerden, sich aus ihm hinausschlängeln und trotzdem ohne ihn irgendwie weiterleben –

Und wenn es eben nicht möglich war, ohne diesen Körper weiterzuleben, dann wollte sie sich zumindest verstecken, sich für alle und jeden weitestgehend unsichtbar machen. Eine kalte, kleine Ecke aufsuchen, wo nie jemand hinkam, wo keiner sie sehen konnte, aus der sie in aller Ruhe die Menschen und deren Machenschaften auf der Welt betrachten konnte, ohne selbst hinausgehen und daran teilnehmen zu müssen.

Sie wollte jetzt nicht die Blicke der Leute auf sich spüren, unter absolut gar keinen Umständen. Denn auch das war eine Form der Berührung, als ob sie einen mit ihren Blicken anfassten, überall, und nie mehr, niemals wieder wollte sie von irgendjemandem angefasst werden, nie! Sie wollte noch nicht einmal angeschaut werden –

SIE WOLLTE GANZ EINFACH IM GRUNDE GENOMMEN NICHT EINMAL DA SEIN. DENN WAR MAN ERST EINMAL DA, UND SEI ES AUCH NUR FÜR EINE TAUSENDSTELSEKUNDE UND IN GESTALT EINES KINDES, EINES KLEINEN MÄDCHENS, UND EGAL WIE UNAUFFÄLLIG MAN WAR, WIE MAN SICH AUCH DUCKTE, KLEIN MACHTE UND TOT STELLTE, SO WAR DIE WELT JA TROTZDEM, UNWEIGERLICH, EIN FURCHTBARER ORT, AN DEM FURCHTBARE DINGE GESCHEHEN WAREN UND IMMER NOCH STÄNDIG GESCHAHEN!

Furchtbare Dinge, an die sie immer wieder erinnert wurde, zum Beispiel, wenn sie den Kiosk betrat, um Süßigkeiten zu kaufen. Dort, in den Schlagzeilen der Abendzeitungen, konnte sie des öfteren von wieder einem kleinen Mädchen lesen, dessen Leiche man schwer geschändet und zerstückelt in irgendeinem abgelegenen Waldstück gefunden hatte, an einem See, an einem kalten und unzugänglichen Ort der Welt. Da war ein Schwarz-Weiß-Foto von dem Mädchen, um das es ging, und es lachte, sah ganz normal und alltäglich aus, hatte halblanges Haar, Zöpfchen, Augen, Nase und einen offenstehenden Mund, so dass es sich genauso gut um sie selbst hätte handeln können.

Und, schon wieder –

Sie konnte nichts dagegen tun. Sondern die Gedanken rissen sie mit sich fort. Es war wie ein Erdrutsch aus Gedanken, als habe sich der Boden unter ihren Füßen aufgetan, als sei die ganze Welt über ihr zusammengestürzt, und bevor sie wusste, wie ihr geschah, hatten die Erinnerungen und Assoziationen sie wieder tief in einen höllischen Zustand aus Kälte und völliger Hoffnungslosigkeit gestürzt. Ihr äußerst empfindliches inneres Gleichgewicht, das sie endlich hatte herstellen können, war somit völlig dahin. Sie hatte keine Lust mehr, zum Kiosk zu gehen und Süßigkeiten zu kaufen, sie musste stattdessen umkehren und sich mit allem, was plötzlich in ihr hochgekommen war, zurückziehen, am Boden zerstört und verwundbar –

Denn in ihrem Innern wusste sie, wie es für das Mädchen gewesen sein musste, als es getötet und dann zerstückelt worden war. In dem kristallklaren Augenblick unmittelbar vor dem Tod war seine Panik plötzlich der glasklaren Erkenntnis gewichen, dass es jetzt sterben würde!

Es lag wieder ein Schatten über der Welt. Und auch über dem Schatten lag ein Schatten, ja, mehrere Schichten aus Schatten bedeckten jetzt die Welt. Und Aliides ganzer Körper wurde eigenartig kühl, so als sei ihr gesamtes Blut in die Füße gerutscht, und wenn sie schon dazu gekommen war, ein paar Süßigkeiten zu kaufen, musste sie sofort alles wegwerfen und sich stattdessen auf eine Steinbank am Planschbecken setzen. Aber auch das half nichts, denn sie spürte das Wasser nicht, sie sah die Menschen nicht, die vorbeigingen, die Sonne nicht, den Himmel nicht und die Vögel nicht, die darin herumflogen, und es war in ihr, trotz allem. Es wurde vor ihrem inneren Auge abgespielt, ohne dass sie im Geringsten darum gebeten hatte! Wie ein Film, ein Traum, ein entsetzliches Rätsel, das sie selbst noch nicht zu lösen vermochte.

Sie wusste genau, wie es für dieses Mädchen gewesen sein musste, als es getötet worden war! Gelähmt vor Schreck war es in den kalten, dunklen Wald hinein verschleppt worden und hatte ganz allein und völlig ausgeliefert vor dem gestanden, der es nun töten würde. Es hatte das fürchterliche, gerötete Gesicht des Mörders über sich gehabt, ein erhitzter Geruch von süßem Schnaps war aus seinem Mund geströmt und er war verrückt gewesen, besinnungslos, in eine Art seltsamen Auflösungszustand versetzt, und nicht einmal durch Flehen, Betteln oder Weinen war es möglich gewesen, seinen Wahnsinn zu durchbrechen, denn der war viel zu stark gewesen. Und weit draußen in dem kalten Wald, wo kein einziger Mensch gekommen war, um es zu retten, hatte er erst etwas Unaussprechliches mit dem Mädchen getan und dann, damit es nichts würde erzählen können, hatte er es getötet. Ganz und gar, schlicht und ergreifend, ein für alle Mal! Und zur Sicherheit hatte er den Körper des Mädchens zerstückelt und all die unterschiedlichen Teile versteckt und vergraben, die Zunge hatte er herausgerissen und den Kopf mit all den Gedanken und Träumen darin hatte er in dem schwarzen See versenkt. Und da lag er jetzt, der Kopf, in diesem Moment, und löste sich auf, verweste und zerfiel.

Und das Gefühl des kalten, schwarzen Waldes und des Sees, in dem der Kopf nun ruhte, war jetzt überall in Aliide. Und als sie so weit gekommen war, dass sie nichts anderes mehr sehen und spüren konnte, wurde sie wieder einmal von dem wohlbekannten Gefühl der Schwere, der vollkommenen Hoffnungslosigkeit und des Todes überwältigt, das sich ansonsten nur einzustellen pflegte, wenn sie mitten in ihrem komplizierten Waschritual war.

Nur dass es jetzt plötzlich tausend Mal schlimmer war. Es war unmöglich, damit zu leben! Denn man konnte ganz einfach nicht mehr leben, wenn man einmal, so wie sie jetzt, eine Ahnung von einer so vollständigen Grausamkeit bekommen hatte –

Nein, sie konnte nicht weiterleben mit dem Wissen, dass all diese Gewalt und diese Grausamkeiten ständig um sie herum im Gang waren. Denn selbst wenn es ihr für einen kurzen Augenblick gelang, das zu vergessen, dann war da ja trotzdem immer irgendein Mädchen, ein Kind, das gerade geschändet wurde und dessen abgehackte Körperteile in einem kalten Wald versteckt wurden –

All diese Gewalt überall, zum Beispiel die Robbenbabys, die draußen auf den Eisflächen von schwarz gekleideten Männern mit Eispickeln erschlagen wurden! Kinder, die geschändet wurden, Kinder, die auf die eine oder andere Weise ermordet wurden, Mädchen, die getötet wurden und deren Körperteile in Wäldern versteckt wurden, wo sie mit der Zeit zu großen fleischigen Pilzen wurden, die man nicht zu berühren wagte, ohne zu wissen warum. Tiere, die gequält wurden, unendlich viele Kinder, die ermordet wurden, und Mädchen, die zum Schweigen gebracht wurden, Tiere, die zum Schweigen gebracht wurden, die ganze Erde, die just in diesem Moment dabei war, einem unter den Füßen wegzusterben, die Wälder, die starben und vergiftet wurden, der saure Regen, der zwischen den verschiedenen Ländern hin und her zog, und der Himmel selbst, der dünner wurde und sich abnutzte, so dass einen schließlich nichts mehr vor der Sonne und ihren tödlichen Strahlen schützen würde.

Ewig ging das so weiter, im Großen, im Kleinen, und welcher Mensch, der ein echter Mensch war, konnte mit diesem Wissen weiterleben und gleichzeitig ganz bei Verstand bleiben? Sie jedenfalls nicht! Sie nicht –

Und die Tage vergingen, aber die Gefühle der Erstarrung, der Hoffnungslosigkeit, des Todes und der Trauer ließen sie nicht los. Und sie wollte weinen, aber es saß viel tiefer, und außerdem hatte sie schon vor langer Zeit mit dem Weinen aufgehört. Das nutzte ja nichts, davon konnte man sich sowieso nichts kaufen, dann gab es nur noch mehr Fragen, die sich mit Worten nicht beantworten ließen. Denn wie sollte sie denn über all das sprechen, was sie so schrecklich quälte, aber doch auf so diffuse Weise, wo sollte sie denn überhaupt anfangen?

Und vom Weinen wurde sie innerlich nur noch schmutziger, es spülte allen Dreck wieder herauf, denn ihre Tränen waren nicht mehr kristallklar, wie die Tränen eines gewöhnlichen Kindes es sein sollten, sondern grau von festsitzendem Schmutz. Und wenn sie aus ihren Augen quollen, waren sie klein, scharfkantig und piksten, als weine sie Hafer oder kleine Körnchen. Und manchmal machten die unerlösten Tränen, die sich unaufhörlich in ihr anhäuften, sie schwer, manchmal beschwerten sie sie wie eine Riesenladung verschmutzter, vergammelnder Hagel –

Wobei sie sich gelegentlich einbilden konnte, dass sie wieder froh war, dass alles weg war, dass es sie verlassen hatte. Aber dann, plötzlich, nur weil sie das gedacht hatte, war das Gesicht des Mädchens oder das Bild des Seehundes, der von dem schwarz gekleideten, maskierten Mann auf dem Eis erschlagen wurde, wieder da, intensiver als je zuvor. Und sie wurde zurück in den Abgrund der Hoffnungslosigkeit geschleudert, aus dem es ihr jetzt immer schwerer fiel, wieder herauszukrabbeln.

Die ganze Welt rutschte auf sie herunter, die Gedanken begannen wieder, sich im Kreis zu drehen, sie waren nicht zu bremsen. Aliide versuchte, sie mit anderen, fröhlicheren, etwas hoffnungsvolleren Gedanken zu überdecken, aber das nutzte nichts, denn sie waren viel zu stark, nichts half jetzt gegen sie, sie schienen durch alles hindurch und durchdrangen alles, alles, Aliides gesamtes Wesen, jeden Zentimeter ihres Körpers, alles, was sie tat, alles, was sie war, und alles, was sie in Zukunft jemals sein, tun, denken, fühlen, sehen und sagen würde.

Aber irgendetwas musste sie ja doch haben, jetzt, wo sie in ihrer Einsamkeit immer nur in ihrer eigenen Welt herumlief und sah und sah und sah, mit einem Blick, der alles zu Bildern verzerrte, die sie ohne Unterlass quälten. Ja, etwas musste sie doch haben! Das war jetzt, nach den Ereignissen der letzten Zeit, vollkommen klar.

Etwas Wehrloses, Kleines, Leises und Warmes, irgendein Tier, vielleicht eine wilde Katze von dem felsigen Gelände am Altersheim. Ein armes, verlassenes Kerlchen, das sie ganz auf eigene Faust vor dem Hungertod retten und mit nach Hause nehmen würde, das sie waschen und mit Milch, Fleisch, Fisch und allem, was es haben wollte, überschütten würde und das sie hemmungslos lieben würde, jedoch nicht zu viel und auch nicht zu wenig! Ohne Fragen, ohne komische Blicke, sondern in einem tiefem Schweigen, das sie für immer zusammenschweißen würde!

Dieser Gedanke schenkte ihr, inmitten der Trübsal, einen kleinen Hoffnungsschimmer, und so begab sie sich, mit einem Pappkarton und einer alten Decke bewaffnet, eines sonnigen Tages nach der Schule zum Altersheim.

Dort, auf dem Bürgersteig unter den riesigen Bäumen, blieb sie stehen und sah sich um. Vor ihr lag verlassen der eingezäunte Fußballplatz. Hinten im Park war der Teich zu erkennen, der gerade wieder begonnen hatte, muffig zu riechen, und die Leute, die auf den asphaltierten Wegen spazieren gingen. Eine sehr hohe und dichte Hecke trennte Aliide von dem Felsenstück. Sie wartete, bis ein alter Mann in einem großen karierten Mantel vorbeigegangen war. Als er direkt neben ihr war, versuchte sie, so unschuldig wie möglich auszusehen, aber sobald er um die Ecke verschwunden war, zwängte sie sich schnell zwischen die Blätter. Nach einem kurzen Kampf mit den Ästen befand sie sich innen zwischen den Felsen, die unterhalb des Backsteingebäudes kreuz und quer herumlagen.

Aus den offenen Fenstern drang Musik, der Duft von frisch aufgebrühtem Kaffee und die Stimme von Bertil Perrolf, dem Radiosprecher, der gerade mit einem seltsam verzweifelten Unterton auf eine Frau namens INES einredete. Jemand hatte zwischen den Steinen Milchschälchen aufgestellt, und es war wirklich ein auf vielerlei Art etwas wunderlicher Ort, an dem sie hier gelandet war. Ein kühles, von den heimatlosen Katzen aufgesuchtes Schattenreich, wo sonst eigentlich niemand hinkam, zwischen der Hecke und dem alten Backsteingebäude, in dem sich die Omis und Opis in ihren Zimmern verschanzt hatten, um auf den Tod zu warten.

Aliide sah sich um, aber sie brauchte nicht besonders lange zu suchen, bis sie eine kleine ausgemergelte Katze entdeckte, die sich auf einem der Felsen in der Sonne räkelte, mit dem Rücken zu ihr, ein paar Meter weiter entfernt.

Ganz vorsichtig legte Aliide den Pappkarton und die Decke zur Seite, schlich sich an, hielt den Atem an und betrachtete die Katze. Das arme Kerlchen war so ausgemergelt und erschöpft vor Hunger und Entbehrungen, dass es nicht einmal ihre Nähe spürte! Ihr war klar, dass es ganz leicht sein würde, es einzufangen, hochzuheben und in den Karton zu setzen, es mit nach Hause zu nehmen, es mit Futter zu überschütten und es hemmungslos und schweigend zu lieben, denn sein Fell hatte begonnen, in großen Büscheln auszufallen, die Rippen stachen an den Seiten hervor, an einem Ohr hatte es eine Wunde und eine andere, etwas größere, an einem Vorderbein, und es tat Aliide unbeschreiblich weh, sich vorzustellen, wie es einsam und verlassen auf der Suche nach Futter zwischen den Steinen herumgeschlichen war, während der Regen fiel.

Sie bückte sich also, holte tief Luft, umfasste rasch mit beiden Händen den Brustkorb der Katze und ging davon aus, dass ihr ausgemergelter Körper vor Hunger und Durst schlaff sein würde. Aber stattdessen erstarrte die Katze augenblicklich. Sie fuhr herum, riss das Maul auf, fauchte und schlug die Krallen in Aliides Hände, und ein fürchterlicher Kampf begann. Die Katze kämpfte wie eine Wahnsinnige, um sich aus Aliides Griff zu befreien, sie fauchte, zischte und schrie, wie ein Kind, das man ursprünglich hat töten wollen, aber dann stattdessen auf den Grund eines trockengelegten Brunnens in einer großen Wüste gesetzt hat, und dieses Geschrei, alles miteinander, bewirkte, dass Aliide der Kopf schwirrte, sie war nahe daran, kopfüber den Felsen hinunterzupurzeln. Der Schmerz, der entstand, als ihr die Katze die schmutzigen Krallen tief ins Fleisch bohrte, war unerträglich, fast unvorstellbar, aber trotzdem biss sie die Zähne zusammen, sie hielt die Katze fest, sie schloss die Augen und versuchte sich stattdessen vorzustellen, wie alles sein würde –

Die Katze würde im Bett liegen –

Und ein Schälchen mit Wasser würde sie haben, unter dem Bett –

Einmal würde Aliide ihr, nur zum Spaß, ein kleines, blaues gestricktes Puppenkleid mit weißen Herzchen anziehen, aber das würde der Katze nicht gefallen, und da würde Aliide ihr das Kleid sofort wieder ausziehen.

Aber der Schmerz wurde schließlich zu stark und nach einer Weile musste Aliide ganz loslassen. Kreischend raste die Katze über die Felsen davon und Aliide sah ihr nach, bis sie etwas weiter entfernt in die Hecke geschlüpft und verstummt war. Dann wurde sie sich plötzlich schmerzhaft ihrer Hände bewusst und begann besorgt, sie zu untersuchen, denn sie waren jetzt ganz zerfetzt, schmutzig, übersät mit tiefen Kratzern und Wunden. Das Blut tropfte in eine gesprungene, leere Untertasse, die vor ihr auf dem Boden stand, und als Aliide die Kratzer sah, die die struppige Katze ihr gerade zugefügt hatte, wurde ihr eiskalt und sie erschrak, und die wohlbekannte alte Angst überwältigte sie wieder; denn was, wenn die Katze irgendeine Krankheit oder einen Virus hatte, mit dem sie sich jetzt angesteckt hatte?

In diesem Moment hörte sie von oben eine kleine, strenge Stimme. Eine strenge kleine Frauenstimme, die zornig rief –

HÖR MAL, DU DA! LASS DIE KATZEN DA IN RUHE!

Und als Aliide aufsah, waren dort vier uralte Frauen mit säuerlichen Gesichtern, die sie aus ihren vier Fenstern heraus vorwurfsvoll betrachteten. Alle, vor allem die mit dem gestrickten blauen Hut, die, die gerade gerufen hatte, hatten anscheinend alles mitangesehen!

Aliide warf sich also zurück in die Hecke. Aber die kam ihr plötzlich sehr tief vor und es dauerte jetzt ewig, bis sie sich wieder daraus hervorgestrampelt hatte. Ihre Hände bluteten, die Verletzungen taten weh, das Blut brannte, pikste und klebte, sie wurde der Äste, die ihr ständig übers Gesicht schrammten und in die Augen gerieten, nicht Herr, und die Hecke war hoch, sie war dicht, ein langer, wuchernder Pflanzentunnel, der sie nicht loslassen wollte. Aber schließlich purzelte sie doch auf den Bürgersteig, direkt in die Arme einer dicken alten Tante, die sie, als sie Aliides blutüberströmte Hände erblickte, erschrocken von sich wegschubste.

Aliide rannte hinunter zu den Hochhäusern, nach Hause. Den Karton und die Decke hatte sie auf dem Felsen vergessen, aber das machte ihr absolut nichts aus, der Kram konnte ihr gestohlen bleiben, denn der Schmerz in den Händen war jetzt dabei, auch ihre Knochen und all die verschiedenen Teile ihres Skeletts anzugreifen.

Weiter unten, in einem der Sandkästen, entdeckte sie ein paar Kinder, die sie flüchtig kannte, unter anderem ein doofes, schwarzhaariges kleines Mädchen. An denen musste sie unauffällig vorbei, also blieb sie stehen und zog die Ärmel ihres Pullovers weit über ihre blutigen Hände. Die durften die Kinder auf keinen Fall sehen. Die Wunden erfüllten Aliide mit Ekel und Scham, und sie würde die Fragen der Kinder nicht beantworten können, würde sich nicht gegen ihre Blicke wehren können, denn der Schmerz und die Demütigung hatten sie unerträglich dünnhäutig gemacht.

Sie hielt den Kopf gesenkt, stahl sich vorsichtig vorbei, außer Atem, hielt sich dicht an den Beeten, und zum Glück sahen sie sie nicht, weil das schwarzhaarige Mädchen voll und ganz damit beschäftigt war, einen kleinen, schwächeren Jungen mit einer roten Plastikschaufel zu verprügeln, während die anderen schweigend zusahen.

Aliide rannte dann das letzte Stück nach Hause. Dort war es wie immer leer und still, und im Bad hielt sie sofort ihre schmutzigen, blutverschmierten Hände unter den Wasserhahn, in der Hoffnung, dass das Wasser den Schmerz lindern würde, der sich jetzt noch weiter ausgebreitet hatte.

Als sie das tat, als sie die Ärmel ihres Pullovers hochkrempelte, um sie nicht nass zu machen, entdeckte sie auf der Innenseite ihres rechten Arms eine sehr tiefe Schramme, die ihr bis dahin nicht aufgefallen war, und die war ganz anders als die Kratzer oben auf den Händen, nämlich tief und fast ganz trocken. Die Schramme hatte nicht geblutet. An ihren Rändern befand sich lediglich die Spur einer ganz kristallklaren Flüssigkeit, die fest geworden war, wie Harz, und trotzdem war sie Aliides Einschätzung nach höchst unheilverheißend. In genau solchen Schrammen entstanden nämlich Infektionen, die sich dann im ganzen Körper ausbreiten konnten und eigenartige, fieberähnliche Symptome zur Folge hatten –

Indem sie ihre Pulloverärmel ständig über die zerkratzten Hände zog, gelang es ihr während der folgenden Tage tatsächlich, die Kratzer und die tiefe Schramme vor Idrok und den Eltern zu verbergen. Sie merkten nichts. Sie sahen nichts. Sie waren in ihren eigenen, separaten Welten unterwegs, genau wie Aliide. Und die kleinen Verletzungen, die Kratzer an den Händen, die heilten ziemlich schnell. Aber die tiefe Schramme am rechten Arm schwoll nach einigen Tagen tatsächlich an. Eine schmerzhafte kleine Rötung umgab sie, und im Wachzustand fühlte Aliide sich schläfrig, fiebrig, benebelt und müde.

Vielleicht, dachte sie, während sie in ihrer Ecke im Klassenzimmer saß und mit halbem Ohr der Stimme der Lehrerin zuhörte; vielleicht würde sie daran jetzt sterben. So wie sie damals an der Perle sterben sollte, die sie verschluckt hatte. Vielleicht würde die Infektion einen grässlichen Fieberrausch auslösen, in dem fürchterliche Bilder einander ablösen würden, bis sich endlich der Tod vor ihr auftun würde wie ein feuergesäumter Abgrund, am Grunde des allerletzten Bildes.

Aber der Gedanke an den Tod vermochte ihr nicht länger Angst einzujagen. Es war überhaupt nicht so wie damals, als sie die Plastikperle verschluckt hatte und wirklich verzweifelt darüber gewesen war, alles zu verlieren, die Welt und alles, was es auf der Welt gab, das ganze Leben, denn was hatte sie jetzt noch zu verlieren? Ihre Furcht, ihre nagende Angst und das Gefühl, ausgeliefert und machtlos zu sein. All das wollte sie lieber heute als morgen loswerden, und wenn es der Tod war, mit dem sie dafür bezahlen musste, ja, dann nahm sie den gerne in Kauf.

Und das Einzige, was die geschwollene, leicht entzündete Schramme dann am Ende tatsächlich zur Folge hatte, war, dass ihre Träume einige Nächte lang eigenartiger und ein bisschen dichter waren als sonst –

In einem von ihnen sah sie einen gigantischen Planeten. Nicht so einen wie den Mond, sondern mehr so einen wie Venus, Saturn oder ein anderer, noch weiter entfernter Himmelskörper. Einen lilagestreiften Planeten, in giftige Dämpfe gehüllt, der in der Dämmerung langsam zwischen den Wolkenkratzern einer großen Stadt niedersank.

Und in einem anderen Traum saß sie am Rand eines riesigen Kraters aus Eis und Schnee. Neben ihr saß ein anderes, fremdes Mädchen, und das fremde Mädchen flüsterte ihr in der alten, leuchtenden Sprache zu –

DON'T MOVE, I CAN FEEL SOMETHING'S GOING ON –

Und da verstand Aliide, dass, wenn sie sich auch nur das allerkleinste bisschen bewegen würden, der Schnee und die Eismassen unter ihnen in Bewegung geraten würden, sie würden auf den Boden des Kraters stürzen, alles würde hinter ihnen herrutschen und sie lebendig begraben –

In einem dritten Traum klammerte sich die struppige, kranke kleine Katze von dem Felsenstück an ihrem Kopf fest. Sie konnte sie nicht abschütteln, denn mit einer ihrer schrecklich schmutzigen Krallen ritzte die Katze ihr in die Schädeldecke, und der Schmerz, den Aliide dabei empfand, war so lähmend heftig, dass sie weder die Arme heben noch die Augen aufhalten konnte –

Und in einem vierten, viel deutlicheren und längeren Traum wanderte sie allein durch einen Wald, der nur aus toten Laubbäumen bestand, und fand dort schließlich einen See, der kein Wasser enthielt, sondern feinen, weißen Sand. Und in dem Sand, ganz in der Mitte des Sees, waren Fußspuren von jemandem, der dort so lange im Kreis herum gelaufen war, bis sich diese Person aufgelöst hatte, und Aliide dachte, im Traum, als sie in dem toten Wald an dem mit Sand gefüllten See stand –

ICH FRAGE MICH, WARUM MIR DIESER SEE HIER SOLCHE ANGST MACHT!

Denn das tat er.

Und eine kleine Holzbrücke führte hinaus in den Sand, und das Holz war trocken, sehr alt, und brüchig wie ein frischgebackener Tortenboden. Die Brücke war am Verwittern, und Aliide ging ein Stückchen auf ihr hinaus, bekam aber plötzlich Angst und musste umkehren.

Und; ja, ja, ja, ja, ja!

Es konnte ja durchaus sein, dass die Eltern, dass die einen tatsächlich lieb hatten, genau wie sie behaupteten, aber na und?

Was nutzte denn ihre Liebe, wenn sie einen doch vor nichts beschützen konnte, und warum sollten Eltern außerdem ihr Kind ganz automatisch lieb haben? Einfach so, ganz bedingungslos, so als sei das immer das einzig Richtige, aus keinem anderen Grund, als dass sie vom gleichen Fleisch und Blut waren, ganz egal wie viel das Kind anrichtete. Egal wie ekelhaft und verdorben es in seinem eigenen Innern war, und ohne dass es auch nur einen Finger krumm machte, um sich ihre Liebe zu verdienen!

Und vor allem natürlich wenn es so war wie sie, Aliide; voller Hass auf die gesamte Menschheit, schmutzig, merkwürdig, hart, aber gleichzeitig fürchterlich schwach, nicht von menschlichem Geschlecht, ein Zwischending, weder Tier noch richtiger Mensch, verstoßen, von allem ausgeschlossen, weggeschubst und ausgeliefert –

Wenn sie selbst so ein Kind gehabt hätte, hätte sie das nicht eine einzige Sekunde lang ausgehalten! Sie hätte es gehasst! Sie hätte es dicht auf ihren Fersen gespürt, immer, wie einen widerwärtigen kleinen Schatten, an den man nicht einmal erinnert werden will. Sie hätte es mit hasserfülltem, eiskaltem Blick angesehen, also, wenn sie es überhaupt angesehen hätte, denn vielleicht hätte sie stattdessen auch beschlossen, es total zu verleugnen. Vielleicht hätte sie es still und leise, ganz ohne die geringste Gewaltanwendung, indem sie es nicht einmal angeschaut hätte, dazu gebracht zu verdunsten, zu verklingen, sich in Luft aufzulösen, ja; zu sterben.

Und wenn sie das Wort Liebe auch nur hörte oder zufällig daran dachte, wenn sie auch nur versuchte, sich ein Bild davon zu machen, was das möglicherweise bedeuten konnte, wurde sie von einer Art tiefem Ekel ergriffen, und das war ein Gefühl, als sei sie nackt in eine große Zisterne mit körperwarmem Wasser getaucht worden.

Und die Fürsorge der Eltern, ihre gut gemeinten Zärtlichkeitsbezeugungen, machten sie misstrauisch, ekelten sie an und machten sie manchmal fast wütend. Bei der winzigsten kleinen Berührung, wenn sie aus Versehen jemanden streifte, hätte sie am liebsten wild um sich geschlagen, damit sie ihr nicht noch näher kamen, und am allerliebsten hätte sie auch geschrien –

FASST MICH NICHT AN, IHR WIDERLINGE!

Und –

WAS WOLLT IHR VON MIR!

WAS WOLLT IHR VON MIR!

Nein, denn die Liebe der Eltern würde einen doch nie vor irgendetwas schützen können. Das wurde besonders einmal deutlich, als sie sich gerade alle an den Tisch gesetzt hatten, an einem Donnerstagabend Ende Mai, so gegen sechs. Alles war bereit. Die Kartoffeln waren gar. Der Kochtopf stand auf dem Tisch, der mit weißen Tellern, Besteck und dunklen Gläsern gedeckt war, und vor ihnen, mitten auf dem Tisch, lag ein großer, länglicher, etwas heimtückisch aussehender Fisch, den Mama gerade aus dem Ofen geholt hatte.

Mama hielt das Tranchiermesser in der Hand, setzte die Messerspitze auf den Nacken des Fisches und wollte gerade den Kopf von dem schuppigen Körper trennen, als es ganz unerwartet an der Tür klingelte.

Bereits in diesem Augenblick wusste Aliide (die den Blick nicht von dem gekochten, verschleierten Fischauge nehmen konnte, weil es sie an das schwer vom grauen Star geschädigte Auge eines alten Mannes erinnerte), dass hier etwas nicht stimmte. Denn niemand anderes als ein Verrückter, ein komischer Typ, klingelte so spät am Tag noch bei Leuten. Jetzt, wo alle in den umliegenden Betonhäusern um den Abendbrottisch herumhockten, mit dem Tod in ihren Körpern, und nicht beim Essen gestört werden wollten.

Mama setzte sich, legte das Tranchiermesser zur Seite, Papa ging hinaus in den Flur und zusammen saßen sie da und warteten, Aliide, Mama und Idrok.

Von der spitzen Rückenflosse des Fisches stieg Dampf auf, aus seinem geöffneten Maul, seinen Augen. Idrok trank schweigend Milch aus seinem Glas, unten im Hof kreischten Kinder und die Minuten vergingen. Aber es war jetzt wirklich viel zu still da draußen im Flur, zu viel Zeit war vergangen, schon jetzt. Wäre alles in Ordnung gewesen, wäre Papa längst zurückgekommen, Mama wäre längst aufgestanden, hätte das Messer ergriffen und dem Fisch ein für alle Mal den Kopf abgeschnitten, sie hätten von dem weißen Fischfleisch gegessen, von der Milch und dem Bier getrunken, und die Kartoffeln hätten sie geschält und aufgegessen, es hätte nichts weiter damit auf sich gehabt, eine kleine Bagatelle, ein unbedeutender Vorfall, aber nichts dergleichen geschah –

Nicht ein Laut drang aus dem Flur. Papa kam nicht zurück. Schließlich verlor Mama die Geduld, auch sie verschwand nach draußen, und unmittelbar darauf glitt auch Idrok von seinem Stuhl. Aliide blieb allein mit dem dampfenden Fisch zurück, und nachdem bestimmt fünf Minuten lang kein Laut, keine Silbe aus dem Flur zu hören gewesen waren, begann ihr Herz wie wild zu hämmern und ein saurer Schweiß, der nach Angst roch, bildete sich auf ihren Handflächen, der Oberlippe und der Stirn.

Als sie dann, mit zitternden Knien und von bösen Vorahnungen erfüllt, in den Flur hinausging, war es genau so, wie sie befürchtet hatte. Es war niemand, den sie kannten, sondern ein vollkommen unbekannter, betrunkener Kerl, einer von den Trunkenbolden aus den verfallenen Stadtteilen dort unten, der bis hierhinein vorgedrungen war und jetzt, mit einer halbleeren Flasche Explorer, die er an seine Brust gedrückt hielt, an einem der Türpfosten lehnte.

Beim Anblick des betrunkenen Fremden (er hatte einen Bart, war ziemlich jung, schmächtig gebaut, das war alles, was sie im Moment erkennen konnte) wurde Aliide zu ihrer eigenen großen Verwunderung zunächst einfach wütend, sie geriet ganz außer sich. Mit einem feindseligen Blick auf ihre Eltern dachte sie entrüstet –

MENSCH, MACHT DOCH WAS!

RETTET UNS VOR IHM, SCHMEISST IHN RAUS, SPERRT DIE TÜR ZU, VERRIEGELT SIE, BESCHÜTZT UNS, ÜBERWÄLTIGT IHN UND WERFT IHN HIER RAUS!

Aber das Gefühl von Hilflosigkeit, Panik und völliger Ohnmacht, das sich bis dahin auf sie selbst beschränkt hatte, auf ihr eigenes Leben, hatte durch das Auftauchen des Betrunkenen auf eigenartige Weise diese Grenzen gesprengt und die gesamte Familie lahmgelegt.

Die Eltern, besonders Papa, unternahmen nichts. Sie drückten sich an die Schranktüren und rührten keinen Finger, um diesen Mann aufzuhalten, und sie waren schwächer als je zuvor, beinahe unsichtbar für Aliide, ohne Substanz und Konturen. Die Angst hatte sie ganz aufgelöst. Mit gesenkten Köpfen standen sie da, und nichts konnten sie unternehmen, um einen zu beschützen. Nicht einmal sich selbst oder ihre eigenen Kinder konnten sie beschützen!

Dann verflog Aliides Wut, und stattdessen bekam sie Angst, unheimliche Angst, denn plötzlich atmete sie den Schnapsgeruch ein, und der war süßlich und so intensiv, dass ihr schlecht wurde. Er erinnerte sie daran, wie das Mädchen da wohl gestanden hatte, weit draußen in dem dunklen Wald, das

Gesicht des Mörders über sich, wie ihm genau dieser Geruch, süßlich, schwer, vermischt mit Gerüchen aus dem Innern des Mörders, ins Gesicht geströmt sein musste, eine Sekunde bevor es getötet und zerstückelt worden war und für immer seine Zunge verloren hatte. Und Aliide erstarrte vor Schreck, denn jetzt hatte der betrunkene Fremde sie entdeckt, und er grinste, machte ein paar wacklige Schritte auf sie zu, ohne dass ihre Eltern sich auch nur von der Stelle rührten, ohne dass sie das Geringste unternahmen, um ihn aufzuhalten!

Ihr wurde klar, dass sie sich ganz auf eigene Faust in Sicherheit bringen musste. Sie wollte die Hand ausstrecken und Idrok an sich reißen. Er stand nur etwa einen Meter von ihr entfernt, es wäre ein Leichtes gewesen, aber sie wagte jetzt nicht, sich auch nur einen einzigen Millimeter mehr zu bewegen als unbedingt notwendig war. Die allerkleinste Bewegung konnte das Monster, das in dem schmächtig gebauten Körper des Mannes schlummerte, zum Leben erwecken, denn das war schnell passiert, wenn jemand getrunken hatte und unberechenbar geworden war, wenn die Selbstbeherrschung plötzlich nachließ.

Stattdessen zog sie sich sehr leise und sehr langsam zurück, den Blick die ganze Zeit starr auf den Mann gerichtet, der sich jetzt, um nicht umzufallen, mit einer Hand am Türpfosten festhielt.

Rückwärts schlich sie sich zurück in die Küche. Der scheußliche Fisch lag immer noch auf dem Tisch, seine Schuppen waren abgeblättert, er war feucht, wie ein blanchierter alter Ast, den sie nach allen Regeln der Kunst zubereitet hatten und nun zu verzehren gedachten. Er war schon am Abkühlen, fast der gesamte Dampf war fort, und an Mamas Platz lag noch das Tranchiermesser. Aliide fragte sich, ob sie es mit ins Bad nehmen sollte, nur für den Fall, aber dann entschied sie sich doch dagegen.

Stattdessen ging sie einfach dorthinein, warf die Tür hinter sich zu, drehte den Schlüssel um, trat einen Schritt von der Tür zurück und atmete auf. Aber beim Gedanken an Idrok, der im Flur zurückgeblieben war, konnte sie nicht die geringste Erleichterung verspüren. Nur Schuldgefühle. Nur Angst. Nur Scham und tiefe Hoffnungslosigkeit.

Und zufällig, aus Versehen, fiel ihr Blick, als sie sich umdrehte, auf ihr eigenes Spiegelbild im Badezimmerspiegel. Vor Angst war ihr Blick noch aufgewühlter und bodenloser, und das war wohl schon der siebte Blick, bei dem sie da angelangt war, denn das allerkleinste Detail wurde aufgeblasen, biss sich in ihrem Gedächtnis fest und war dann nicht mehr abzuschütteln. Das war also nun ihr Schicksal; alles zu sehen, sich an alles zu erinnern, von allem verzehrt zu werden, alles zu spüren, was sie sah, und alles zu sehen, was sie spürte, all das, in einer unheilvollen Mischung –

Und als sie ihr eigenes Gesicht im Spiegel sah, und wie weiß es in so kurzer Zeit geworden war, spürte sie auch, wie der dunkle, ungeheure Menschenrest in ihrer Tiefe, der, welcher um keinen Preis dort unten bleiben durfte, begonnen hatte, sie immer mehr zu beschweren. Bei allem, was sie tat, wenn sie herumlief, wenn sie nachdachte, ja, wenn sie nur ein bisschen atmete, beschwerte er sie so unglaublich und machte jede Bewegung total anstrengend und schwerfällig.

Sie empfand das so, als stünde sie ganz allein weit draußen auf einer unendlich großen Eisfläche. Als habe sie im Eis gerade sich selbst und ihren eigenen Schatten gesehen, vergrößert zu einem Spiegelbild, das weit hinunter in das schwarze Wasser reichte, in das, was dort unten war, und ihr Körper war jetzt, im Vergleich dazu, sehr blass, schwach und vollkommen machtlos.

Sie setzte sich auf die Toilette. Still saß sie da, sehr lange. Sie bewegte sich nicht, wartete einfach, ließ die Zeit vergehen, Tage und Nächte konnten von ihr aus ruhig vergehen, Wochen, Monate, ganze Jahre durften sich gerne zwischen sie und diesen Augenblick legen, aber schließlich hielt sie es doch nicht länger aus. Und sie stand auf, ging zur Tür und hielt ihr Ohr daran. Sie konnte nichts hören, nur das schwache und weit entfernte Gefasel des Mannes, der anscheinend noch ein Stück weiter in die Wohnung eingedrungen war, in das Leben ihrer Familie, ohne dass jemand ihn aufgehalten hatte.

Um sich die Zeit zu vertreiben, verließ sie ihren Platz an der Tür wieder, stellte sich in den Wäschekorb, öffnete das Badezimmerfenster und sah hinaus.

Ja, da war die Welt! Das Haus, das Gras in den Beeten, alle Sträucher, ein kleiner Hund, und die Menschen. Und in der Welt schlug die Uhr der Kirche neben der Schule genau sechs. Der letzte Schlag war gerade am Verklingen, und ein paar Kinder, die schon fertig gegessen hatten, hatten sich unten im Hof versammelt. Als Aliide sich hinausbeugte, kamen sie sofort angelaufen und stellten sich unter das Badezimmerfenster. Ein dickes, dunkelhaariges Mädchen, das sie flüchtig von irgendwoher kannte, aber doch nicht richtig einordnen konnte, drängte sich in den Vordergrund, übernahm augenblicklich das Kommando, grinste ein wenig überheblich, legte den Kopf schief und rief –

ER IST JETZT BEI EUCH, STIMMTS?

Die Worte prallten gegen die Hauswände, ihr Echo wurde zurückgeworfen, sie verformten sich, purzelten übereinander und verklangen. Aliide erstarrte. Sie warf leicht den Kopf in den Nacken, in der Hoffnung, ungerührt zu wirken, als hätte sie überhaupt keine Ahnung, wovon das Mädchen da redete. Aber in ihrem Innern fragte sie sich entsetzt –

WIE KANN SIE DAS WISSEN?

DASS ER BEI UNS IST, JETZT?

Sie war so verblüfft, dass sie nicht einmal zu widersprechen vermochte, so dass das Mädchen unten im Hof ungestört weiterreden konnte. Es grinste noch überheblicher, kniff die Augen zusammen und rief zu Aliide hinauf, jetzt noch lauter, so dass seine Worte von allen gehört werden konnten, die sich in der Nähe befanden, von allen, die nach dem Abendessen, um die Essensgerüche aus ihren Wohnungen zu vertreiben, ihre Küchenfenster sperrangelweit geöffnet hatten –

NIMM DICH IN ACHT!

ER WAR AUCH BEI EINEM HAUFEN ANDERER LEUTE! ER IST EIN ENTLAUFENER MÖRDER, ER HAT SCHON MEHRERE UMGEBRACHT, ER HAT –

Als Aliide das hörte, wurde es für einen kleinen Augenblick in ihrem Inneren ganz leer. Unwillkürlich beugte sie sich ein bisschen weiter aus dem Fenster und schrie so laut sie konnte, mit einer Gewissheit, die sie selbst verblüffte –

DAS IST ER ÜBERHAUPT NICHT!

WIR KENNEN IHN!

WIR SIND VERWANDT!

Sowie sie ihre eigene Stimme hörte und die Worte, die diese gerade ausgesprochen hatte, kam sie jedoch zu sich. Sie verstummte vor Schreck, denn was hatte sie da eigentlich gesagt? Und welcher Teil von ihr hatte das gesagt? Alle konnten, genau wie sie selbst, hören, dass das eine Lüge war, aber dass die Worte gleichzeitig, auf verdrehte Weise, mehr über sie verraten hatten, als ihr lieb war. Und sie schienen das Mädchen unten im Garten auch nicht besonders überzeugt zu haben, denn es hatte immer noch das arrogante kleine Lächeln auf den Lippen und lachte ein trockenes, etwas mehrdeutiges Lachen und legte dabei den Kopf schief.

Um sich das nicht mehr anhören zu müssen, schlug Aliide das Badezimmerfenster wieder zu, kroch in den Wäschekorb und deckte sich sorgfältig mit der schmutzigen Wäsche zu. Sie breitete einen Kissenbezug über ihr Gesicht und begann, um sich vor noch schlimmeren Gedanken zu schützen, mit sich selbst zu reden, stumm, in ihrem Innern –

ICH BIN TOT, dachte sie.

DER WALD IST DUNKEL, dachte sie auch.

DER SEE STINKT NACH ALTEM HOLZ, DAS NASS GEWORDEN IST, DAS GESICHT DES MÄDCHENS WIRD LANGSAM DUNKEL, JEMAND HAT GROSSE SCHUHE, JEMAND HAT EINEN NAMEN, VIELE KINDER HABEN ANGST, OBWOHL ES DIE ZEIT NICHT GIBT, UND TROTZDEM IST ES KALT –

Aber was sie auch versuchte, ihre Gedanken kehrten doch immer wieder zurück zu dem dunklen Wald und dem See, in dem der Kopf des Mädchens langsam verweste. Und nach einer Weile fiel ihr nichts mehr ein, was sie hätte sagen können. Die Worte versiegten und alles wurde still. Und in der Stille, in der Leere, kamen die anderen Worte zu ihr zurück, die unliebsamen, viel zu verräterischen Worte, die sie gerade dem Mädchen unten im Hof zugerufen hatte –

WIR SIND VERWANDT!

Warum hatte sie das gesagt?

Was meinte sie damit?

Sie lag eine Weile still da, atmete in den schmutzigen Kissenbezug hinein, wollte es nicht wissen, wartete darauf, dass alles vorbeigehen würde, dachte aber dann, energisch, um es auf Abstand zu halten –

NEIN, NEIN, ICH HABE GAR NICHTS GEMEINT!

Das waren nur ein paar kleine Worte gewesen, die sich verirrt hatten! Die hatten überhaupt gar nichts bedeutet! Nichts bedeutete etwas, ihre Angst und ihre Gefühle bedeuteten absolut nichts, ihre Bilder und ihre Worte, die bedeuteten auch nichts, und übrigens: sie hatten gar niemanden in der Verwandtschaft, der diesem Verrückten da glich, diesem Trunkenbold, der hier bei ihnen eingedrungen war und dem alles zuzutrauen war, einer, der plötzlich die Beherrschung verlieren konnte, der sonderbar werden und die entsetzlichsten Sachen mit einem anstellen konnte, so dass die Welt und das Leben nie mehr richtig so sein würden wie vorher! So jemanden hatten sie überhaupt nicht in der Verwandtschaft, und ihre Gedanken drehten sich nur so im Kreis, die Worte sprudelten pausenlos aus ihr hervor, und aus den Worten wuchsen grauenvolle Bilder, eines blutiger als das andere, denn warum war es da draußen jetzt so still, was hatte er eigentlich gemacht?

Oh doch, sie wusste es. Sie sah es vor sich. Er hatte sie alle umgebracht! Er hatte die ganze Zeit eine große Axt unter seinem Mantel versteckt gehabt, und plötzlich, gerade als sie vor Schreck wie gelähmt vor ihm gestanden hatten und sich nicht hatten wehren können, hatte er die Axt hervorgezogen und sie eiskalt, ohne mit der Wimper zu zucken, getötet, einen nach dem anderen, Mama, Papa und den kleinen Idrok, ihn auch, und nun lagen ihre schrecklich zugerichteten Leichen auf dem Fußboden draußen im Flur. Die Wände, das Schränkchen, der Spiegel und die Schranktüren waren blutverschmiert, und der Mann? Er war geflohen. Er war fort. Die Tür stand sperrangelweit auf. Ihn würde man nie mehr finden und zur Rechenschaft ziehen können, denn es gab keine Zeugen, außer ihr, und sie konnte sich ja nicht einmal an sein Gesicht erinnern, ob es alt oder jung gewesen war, oder was er angehabt hatte. Also wäre sie überhaupt keine Hilfe!

Um ihren inneren Bildern Einhalt zu gebieten, fing sie an, sich selbst so lange auf die rechte Schläfe zu schlagen, bis sie die Bilderflut abgewürgt hatte. Stattdessen wurde es still, unbehaglich still. Sie zog den Kissenbezug von ihrem Gesicht, spitzte die Ohren, drehte ein kleines bisschen den Kopf und lauschte, aber sie hörte nichts aus der Küche oder aus den übrigen Zimmern. Draußen im Hof, in der Welt, da rief jemand etwas, da fuhren die Autos über die Brücke, aber hier war es still, und nach einer kleinen Weile krabbelte sie aus dem Wäschekorb, ging zur Tür, öffnete sie und spähte hinaus.

Die Küche war leer. Auf dem Tisch stand der Fisch und auf Mamas Platz lag noch das Tranchiermesser, genau da, wo sie es vor etwa einer halben Stunde hingelegt hatte. Trotzdem war es still, ganz still, und von bösen Vorahnungen erfüllt, mit zitternden Knien, ging sie nun wieder hinaus in den Flur. Denn sie musste Gewissheit haben, und eins hatte sie auf jeden Fall gelernt, dass es sich mit der Wahrheit, so furchtbar sie auch sein mag, trotz allem leichter leben lässt als mit einer gestaltlosen Unsicherheit, die ständig an einem nagt. Und da draußen standen sie, Mama, Papa und Idrok, alle drei stumm, mit dem Rücken dicht an den Schranktüren. Der Mann war fort, die Wohnungstür war zu. Und alles, was er zurückgelassen hatte, war der Geruch von süßlichem Schnaps und Schweiß, sonst nichts, so dass sich Aliide plötzlich fragte, ob er überhaupt dagewesen war. Hatte sie sich vielleicht alles wieder nur eingebildet?

Aber kurz darauf spürten die anderen ihre Nähe. Mama kam zu sich, sah auf, seufzte tief und sagte –

JETZT ESSEN WIR,

und sie gingen alle vier in die Küche, wo sie sich wieder an den Tisch setzten.

Aber als Mama endlich dem Fisch mit den abgeblätterten Schuppen den Kopf abgehackt hatte, war es doch zu spät. Denn als sie dann von dem Fischfleisch aßen, war es längst ganz kalt und schmeckte nach nichts, weiß war es und voller großer Gräten, die Kiefernnadeln glichen.

Und die Kartoffeln waren kalt, die zerlassene Butter war kalt, alles war kalt.

Und es war in der einsamen Wüstenzeit, die auf das mit M und der Katze folgte, während die tiefe Schramme an der Innenseite ihres rechten Arms langsam heilte, dass Aliide immer öfter ihrem Hass und ihrer Verachtung freien Lauf ließ, die sich ganz und gar gegen andere, fremde Kinder richteten, die ihr über den Weg liefen. Denn wenn sie gerade in ihrer eigenen Welt unterwegs war, vollauf beschäftigt, alles zu betrachten, was nicht menschlich war, konnten sie plötzlich, wie eine Art Gespenster, vor ihr auftauchen und mit ihrer Wehrlosigkeit, ihren Gesichtern, ihren Blicken, ihr hochempfindliches inneres Gleichgewicht, das sie endlich hatte herstellen können, zum Einsturz bringen.

Sie hatte keine große Lust mehr, diese Gefühle zu unterdrücken, denn zum einen war es sowieso zu spät und zum anderen war es jetzt fast berauschend, ausnahmsweise einmal nicht alles nach innen gegen sich selbst richten zu müssen.

Und immer waren es Kinder, die jünger waren als sie, und meistens Mädchen. Jungen konnte sie zur Not noch ertragen, aber Mädchen hatten in letzter Zeit immer etwas schrecklich Muffiges an sich. Kokettierende, schmeichelnde, schwache, substanzlose kleine Memmen, deren weißes Fleisch eine komische Konsistenz hatte und nach saurer alter Milch mit schwarzen Maden darin roch –

Wenn ein solches Kind, ein solches Mädchen, ihr über den Weg lief, war das einzige, woran sie denken konnte, dass es UM JEDEN PREIS AUS DEM WEG GERÄUMT WERDEN MUSSTE!

Es musste weg, es musste unbedingt weg, denn es war etwas so Anstößiges und Ärgerliches an einem solchen Kind, das wieder und wieder und wieder, in allen möglichen Formen und Gestalten, auftauchte, um sie zu stören, um ihre ganze Welt und ihr Gleichgewicht zum Einsturz zu bringen. Nie würde sie selbst weiterleben oder richtig frei sein können, wenn das so weiterging und ewig diese Kinder vor ihr erschienen!

Und sie erinnerte sich plötzlich an das Kind, das ihr aus dem Spiegel entgegengekommen war und bei dem sie auf genau dieselbe Art und Weise das Gefühl gehabt hatte, sie müsse es töten, um sich zu verteidigen. Wo sie dann jedoch mit Entsetzen hatte feststellen müssen, dass sie selbst es war, so dass sie nichts hatte unternehmen können. Es war nur ein Spiegelbild gewesen, ein Phantom, ein, ja, was? Sie selbst –

Es kam jetzt vor, dass sie mit ein paar Kronen in der Tasche zum Kiosk ging und sich vor die Glastheke stellte, um in aller Ruhe die Süßigkeiten auszusuchen, die sie kaufen wollte.

Plötzlich, mitten in ihren Überlegungen, konnte es passieren, dass sie auf unerklärliche Weise erstarrte. Sie fühlte sich auf einmal schlecht gelaunt, so als ob ihre Kleider ihr nicht richtig passten, als trüge sie einen komisch geformten, lächerlichen kleinen Hut oder als hätte sie einen großen Farbfleck mitten im Gesicht, ohne es selbst zu wissen. Sie fühlte sich beobachtet, aber gleichzeitig kamen Teile des Gefühls von innen. Aber die Erklärung für das Ganze fand sich, wenn sie sich umdrehte und ein paar Meter weiter entfernt ein ekelhaftes kleines Kind sah, das sich hinter seiner Ma versteckte und sie mit halboffenem Mund anstarrte, sabbernd, als sei es nicht ganz richtig im Kopf. Ein übelriechendes, einfältiges kleines Mädchen ganz ohne Konturen und Substanz.

Und der Blick des Mädchens jagte ihr zunächst, bevor sie sich wieder beruhigen konnte, Panik und Todesangst ein. Als wolle sie sich aus unerklärlichen Gründen vor dem Mädchen auf die Knie werfen und um Gnade bitten! Aber das war ja lächerlich, so auf den Blick eines sabbernden kleinen Kindes zu reagieren! Und nach einer kleinen Weile gelang es ihr, sich zu besinnen. Denn dieses Kind war zumindest kein Spiegelbild, soviel konnte sie jedenfalls sehen, dieses Kind da war nicht sie selbst, oh nein! Das war jemand ganz anderes, überhaupt kein Spiegelbild, es hatte mit seinem sabbernden, halbgeöffneten Mund und seinem debilen Gesichtsausdruck absolut nichts mit ihr zu tun!

Sie versuchte so gut es ging den Blick des Kindes zu verjagen, indem sie einfach so kalt und hasserfüllt zurückstarrte, wie sie nur konnte. Aber das hatte keine Wirkung. Ihr eigener Blick kratzte das Kind gar nicht, das sie einfach nur weiter anstarrte, so als sähe es etwas in Aliide oder um sie herum, was ihr selbst gar nicht bewusst war. Ungefähr so, wie K sie angesehen hatte, ungefähr so, wie alle sie jetzt anzusehen schienen –

Es gab nichts, was sie tun konnte, weil es sich hinter seiner Ma versteckt hatte und man nicht an es herankommen konnte. Wäre sie hingegen ganz allein mit ihm gewesen und wäre es noch kleiner und ihr vollkommen ausgeliefert und wehrlos gewesen, dann hätte sie ihm wahrscheinlich zweifellos direkt den Garaus gemacht. Aber jetzt musste sie, wieder einmal, kochend vor Wut, wegschauen, zurückweichen und ihrer Wege gehen –

Trotzdem hatte sie vor Kurzem begonnen, nachmittags auf ein kleines Kind aufzupassen, das noch nicht viel größer als ein Säugling war. Den kleinsten in einem ganzen Schwung von Brüdern, wovon der älteste in Aliides Alter war. Ein unnatürlich großer Junge mit schwarzem, glänzendem Haar, das zu einem merkwürdig unbeweglichen Pilzkopf geschnitten war, enormen Händen und Füßen und großen, abstehenden Ohren.

Er stand oft, besonders im Sommer, unten im Sandkasten vor dem Haus, in dem er wohnte, und führte alle möglichen seltsamen Zaubertricks vor, die er sich mit Hilfe eines Zauberkastens selbst beigebracht hatte. Den Zauberkasten bewahrte er in einem verschlossenen Schrank auf, damit seine kleinen Brüder ihn nicht in die Finger bekamen, und Aliide hatte mit eigenen Augen gesehen, wie große Münzen aus seinen Augen und seinem Mund kamen, und manchmal sogar direkt aus seinem Kopf und seinen Händen.

Nach der Schule ging sie jetzt manchmal dort vorbei und klingelte.

Die Wohnung war dunkel. Auf dem Boden lagen Comic-Hefte ausgebreitet, es roch nach benutzten Windeln, Brei, Labskaus, saurer Milch von den Körpern der Kinder, alten Wolldecken und altem Brot, und in der Küche saß die Mutter der Kinder zusammengesunken auf einem Stuhl, rauchte lustlos und blätterte dabei in einer abgegriffenen Illustrierten –

Der Küchentisch und die Spüle waren mit schmutzigen Tellern, Babyfläschchen und halbleeren Breipackungen vollgestellt. Die Jalousien waren immer heruntergelassen und in den Lichtstrahlen, die den verdunkelten Raum durchschnitten, sah man Staubpartikel schweben, sinken und aufsteigen. Die kleinen Brüder des Jungen mit dem Pilzkopf kamen schläfrig aus den inneren Zimmern herausgekrabbelt, klammerten sich in Trauben am Türrahmen fest und sahen träge zu, wie die

Mutter ihre Zigarette auf einer kaputten Untertasse ablegte, aufstand und ins Nebenzimmer ging, wo sie in gemächlichem Tempo das Baby zum Spazierengehen fertigmachte.

JETZT SOLLST DU WAS ERLEBEN!

dachte Aliide dann kalt, aber gleichzeitig den Tränen nahe und resigniert, weil sie nicht imstande war, das irgendwie aufzuhalten; weil sie absolut nicht wusste, wozu sie das am Ende, langfristig gesehen, noch würde treiben können.

Sie trug das Baby hinunter in den Hausflur, wo der Kinderwagen stand. Und das Baby war schwer, eigenartig kompakt und dicht und stumm fühlte sein Körper sich an, als bestünde er vorerst noch aus reinem Fleisch und ein paar kleinen Knochen, aber aus nichts anderem, aus nichts sonst, und vor allen Dingen nicht aus einem Bewusstsein, Erinnerungen und einer Seele –

Sein Kopf kippte hierhin und dorthin, als läge das Gehirn lose darin. Es sabberte, und als ein bisschen körperwarme Spucke auf Aliides Hand tropfte, wurde sie wütend, hätte das Baby fast auf den Boden geworfen, besann sich aber im letzten Moment, wandte ihr Gesicht ab, atmete tief aus und legte das Kind in den Wagen.

Den Wagen schob sie dann alle Hügel hinauf, den ganzen Weg hinaus in den Park, wo sie sich sofort zu dem großen, schlammigen Teich begab.

Am Teich fuhr sie den Wagen aufs Gras, das jetzt trocken war. Denn es war Sommer geworden, und im Rhododendrongebüsch, an dem sie gerade vorbeigekommen war, wurden die Blüten langsam dichter und begannen sich aufzurichten. Und von allem, das wuchs, ging ein kaum hörbares, leise zischendes Geräusch aus, wie wenn ein Ballon mit Luft gefüllt wird und dann abhebt, und ein solches Gefühl war es auch. Als schwebten der ganze Park und alles, was sich darin befand, das Gras und die Bäume, wie ein kosmischer Nebel aus neu erblühten Pflanzen frei und schwerelos im Nichts. Und bald würde sich der Gestank vom Rhododendrongebüsch losreißen und beginnen, den Park heimzusuchen wie der Geist eines riesigen Tieres –

Mitten auf der Grasfläche blieb sie stehen, nahm eine Decke aus dem Wagen und breitete sie im Gras aus. Anschließend hob sie das Baby heraus, legte es mitten auf die Decke und ließ sich selbst ein bisschen abseits davon nieder.

So saß sie dann ein bisschen da. Ab und zu betrachtete sie das Baby widerwillig und musste nach einer Weile immer wegschauen. Eine schwache Sonne, die hauptsächlich aus komprimiertem, gelbem Nebel zu bestehen schien, beschien das trübe Wasser des Teiches, die Bäume und die Sträucher, und mit dem kaum hörbaren Zischlaut vermischte sich jetzt ein anderes Geräusch: das Knacken aller Äste unter dem Gewicht des rasch dichter werdenden Grüns.

Und es funktionierte immer. Nach einer Weile begannen die Leute, die sich bis dahin an die Gehwege gehalten hatten, stattdessen schräg über das Gras und an Aliide und dem Baby vorbeizugehen. Und immer blieben sie stehen und gaben ihre Kommentare zu dem Baby ab, sahen ihm zu, schnitten Gesichter und gaben Geräusche von sich und kasperten herum, aber Aliide sahen sie nicht, sie bemerkten sie nicht einmal. Sie stellten Fragen zu Alter und Geschlecht des Babys, ohne sie überhaupt eines Blickes zu würdigen, und das war ja wohl das Mindeste, was man von ihnen erwarten konnte! Aber Aliide tat so, als höre sie sie nicht. Sie wandte den Blick ab und richtete ihn stattdessen auf einen großen Baum ein paar Meter weiter entfernt und prägte sich ein, wie der

Schatten in seinem Innern, wenn der Wind wehte, die Form eines schlummernden, zusammengerollten Tieres annahm, sah sich dann auch, zur Sicherheit, das Gras an, das aus der Erde spitzte, und die Erde, die darunter hervorschimmerte, und widmete der Stille und dem Frieden, die unter der Erde herrschen mussten, ein paar zerstreute Gedanken.

Aber einmal, als sie wie gewöhnlich ein Stündchen im Park gewesen war und mit dem Baby am Teich im Gras gesessen hatte und mit ihm auf dem Heimweg war und an ihrer eigenen Haustür vorbeiging, kam ihr plötzlich der Gedanke, dass sie hierbleiben und das Baby mit zu sich nach oben nehmen müsse. Ja, das musste sie. Denn noch war niemand zu Hause, niemand würde sie also stören oder aufhalten können, egal was sie nun meinte mit dem Baby anstellen zu müssen.

Unten im Sandkasten stand sein Bruder mit dem Pilzkopf und zauberte, umgeben von ein paar kleineren Kindern. Undeutlich sah Aliide jetzt, wie er die Finger der rechten Hand in den Mund steckte, die Augen verdrehte, sich im Mund herumtastete, etwas zu fassen bekam und einen langen, roten Schal herauszog, der gar kein Ende nehmen wollte –

Sie hob das Baby hoch, wandte wie immer ihr Gesicht ab und hielt die Luft an, um seinen Geruch nicht einatmen zu müssen. Nicht ohne Anstrengung trug sie es dann alle Treppen hinauf und in die Wohnung hinein. Dort ging sie schnurstracks in ihr Zimmer, legte es ganz vorne auf ihr Bett, machte ein paar Schritte rückwärts und betrachtete es eine geraume Zeit lang mit kaltem, hasserfülltem Blick und, wie sie meinte, ganz ohne Erbarmen.

Aber auf einmal fühlte sie sich zutiefst gekränkt und provoziert von dem völlig hilflosen Wesen, das sie da vor sich liegen hatte. Kraftlos strampelte das Baby mit den Armen und

Beinen, griff mit seinen Händen nach der Luft und stieß blubbernde Laute aus.

Als sie lange genug so dagestanden und sich aufgeregt hatte und abwechselnd von Ekel und Hass und, unmittelbar darauf, augenblicklich, von einer Art wahnsinniger Verletzlichkeit erfüllt worden war, wurde ihr plötzlich schlagartig klar, dass MAN JA EIGENTLICH, WENN MAN DAS WÜNSCHTE, ALLES MIT DIESEM KIND MACHEN KONNTE!

Ja, man konnte es schlagen, kneifen, es Stunden und Tage am Stück schreien lassen, so lange man wollte. Und wenn man es nicht mehr aushielt, es schreien zu hören, konnte man ihm ganz einfach einen Lappen in den Mund stopfen, denn wer sollte einen daran hindern können? Und was würde es denn im schlimmsten Fall tun können?

Man konnte ihm wehtun, es quälen, es irgendwo sich selbst überlassen, wo es sterben würde, egal wo, wenn man es dann nicht mehr haben wollte, wenn man, wie sie jetzt, das Gefühl hatte, dass es zu einer unzumutbaren Bürde geworden war –

Kurz gesagt, MAN KONNTE MIT DIESEM KIND MACHEN, WAS MAN WOLLTE, DENN ES KONNTE SICH JA SOWIESO NICHT VERTEIDIGEN UND WÜRDE SICH JA SOWIESO AN NICHTS ERINNERN, WENN ES VIELE JAHRE SPÄTER EINMAL GROSS UND ZU EINEM RICHTIGEN, ECHTEN MENSCHEN GEWORDEN WAR. DENN ES WAR NOCH ZU KLEIN, ZU WENIG ENTWICKELT. ES HATTE ÜBERHAUPT GAR KEIN BEWUSSTSEIN UND SEINE SEELE WAR NOCH NICHT ENTSTANDEN! ES BESTAND VORLÄUFIG NOCH AUS REINEM FLEISCH, EIN PAAR KNOCHEN UND BLUT. ES KONNTE SICH AN GAR

NICHTS ERINNERN, DENN MIT DEM ERINNERN FING MAN ERST VIELE JAHRE SPÄTER AN, WENN MAN GRÖSSER GEWORDEN WAR. DAS WUSSTE ALIIDE JA AUS EIGENER ERFAHRUNG, WEIL SIE SICH SELBST AN GAR NICHTS AUS DER ZEIT VOR DEM LAND MIT DEN GRILLEN, DEN BERGEN UND DEN VERSCHIEDENEN WEITLÄUFIGEN LANDSCHAFTEN ERINNERN KONNTE. ES WÄRE ALSO GAR NICHT SCHLIMM GEWESEN, EIGENTLICH, WENN SIE DAVOR EINMAL JEMAND GEQUÄLT HÄTTE, SICH IHR AUFGEZWUNGEN HÄTTE, GEDROHT HÄTTE, SIE ZU TÖTEN, JA, SELBST WENN JEMAND SIE GETÖTET HÄTTE, WÜRDE SIE SICH DA DOCH ÜBERHAUPT NICHT DRAN ERINNERN KÖNNEN. ODER ETWA?! ODER ETWA?! ODER ETWA?!

Sie hatte sich jetzt über das Baby gebeugt. Zitternd starrte sie es an. Und sie war den Tränen nahe, hart und verstummt, alles auf einmal. Sie hatte gut Lust, ihm eine hinter die Ohren zu hauen, um es dazu zu bringen, ihr zuzustimmen, zu sagen –

JA! JA! JA! DU HAST RECHT! DAS STIMMT!

Aber trotzdem war da irgendetwas, das sie bis zuletzt zurückhielt. Etwas, das sie noch wütender und verzweifelter machte, weil es sie daran hinderte, durch und durch hart und unbarmherzig zu werden. Eine Zärtlichkeit, eine Art Empfindsamkeit, eine wahnsinnige Schwäche, oh ja; immer so eine fürchterlich tiefe Schwäche, die dem Gefühl glich, das sich in der Sekunde, bevor man sich übergeben muss, im ganzen Körper ausbreitet. Wenn man spürt, wie alles auf dem Weg nach oben ist, und dass man es jetzt! jetzt! jetzt! jeden Moment nicht mehr wird unten halten können.

Wenn sie sich doch nur durch und durch hart und unbarmherzig hätte machen können, SOFORT! Aber das konnte sie nicht, denn sie war noch lange nicht genügend abgehärtet. Nein, bis dahin war es noch lange hin, denn um diese Kunst zur Vollendung zu bringen, benötigte man Jahre. Und auf einmal bebte es tief unten in ihrem Bauch, als sei eine weitere in der Tiefe versteckte Beule plötzlich geplatzt. Der Inhalt der Beule lief aus, und Sekunden später fühlte sie sich durchdrungen von dem wohlbekannten Schweregefühl, das sie verabscheute und mit dem sie nicht eine Sekunde leben konnte, das sie aber doch, in immer dichteren Intervallen, aushalten musste –

Es breitete sich rasch in alle Körperteile aus und machte sie durchlässig, so dass sie sich an furchtbare Sachen erinnerte. Furchtbare Dinge. Und sie hielt das nicht aus, hielt es nicht aus, dieses wehrlose Baby hier vor sich liegen zu sehen, ganz und gar in ihrer Gewalt, denn niemand würde es jetzt vor ihr retten können, niemand!

Und so war es also mit jedem anderen Kind, mit dem sie zusammentraf. Draußen auf der Straße, in einem Spiegel, am Kiosk, wo auch immer. Wehrlosigkeit stach ihr ins Auge, verursachte in ihr einen solchen Schmerz und eine solche Panik, dass sie im Prinzip zu allem fähig war.

Sie ertrug den Gedanken nicht, dass hier auf der Welt ein so totales Ausgeliefertsein existierte. Dass es überall, zu jeder Tageszeit, Kinder und andere ganz hilflose Wesen gab, die den Launen der Erwachsenen und der Stärkeren und Größeren vollkommen ausgeliefert waren, ihrem Wohlwollen. Und derjenige, der sich das wirklich, so wie sie jetzt, einmal klarmachte, wurde wahnsinnig von diesem Wissen, konnte nicht weiterleben, falls er das nicht sofort verdrängte! Und wenn man außerdem bedachte, dass andere einmal so auf einen selbst geblickt hatten, so wie sie jetzt auf dieses Kind ... Nein, dann konnte man nicht mehr leben.

Jetzt kam es also darauf an!

Jetzt kam es darauf an, die Seite zu wählen, schnell, schnell, schnell. Die schwache, ausgelieferte, vollkommen wehrlose? Oder die harte und schonungslose, die anderen Menschen gegenüber hasserfüllte und kalte? Und da fiel die Entscheidung nicht schwer! Ihr jedenfalls nicht. Denn wer, der im Vollbesitz seiner geistigen Kräfte war, wollte schon den Platz des Schwächeren einnehmen oder sich da hineinversetzen, wie es sich anfühlen musste, der Ausgelieferte und Wehrlose zu sein, das ganz hilflose kleine Kind, das ein anderer, sie zum Beispiel, töten wollte?

Nein, sie nicht, auf keinen Fall sie, nie wieder sie! Und deswegen gab es jetzt nur einen einzigen Weg, den sie einschlagen konnte. Einen einsamen Weg, einen unbequemen Weg, der einen immer weiter von allem wegführte, was menschlich und frei und reich war. Denn sie musste sich hiermit zu demjenigen machen, der hasste und kalt und stumm und hart war.

Sie war einen kleinen Schritt vom Bett zurückgetreten, weil der Anblick des Babys, die Laute, die es ausstieß, und seine Gerüche sie mit Ekel erfüllten. Aber jetzt, aufgewühlt von dem, was sie in Gedanken vor sich gesehen hatte, trat sie wieder näher heran und beugte sich über das Bett. In ihr kämpften beide Seiten – die wehrlose und die schonungslose – um die Herrschaft, und sie spürte, nicht ohne eine gewisse Verwunderung, wie hauchdünn die Grenze zwischen ihnen war.

WAS MAN WILL KANN MIT EINEM SO KLEINEN KIND MACHEN, WAS MAN WILL, OHNEHIN WIRD

NIEMAND ES VOR EINEM RETTEN KÖNNEN, AUF KEINEN FALL, ES WERDEN SOWIESO NIE IRGENDWELCHE ERINNERUNGEN DABEI ENTSTEHEN KÖNNEN, NUR EINE DUNKELHEIT UND EINE GROSSE VERWIRRUNG, DIE EINEN VERZEHRT –

Sie beugte sich ein wenig tiefer hinunter. Erneut schlugen ihr diese Gerüche entgegen und aus dem zahnlosen Mund des Babys floss ein streng riechendes, farbloses Sekret. Die Nähe zu dieser Wehrlosigkeit, der Kampf, der die ganze Zeit in ihr tobte, die Grenze, die sie jeden Augenblick überschreiten konnte, ließen sie die Kiefer so fest aufeinanderpressen, dass es tief innen in ihrem Gesicht knackte –

Sie ballte die Fäuste und dachte, beinahe triumphierend, aber doch im Grunde genommen verzweifelt –

DU KLEINER TEUFEL!

Und zu ihrer Verzweiflung spürte sie, dass sie das Baby wohl hier und jetzt würde töten müssen, in diesem Augenblick, es ein für alle Mal aus dem Leben und aus der Welt schaffen, es loswerden, dieses wehrlose, schwache kleine Wesen, mit dem jeder machen konnte, was er wollte, denn erst wenn das getan war, würden in ihrem Innern wieder Friede und Freude einkehren, und sie würde es wieder wagen, als wahrer Mensch zu leben.

Aber stattdessen streckte sie nur ganz vorsichtig ihre Hand aus und spürte, mitten in dieser Bewegung, wie verwundbar sie das machte. Als sei sie plötzlich weit offen. Und sie hatte auch ganz deutlich das Gefühl, dass sie gerade ein uraltes Buch aufgeschlagen hatte, und dass sie dort, in diesem Buch, das nach Feuchtigkeit und Schimmel roch, und von dem man deswegen annehmen konnte, dass es Hunderte von Jahren in der Erde vergraben gewesen war, einen alten

Kupferstich gesehen hatte, der irgendeine blutige biblische Szene darstellte –

Sie kniff das Baby vorsichtig in den Arm und machte einen schnellen Schritt vom Bett zurück, in der Erwartung einer Reaktion. Aber nichts passierte. Eine Art kleines Kräuseln lief über das fette Gesicht des Babys, einen Moment lang sperrte es die Augen auf, seine Pupillen weiteten sich, sein Blick verschleierte sich, aber all das flaute genauso schnell wieder ab, und erneut musste sie einen Schritt nach vorn machen und es noch einmal kneifen, in denselben Arm, dieses Mal ein bisschen fester, aber auch das nutzte nichts, und so blieb sie stehen und kniff es wieder und wieder und wieder in den Arm, fester und fester, und schließlich, endlich, verzog sich das Gesicht des Babys, sein Mund öffnete sich, es schrie, es weinte –

Aber das brachte sie dann unerwartet völlig durcheinander und sie fragte sich, was sie getan hatte. Denn das Geschrei des Babys war entsetzlich! Wie das unerträgliche Brüllen eines gequälten Tieres, und es war viel zu herzzerreißend und angsterfüllt, um von einem Wesen ganz ohne Gefühle, Erinnerungen oder Seele zu stammen! Und während das Baby schrie, nahmen sein Kopf und sein ganzes Gesicht eine rotviolette Farbe an, die langsam dunkler wurde, und das wollte Aliide nicht sehen, sie wollte das nicht hören!

Sie wurde von Panik ergriffen, stürzte aus dem Zimmer und schlug die Tür hinter sich zu. Aber das Baby schrie nach dem Knall nur noch lauter und sein Geschrei ging durch Mark und Bein, durch Wände, Decke und Fußboden, es tönte in die ganze Welt hinaus und damit es sich nicht weiter unter den Menschen ausbreiten konnte (denn niemand durfte es hören!) rannte Aliide in der Wohnung umher und schloss alle Fenster, verschloss die Balkontür, stopfte Watte und Toilettenpapier in die Schlüssellöcher und zog die Gardinen vor, so dass die Zimmer schließlich in ein kränkliches türkisfarbenes Licht getaucht waren –

Als das erledigt war und sie mit dem Baby und seinem Geschrei eingeschlossen war, rannte sie von Zimmer zu Zimmer, völlig blind, einem Moment lang rasend und bereit zu töten, im nächsten so zerbrechlich, dass sie kurz davor war, zu zersplittern, kurz davor, den Verstand zu verlieren, sich nicht länger in ihrem Körper halten konnte, oder wo sie nun eigentlich hingehörte.

Sie stand draußen im Wohnzimmer, hüpfte auf beiden Beinen auf und ab, hielt sich die Ohren zu und schrie selbst so laut sie nur konnte, in dem verzweifelten Versuch, das Geschrei des Babys mit ihrem eigenen zu übertönen. Aber plötzlich, mitten in alledem, bekam sie wieder einen Zerbrechlichkeitsanfall und musste sich an der Fensterbank festhalten, um nicht umzufallen, wie wenn sie mitten in ihrem komplizierten Waschritual steckte und plötzlich erkannte, dass sowieso alles vergebens war und immer gewesen war. Aber dann kippte es wieder, blitzschnell, und ihre Schwäche ging sofort über in blinde Raserei, Wut, Hass –

Es gab jetzt keine Zwischentöne. Nur dies. Entweder oder! Und sie richtete sich auf, ganz eiskalt, zitternd, denn sie konnte es nicht mehr ertragen, keine einzige Sekunde mehr! Das Geschrei des Babys, und dass sie die ganze Zeit auf die denkbar merkwürdigste Weise angeschaut wurde, Ms Blick, Ks Blick, all die verurteilenden Blicke der anderen Leute! Und die armen, hilflosen kleinen Eltern, die sie nie richtig sehen konnte, die sie täglich schonen und hinters Licht führen musste, weil es sie umbringen würde zu sehen, zu wissen oder auch nur zu ahnen. Das war alles dieser kleine Schreihals hier schuld, mit dem man machen konnte, was man wollte, weil er sich ohnehin an nichts erinnern konnte, und sie ließ das Fensterbrett los, rannte hinaus in die Küche, riss die Tür zu ihrem Zimmer auf, stürzte hinein und auf das Bett zu.

Hier wich sie erschrocken zurück und sah sich um. Denn im Zimmer war es ganz heiß geworden, stickig, muffig vom Weinen und Schreien des Babys und von den Gerüchen, die von ihm ausgingen. Ihr Zimmer war jetzt verändert, verunreinigt und schrecklich. Das Geschrei hatte sich in den blau gestrichenen Wänden festgesetzt, und das Zimmer, das bis dahin ihr eigenes und heilig gewesen war, war jetzt kaputt.

Als sie sich über das Bett beugte, traf der Schrei des Babys sie im Gesicht und sie wurde wieder wütend –

Sie ballte die Fäuste, sprang mit beiden Beinen auf und ab und schrie –

HALT DIE KLAPPE!

HALT DIE KLAPPE!

HALT DIE KLAPPE!

Aber als das Baby nur noch lauter schrie, sprengte ihre Raserei alle Grenzen und sie wäre zu allem in der Lage gewesen, um dieses Geschrei zu beenden, um nicht länger an dieses wehrlose Wesen erinnert zu werden, mit dem jeder machen konnte, was er wollte, weil es sich sowieso danach niemals an irgendetwas würde erinnern können, und eins kam jetzt zum andern, sehr schnell, und ehe sie sich versah, war es getan –

Sie machte einen Schritt nach vorn, bekam ein Kissen zu fassen, legte es schnell über das Gesicht des Babys und drückte zu. Sofort gaben die Arme und Beine des Babys nach und alles wurde still.

Und jetzt, als es im Zimmer um sie herum plötzlich still geworden war, kam Aliide zu sich. Schlaftrunken sah sie sich um, blinzelte und fragte sich, was sie da eigentlich gerade tat und wie sie hier hingeraten war. WIE WAR SIE HIER HINGERATEN?

Blitzschnell zog sie ihre Hand zurück, hörte, wie unten im Hof Menschen sprachen, einander etwas zuriefen und lebten, und ihr wurde klar, dass es da draußen jetzt eine Art Welt gab. Eine Welt, eine ganze Wirklichkeit, die bis dahin vom Geschrei des Babys verdeckt worden war, die sich aber jetzt um sie herum und in ihr bis ins Unendliche ausdehnte. Und sie fragte sich noch einmal, was sie da gerade tat. Was machte sie hier und wie war sie hier hingeraten? Sie sah das Baby still auf dem Bett liegen, unter dem Kissen, und erst da, ganz langsam, wurde ihr klar, dass sie es vermutlich, tatsächlich, getötet haben musste.

Ihr wurde eiskalt, sie biss sich fest in die Hand, aber sie wagte es nicht, das Kissen hochzuheben und nachzuschauen. Stattdessen ging sie langsam rückwärts, bis sie mit dem Rücken zur Wand in einer Ecke stand und dachte Gott! Gott!, während sie schreckgelähmt zu dem leblosen Säuglingskörper unter dem Kissen hinüberstarrte.

Denn vor ihrem inneren Auge sah sie ja wie immer, glasklar, bis ins kleinste Detail, was jetzt passieren würde, wenn sie sich dieser entsetzlichen Untat schuldig gemacht hatte. Sie würde bestraft werden. Aber welche Strafe war eigentlich hart genug für ein derart scheußliches Verbrechen? Nicht einmal der Tod war Strafe genug, nicht einmal geköpft zu werden, lebend auf einen Pfahl gespießt oder langsam über offenem Feuer geröstet zu werden, war genug!

Aber noch war ihr ja niemand auf die Schliche gekommen. Also hatte sie noch Zeit, die Leiche aus dem Weg zu räumen, denn aus dem Weg geräumt werden musste sie, und alle

Spuren mussten verwischt werden! Ihre Gedanken arbeiteten fieberhaft; wie? wie? wie? und wo?

Sollte sie sie in eine Wolldecke wickeln, sie ganz hinten im Putzschrank verstecken oder sie einfach in eine Tüte stecken, die Tüte zubinden und in den Müllschlucker werfen? Aber nein, davon war nichts gut genug, denn im Putzschrank würde Mama sie früher oder später finden, und wenn sie im Müllschlucker entdeckt würde, würde man die Spur kinderleicht genau bis zu ihr zurückverfolgen können. Nein. Es musste ein viel unwegsamerer Ort sein, ein Platz, an den sonst niemand hingelangte, und nach gründlichem Abwägen kam sie zu dem Schluss, dass die kleine Leiche in den Park überführt werden musste –

Ja, sie würde das tote Baby in eine Wolldecke wickeln, es nach unten tragen, so als sei es noch am Leben, und es in den Wagen legen, solange noch Zeit war. Sie würde den Wagen dann bis hinaus in den Park schieben, zu der Stelle, an der sie und K einmal vor sehr langer Zeit den Fuchsschädel im Laub gefunden hatten.

Denn erst dort, am Waldrand, war es unwegsam und dunkel genug, dort kamen nie irgendwelche Leute hin, höchstens vielleicht ein paar pilzesuchende Kinder! Dort also würde sie es hinbringen! Aber vorher würde sie mehrere Stunden lang, bis es dunkel genug geworden war, mit dem Wagen um den Teich herumspazieren. Und erst in der Dämmerung, wenn der Park ganz menschenleer geworden war, würde sie sich dort hinschleichen, das Bündel aus dem Wagen heben, es zum Waldrand hinauftragen und es zwischen den Bäumen vergraben, es sorgfältig mit Erde, toten Blättern und verschiedenen Steinen bedecken, so dass es nie mehr herauskrabbeln, wieder auferstehen und sie verfolgen konnte! Und über kurz oder lang würde es verwesen und nur ein paar kleine Knochenreste und ein nackter Schädel würden noch von dem Körper übrig sein –

Und wenn jemand behauptete, er habe sie mit dem Kinderwagen Richtung Park davonlaufen sehen? Wie würde sie das erklären können?

Dann ... dann ... dann ... würde sie ganz einfach sagen, dass da ein fürchterlicher, buckliger, affenähnlicher kleiner Mann gewesen war, der sie erst mehrere Stunden lang verfolgt hatte und dann auf sie zugekommen war und das Baby an sich gerissen hatte, es gepackt hatte und mit ihm Richtung Waldrand davongelaufen war, und dass sie sich an sonst nichts erinnern könne!

Ja, genau so würde sie es machen! Auf all das war sie im Lauf von ein oder zwei Sekunden gekommen, und jetzt, krank vor Angst, aber in vollem Bewusstsein dessen, was sie nun tun musste, ging sie zum Bett, zögerte einen Augenblick, hob das Kissen an und begegnete dem schwarzen, glasigen Blick des Babys. Kaum hatte es sie gesehen, begann es zu wimmern und holte tief Luft. Es bewegte sich und streckte eine Hand nach Aliide aus, und ein heftiges Beben durchfuhr sie, während sie sich gleichzeitig nicht sicher war, ob sie jetzt erleichtert sein sollte, dass es am Leben war, oder enttäuscht darüber, dass es immer noch nicht richtig tot war.

Eine ganze Weile noch stand sie in einer Ecke am anderen Ende des Zimmers und starrte zu dem Baby hinüber, erschrocken und tief erschüttert darüber, wie weit sie das alles hatte treiben können.

Sie wagte nicht, sich zu rühren, nicht einmal, sich dem Bett zu nähern, aus Angst, sie könne dann vielleicht wieder die Kontrolle verlieren, anfangen zu weinen oder plötzlich hart und unbarmherzig werden und zu allem fähig sein. Sie traute sich selbst nicht mehr! Sie wagte kaum zu atmen, sondern blieb in der Ecke stehen, ganz still, biss sich fest in die Hand, ohne etwas zu spüren, denn in der allerkleinsten Bewegung oder Geste konnte wieder etwas Furchtbares sichtbar werden. So wie es jetzt gerade, heute, in diesem Zimmer hier mit dem Baby, für sie sichtbar geworden war.

Sie musste warten, bis sich die Wogen in ihrem Innern wieder ordentlich geglättet hatten, bevor sie das schwere, stinkende Baby hochnehmen und es alle Treppen hinunter bis zum Kinderwagen im Hausflur tragen konnte. Dann hastete sie den ganzen Weg bis zur Haustür des Babys, konnte gar nicht schnell genug ankommen! Sie klingelte unten an der Sprechanlage, und als die Mutter des Babys herunterkam, als sie das Gesicht der Mutter sah, war sie überzeugt, dass man dem Baby ansehen konnte, was sie getan hatte, was passiert war, und sie schämte sich und rannte davon, so schnell sie konnte. Die Leute sahen sie noch angeekelter und ablehnender an als sonst, es war, als stünde auf ihrer Stirn mit unauslöschlicher Feuerschrift geschrieben –

DAS IST EINE, DIE –

DAS IST EINE, DIE –

Und sie ging nie wieder dorthin, achtete seither noch mehr darauf, sich abseits zu halten, niemandem zu nahe zu kommen, und bemühte sich wirklich darum, sich nicht wieder in ähnliche Situationen zu bringen.

Und deswegen stand sie während der ganzen Abschlusszeremonie in der Kirche einen Monat später alleine da, ein bisschen abseits, zur Sicherheit einen Schritt von den anderen entfernt –

Sie waren oben auf dem kleinen Podium zusammengetrieben worden, ganz vorne; sie, T, der mit dem Gerstenkorn im Auge, der mit den faulenden Zähnen, und alle anderen, die ganze Klasse.

Hinter ihnen bog sich der Altar unter einer Lawine aus frisch geschnittenem Flieder, dessen Düfte, intensiv wie Putzmitteldämpfe, von hinten auf sie einströmten, und durch das Kirchenfenster flutete das Sonnenlicht herein. Aber trotzdem war es komischerweise sehr kalt und dunkel unten auf dem Boden, wo sie standen.

Aliide fror. Die große, schwarze, einer Zugbrücke ähnelnde Kirchentür stand sperrangelweit auf, und das Tageslicht draußen war blendend weiß und tat einem in den Augen weh. Die Bänke waren vorläufig noch fast ganz leer, aber ab und zu lösten sich ein oder zwei Schatten aus dem Licht an der Kirchentür. Diese zunächst ganz konturlosen Wesen taumelten in die Kirche herein, wo sie mit einem Mal, zu Aliides unbeschreiblicher Erleichterung, menschliche Gestalt annahmen. Sie entpuppten sich als ganz gewöhnliche Mamas, Papas, Geschwister und andere Kinder! Langsam begannen sich die Bänke zu füllen, aber Aliide stand allein da, abseits, einen Schritt weiter entfernt, wie immer, denn sie wollte die Körper der anderen jetzt nicht so dicht in ihrer Nähe spüren, wollte um nichts in der Welt der großen, falsch singenden Kinderherde einverleibt werden, wollte definitiv nicht, dass sich ihre eigene Stimme mit denen der Übrigen verflocht, denn die war so ziemlich alles, was sie noch hatte –

Und jetzt sangen sie ein Kirchenlied, eine Art Lobgesang vermutlich, aber Aliide konnte das doch nicht richtig so empfinden, die Worte konnten sie nicht berühren, weil sie ihr hohl vorkamen, leer, ohne eigentliche Bedeutung –

Und während sie sangen war es, als ob die ganze Kinderherde auf dem Podium sank, als ob die umliegende Welt einfach immer dunkler, enger und stiller wurde, in demselben Maße, in dem sich das Lied und der Gesang verdichteten; ein sinkendes Gefühl, ein Gefühl großer Verlassenheit und zunehmender Dunkelheit –

Und es war jetzt Sommer, das Schuljahr war vorbei, die Abende wurden wärmer und die Tage auch. Im Park war das Grün so zart und luftig, dass er kurz davor schien, abzuheben. Die Kirchturmuhr ließ ihre schicksalsträchtigen Schläge ertönen, Stunde um Stunde, ein von der Hitze und der Sonne hervorgerufener Dunst lag ständig über der Stadt und Aliide lief immer alleine herum, immer und ewig, einsam –

Und in der letzten Episode von *Mondbasis Alpha 1* hatte die Besatzung ein entsetzliches Weltraumwesen an Bord genommen. Ein Monster von unbekannter Art, das einer Echse glich, einem großen Waran oder einem Zwischending aus einer Ziege und einer großen Echse. Sie hatten das schlafende Monster auf eine Pritsche im Labor gelegt, sie entnahmen allerhand Proben und schnitten ihm ein kleines Stückchen von einer Kralle ab. Und das Blut, das da hervorsickerte, das sie in einem Probenröhrchen sammelten, war gar nicht rot, sondern grün. Die Folge war so ausgegangen, dass die Besatzungsmitglieder sich umgedreht hatten, um ihre Entdeckung zu besprechen, das grüne Blut, und da, langsam, ohne dass sie es mitbekamen, war das Monster auf der Pritsche zu sich gekommen! Es hatte sich bewegt, geatmet und ein Auge geöffnet, das genau wie ein Ziegenauge aussah, eisblau, mit einem Streifen Dunkelheit darin.

Und kurz darauf, nur ein paar Tage später, quetschten sie sich alle gemeinsam ins Auto und fuhren nach Norden, zu dem Sommerhaus der Großeltern väterlicherseits, das an einem großen, eiskalten See in den Bergen lag.

Vielleicht fühlte Aliide sich deswegen so unruhig, so angespannt und ängstlich. Sie wollte das um jeden Preis vermeiden, sie konnte sich vorstellen, überall hinzufahren, NUR NICHT DORTHIN.

Und die Fahrt dauerte ewig und war sehr langweilig. Das Ganze konnte man keinesfalls damit vergleichen, wie sie stundenlang durch leere, rote, glühend heiße Wüsten und andere prima Landschaften gefahren waren.

Und je mehr Zeit verstrich, je weiter sie nach Norden kamen, desto mehr wurde Aliide bewusst, dass sie dieses Land hier tatsächlich im Grunde genommen hasste. Ja, in der Tat! Und ganz besonders gerade hier im Norden, wo es einem einzigen gigantischen, dunklen, feuchten alten Graben mit jäh abfallender Böschung glich, voller staubiger Bäume, Fichten und Kiefern, Findlinge und Moore, die massenweise Mücken hervorbrachten. Vielleicht war es früher irgendwann einmal groß und weitläufig und offen gewesen, aber dann geschrumpft oder mit Gewalt zusammengedrückt worden –

Hier gab es all diese verfallenen kleinen Blockhäuser aus altem Holz, das feucht, schwarz und weich wie Pumpernickel war. Wie vermodernde, verlassene kleine Flöße schwammen sie draußen auf den verwilderten Wiesen herum, wo das dichte weiße Gras bis in den Himmel wuchs, verschmiert mit etwas, das am ehesten Rotz glich, oder klebrigen Spinnweben, von den kleinen, schwarzen, milbenähnlichen Spinnen gesponnen, die zwischen den Grashalmen auf dem Wiesenboden hausten.

Und die Straßen, die sie entlangfuhren, wurden bald immer schmaler und kurviger. Sie waren jetzt von hohen Bäumen gesäumt, monolithischen Föhren, und die Besiedlung wurde spärlicher. Schließlich verschwanden die Städte ganz, sie wurden von einsamen kleinen Ortschaften ersetzt, die man in zwei Minuten durchfahren hatte. Diese bestanden in der Regel aus einem Eisenwarenhandel, einem Gemeindehaus, einem Ica-Supermarkt und ein paar Wohnhäusern, in deren Fenstern sich hinter den Spitzengardinen jemand bewegte. Draußen in den Gärten lagen zurückgelassene Spielsachen im Gras verstreut. Da stand ein kleiner Gartentisch und auf dem Tisch stand eine Schüssel, vermutlich leer, und die Tür zum Haus stand sperrangelweit auf und schwang im Wind hin und her, aber das sah gespenstisch aus, denn wo waren eigentlich all diese Menschen jetzt, wo waren sie hingekommen?

Dann verschwanden sogar diese kleinen Ortschaften und die Besiedlung beschränkte sich auf einzelne Häuser, die direkt an der Straße lagen, am Waldrand. Kleine Häuser, in denen Licht brannte, denn es war jetzt spät und in den Wäldern war es schwarz. Und es konnte vorkommen, dass ein Garten eins der Häuser umgab, und dass eine betagte Frau in einem ärmellosen, geblümten Kleid alleine draußen auf der Veranda stand, mit einer leeren blauen Schüssel im Arm, und dass ein ebenso betagter Mann einsam zwischen den Lupinen und Apfelbäumen in dem schwach blühenden Garten umherirrte, eine Laterne in der Hand, all das konnte vorkommen –

Hier und da tauchte eine Scheune auf, und die roten Wände der Scheune waren mit alten, abblätternden Plakaten und Zetteln beklebt. Ein Haltestellenhäuschen sauste vorbei, ein paar Melkschemel, und langsam wurde es immer dunkler, bis der Mond höchstpersönlich über einem Berg sichtbar wurde und Aliide, jetzt müde und durstig, in sich zusammensank, den Kopf hängen ließ und ihr Blick dabei auf ihre linke Hand fiel –

Immer diese Hand!

Diese beiden Hände, dieser Körper, verschiedene Teile dieses Körpers, Haare oder Augen, Mund oder Geschlecht, die einen plötzlich an die allerverhängnisvollsten Sachen erinnerten –

Wie jetzt die Narbe auf der Oberseite dieser Hand hier, die im Mondlicht so fremd und fast ein bisschen kränklich aussah.

Die hatte sie sich an einem sonnigen, brütend heißen Hochsommertag zugezogen, knapp eine Woche bevor sie das Haus endgültig zugeschlossen und sich auf die weite Reise gemacht hatten, die sie schließlich hierher führen sollte, an diesen Punkt, auf diese kurvige, einsame Straße unter dem Mond; zu diesem Leben –

Sie war alleine zwischen den Häusern Fahrrad gefahren, wie eine Wahnsinnige, als wolle sie vor irgendetwas fliehen, etwas abschütteln, als sie plötzlich über einen Stein gefahren und zu Boden geschleudert worden war und sich an der Oberseite der Hand eine heftige Verletzung zugezogen hatte, an genau dieser Hand, die sie jetzt vor sich auf dem Schoß liegen hatte –

Blutend war sie ins Haus gelaufen, ins Wohnzimmer.

Fast alles war schon in den riesigen Holzcontainer gepackt und verschifft worden; ein paar Haushaltsgegenstände, einige wenige Stühle, Matratzen und der Fernseher waren alles, was noch da war, aber diese Dinge sollten dann die Nachbarn bekommen.

Und dort in dem saubergeschabten Wohnzimmer hatten sie also gesessen, Mama, Papa, und ein paar von den nächsten Nachbarn. Alle hatten sie den Blick wie gebannt auf den Bildschirm des Fernsehers gerichtet, auf dem man einem Astronauten in einer unglaublich aufgeblasenen Weltraumausrüstung dabei zuschauen konnte, wie er gerade als erster Mensch der Geschichte seinen Fuß auf die Oberfläche des Mondes setzte. Und genau in diesem für die Menschheit so überwältigenden Augenblick war sie mit ihrer blutenden Hand ins Zimmer gestürmt, mit ihrer kleinen, aber sehr schmerzhaften Verletzung.

Einen Moment lang hatte sie in der Türöffnung gestanden und gewartet, denn eine sonderbare Weltuntergangsstimmung lag über der ganzen Gesellschaft, so als würden sie in Wirklichkeit gerade Zeugen einer Katastrophe, und Aliide hatte sofort geahnt, dass die Welt, die große, die, die aus dem Kosmos, aus allen Kontinenten, sämtlichen Planeten, der Erde selbst und dem Mond bestand, dass die nun nie mehr so sein würde wie vorher, niemals, nur deswegen. Und auch mit ihrer Welt, der Welt dieses ganz kleinen, unscheinbaren Menschen, hatte es auf irgendeine Art ein Ende.

Also war sie allein hinaus in die Küche gegangen, hatte ihre Hand unter den Wasserhahn gehalten und das ganze Blut abgespült. Dann war sie hinausgegangen und war weiter Fahrrad gefahren. Und sie war gefahren und gefahren, bis es Abend geworden war, an der Grenze zur Nacht. Die Dunkelheit hatte sich rasch über die blättrigen Gärten der Nachbarschaft gesenkt, der Mond war über den Dächern aufgegangen und sah noch genauso aus wie vorher, so aus der Entfernung, von einer kleinen Straße hier auf der Erde aus gesehen. Aber trotzdem war das absolut nicht mehr derselbe alte Mond gewesen, denn Aliide konnte nicht aufhören daran zu denken, dass ein paar Männer in Weltraumkleidung in genau diesem Moment wie Ungeziefer in seinen Kratern herumkrabbelten, ihre Fußspuren und Fingerabdrücke überall auf seiner staubigen, ein bisschen kalten Oberfläche hinterließen, so dass alles, von nun an, sonderbar und für immer verändert und fremd für sie sein würde.

Ja, und so war es also gewesen, als sie sich diese Narbe zugezogen hatte. Das war ihr genau in diesem Moment eingefallen, während sie unterwegs waren. Und als sie wenig später aus dem Autofenster sah, war noch ein Tag vergangen und sie bemerkte plötzlich, dass sie fast da waren.

Sie erkannte die Straße wieder, auf der sie fuhren, die etwas offenere Landschaft, und kurz darauf bogen sie in einen kleineren Waldweg ein, der zwischen zwei Äckern oder Wiesen abwärts verlief, in ein kleines Waldstück hinein, in dem die Kiefern weit auseinander standen.

Und sie spürte, wie ihr Herz vor Angst heftig klopfte, und sie wollte nicht, wollte dort nicht hin, aber jetzt war es zu spät, die Zeit war um, denn unmittelbar darauf schimmerte der See zwischen den nackten Baumstämmen auf –

Und alles war noch genau gleich, der See, die Strände, das Bootshaus, die Unruhe, die Panik, und falls sie einmal angenommen hatte, dass irgendetwas davon einfach anders werden oder von selbst verschwinden könnte, dann wurde sie jetzt brutal aus dieser Illusion herausgerissen. Denn dort, ganz weit draußen auf der Landzunge, unter den Bäumen vor den beiden Wohnhäusern, standen zwei Individuen, ein bisschen gebeugt, weit voneinander entfernt, als wollten sie eigentlich nichts miteinander zu tun haben –

Die Großmutter, die ein schwarzes Tuch über die Schultern gelegt hatte, und der äußerst beherrschte, verschlossene Großvater, der aus irgendeinem Grund eine große, rostige alte Axt in der Hand hielt.

Sobald das unerträgliche Begrüßungsritual überstanden war und die Großmutter sie und Idrok gepackt hatte, grob, so als wären sie in ihren Augen nicht richtig lebendig, sie in einer Geste an sich gedrückt hatte, die einer Umarmung gleichen sollte; sobald sich Aliide, gelähmt vor Angst, dem Großvater genähert hatte, der unbeweglich dastand und sehr kühl war, aber dennoch pflichtschuldig in den Arm genommen werden musste; sobald all dieses Unerträgliche über die Bühne gebracht war, rannte Aliide hinunter zum See, in dessen Tiefen angeblich ein Monster, eine Bestie, ein sonderbares, selten gesehenes altes Wesen lebte. Und jetzt, wo sie wieder hier war, war sie sofort wie besessen von dem Gedanken, eines Tages mit eigenen Augen dieses Monstrum zu Gesicht zu bekommen, das da still und leise, mitten unter ihnen, sein Zuhause hatte –

Denn hier am See, um diese Jahreszeit, wenn das Gras leise und fast bitter weiß auf den Weiden und in den Wäldchen emporstieg und sie alle für kurze Zeit in den zwei kleinen Häusern draußen auf der Landzunge eng zusammenlebten, herrschte zwischen diesen sechs Menschen eine quälende Spannung. Und um zu vermeiden, mit einem der Großeltern allein in einem der Zimmer zu landen, lief Aliide in den ersten Tagen meistens allein an dem steinbestreuten Strand herum und spähte von dort aus unverdrossen auf den See hinaus, in der Hoffnung, den ungeheuren Kopf der Bestie die Oberfläche spalten zu sehen.

Denn so widerlich diese Bestie auch aussehen mochte, so wäre es trotz allem eine große Erleichterung für Aliide gewesen, wenn sich nur ein einziges Mal in ihrem Leben ihre schlimmsten Befürchtungen bewahrheitet hätten, wenn sie nur ein einziges Mal mit eigenen Augen hätte sehen dürfen, dass da wirklich, tatsächlich etwas war. Damit all ihre Gefühle und die Leiden der letzten Zeit wenigstens nicht völlig unbegründet gewesen wären.

Sie hielt mehrere Tage lang Ausschau, eine ganze Woche lang, und das nahm ihre gesamte Zeit in Anspruch –

Sehr mitgenommen von der hohen Anspannung, die sie auch in einen Zustand konstanter Fluchtbereitschaft versetzte, voller Angst, plötzlich mit der Großmutter, oder noch schlimmer, mit dem Großvater, allein gelassen zu werden, rannte sie nach dem Frühstück auf dem schnellsten Weg hinunter zum Strand und dann weiter hinaus auf die dunkle, baumbewachsene, weiter entfernte Landzunge. Dort vertrieb sie sich dann die Zeit damit, auf einem großen, eigens für diesen Zweck ausgewählten Stein zu sitzen, der direkt am Ufer lag.

Hier saß sie nun mit angezogenen Beinen, das Kinn auf die Knie gestützt, und zitterte, denn so stark die Sonne auch schien, der Wind blies trotzdem immer gleich schneidend von oben aus den Bergen, ein Wind, der nach dem Schnee roch, der immer noch in vereinzelten Flecken auf den Hängen lag. Und mit einem Blick, der so verzehrend intensiv war, dass er ihr das gesamte Blut aus der Nase, den Lippen und der Zunge saugte, beobachtete sie den See genau.

Aber nie passierte es, dass die Wasseroberfläche vom Kopf der Bestie durchstoßen wurde, oder dass eine Flosse hervorschaute, oder dass Aliide einen dunklen Schatten direkt unter der Oberfläche vorbeihuschen sah; als Zeichen dafür, dass etwas Ungeheures und Monströses mitten unter ihnen lebte, jahrein, jahraus, und sich bester Gesundheit erfreute.

Alles blieb angespannt und verkrampft. Der See, die Wälder und, dort hinten auf der Landzunge, hinter den Kiefern, die beiden Wohnhäuser, die der Großvater während des Krieges für ein paar Tausender gekauft hatte. Alles, was sie so stur anstarrte und was sie umgab, schien bloß eine atemberaubende, stille, unheimliche Spiegelung zu sein –

Und manchmal war die Stille hier so geartet, dass man wahrscheinlich nur einen Stein in das Wasser des Sees hätte werfen müssen und alles hätte sich in Luft aufgelöst, und ein anderes Mal hätte sogar eine mickrige Kiefernnadel gereicht, ein Sandkorn oder ein Wort.

Immerfort starrte Aliide auf den See und ließ nicht locker, bis ihr Kopf schmerzte und ihr ganzes Gesicht sich blutleer und ganz fremd anfühlte.

Die ganze Zeit über bildete sich Schaum am Rande des Wasser, sickerte aus der kaum sichtbaren Fuge am Ufer. Und dieser Schaum war trocken und voluminös wie Rauch. Er wurde in großen Mengen über den Strand landeinwärts geblasen, bis in den Wald hinein, wo er an den Stämmen der Bäume und am Reisig auf dem Boden kleben blieb. In vereinzelten kleinen Klecksen lag er auch weit draußen auf der Wasseroberfläche verteilt. Und ab und zu, damit sich ihr Blick von all dem ein bisschen erholen konnte, wenn sich ihr Kopf allzu angespannt anfühlte, wandte Aliide sich um und sah stattdessen zu den beiden Häusern hinüber, die hinter den Kiefern am anderen Ufer hervorschimmerten –

Dort konnte sie dann einen kleinen Menschen erkennen. Eine ihren zögernden Schritten nach zu urteilen ganz machtlose und zu Tode beherrschte und von tausend Sorgen beschwerte Person, unklar wer, die mit gesenktem Kopf langsam den Kiesweg entlangschlenderte und schließlich zu dem steinbestreuten Strand hinunterging.

Und dort lief dieser Mensch dann auf und ab, auf und ab. Und nachdem noch eine kleine Weile verstrichen war, ging er bis ans Ufer hinunter, blieb stehen, bückte sich, streckte eine Hand aus und tastete nach dem Wasser. So als wolle er oder sie, oder wer immer das sein mochte, einen kleinen Zipfel davon zu fassen bekommen, eine Welle, und das gesamte Wasser ganz einfach an sich ziehen, an ihm herumfingern, wie man an ein frischgewaschenes Betttuch fasst, das über Nacht draußen aufgehängt war, um nachzusehen, ob es schon trocken und sauber genug ist. Ja, eine durch und durch machtlose und erschöpfte Bewegung!

Aber den Sommer über hier zu Besuch zu sein war für Aliide so, als befände sie sich plötzlich im Auge des Sturms. Und das Stillste von allem in dieser atemberaubenden Stille, der verschwiegenste von all diesen verschwiegenen Menschen, war der Großvater, der mit nach innen gerichtetem Blick und gesenktem Kopf alleine herumlief. Der Aliides Namen ihr selbst gegenüber nie direkt ausgesprochen hatte, der ihr nicht einmal auch nur in die Augen gesehen hatte, und der ihr mit seiner Unnahbarkeit, Beherrschung und unergründlichen Kälte Unbehagen verursachte und große Angst machte.

Tagsüber stand er jetzt auf dem Hof vor dem Geräteschuppen und restaurierte, mit großer Geduld und etwas, das an Zärtlichkeit grenzte, die rostige alte Axt, die er in der Hand gehabt hatte, als sie angekommen waren. Er putzte und schliff, und nach einer Weile kam der Stahl unter den rotbraunen Ablagerungen zum Vorschein. Von Bienen und Fliegen umsurrt tippte er mit den Fingerspitzen leicht auf die Schneide und wog die Axt in seiner Hand, und während sich dies ereignete und die Stille sich um sie herum vertiefte, während die Sonne abwechselnd stieg und sank und die Tage kamen und gingen, schritt die Großmutter zwischen den Beerensträuchern im Gemüsegarten umher und inspizierte, mit bitterer Miene, die mannshohen Blumen, die gerade zu blühen begannen. Mama saß wie eine Versteinerte in der Hitze auf der verglasten Veranda und wünschte sich woandershin. Und den Rest der Zeit vertrieb man sich mit kurzen Bootsausflügen zu einer unscheinbaren kleinen Insel, die von der Landzunge aus zu sehen war. (Es waren Aliide, Idrok und Papa, die dorthin fuhren. Aber nach einem Rundgang von fünf Minuten war klar, dass die Insel voller Gestrüpp war, schrecklich und vollkommen unbewohnbar. Und im Reisig zwischen den verrotteten Baumstümpfen ganz in der Mitte der Insel hatten sie ein klägliches, kleines zusammengekauertes Tierskelett gefunden, das in ihnen allen Beklemmung ausgelöst hatte, weil sie sich nicht hatten erklären können, wie es dorthin gekommen war.)

Bald hatten sie das eine ganze Woche lang durchgestanden, und kurze Zeit später, an einem sonnigen Tag direkt nach dem Mittagessen, das immer auf der neu gebauten Glasveranda eingenommen wurde, blieben Mama, Aliide, Idrok und die Großmutter alleine in der Hitze an dem langen Tisch sitzen, während Papa und der Großvater hinaus in den Gemüsegarten gingen, um die Arbeit an der völlig rätselhaften Grube wieder aufzunehmen, die sie vor ein paar Tagen zu graben begonnen hatten und die sie nun mit gegenseitiger Hilfe fertigstellten –

Wenn Aliide den Kopf nur ein kleines bisschen zur Seite drehte, konnte sie sehen, wie die beiden Männer dicht beisammen standen, sich auf ihre Spaten stützten und in die Dunkelheit der Grube hinunterstarrten –

Und die Hitze nahm zu. Innen auf der Glasveranda war die Luft schon gegen zehn Uhr morgens muffig wie verdampftes Spülwasser. Die Wespen zankten sich jetzt leise in der Marmelade herum, auf dem Zucker und auf dem angebissenen Stück Brot neben Papas leerer Tasse. Weder die Großmutter noch Mama rührten sich vom Fleck, und aus irgendeinem Grund hatten sie Aliide mit ihrer Lähmung angesteckt, denn so sehr sie sich auch anstrengte und bemühte, konnte sie sich nicht gerade hinsetzen, aufstehen oder ihre Hand nach der Milch oder dem Brot ausstrecken.

Die gedrückte Stimmung war in dem Moment aufgekommen, als Papa und der Großvater vom Tisch aufgestanden und nach draußen gegangen waren. Die Großmutter, eine ansonsten sehr redegewandte und dominante Frau, vor der der Großvater kühl und mit seiner gewohnten Beherrschung stets zurückwich, war ohne sichtbare Veranlassung verstummt und in sich zusammengesunken. Das war ganz ungewöhnlich für sie, und Aliide hatte daher das untrügliche Gefühl, dass diese Verdichtung etwas äußerst Unangenehmes zur Folge haben würde. Am liebsten hätte sie Idrok geschnappt und wäre mit ihm hinunter zum Strand gegangen und hätte dort die Steine berührt, um ihr inneres Gleichgewicht wiederherzustellen, aber die unerträgliche Hitze machte das unmöglich, und außerdem hatte das kleine Stück Butterbrot, das sie gerade aufgegessen hatte, sie ganz apathisch gemacht. Und hier war es wieder! Das Gefühl, dass sie schon wieder in einem komplizierten Spiel von Kräften gefangen war, deren unfassbare Stärke darauf beruhte, dass sie jahrelang in Menschenkörpern unterdrückt worden waren, die viel zu klein für sie waren. Das Gefühl, dass ein Netz aus großen Spannungen plötzlich über ihr ausgeworfen und zugezogen worden war, und dass dieses

Netz in Kürze mit den Worten der Großmutter beschwert werden würde, so dass Aliide, ehe sie sich versah, ganz weit hinunter in noch unbekannte Stimmungen und Tiefen versetzt werden würde –

Die beiden Frauen waren, ohne sich dessen selbst bewusst zu sein, in einen infernalischen Machtkampf verstrickt, in den Aliide, gegen ihren Willen, mit hineingezogen wurde. Sie konnte nicht einmal einen Finger rühren und nur mit Mühe atmen, denn von den zusammengesunkenen, stummen Frauenkörpern gingen Kräfte und Spannungen aus, mit denen nicht zu spaßen war.

Idrok hingegen schien völlig unberührt von alledem, aber er war ja auch ein Junge! Und wenig später sprang er auch tatsächlich von seinem Stuhl auf, rannte hinaus und kurze Zeit später sah man ihn unten im Gemüsegarten stehen, am Rand der Grube, zwischen dem Großvater und Papa.

Da, plötzlich, als sie unter sich waren, ergriff die Großmutter, genau wie Aliide von Anfang an befürchtet hatte, das Wort –

Den Blick unbeweglich auf die Wespe an Papas übrig gelassenem Brot gerichtet, die Kehle wie zugeschnürt von etwas, das an Rührung grenzte, als spräche sie jetzt zu ihnen aus der Tiefe eines bodenlosen Schlammlochs, begann sie, von ihrer Großmutter und ihrer Urgroßmutter zu erzählen. Von all den entsetzlichen Leiden, die diese Frauen hatten aushalten müssen, wenn sie nach Tagen unmenschlicher Qualen im Kindbett gestorben waren, und Aliide sank wie ein Stein auf den Boden der schlimmsten Verstimmung, die sie jemals erlebt hatte.

Neben ihr saß Mama mit gesenktem Kopf und im Schoß gefalteten Händen, draußen gruben die Männer unverdrossen an ihrer dunklen Grube, und hier drinnen auf der Glasveranda nahm die Hitze im selben Maße zu, in dem die Großmutter über die Qualen berichtete, die die Frauen früherer Zeiten hatten über sich ergehen lassen müssen. Ihre Stimme wurde schließlich so stark verdünnt von den Grausamkeiten, die sie ohne Unterlass aneinanderreihte, dass Aliide das Gefühl hatte, dass sie sich eigentlich überhaupt nicht im Hier und Jetzt befanden, auf der Glasveranda, sondern irgendwo weit jenseits von Zeit und Raum, in einem düsteren kleinen Haus, in das sie sich in letzter Sekunde hatten retten können. Um dieses Haus herum lag eine grenzenlose Einöde, welche DIE ZEIT VOR DIESER HIER war, das Vergangene, aber auch der Tod selbst. Dort irrten die im Kindbett gestorbenen Frauen immer noch in Form von Gespenstern umher, deren ausgezehrte Gesichter man manchmal hinter den Fensterscheiben aufschimmern sah. Alle griffen sie ständig nach der Tür, den Wänden und dem Dach und bettelten darum, hereinkommen zu dürfen. Aliide, Mama und die Großmutter waren diesem Schicksal in letzter Sekunde entgangen und hatten die Tür hinter sich gründlich verriegelt, aber was nutzte das eigentlich, wenn nun die Großmutter mit ihren Erinnerungen und Worten alles wieder hier hereinholte?

Dann verstummte sie plötzlich. In dem unerträglichen Geleier entstand eine Pause. Fieberhaft bat Aliide in ihrem Innern darum, dass es ein Ende haben möge, denn sie wollte nicht an all dieses Leid erinnert werden. Es war noch zu nah, die Erinnerung daran steckte immer noch in ihrem Körper; sie hatten diese Welt doch gerade hinter sich gelassen, warum also jetzt all dieses Entsetzliche wieder ans Licht holen?

Aber im selben Augenblick holte die Großmutter tief Luft und begann stattdessen, von ihrer eigenen Mutter zu erzählen. Diese hatte sich vor der Geburt der Großmutter fast drei

Tage lang bewusstlos geschrien, im Glauben, dass auch ihr der Tod im Kindbett bevorstand, und, ja; sie hatten es sehr schwer gehabt früher, die Frauen, sehr, sehr schwer, und viele waren gestorben, aber –

Und hier stieg plötzlich die Stimme der Großmutter um mehrere Tonlagen. Sie wurde hoch und schrill, denn was sie jetzt klarstellen wollte –

Sie selbst hatte sich vor so etwas nie gefürchtet! Nein, sie selbst hatte sich ja überhaupt nie gefürchtet, nie, vor nichts, denn ES GIBT NICHTS, WOVOR MAN ANGST HABEN MUSS, ES GIBT NICHTS, WOVOR MAN ANGST HABEN MUSS, ES GIBT NICHTS, WOVOR MAN ANGST HABEN MUSS –

Und während dies unzählige Male wiederholt wurde, drang das Geräusch der grabenden Männer zu ihnen herein. Das grobe Geräusch von feuchter Erde, die aufgeworfen wurde, und einem weißen Stein am Grunde der Grube, der langsam bloßgelegt wurde.

Als sich die Großmutter wieder gefasst hatte, war es, weil ihr ein Gebet oder ein Kirchenlied eingefallen war, das ihre eigene Mutter früher immer gesungen hatte, und jetzt, den Kopf zur Seite gelegt, horchte sie in sich hinein, um es aus der Erinnerung entgegenzunehmen.

Sie saß ganz still, wartete, und als das Lied vollständig wieder aufgetaucht war, veränderte sich ihre Stimme noch einmal. Während das Lied sich entwirrte (es war traurig, ziemlich spröde und klang falsch, was daher kam, dass es so lange unberührt in ihrem Innern gelegen hatte) brach ihre Stimme immer mehr. Schließlich, als all die Erinnerungen und das Singen sie innerlich ganz aufgelöst hatten, begann die Großmutter plötzlich zu weinen, und die Tränen drängten sich aus ihren Augen hervor, aber stoßweise und ganz ohne Klang. Sie sank noch mehr in sich zusammen. Ihr Gesicht wurde immer runzeliger, als sei sie durch all das, was sie da gerade in Gedanken angerührt hatte, um mindestens zehn Jahre gealtert, als habe sich der Todesspalt in ihrer Brust um einen weiteren Zentimeter geöffnet. Und in der Stille, die auf der Glasveranda herrschte, konnte Aliide deutlich hören, wie die Frauengeister draußen in der großen Einöde, welche die Zeit vor dieser hier, aber auch der Tod selbst war, an der Tür des Hauses kratzten, in dem sie zu dritt jenseits von Zeit und Raum eingesperrt waren; gerettet, aber eben doch nicht gerettet.

Und indem die Großmutter weinte (sie, die sich nie vor irgendetwas gefürchtet hatte), hatten sie alle drei gemeinsam die widerwärtigste Verdichtung erreicht, die man sich nur vorstellen kann. In einem großen Schweigen und einer noch größeren Stille waren sie gelandet. Ein solches Schweigen und eine solche Stille, wie sie am Grunde eines uralten Meeres herrschen müssen, wo man ganz alleine sitzt, wie verstummt, jahrelang, während durchsichtige Fische einem nach dem Gesicht und nach den Händen schnappen.

Und als es am allerunerträglichsten geworden war und Aliide bereits glaubte, dass sie da niemals wieder hinausgelangen würden, fuhr ein Windstoß herein. Die Wespe erhob sich von Papas klebrigem Stück Brot und das Schluchzen der Großmutter ließ nach. Sie hörten Papas Stimme, wie er draußen am Gemüsegarten mit Großvater sprach. Und Mama, die selbst in ganz genau dasselbe Gefühl versunken gewesen war, ahnte plötzlich, welche Qualen auch Aliide ausgestanden hatte. Sie richtete sich auf, seufzte tief und sagte –

JA.

Damit war das Netz aus Spannungen endgültig zerrissen. Aliide konnte die Gelegenheit ergreifen und sich daraus hervorschlängeln. Sie sprang vom Stuhl und rannte hinaus, runter zum Strand und fort von den Geschichten der Großmutter über die Leiden der Frauen und wie sie nach unfassbaren Qualen im Kindbett gestorben waren, fort von all diesen blutigen Einzelheiten, die sie nie mehr würde abschütteln können.

Lange blieb sie unten am Wasser und versuchte sich auf die gewohnte Weise zu beruhigen, indem sie den Blick auf den Steinen ruhen ließ, die, vom Sonnenlicht verformt und ein bisschen haarig, ein paar Meter unter der sachte flatternden Wasseroberfläche zu erkennen waren.

Und sie hörte jetzt, dass Papa und der Großvater den weißen Stein auf dem Grund der Grube bloßgelegt hatten. Dass sie mit den Spaten auf ihn einhackten, als ob sie ihn in der Mitte spalten und zu seinem Kern vordringen wollten, aber in Aliides überhitztem Hirn wurde das Geräusch verzerrt, bis es stattdessen von den Wellen zu kommen schien, die unaufhörlich über den Strand herfielen und auf die Steine zu ihren Füßen einhackten.

Eines Abends dann, kurz vor dem Abendessen, gingen Aliide und Idrok zusammen mit Papa weit in die zu diesem Zeitpunkt prall gefüllten, angeschwollenen Beerensträucher hinein –

Zu dritt marschierten sie geradewegs hinaus in den Gemüsegarten, wo die schwarze, klumpige Erde in weichen Falten lag, an der Grube vorbei, die unheilverheißend dort klaffte und wie ein schwarzes Loch im Weltall imstande schien, alles zu verschlingen, was in ihre Nähe kam, so dass sie, zur Sicherheit, einen großen Bogen um sie machten.

Sie blieben mitten in den Beerensträuchern stehen, die schon mehrere Liter des starken Abendtaus hatten aufsaugen können, der so fein war wie Bikarbonat. Die Luft hier fühlte sich gefroren an, still, und deswegen trugen Aliide und Idrok jetzt beide ihre dicken, roten Strickjacken.

Hungrig sahen sie zu, wie Papa mit einer lustigen, unbestimmten kleinen Geste eine schön versilberte Schere aus seiner Hosentasche zog. Er wandte das Gesicht dem Abendhimmel zu und machte sich bereit, seufzte tief, lächelte so leise, so nahezu unmerklich, dass sie es gar nicht mitbekamen, und ließ etwas Eigenartiges in sich aufkommen, während Idrok die ganze Zeit neben ihm stand und ihm erwartungsvoll, mit weit aufgerissenen Augen, die saubere blaue Plastikschüssel reichte, in welcher die Beeren gesammelt werden sollten. (Die Schüssel wurde dann in den Erdkeller hinterm Haus gestellt, ganz hinten auf ein Regal, das mit stark duftenden Fichtenzweigen ausgelegt war. Dort musste sie stehen und abkühlen, bis die Beeren, nach dem Abendessen, zum Haus hinaufgetragen und als Nachtisch serviert wurden.)

Aber jetzt, hier, bei der kleinsten Bewegung, dem kleinsten Zwinkern, Herzschlag oder Atemzug, kräuselte sich die Luft um Nase, Gesicht und Mund, und für jeden Gedanken, für jeden Herzschlag lief ein Zittern durchs Gras und weiter in die feuchten, beerenschweren, taugesättigten Sträucher hinaus.

Denn alles war so aufgelockert von den Einwirkungen der Hitze und des Regens. Die ansonsten so dichte, feste Pflanzenwelt war jetzt so äußerst empfindlich und durchlässig, dass jede kleine Bewegung (sogar IN den Körpern der Menschen) ein Beben auslöste, das sich mit Leichtigkeit bis zu den kärglichen Nadelbäumen ausbreitete, die der Großvater draußen auf der harten, kleinen Klippe gepflanzt hatte, ein bisschen weiter entfernt. Und das Beben wiederum ließ mehrere Meter vor ihnen Schwärme von trockenen, brüchigen Faltern, Insekten und Motten plötzlich aufflattern, weit draußen auf der dunklen Lichtung dort hinten, als seien sie direkt aus der Erde gekommen; als seien jetzt gegen Abend überall unten im feuchten Gras eine Art saurer, kleiner Feuer ausgebrochen, die mit ihrem Lodern den von Regen und Hitze aufgelockerten Erdboden von seinem schlummernden Inhalt befreiten, dem toten Laub, den Insekten, den Krabbeltieren und Blättern –

Ein paar Falter, trocken wie Ascheflocken, flatterten hinaus zu den Kiefern an der Spitze der Landzunge, am Kleinen Haus vorbei, und trieben dann mit dem Wind weiter über den See hinaus, wo sie sich schließlich zerstreuten und verschwanden.

Vom Großen Haus erklang nur die laute, geradezu schneidend durchdringende Stimme der Großmutter, und hier draußen war es jetzt so still, dass man das Echo dieser einzigen Stimme überall hören konnte, so als befänden sie sich in Wirklichkeit tief unten in einer unterirdischen Höhle, die alles enthielt; den See, den Wald, die beiden Häuser, die Berge; alles –

Alle drei standen sie ganz still, mit kalten Gesichtern, inmitten der Sträucher, die so ungeheuer angeschwollen waren, dass sie Papa jetzt weit überragten. Und der Tau wurde dichter. Er war an diesem Abend, in diesem Jahr, ungewöhnlich reichlich und gehässig und wurde direkt aus der Luft abgeworfen, griff alle Pflanzen an – Gras, Sträucher, Brennesseln, alles – wie ein sehr gefräßiger, weißer außerirdischer Virus. Und auch die Kriebelmücken und Stechmücken legten dieselbe eigenartige Gehässigkeit an den Tag, als sie jetzt, groß wie Rossameisen oder überfütterte Läuse, träge auf ihren Armen und Beinen herumkrabbelten, um dann, berauscht von all dem Blut, das sie in sich aufgesaugt hatten, in das nasse Gras zu ihren Füßen zu plumpsen.

Und mitten in dieser heimtückischen Stille, die die ganze Zeit über, jede Sekunde, kurz davor schien, zu zerreißen, weil sie so entsetzlich zerbrechlich und unerträglich war, versteckte sich das Untier, die arme Bestie, irgendwo weit draußen in der Tiefe des reglosen weißen Sees. Und genau wie alles andere hier – das ja für das bloße Auge unsichtbar war und das man nicht direkt benennen konnte, das aber dennoch so deutlich spürbar war – machte sie gar kein Aufhebens von sich, außer in einer sehr großen und unbehaglichen Tiefe –

Aber dass es sie gab, das war klar, das spürte man, und behutsam, leise, bog Papa jetzt einige der äußersten Zweige des

Strauches auseinander, steckte beide Arme hinein und wühlte darin herum –

Stechmücken, Kriebelmücken und ein paar übrig gebliebene alte Bienen kamen herausgetaumelt und prallten gegen seinen Körper, sein Gesicht. Nach wie vor hatte er seinen Blick fest auf einen Punkt irgendwo weit draußen in dem abgekühlten, statischen Abendhimmel gerichtet, irgendwo im Kosmos, und er tastete im Innern des Strauches herum und hob kurz darauf eine riesige Beerentraube heraus, von der zum einen Tau, zum anderen ein süßer, schwärzlicher, likörähnlicher Saft tropfte, der sofort Flecken auf seinen trockenen Handflächen und Händen hinterließ.

Und als Aliide diese riesige Beerentraube erblickte, ging in ihrem Kopf etwas schief und ihr kam plötzlich der Gedanke, dass das in Wirklichkeit überhaupt keine Beerentraube war, die sie da vor sich hatte, sondern eine Art Organ, ein inneres Organ, wie eine blutige Leber, eine blutige Niere –

Als habe Papa an dem Strauch eine Operation durchgeführt, weil dieser trotz seines gesunden Aussehens und seiner festen, mit Tau besprenkelten äußeren Blätter dennoch in seinem Innern sehr schwer krank war, vielleicht sogar sterbenskrank, und aus allen inneren Zweigen heftig blutete. Ein süßes, kräftiges Blut sickerte tagsüber hervor, in der Hitze, und erhärtete dann langsam zu diesen riesigen schwarzen Gerinnseln, die jetzt weggeschnitten, entfernt werden mussten, damit der Strauch überhaupt eine Überlebenschance hatten!

Und im selben blitzartigen Licht, im Schein dieser optischen Täuschung, sah Aliide ebenso rasch und schonungslos klar, wie ähnlich Papa dem Großvater äußerlich war, dem steifen Großvater, der Aliide mit seiner vollkommenen Beherrschung, seiner Art, ihr auszuweichen, sie nie anzusehen, nie anzusprechen oder auch nur ihren Namen auszusprechen, so wahnsinnige Angst einjagte.

Und da wurde ihr auch klar, dass Papa, wenn er einmal so alt wäre wie der Großvater, exakt so aussehen würde wie dieser, und vielleicht war er ihm dann auch in anderer Beziehung ähnlich?

Aber diese Vorstellung, diese Möglichkeit, war so unheimlich und irgendwie bedrohlich, sie jagte ihr Angst ein, und deswegen musste Aliide sie sofort verdrängen. Und in gewisser Weise gelang ihr das auch, indem sie sich stattdessen ganz und gar darauf konzentrierte, wie Papa mit der versilberten kleinen Schere Traube um Traube abknipste und diese dann aus dem Strauch heraushob, jede einzelne von ihnen eingehend untersuchte, bevor er sie vorsichtig in die blaue Schüssel legte, die Idrok ihm so erwartungsvoll, mit weit aufgerissenen Augen, entgegenstreckte –

Und als Idrok und Papa sich dann auf den Weg zum Erdkeller hinterm Haus machten – Idrok stolz die mit Blut oder Beeren gefüllte Schüssel vor sich hertragend – zwang sich Aliide, noch ein bisschen draußen zwischen den kalten Sträuchern zu verweilen.

In ihrer roten Strickjacke ging sie auf und ab und begann, die Sträucher zärtlich zu untersuchen, sie blieb stehen und strich vorsichtig mit den Händen über einige von ihnen, wie um sie zu beruhigen vielleicht, und sie sprach mit ihnen mit einer leisen, irgendwie beschwörenden Stimme – JA, SO, JETZT IST ES GUT, SO; ALLES WIRD GUT – so wie sie selbst sich gewünscht hätte, dass man mit ihr gesprochen und sie getröstet hätte, wenn sie an ihrer Stelle gewesen wäre, wenn sie ein armer sterbender Strauch gewesen wäre, gefüllt mit Blut, das keiner sah.

Und die Sträucher glichen jetzt einer großen Herde kleiner Milchkühe, die sich mit angeschwollenen Bäuchen hier in der Dämmerung im Gemüsegarten versteckten und geduldig darauf warteten, gemolken zu werden.

Nachdem Aliide eine Weile gezögert hatte, fasste sie sich ein Herz und fuhr mit beiden Armen in einen dieser Sträucher hinein, ganz tief, bis zu den Ellenbogen, und sie begann, genau wie Papa, darin herumzuwühlen –

Die eiskalten, mit Tau besprenkelten äußeren Blätter kratzten sie ihm Gesicht. Genau wie Papa musste auch sie deswegen den Kopf nach hinten beugen, während sie blind nach den Zweigen tastete, in der Hoffnung, auf eines der mysteriösen Gerinnsel zu stoßen, die sie vorhin gesehen zu haben glaubte.

Aber die Sträucher schienen nur Tau zu enthalten –

Ja, Tau gab es da drin, und nicht gerade wenig; es war, als seien im Innern der dunklen Sträucher ganze Kristallkronleuchter aufgehängt worden, und es waren außerdem ganz verschiedene Sorten Tau. Da war zum einen der alte Tau, der über einen langen Zeitraum große, schwellende Tropfen gebildet hatte, Tropfen, die in dichten Reihen die Zweige beschwerten wie riesige Eier eines Insekts, dessen Name kompliziert und lang ist wie der lateinische Name einer unheilbaren Krankheit, und zum anderen der Tau, der die dunklen inneren Blätter bedeckte –

Diese Blätter waren größer, fleischiger und ledriger als die äußeren, denen ja die Hitze und die Sonne schon arg zugesetzt hatten. Und die mageren Außenblätter waren wiederum mit einer trockeneren, eher staubähnlichen Variante Tau gepudert, und Aliide merkte kaum, wie dieser jetzt, blitzschnell, von ihrer Haut aufgesaugt wurde und in ihrem Körper verschwand, wo er sofort verdampfte, woraufhin sich in ihrem Kopf ein eiskalter Dunst bildete, der sich auf die dunkle Innenseite ihres Gesichts legte.

Ja, da in den Sträuchern war alles voll mit großen, eiskalten Tropfen und Tauansammlungen, aber irgendwelche blutigen Geschwüre oder Gerinnsel konnte sie leider gar nicht entdecken, also hatte Papa vielleicht alle erwischt, vielleicht hatte er schon von Anfang an genau gewusst, wo sie saßen, und sie weggeschnitten? Und gerade, als sie das gedacht hatte, als sie betete, dass es um Gottes Willen so sein möge, und sie sich bereit machte, beide Arme wieder herauszuziehen, genau in diesem Moment streifte sie plötzlich etwas Dunkles und Furchterregendes, das definitiv nicht noch eine Tauansammlung sein konnte –

Nein, nein, das, was sie jetzt mit ihren bloßen ausgestreckten Händen gestreift hatte, war etwas viel Festeres und Schwärzeres. Es war fast wie etwas Organisches, denn es pulsierte und schien da drin still und leise sein eigenes Leben zu leben, es wurde von irgendeiner warmen Substanz durchströmt, und bei der flüchtigen Berührung kam Aliide schon wieder der Gedanke, dass sie in Wirklichkeit etwas Fürchterliches gestreift hatte, das in ihrem eigenen Innern verborgen war. So dass sich etwas, das seinerseits sowohl feucht als auch schwer war, fast wie ein großer sterbender Fisch, am Grunde ihres Körpers umgedreht hatte. Und bei diesem Gedanken wurde sie plötzlich so verzweifelt und bedrückt, als könne sie einzig und allein wegen dieser Sache hier keine einzige Sekunde mehr weiterleben!

Sofort musste sie beide Hände aus dem Strauch herausziehen. Und als sie sich diese genau ansah, entdeckte sie, dass sie feucht von Tau waren, dass sie aber auch, auf der Oberseite, von ein paar großen roten Flecken geziert wurden, die Blut glichen, Blutflecken, die sich in ihr Fleisch eingebrannt hatten, die von einem fürchterlichen Verbrechen zurückgeblieben waren, das sie früher einmal begangen hatte, ohne dass sie sich jetzt noch daran erinnern konnte.

Sofort rannte sie aus den Sträuchern hervor, quer durch die Gemüsebeete, über den weichen, kalten, klumpigen Lehm, sie sah den Tau, der sich über die Erde ausgebreitet hatte und wäre fast direkt in die Grube hineingelaufen, außer sich und stumm wie sie durch diese Entdeckung ja geworden war.

Und die Flecken, das rätselhafte, blutähnliche Rot, das plötzlich auf ihren Händen aufgeblüht war, versuchte sie loszuwerden, indem sie die Hände verzweifelt an dem kühlen, weißen Gras rieb, an den Baumstämmen, am Boden, an allem, was in Reichweite war. Aber das hatte lediglich zur Folge, dass die obere Hautschicht abgeschabt wurde, woraufhin richtiges Blut hervorquoll, und die Flecken wurden nur noch kräftiger, sie wurden dunkler und zeichneten sich noch deutlicher gegen Aliides ansonsten sehr blasse Haut ab.

Dann war plötzlich Abendessenszeit –

Alle hatten sie sich um den langen Tisch in dem niedrigen, schachtelähnlichen Großen Haus versammelt, und man ließ sich die eigenartigen kleinen Fische schmecken, die der Großvater am selben Tag mit Hilfe eines großen Netzes aus dem See gezogen hatte.

Von ihrem Platz auf dem Stein weit draußen auf der Landzunge hatte Aliide ihn draußen im Ruderboot sitzen sehen, ein einsames, verschlossenes, stummes Individuum. Vorsichtig und mit großer Zärtlichkeit hatte er die Netze im See versenkt, wo sie sich, zart wie Spinnweben, aufgefaltet hatten und hängengeblieben waren. Unter ihm in den unruhigen Wassermassen, irgendwo in der Tiefe, hatte das Untier geschlummert und sich manchmal umgedreht. Aber das Ganze hatte sehr heikel ausgesehen, denn die Bestie hätte jeden Augenblick an die Oberfläche steigen und das ganze Boot umwerfen können. Aber nichts war passiert, und wahrscheinlich befand sie sich um diese Uhrzeit, um diese Jahreszeit, am anderen Ende des Sees, wo die Berge steil zum Wasser abfielen, und weidete in aller Ruhe Algen von den schleimigen Bergwänden.

Aliide betrachtete jetzt die Fische –

Als sie ans Licht gezogen worden waren, als die Netze durchsucht und die Fische zappelnd auf die Planken des Bootes gekippt worden und dort gestorben waren, hatte sich auf ihnen anscheinend auf eigenartige Weise eine Patina gebildet. Denn hier lagen sie nun, mitten auf dem Tisch, klein und geschwärzt, fast verkohlt, säuberlich auf einer sauberen, weißen Porzellanplatte aufgereiht. Direkt daneben stand eine große Steingutschüssel mit weichen, dampfenden Frühkartoffeln, zart wie frischgekochte Pferdeaugen lagen sie da, und der Stapel war mit giftgrünen kleinen Petersilienstängeln verziert. Ein kleiner Korb mit aufgeschnittenem Brot wurde um den Tisch gereicht und die Stimmung war, wie immer, höflich, frostig, äußerst beherrscht und dem oberflächlichen Geplauder zum Trotz völlig stumm.

GREIFT ZU! GREIFT ZU! forderte die Großmutter auf, aber Aliide ließ den Brotkorb einfach passieren, sie nahm nichts, sie wollte vom Essen der Großeltern nichts haben, von ihrem fetten, dunklen, aufgeschnittenen Brot.

Stattdessen betrachtete sie jetzt widerwillig die patinierten kleinen Fische.

Nein, sie wollte nichts von alledem haben, was die Großmutter mit solcher Mühe und Sorgfalt zubereitet und aufgetischt hatte. Die unerhörte Beherrschung, die fast unmöglich auszuhalten war, der Schmerz, die Gewalt und dieses Bild, das im geschlossenen Kreis dieser ebenso verschlossenen Menschen immer nur gerade eben ERAHNT werden konnte, machte allem, was Hunger hieß, allem, was Durst hieß, jeder Form körperlichen Begehrens wirkungsvoll den Garaus –

Aliide dachte nicht daran, irgendetwas, das der Großvater in dem See gefangen hatte, in dem die Bestie lebte, in ihren Körper eindringen zu lassen. Denn wenn sie sich die kleinen Fische jetzt so anschaute, konnte sie sich sehr gut vorstellen, dass es sich dabei in Wirklichkeit um die Brut der Bestie handelte, und dass, wenn sie von einem dieser Abkömmlinge essen würde, dieser nach einer Weile explosionsartig in ihrem Bauch zu wachsen beginnen würde, wie Jona im Bauch des Walfischs, nur umgekehrt; wie der Walfisch im Bauch von Jona; ja, genau so, exakt so würde er mit der Zeit wachsen, nur um sie schließlich, eines schönen Tages, zum Platzen zu bringen. (Und sie musste an den Wal denken, der in diesem Moment auf seinem Metallgestell in dem unteren, fensterlosen Saal des Museums auf dem Berg im Park ruhte, der Wal; der große; der tote; der hohle, schwarze.)

Dann war also Zeit für den Nachtisch –

Der Tisch wurde abgeräumt, man plauderte, Papa ging nach draußen und kam kurz darauf mit den Beeren zurück. Als die Schüssel mitten auf den Tisch gestellt wurde, wo gerade noch die Platte mit den Fischen gestanden hatte, schienen die Beeren vom langen Stehen aufgequollen und noch ein bisschen dunkler geworden zu sein, nach gut einer Stunde unten in dem kalten Erdkeller.

Sie waren jetzt pechschwarz. Fast wie Oliven. Und sie sollten aus tiefen, weißen Porzellanschälchen gegessen werden, zusammen mit einer süßen, bläulichen Milch, die aus einem eiskalten Stahlkrug gegossen wurde.

Und auch davon war es Aliide selbstverständlich nicht möglich, etwas zu essen. Denn sie hatte immer noch das glasklare Bild der Gerinnsel und Organe im Kopf. Und deswegen konnte sie keinen einzigen Bissen in den Mund nehmen, sie konnte noch nicht einmal, so sehr sie sich auch anstrengte und bemühte, den Löffel in die Hand nehmen und damit vorsichtig ein bisschen in den milchumspülten Beeren stochern.

Sie konnte sich nicht freimachen von der Überzeugung, dass das überhaupt keine ganz gewöhnlichen, echten, saftig reifen Brombeeren waren, sondern sah in ihnen immer noch, in ihrer verzerrten Wahrnehmung, nichts anderes als große Gerinnsel, Blut, Organe –

Die süße, bläuliche Milch mischte sich mit dem Saft, der nun aus einigen der am meisten gegorenen Exemplare rann, und von der Vorstellung, wie die Mischung aus Milch und Blut vermutlich schmecken musste, wurde Aliide übel und sie bekam Angst.

Und dann wurde es auch, gegen Ende der Mahlzeit, eigenartig still zwischen diesen Menschen hier. Eine irgendwie gedrückte Stimmung legte sich über die Beeren essende Gesellschaft in dem länglichen, schachtelähnlichen Raum, der so ungeschickt mit unzeitgemäßen Möbeln eingerichtet war, einem Spinnrad, großen Schränken und einem Tisch –

Es wurde so still, als habe es vielleicht sogar für die Essenden etwas Besonderes mit den frisch gepflückten, schwarz gewordenen Beeren auf sich. Und im Zimmer hörte man jetzt nur das Geräusch der eifrig schlürfenden Menschen, und es waren ganz bestimmt keine Beeren, die sie da aßen! Sondern Blut oder Organe, Nieren, Lebern oder vielleicht sogar ganze Herzen, die sie da so lustvoll verzehrten.

Und als Aliide den Blick von ihrem Schälchen hob, langsam, weil er sich schon so unbeschreiblich schwer anfühlte von allem, was er gesehen und verzerrt hatte, als sie das tat und sich dann schweigend umsah, stellte sie fest, dass alle (außer Idrok, der auch nicht sonderlich begeistert von den Beeren zu sein schien) tief über ihre jeweiligen Schälchen gebeugt waren und gierig, nahezu hemmungslos, die Gerinnsel in sich hineinlöffelten.

Sie ließ den Blick jetzt langsam um den Tisch herumwandern. Ließ ihn ganz flüchtig auf jedem Gesicht ruhen, als prüfe sie sie alle sorgfältig in ihrem Innern. Mama, Papa, die Großmutter, alle hatten sie den Mund voll mit Milch und Blut, dieser furchterregenden, widerlichen Mischung. Und schließlich verweilte ihr Blick auf dem Großvater, der genau da, in diesem Moment, seine Zähne in eine große, schwarze Beere grub und kaltblütig, ohne eine Miene zu verziehen, erbarmungslos, ein Loch hineinbiss. Sein Mund füllte sich in seiner ganzen Breite mit dem schwarzen Saft. Unmittelbar darauf quoll ein Rinnsal aus einem seiner Mundwinkel und lief, ohne dass er es zu bemerken oder zu spüren schien, langsam an seinem Kinn herunter. Es wurde dann zu einem Tropfen, der sich kurz darauf von seinem tiefgefrorenen, verschlossenen Gesicht löste und direkt in das Schälchen fiel, das vor ihm auf dem Tisch stand.

Und nach dem Abendessen, als die Erwachsenen auf die Glasveranda umgezogen waren, um dort ihren ewigen Tee zu trinken, und Idrok beschlossen hatte, ihnen zu folgen, nur um dort zusammengesunken auf einem Holzstuhl zu sitzen und schläfrig an einer alten Schürfwunde zu nagen, musste Aliide ganz auf eigene Faust auf dem alten Plumpsklo, das mitten in dem mannshohen, ständig höher werdenden Gras unterhalb des Großen Hauses stand, ihr Geschäft verrichten (ein komischer Ausdruck) –

Das Gras war dort jetzt so hoch, dass man das Klohäuschen vom Weg aus kaum sehen konnte. Um dorthin zu gelangen, musste man erst ein Stück den Kiesweg hinuntergehen und dann in einen feuchten, kalten, verschnörkelten kleinen Trampelpfad einbiegen, der einen rasch tief ins Gras hineinführte. (Ein Gras, das Aliide um die Mitte des Sommers herum so weit über den Kopf reichte, dass sie nichts von alledem sehen konnte, was außerhalb davon lag; die Wälder, den Weg, das Haus und den See –)

Einmal angekommen, hier drinnen auf dem Klo sitzend, auf dem hohen Holzthron mit den beiden Löchern, einem kleinen und einem größeren, achtete Aliide immer darauf, das alte Wespennest sorgsam im Auge zu behalten. Dieses Wespennest war genau hinter der Tür in einer dunklen Ecke an der Decke festgeklebt, wie eine gigantische, ausgetrocknete, wespenbewohnte Seepocke, und das weiß gestrichene kleine Klohäuschen wimmelte ständig von seinen schlaftrunkenen, ein bisschen hecklastigen Bewohnern.

Und draußen wehte der Wind. Man hörte ihn deutlich. Das Gras sang. Die trockenen Halme kratzten wie Nägel, wie Nadelspitzen, an den Außenwänden des Klohäuschens. Und Aliide befiel wie immer hier drin das sonderbare, aber gleichzeitig sehr bestimmte Gefühl, dass draußen jemand im Gras hockte, bereit, sie zu übermannen und anzufassen, wenn sie endlich fertig und wieder auf dem Rückweg war, Richtung Kiesweg, Häuser und See –

JESUS, GÜTIGER GOTT!

dachte sie dann immer.

Und wenn sie den rissigen, runden Holzdeckel anhob, wurde eine Öffnung sichtbar, die offenbar direkt hinunter in die Unterwelt führen musste. Die Dunkelheit in diesem

Loch glich in vieler Hinsicht der Dunkelheit in der Grube, die Papa und der Großvater aus undurchsichtigen Gründen im Gemüsegarten am Ausheben waren. Und ein schwerer, unbeschreiblicher Gestank (jenem nicht unähnlich, der manchmal im Sommer daheim aus dem Rhododendrongebüsch stieg) strömte herauf und erfüllte das weiß gestrichene Klohäuschen. Und Aliide dachte darüber nach, wie schrecklich es immer war, da zu sitzen und sein entblößtes Hinterteil ganz nackt dieser Unterwelt zuzuwenden, diesem dunklen Reich, in dem sich ja im Prinzip alles Mögliche verstecken konnte. Und bevor sie den Deckel wieder schloss, musste sie dann doch ihre Neugier stillen und tief in dieses Loch hinunterschauen, sehr lange, obwohl sie das natürlich absolut nicht wollte, eigentlich.

Dort konnte sie die Spitze des übelerregenden Kothaufens erkennen, und wie benommen dachte sie, dass dieser Berg aus Kacke und Pisse tatsächlich in den sechs Menschen entstanden war, von denen hervorgebracht, die jetzt oben auf der Glasveranda versammelt waren und in aller Ruhe ihren Tee tranken, während sie redeten und schläfrig in das dunkler werdende Gelände hinaussahen, von dem das Haus umgeben war.

Aus Mamas Körper, aus Papas Körper, aus dem Körper des Großvaters und der Großmutter war all dieser stinkende Abfall gekommen, und sogar aus dem Körper des kleinen, so heiß geliebten Idrok. Obwohl der so neu und zart war, und obwohl sein Haar ja noch so weiß war, wie Schleim.

Riesige Schmeißfliegen saßen reglos und knisternd auf dem Haufen, der sich nach unten hin in einer großen Dunkelheit auflöste –

Von oben aus dem Klohäuschen gesehen schien diese Dunkelheit grenzenlos zu sein. Und Aliide schaute und ahnte, wusste plötzlich, dass diese Dunkelheit sich weit über dieses Plumpsklo hinaus erstreckte, dass sie überall ausgebreitet war, unter dem hohen Gras, unter den Wiesen, unter den beiden Häusern, unter allen Zimmern in den Häusern, unter jeder Blume und jedem Kräutchen. Sie wusste jetzt ein für alle Mal, dass die Unterwelt so war, dass die Welt selbst, in ihrer Gesamtheit, so war. Dass die Dunkelheit an manchen Stellen frisch war, knackig und beinahe duftend, aber an anderen, wie hier, abgestanden, stinkend, einfach ekelhaft, so dass man aus Sicherheitsgründen ein ganz kleines weißes Häuschen über eben diese Öffnung gebaut hatte.

Und plötzlich, als sie gerade mit dem Holzdeckel in der Hand da stand und geradewegs in die unterirdische Dunkelheit hineinstarrte, taumelte eine riesengroße, haarige Fliege aus dem Loch herauf. Und die jagte ihr einen Schrecken ein, die machte ihr ganz besinnungslose Angst, denn sie war irgendwie ganz anders als all die anderen Fliegen dort unten. Sie war so unglaublich viel größer, riesig, voller Haare und irgendwie böse! Und anstelle der Facettenaugen hatte sie ein winziges Männergesicht, ein altes Männergesicht, das Aliide wiederzuerkennen meinte. Sie war sich auf einmal sicher, dass das der Teufel selbst war, der in Gestalt einer bösen, dicken, haarigen Fliege da herausgeschlüpft war und sich nun gegen die Wände des Klohäuschens warf.

In Panik ließ sie deswegen sofort den Klodeckel zufallen und stürzte hinaus –

Kopflos rannte sie einige Meter den aufgequollenen Pfad entlang, warf sich dann jedoch blitzschnell zur Seite, um auf diese Weise der Teufelsfliege zu entkommen. Und ehe sie sich versah, befand sie sich tief innen zwischen den Gräsern, wo alles still war, und sie drehte sich um, lauschte, hielt den Atem an, aber die Teufelsfliege war nicht zu sehen, Aliide hatte sie abgeschüttelt und konnte fürs Erste aufatmen –

Ganz oben an den Spitzen waren die Grashalme trocken, ein bisschen verbrannt, sie hatten sich in der Hitze eingerollt. Aber unten, an den Wurzeln, waren sie alle noch kühl und ein bisschen vermodert, denn dort schimmerte ja trotz allem die weitverzweigte Schwärze des Bodens und der ganzen Welt und Unterwelt hindurch –

Und das Gras erstreckte sich bis hinunter zum Kiesweg und den ganzen Weg hinauf bis zum Erdkeller auf der Schattenseite des Hauses, wo die riesige, himmelhohe Fichte stand. Blumenkleckse waren darin verteilt. Groß und beinahe broccoliförmig ragte der Wiesenkerbel zwischen den Halmen hervor, schwamm auf der Oberfläche, und glich, wenn man ihn unten vom Weg oder vom Strand aus sah, Klecksen aus getrocknetem Schnee, die vom Winter übrig geblieben sind –

Aliide stand eine ganze Weile tief in diesem Gras und blinzelte vorsichtig durch die Halme zum Wald hinüber, der nur ein paar Meter weiter entfernt begann.

Oh, dieser Wald, dieser Wald, der so gigantisch war und alles umschloss; die Häuser, den See, das Plumpsklo und den Weg.

Die äußersten Bäume standen so dicht zusammengepresst, dass das Licht gerade eben noch vermochte, sich zwischen die Äste zu drängen, und das Licht, dem es vermutlich manchmal glückte, hier hindurchzusickern, war von der etwas bläulichen Variante, wie Losung, auch das Licht.

Denn das hier war ein nordischer Wald, verschlossen und hart. Darin befand sich, auf einer Lichtung, ein warmer, kleiner Stein, auf dem man in seiner Verlorenheit sitzen und über sein seltsames Schicksal nachdenken konnte, während einem eine Hummel trunken um den gesenkten Kopf kreiste. Es gab darin vermodernde Baumstümpfe in menschenähnlicher Gestalt, und Flechten, Farn, murmelnde Kröten und allerhand stumme, mörderische Tiere. Innen war er eiskalt und bis zum Rand mit Fichten und Kiefern vollgestopft, so dass das Hinzukommen des winzigsten Kräutchens wahrscheinlich zur Folge gehabt hätte, dass der gesamte Wald eingestürzt wäre, explodiert, so wie ein einziges Wort der Wahrheit aus einem Kindermund eines schönen Tages, aller Wahrscheinlichkeit nach, die ganze Stadt zu Hause von der Küste abbrechen und in die Tiefe reißen würde, mit Mann und Maus, mit ihren Parks, Häusern und muschelbesetzten Kästchen.

Hoch wölbte sich der Wald über dem Plumpsklo und den beiden Wohnhäusern draußen auf der Landzunge, und er war hart, beinahe uneinnehmbar, wie ein Berg. Er konnte wohl auf keine Weise gestürmt werden. Es sei denn durch eine versteckte und Aliide noch unbekannte Öffnung –

Die Kälte und die feuchten, modrigen, nach wie vor regengesättigten Düfte dieses Waldes sickerten in das Gras, das sich jetzt plötzlich kein bisschen beängstigend mehr anfühlte, sondern stattdessen einfach nur sachte, friedlich um Aliide herumraschelte.

Sie setzte sich wieder in Bewegung und begann, im Kreis herumzugehen, träumerisch, systematisch, so als höre sie in ihrem Innern eine spiralförmige Melodie, der sie zu folgen versuchte, als versuche sie, immer tiefer in einen schrumpfenden Kreis hineinzugehen, in der Hoffnung, schließlich den Punkt zu erreichen, an dem sie selbst, und damit auch ihr Körper, sich auflösen würde.

Mit gesenktem Kopf ging sie im Kreis herum, im Kreis herum, und es war irgendwie wirklich göttlich einschläfernd, den leichten, zerbrechlich federnden Widerstand des Grases zu spüren, wie es zuerst wie eine Wand vor einem stand, dem Körper ein kleines bisschen Gegenspannung bot, sich aber dann, wenn man sich lange genug dagegengepresst hatte, für einen öffnete, aufsprang, so dass man tiefer hineintaumelte.

Das ging eine ganze Weile so, bis ihr plötzlich eine große Kälte entgegenschlug, mitten da draußen im Gras, aus dem Nichts –

Abrupt blieb sie stehen, sah auf und entdeckte, dass sie sich genau vor der Öffnung des Erdkellers befand. Jemand, vermutlich Papa, hatte vergessen, die schwere Holztür wieder hinter sich zuzuziehen. Also war jetzt hier, unerklärlicherweise, noch eine Öffnung. Und mitten hier draußen im Gras stand sie schon wieder Auge in Auge mit einer, wie es schien, ungeheuer großen, pechschwarzen Höhle, einem Eingang zur Unterwelt –

Aber im Gegensatz zu der Dunkelheit in der stinkenden Toilettenöffnung war diese Dunkelheit frisch, kalt und luftig, sie übte auf Aliide eine beinahe unwiderstehliche Anziehungskraft aus. Denn plötzlich hatte sie das Gefühl, dass sie vielleicht doch in sie hineingehen müsse, nur für einen Augenblick, nur ganz kurz, um zu sehen, wo sie da landen würde, wo sie das hinführen würde, zu welchen Tiefen und Scheußlichkeiten, und ob die Dunkelheit überhaupt ein Ende hatte –

Der Geruch von den alten Krügen, Urnen, Fichtenzweigen und allem anderen, was hier unangetastet in der Dunkelheit gestanden hatte, seit das Haus in den Vierzigerjahren angeschafft worden war, schlug ihr nun entgegen. Und die schwereren Gerüche der Feuchtigkeit mischten sich mit den Düften des Grases und den süßen Vanilledüften der weißen, in voller Blüte stehenden Blumen im Gras.

Aliide stand ganz still und sah in die Dunkelheit hinunter, welche die riesige, von Steinen eingefasste Öffnung erfüllte, um sie herum raschelte das Gras, im Wald war es ganz still, aber in dem klarblauen Himmel, der sich über allem wölbte, knackte es von Zeit zu Zeit wie in einer großen Eisschicht, in erhitztem Glas, während die Dunkelheit immer höher heraufkroch und langsam, lautlos, die Welt verschlang.

Es war der Eingang zur Unterwelt, vor dem sie nun stand, mit Haut und Haaren, bebend, abwartend, fasziniert und erschrocken. Ganz unerwartet, wie aus dem Nichts, war er vor ihr aufgetaucht, und plötzlich glaubte sie, das Gesicht der verprügelten Frau darin zu erkennen; diese vergilbte, geprügelte Frau mit den dreckigen Münzen, die Aliide einmal zu Beginn dieser Geschichte erschienen war, in dem nach Pisse stinkenden Hauseingang dort in der Stadt! Damals, als alles schiefgegangen war und sich verändert hatte, nur weil Aliide sich nicht hatte zurückhalten können, sondern prompt die dreckigen Geldstücke aus der Hand dieser Frau entgegengenommen hatte!

Ihr Gesicht leuchtete jetzt im Erdkeller hinter dem Sommerhaus der Großeltern auf und Aliide sah es ganz deutlich, genauso deutlich wie sie einmal, in einem ihrer früheren, glücklicheren Leben, eine wunderbar möblierte kleine Lichtung in einem Wald gesehen hatte.

Wobei das hier erschreckender war, abstoßend und verwirrend, denn jetzt starrte die Frau sie mit ihren gebrochenen Augen an, als wolle sie etwas von Aliide, als wolle sie ihr damit etwas sagen, aber was? Und eine Sekunde später war sie fort, vom Licht getroffen und ausradiert –

Die Öffnung war wieder leer, pechschwarz und kalt, es roch nach Fichtenreisig und Steinkrügen, aber sonst war da nichts,

nichts war zu sehen oder zu hören, und, ja, dachte Aliide da wieder einmal, irgendwie resigniert, ein bisschen erleichtert, während in den Wäldern ringsumher der Wind pfiff –

SO IST DAS DANN VIELLEICHT DOCH MIT DER UNTERWELT.

An der Oberfläche konnte es so wirken, als sei alles voneinander getrennt, als gäbe es keinen wirklichen Zusammenhang zwischen all diesen Orten, Menschen und Geschehnissen, Gruben und Löchern, zwischen dem, was man war und dem, was man dann wurde, dem, was man sah und dem, was man nicht sah –

Aber in Wirklichkeit war ja eigentlich alles, unter ihnen allen, in allem, was sie taten, fühlten und dachten, verbunden. Die dunkle Öffnung, die sie hier vor sich hatte, die in den Erdkeller unter dem alten Sommerhaus der Großeltern am See führte, stand auf diese Weise in Verbindung mit dem schwarzen, nach Pisse stinkenden Hauseingang in der Stadt, etliche Meilen von hier, wo die Frau sich ihr zum ersten Mal gezeigt hatte. Und der Hauseingang in der Stadt wiederum war verbunden mit der stinkenden kleinen Klooffnung und der unbegreiflichen Grube im Gemüsegarten. Und sogar, obwohl Aliide das noch nicht wusste, mit dem langen, dunklen Flur in dem flachen Haus der Großeltern in der Stadt, wo das vergessene Bild nun hing, ganz hinten, an der Wand neben der Tür zum Zimmer des Großvaters.

Alles war auf diese Weise verbunden, das war nicht zu leugnen –

Die Erde unter der sichtbaren Welt – schwer von Nadelwäldern, Städten, Seen und Menschen, um nicht von all den Träumen der Menschen zu sprechen – war von allerhand Gängen durchzogen, Katakomben und Orten, an denen sich alles

Mögliche verstecken konnte, an denen sich wer auch immer die ganze Zeit über verborgen halten und herumlaufen konnte!

Manchmal spürte man das, manchmal nicht, manchmal hörte man das, manchmal nicht; seltsame Bewegungen und Geräusche. Tunnel und Gänge verliefen kreuz und quer, tief hinein, tief hinunter, und während man sein Leben da oben an der Oberfläche lebte und tat, was man eben tat (aber manchmal auch spürte, wie ungeheuer schwer man eigentlich war, von dem ungeformten Menschenrest, der noch in Rohform unten in der Tiefe wartete), ja, während man sich einbildete, alles so einigermaßen unter Kontrolle und im Blick zu haben, spielten sich in diesen feuchtkalten Räumen und unterirdischen Gängen, wie in der verzerrten Spiegelwelt einer Seele, grauenvolle Sachen ab, Sachen, die sich einfach immer weiter fortsetzten, unendlich, weil sie nie ans Tageslicht kamen!

Und als sie an diesem Punkt angelangt war, fühlte Aliide sich nicht mehr im Geringsten versucht, in die Dunkelheit hinabzusteigen. Stattdessen machte sie auf dem Absatz kehrt, buddelte sich aus dem Gras aus, purzelte auf den Kiesweg und rannte auf dem kürzesten Weg hinauf zur Veranda. Sie schnappte sich Idrok, schleifte ihn hinter sich her, und während die Erwachsenen den Sonnenuntergang und die schwarz werdenden Wälder bewunderten, hart wie Berge, überall, ging sie mit ihm zurück ins Große Haus, wo sie die Tür hinter sich ins Schloss zogen.

Aliide knipste den alten roten Fernseher an, der auf einem Holzstuhl neben dem abgeräumten langen Tisch stand. Sorgfältig justierte sie die Antenne und ließ sich dann neben Idrok aufs Sofa plumpsen.

Der lange, enge Raum war, von dem langen Tisch, dem Sofa, dem Holzstuhl und dem Fernseher abgesehen, mit einer alten Bauernkommode, einem Spinnrad, einem Eckschrank aus Kiefer und einem weiteren, schön blau lackierten Bauernschrank möbliert, der fast so groß wie das Klohäuschen war und über dessen Türen in verschnörkelten, gelben Ziffern die Jahreszahlen 1757 aufgemalt waren.

Die Fenster hier waren sehr klein, die Decke war niedrig und neben der Tür befand sich ein großer, weißgekalkter offener Kamin, und in diesem stand ein riesiger Kupferkessel, der mit verschiedenen Blumen gefüllt war – Wiesenkerbel, Margariten und Kornblumen – die man jedoch schon vor langer Zeit gegen frische hätte austauschen müssen; die blaugraue Steinplatte vor dem Kamin war jetzt bestreut mit Blütenblättern und ganzen, abgefallenen toten Blüten.

Vor ihnen auf dem kniehohen Couchtisch stand die blaue Schüssel, und auf dem Boden der Schüssel lagen noch ein paar übrig gebliebene schwarze Beerentrauben. Aliide starrte diese an, bis endlich ein Bild an die Oberfläche der verstaubten grauen Mattscheibe stieg. Das Bild zitterte wie altes Wasser in einer Schale, aber dann stabilisierte es sich, und kurze Zeit später konnten sie beide feststellen, dass es grau, alt und merkwürdig war, dass sie mitten in irgendeinem Stummfilm gelandet waren –

Draußen war der Sommerabend zweifellos zart und kühl, und in der Luft hingen noch die verwässerten Farben des Tages und die Spiegelungen der Sträucher und des graugrünen Grases, aber hier drin, in dem niedrigen, länglichen Raum mit den plumpen Möbeln, war die Stimmung eine ganz andere.

Denn graue, sonderbare stumme Bilder lösten einander auf der staubigen Mattscheibe ab, und es waren Bilder, die der kryptischen unteren Welt entnommen waren, wo alles grau und ganz still war, wo sich alles irgendwo in der Vergangenheit abspielte, vor so unglaublich langer Zeit, dass kein Wort über die Lippen der handelnden Personen kam. Alle Worte waren vertrocknet, und alles, was übrig geblieben war, waren diese stummen, muffigen grauen Bilder, das übertriebene Mienenspiel, die dramatischen Gesten. Alles war grotesk verzerrt, die Gesichter der Menschen waren weiß geschminkt und ihre Grimassen jagten einem Angst ein. Ab und zu erschien auf dem Bildschirm ein Satz oder ein Wort auf einem schwarzen Schild, aber aus den Menschen selbst, aus ihren Mündern, kam kein Laut –

Und im Zusammenhang damit begann sich ein mindestens ebenso sonderbarer Geruch im Zimmer auszubreiten. Aliide konnte ihn nicht anders beschreiben, als dass er sie an Naphthalin erinnerte, oder den Geruch in einem alten, seit langem verschlossenen Steinschacht, oder den Geruch aus einem beschlagenen, leeren alten Spiegel, und er bewirkte, dass sie plötzlich sterben und weinen wollte, weinen und sterben, schon wieder, unerklärlicherweise –

Und es war ohne Zweifel eine unterirdische Welt, in die sie da geradewegs zusammen hinunterblickten, sie und Idrok.

Wobei sich trotzdem alles in muffigen, kleinen Räumen abspielte, wo die Möbel mit einer feinen Staubschicht bedeckt waren. In denen diese grotesk geschminkten, wahnsinnigen Menschen hin und her rannten und die Augen verdrehten, die Hände in die Höhe rissen und auf die Knie fielen, pausenlos!

Draußen auf der Veranda, in der Dämmerung, die sich jetzt langsam auflöste wie Dunst auf einer Scheibe, lachten die Erwachsenen plötzlich laut auf. Aber weder Aliide noch Idrok, von den stummen Szenen gebannt, die sich im Fernseher auf dem Holzstuhl neben dem langen Tisch abspielten, hörten das. Denn durch viele geschlossene Türen, viele Wände, viel Dunkelheit und viel Luft musste sich das Lachen einen Weg bahnen, um an den Punkt zu gelangen, an dem sich Aliide und Idrok jetzt befanden.

Nachdem er anfangs ein bisschen gelangweilt in einer Ecke des Sofas gekauert hatte, begann sich plötzlich auch in Idrok etwas loszumachen, eine Art Erinnerung. Er richtete sich auf, rutschte auf seinem Platz herum, beugte sich weit vor, sperrte die Augen auf und folgte wie verhext dem Handlungsverlauf. Und die Erinnerung in seinem Innern, so umsichtig verdrängt, war wie ein Geschwür, eine schwellende Frucht, die ihm in der Luftröhre steckengeblieben war und es ihm jetzt erschwerte, richtig zu atmen und zu sehen.

Denn hier sahen sie jetzt beide einen kleinen Mann.

Einen unheimlichen Mann!

Wobei der erst ganz normal war, auf den ersten Blick ein Gentleman; attraktiv, groß, schlank. Erst als er ein wenig von einem komischen Gebräu getrunken hatte, das er selbst nach unermüdlichem Experimentieren in einem Reagenzglas hergestellt hatte, passierte etwas Fürchterliches mit ihm.

Er durchlief eine Art Verwandlung. Er griff sich an den Hals, fiel zu Boden, krümmte sich vor Schmerzen, und als sein Gesicht wieder im Bild erschien, war es nicht wiederzuerkennen, sondern grauenhaft verändert!

Es war jetzt haarig und monströs, und außerdem war er klein und bucklig. Seine Körpergröße war wie fortgeblasen, seine Haltung ähnelte der eines Affen, und Aliides erster Gedanke, als sie das sah, war, dass sie sofort die Hand auf Idroks Augen legen müsse, auf sein Gesicht, um ihn ganz schnell in einen tiefen Schlaf zu versetzen, damit er so davor verschont bliebe, noch mehr von diesem Fürchterlichen zu sehen. Damit nichts Böses in seinem Innern zum Leben erweckt würde und ihn zu quälen begänne, sondern damit es ganz versteckt bliebe.

Aber sie war nicht in der Lage, sie konnte nicht einmal einen Finger rühren, es ging einfach nicht!

Stattdessen hatte sie plötzlich einen bitteren, metallischen Blechgeschmack im Mund, so als sauge sie an einer schmutzigen alten Münze, und es war eklig, was sie da sah, und das, was jetzt langsam in ihrem Innern sichtbar wurde. Aber sie konnte den Blick trotzdem nicht abwenden oder die Augen schließen, und in dem engen kleinen Zimmer stank es regelrecht von den unterirdischen Schachtgerüchen, die die Bilder aus der labyrinthischen Welt mitbrachten, die in der Erde unter ihnen verborgen lag. Unter dem Haus und dem Zimmer hier, unter dem Gras, den Wäldern und der Stadt –

Und jetzt befand sich der verwandelte, bucklige, bestialische kleine Mann draußen auf den Straßen der Stadt.

Es war ein sehr nebliger, feuchtkalter Abend, eine gespenstische Stunde, die in einer Seitentasche außerhalb der normalen Zeit verborgen lag. Und das, was jetzt passieren sollte, hätte sich ebenso gut in Aliides Heimatstadt zugetragen haben können, auf einer der Nebenstraßen in den verfallenen Stadtteilen, wo es sie ja selbst oft, gegen ihren Willen, hinzog.

Bucklig und besinnungslos heulend, mit einem schwarzen Überrock und einem glänzenden Zylinderhut bekleidet, lief der Mann nun die Straße entlang. Er hatte einen grässlichen Stock, den er die ganze Zeit vor sich herstieß, und Aliide und Idrok verfolgten mit ausdruckslosen Mienen seine Raserei. Und jetzt, jetzt, genau wie Aliide vom ersten Moment an befürchtet hatte, kam ein kleines Kind ins Bild –

Ein Kind in einem weiten Umhang. Sein Gesicht war von der Kapuze verborgen und es trug einen großen Korb, der randvoll mit Äpfeln war.

Das Kind lief mit eiligen Schritten an einer niedrigen, nassen Steinmauer entlang, und es hatte sichtlich Angst, dass ihm etwas zustoßen würde, jetzt, wo es sich allein, völlig schutzlos, so spät noch draußen befand.

Und Aliide wusste ganz genau, was jetzt geschehen würde, es war unvermeidlich, nichts und niemand auf der Welt konnte es verhindern, und in der Tat, hier kam er auch schon; der bucklige, wild heulende kleine Mann. Trotz seines hinkenden Gangs und der affenähnlichen Haltung hatte er das Kind schon eingeholt, und es war fürchterlich, es war schrecklich, aber genau an der Steinmauer, unter einer Straßenlaterne, so, dass man es auch richtig sehen konnte, sprang er von hinten auf das Kind und warf es zu Boden! Mit Schlägen und Tritten fiel er über es her, schlug mit seinem harten, kleinen Stock besinnungslos auf seinen Kopf und seinen Rücken ein, er trat und schlug es, bis das Kind ganz still auf dem Gehweg lag, im Licht, und sein Korb war hingefallen und die Äpfel kullerten nach allen Seiten die regennasse Kopfsteinstraße hinunter.

Und dennoch trat der Mann weiter ganz besinnungslos, beinahe lachend, auf das völlig leblose Bündel ein. Und er ließ sich nicht aufhalten, bevor er anscheinend, etwas weiter unten auf der Straße, die Rufe einiger Passanten hörte, die endlich das Furchtbare bemerkt hatten und dem Kind jetzt zu Hilfe kamen.

Für einen kleinen Moment, in dem Augenblick, in dem er den Kopf hob und lauschte, konnte man deutlich sehen, wie ihn das Treten erregt hatte. Und mit einem gewandten kleinen Satz sprang er plötzlich über die Mauer und war verschwunden.

Als die Herbeieilenden dann also endlich am Tatort angelangt waren, war von dem Täter keine Spur mehr zu sehen.

Die Straßenlaterne beleuchtete mit ihrem blassen Schein die schaurige Szene, das leblose Bündel, den leeren Korb. Als die Kapuze vom Kopf des Kindes glitt und den Blick auf sein Gesicht freigab, tat Aliide ihr Bestes, nicht hinzusehen, und das Letzte, was sie von dem Film in Erinnerung behielt, war eine Szene, in der ein paar Leute im Kreis um das bewusstlose Kind herumstanden, und die niedrige Steinmauer, über die der monsterähnliche kleine Mann entkommen war, und einen frischen, glänzenden, dunklen kleinen Apfel, den man in Nahaufnahme die regennasse Straße hinunterkullern sah, auf einen Straßenabfluss zu, in welchen er dann hineinrollte und verschwand.

Kaum war der Film zu Ende, warf Idrok sich zur Seite, fing an zu schreien und wurde ganz komisch. Endlich wurde die Zimmertür aufgestoßen. Ein Schauer von Blütenblättern fiel aus den toten Blumen im Kamin und Mama rauschte herein.

Sie nahm Idrok mit nach oben in den engen, kleinen Raum im oberen Stockwerk, wo er und Aliide untergebracht waren, und versuchte ihn mit Worten und allen möglichen zärtlichen Berührungen und Gesten zu beruhigen, aber ohne Erfolg. Die ganze Zeit, wieder und wieder, fing er an zu schreien, stammelte Unzusammenhängendes, schien Halluzinationen zu haben und weinte. Und Aliide selbst betrachtete das alles hilflos aus dem unordentlichen kleinen Flur mit der schrägen Decke, in dem staubige, ausgestopfte alte Elchköpfe mit leerem Blick aus den dunklen Ecken starrten.

Und Mama saß dann den ganzen Abend auf Idroks Bettkante und strich ihm über den Kopf, bis er endlich still wurde und in einen Dämmerschlaf fiel. Aber die ganze sonderbare Nacht hindurch wachte er doch in regelmäßigen Abständen wieder auf, fing an zu schreien, warf sich hin und her und weinte. Er hatte Träume, die selbst dann kein Ende nehmen wollten, wenn er die Augen geöffnet und sich aufgesetzt hatte. Obwohl Papa hereinkam und ihn zwischen den Betten im Zimmer hin und her führte und zärtlich seine schweißnasse Stirn mit Wasser kühlte.

Er konnte plötzlich stehenbleiben, anfangen zu schreien und geradeaus vor sich in die Luft zeigen und etwas Fürchterliches direkt neben Aliide sehen, und auch im Wachzustand, am nächsten Morgen, saß das Unruhige, Gequälte noch in ihm fest, allerdings auf einer tieferen Ebene, jetzt, wo die Nacht zu Ende war.

Aus alledem entstand dann, so insgesamt, ein sonderbarer Tag. Ein Tag, der die Summe aus all der Zeit war, die sie hier verbracht hatten; heiß, aber nicht warm, am Anfang dunkel, einsam in der Mitte und dunkel auch am Schluss, in der Dämmerung, als er leise in seine Bestandteile zerfiel und zur Nacht wurde.

Nach dem Frühstück gingen sie und Idrok zuerst gemeinsam schweigend hinunter zum Strand. Sie waren unsagbar erleichtert und dankbar dafür, dass es ihnen wieder einmal gelungen war, sich vor der angespannten Stimmung in Sicherheit zu bringen, die zwischen den Erwachsenen oben auf der Glasveranda immer herrschte.

Auf dem Hof zwischen den beiden Häusern hackte der Großvater Holz mit seiner blitzsauberen, instandgesetzten Axt. Wie alles andere führte er auch diese Tätigkeit aus, ohne eine Miene zu verziehen. Und das Geräusch der Axt, die die Holzscheite spaltete, trieb hinaus über den See, und dort, in der Stille über den Wassermassen, in denen die Bestie ihr Zuhause hatte, wurde es vervielfacht. Zwei Schläge wurden zu vieren, die wiederum zu sechzehn wurden, die zu zweiunddreißig wurden und –

Aliide bückte sich und berührte vorsichtig die Steine am Strand. Sie waren jetzt leicht wie sonnengetrockneter Hasenkot. Und viel zahlreicher, glatter und viel wärmer als gestern! Als hätten der Nebel und der Tau, wie zwei unterschiedlich große Tiere, sie zurückgelassen. Aber ansonsten war der Himmel grau, wie trübes Wasser von unten aus gesehen, in der Dämmerung vom Grund eines großen Flusses aus betrachtet, dessen Ufer von Bäumen bewachsen ist, deren Schatten man gerade noch erahnen kann.

Nachdem sie ein bisschen unten am Strand herumgestanden hatten, hatten sie plötzlich genug davon. Sie bahnten sich stattdessen einen Weg durch den hohen Wall aus Pflanzen und weißem Gras und gingen den Kiesweg hinauf, dem sie schweigend, mit gesenkten Köpfen, zu folgen begannen –

Idrok schlenderte hinter Aliide her. Nach dem Frühstück hatte er im Geräteschuppen ein altes Mora-Messer mit stumpfer Schneide und kaputtem Schaft gefunden. Dieses Messer stieß er nun wütend in alles, was in seine Reichweite kam. In regelmäßigen Abständen blieb er stehen, setzte sich in die Hocke und stieß es in den Kiesweg zu seinen Füßen, so dass Steine, Sand und Kies aufspritzten. Oder er drehte sich plötzlich um und hackte wild auf das Gras im Graben ein –

Sie kamen am Bootshaus vorbei. Ein rotgestrichenes Gebäude, zur Hälfte mit Wasser und zur Hälfte mit Steinen gefüllt, in das die Boote nun hineingezogen worden waren. An den Wänden dort drinnen hingen die Netze des Großvaters, seine Angelschnüre und Angelruten, seine kleinen Gewichte, und in unterschiedlich großen Kisten wurden all seine unschätzbar wertvollen Fliegen und Köder aufbewahrt.

Und hier, am Wegesrand gegenüber dem Bootshaus, entdeckten sie einen kleinen Pfad, der direkt hinunter in den Wald führte, fort vom Weg, von den Häusern, dem See und allem anderen hier. Einen undeutlichen kleinen Pfad, auf den Gras gesickert war, das ihn beinahe aufgelöst hatte.

Aliide stellte sich diesen Pfad sofort als BEGINN VON ETWAS FURCHTBAREM vor. Und dennoch, diesem Gedanken zum Trotz, begannen sie ihm widerwillig zu folgen, denn sonst gab es nichts, wo sie hätten hingehen können, es gab keinen anderen Weg als ausgerechnet diesen –

Der Wald bestand zunächst aus kräftigen Tannen und betagten Laubbäumen unbekannter Art, die sich möglicherweise sehr gut für das Baumhäuschen geeignet hätten, das sie sich jetzt bauen wollten.

Aber diese Bäume standen viel zu nah am Weg und an den Häusern. Sie waren auf der Suche nach einem Baum, der groß, alt, sicher und still war und außerdem in gehörigem Abstand zu den beiden Häusern auf der Landzunge stehen sollte, zu all den verschlossenen und innerlich blinden Menschen dort.

Aber je weiter sie gingen, desto kleiner und verkümmerter wurden die Bäume stattdessen auf beiden Seiten. Kleine, ausgemergelte Birken, die in so großem Abstand voneinander wuchsen, dass der Himmel schließlich bis zum Boden zu reichen schien, nahmen den Platz der alten Laubbäume und Fichten ein. So fand das Geräusch der Axt des Großvaters mit Leichtigkeit seinen Weg bis hierher und griff sie an wie die Kriebelmückenschwärme, wo sie auch gingen und standen. Und während Aliide sich umsah, und nach einem Baum Ausschau hielt, der groß, still und sicher genug war, wiederholte sie, gegen ihren Willen, in ihrem Innern –

WO IST ER DENN?

WO IST ER DENN?

DER BAUM, IN DEN ER HINEINHACKT, DER BAUM MIT ALL DEN SCHREIENDEN KINDERN DARIN, UND WANN WIRD DER BAUM ENDLICH UMFALLEN?

Aber es gab hier keinen Baum mit schreienden Kindern darin, überhaupt keinen Baum, der sich für das Baumhäuschen geeignet hätte, das sie sich vorgestellt hatten. Und Aliide hatte keine Ahnung, warum sie so etwas dachte, woher der Gedanke und das Bild gekommen waren, aber sie sah jetzt (denn sie waren allein), dass der Boden hier in der Gegend, zwischen den Bäumen, mit einem feuchten, tiefen Moos bedeckt war, in das die uralten Steine eingefasst waren, so schön und tief, genau wie sie früher einmal erschaffen worden waren –

Sie blieben einen Augenblick stehen. Idrok ging zu einer kleinen Birke und begann mit seinem rostigen Messer, Teile der Rinde abzuschälen. Lange Streifen fielen ins Moos zu seinen Füßen und das weiße Innere der Birke wurde entblößt, und auch das bearbeitete er kaltblütig und verbissen mit dem Messer.

Aliide stand ein bisschen abseits und wünschte sich von ganzem Herzen, dass er bald wieder normal werden würde, als er plötzlich, mitten in diesem Massaker, herumfuhr, und ihr wütend direkt ins Gesicht starrte!

So entsetzlich verändert hatte sie ihn noch nie zuvor gesehen. Er stand so nah, vielleicht fünf Zentimeter von ihr entfernt, dass sie spüren konnte, wie sein Atem sie im Gesicht kitzelte. Ihr wurde bewusst, dass sie in der Tiefe des Waldes ganz sich selbst überlassen waren, dass er zitterte, dass er ein hochrotes Gesicht und hochrote Augen hatte, dass sein Haar nicht länger vollkommen weiß war, in einige Strähnen war Luft geraten und sie hatten einen matten, eisengrauen Farbton angenommen, und dass er mit der rechten Hand das rostige Messer so fest umklammerte, dass seine Knöchel weiß wurden. Und dass DAS, WAS SIE BISHER NIE HATTE SCHÜTZEN KÖNNEN, SIE AUCH HIER NICHT SCHÜTZEN

KONNTE, als sie einander nun Auge in Auge gegenüberstanden, im Wald, wo keine Rettung in Sicht war.

Und sie verspürte plötzlich eine wahnsinnige Angst, sogar vor Idrok. Denn auf welche Ideen konnte er in diesem Zustand hier nicht plötzlich kommen, ganz allein mit ihr, mit dem Messer in der Hand, und was verbarg er? Was hatte er in sich, wer war er überhaupt, und wer war sie? Und in was für einer Welt lebten sie, in der sich alles für einen Augenblick plötzlich auflösen konnte, wo alle Grenzen zwischen den Menschen für eine Tausendstelsekunde plötzlich aufgehoben werden konnten, so dass entsetzliche Dinge möglich wurden und geschahen und einen dann quälten, ein Leben lang?

Und dann, genauso abrupt, war es vorbei, und er drehte ihr den Rücken zu und schnitt wieder am Stamm der Birke herum, und ein wenig später begannen sie, weiter den Pfad entlangzugehen. Das tiefe Moos, das dem Boden hier zusetzte, und die riesigen Steine, die in diesem Moos ruhten, machten die Stimmung erstickend düster. Die Hitze des Vortags hatte sich noch nicht verflüchtigen können. Die Gerüche des gestrigen Abendessens hatten sich in kleinen Streifen zwischen den Bäumen abgelagert, die zu nichts taugten, auf die man noch nicht einmal hätte klettern können, so blutleer und klein waren sie mit der Zeit geworden.

Trotzdem folgten sie dem Pfad, bis sie schließlich zu einem Sumpf gelangten, in dem der Pfad verschwand und sich auflöste. Hier begann die Wildnis, die Leere, die große Einöde, mit endlosen Mooren und Sümpfen, wo die Moltebeeren wuchsen, und Myriaden verhärmter Bäume. Und direkt über dem Sumpf war der Himmel weit offen und gefährlich nah. Man konnte deutlich spüren, wie die Wolken rochen, und dass sie Spinnen, Insekten, alte Blätter und Grashalme enthielten, die ab und zu hinunter ins Moos oder in den Sumpf fielen. Denn in der Nähe des Sumpfes wuchsen keine Bäume, nicht einmal solche kleinen und ganz verhärmten, und deswegen war es hier offen und leer, als ob der Wald ein Loch bekommen hätte, als ob Licht und Luft hineinsickerten und ihn ausradierten.

Sie blieben stehen. Sie sahen, dass sie nicht weiterkommen konnten, und dass damit alle Träume von dem Häuschen und dem Baum ein Ende hatten. Aliide setzte sich auf einen warmen Stein, faltete die Hände im Schoß und sah zu, während Idrok unruhig, mit dem Messer in der Hand, an den Rändern des Sumpfes umherstreifte. Und das Geräusch von der Axt des Großvaters – kleine, kleine Hiebe, als höre man sie aus einem kleinen Bild – erreichte sie, und unerklärlicherweise waren die Gedanken an den furchtbaren Baum mit den schreienden Kindern wieder da, bei Aliide –

Als sie nach einer Weile wieder hinaus auf den Kiesweg traten, war eine große, nichts Gutes verheißende schwarze Wolke unter dem verstopften Himmel über dem See aufgetaucht. Denn ganz hinten am Strand unterhalb der Landzunge, ganz in der Nähe der Häuser, stand ein Mensch in Windjacke, dunkler Hose und Schirmmütze und verbrannte Reisig, Zweige, Tannenzapfen und altes Gras in einer rostigen Blechtonne. Und aus der Tonne stieg ein darmförmiger Kringel aus bitterschwarzem Rauch, der mit dem Wind aufs Wasser hinaustrieb und dort hängenblieb und seine Gestalt änderte. Hin und her, so als kämpfe etwas darum, Form anzunehmen! Aber ein paar Minuten später hatte sich der Rauch zum Glück aufgelöst und war verschwunden.

Und den ganzen Tag über tauchten überall solche unerklärlichen Wolken auf, über den Wäldern und dem

Wasser, und das, obwohl dieser Mensch seit langem aufgehört hatte, in der Tonne am Strand Grünabfälle zu verbrennen. Die atmosphärische Spannung steigerte sich unerbittlich bis zum Nachmittag, an dem sie alle wie versteinert um den langen Tisch oben auf der unerträglich heißen Glasveranda saßen.

Dort saßen die Bremsen unbeweglich auf dem Fensterbrett und auf dem Zucker im Zuckerschälchen. Draußen standen schweigend die Sträucher mit ihrem rätselhaften Inhalt, und im Klohäuschen hinter dem Haus saßen die Wespen zusammengeklumpt in ihrem abblätternden Nest. Das Loch im Gemüsegarten war jetzt seit einigen Tagen nicht angetastet worden, weder Papa noch der Großvater hatten es angerührt oder sich ihm genähert. War es jetzt also vielleicht fertig und in Kraft getreten?

Am Horizont, wo die Wolkendecke nicht richtig dicht schloss, wo es eine Ritze gab, strömte ein lugubres Licht über den See herein und beleuchtete auf schiefe Art das Ufer, die Bäume, die Häuser, ihre Gesichter und die Axt des Großvaters, die am Hauklotz vor dem Geräteschuppen lehnte –

Mehrere Stunden lang, unfähig, sich zu irgendetwas anderem aufzuschwingen, warteten sie mit schmerzenden Köpfen und schweißnassen Gesichtern darauf, dass es anfangen würde zu regnen. Darauf, dass das Gewitter, der Sturm und die aufgestauten Kräfte endlich losbrechen würden, so dass diese drückende Windstille, all dieses Erstarrte, Abgestandene vollständig aufgeschlitzt würde. Aber es kam gar kein Regen, nicht der kleinste Tropfen fiel auf die statische Welt der blutgefüllten Sträucher, der Teufelsfliegen und der unterirdischen Haufen, die sie umgab! Und was das Gewitter anging, so konnten sie höchstens ein schwaches Grollen hören, etliche Meilen weiter entfernt, hinter den Bergen, aber mehr nicht.

Gegen Abend klarte alles von selbst auf, aber Aliide hatte immer noch ein unbehagliches Gefühl im Körper. Ein Gefühl von großer, schmerzhaft gesteigerter Spannung, für die sie nie ein Ventil gefunden hatte, die sie unerträglich schwächte, und mit der sie jetzt weiterleben musste, unter diesen Menschen.

Zwei Tage später, als zwei Wochen um waren, war es endlich Zeit heimzufahren. Die Axt des Großvaters wurde in den Geräteschuppen gestellt, der dann zugeschlossen wurde. Die zwei Häuser und der Erdkeller wurden dichtgemacht und die Schlüssel an einem geheimen Ort versteckt. Man quetschte sich in die Autos und fuhr in die nahegelegene Stadt, zu dem neu gekauften, einstöckigen Neubau der Großeltern, der mitten auf einem Lehmgrundstück stand, umgeben von einer Menge identischer flacher, kleiner Häuser.

Und dort sollte schon wieder gegessen werden. Schon wieder war eine Mahlzeit zubereitet und ein Tisch gedeckt worden, diesmal der massive Esstisch mitten in dem ziemlich engen Wohnzimmer der Großeltern.

Und auch diesmal bestand die Mahlzeit aus etwas, das der Großvater getötet hatte. Aber jetzt handelte es sich nicht um ein paar kleine, schwarz gewordene Fische, sondern um Teile eines kompletten Elchs! Mit anderen Worten; Fleisch, Fleischstücke, Soßen und unterschiedliche Teile des Elchkörpers –

Und alles, die Fleischstücke, die Soße, die Kartoffeln und das Gelee wurden von der Großmutter hereingetragen. Alles, bis auf just die gigantische gekochte Zunge des Elchs, mit der der Großvater höchstpersönlich kurz darauf hereinspaziert kam und die er dann, mit einem vielsagenden Räuspern, direkt vor Aliides Nase stellte.

Und was wollte er damit zum Ausdruck bringen? Was wollte er ihr sagen, was bedeutete das, was konnte das sein, wenn nicht noch ein Zeichen, eine dezente kleine Warnung vielleicht; SO KANN ES GEHEN! Aliide sah quer über die monströse Zunge zu Idrok hinüber. In sich zusammengesunken saß er ihr genau gegenüber und trat, mit griesgrämiger Miene und einem starr auf die Kartoffelschüssel gerichteten Blick, gegen ein Stuhlbein. Und er war jetzt ruhiger, nicht mehr ganz so gepeinigt und verstört, aber dennoch; verändert.

Hinter dem Großvater, der links von Aliide saß, am Kopfende, hing ein großes Gemälde, das er einmal von einem Klienten als Bezahlung erhalten hatte und das zu verkaufen er sich keinesfalls vorstellen konnte; sein teuerster Besitz.

Auf diesem Gemälde sah man ein paar Schwäne, die auf niedriger Höhe über einen Wasserlauf flogen. Im Hintergrund erhob sich eine schneebedeckte Bergkette. Am Himmel glitten die Wolken auseinander und das Licht fiel in das tiefe Wasser, das die Schwäne umgab. Alles war in frostigen, eisblauen Farben und Weiß gemalt, und im eisigen Widerschein dieses Bildes hockten sie jetzt, alle sechs, um den Tisch herum und aßen.

Aber Aliide konnte den Blick nicht von der Zunge abwenden, die sie die ganze Mahlzeit über vor sich hatte. Unerbittlich wurden ihre Gedanken von dem Elch angezogen, zu dem dies alles einmal gehört hatte. Den der Großvater in dem Wald geschossen hatte, wo der Kopf des ermordeten Mädchens lag und in einem See verweste, ohne dass hier jemand davon wusste (so leise und unmerklich verlor das Gesicht seine Form ...)

Und als das Abendessen endlich überstanden war, als die Reste hinausgetragen worden waren, zogen sie alle vom Esstisch auf das Sofa und die Sessel um –

Die Großmutter ging auf wackligen Beinen hinaus in die Küche, kam aber sofort mit einem großen Tablett zurück, das mit Tassen, Tellerchen, einer Thermoskanne und einem geflochtenen Körbchen beladen war. In dem Körbchen lagen einige weiße Blätterteigteilchen, die kleinen, sonnengebleichten Hundehaufen glichen.

Alle nahmen jetzt Platz. Alle außer dem Großvater, der vom Wein, den er getrunken hatte, munter geworden war und deswegen aufrecht in ihrer Mitte stand, mit einem Kognakglas in der Hand. Ohne Ende erzählte er irgendwelche Anekdoten aus seiner Kinderzeit und Jugend, und die hatten sie alle schon unzählige Male gehört –

Die anderen saßen mit gesenkten Köpfen da, stumm, und rührten zerstreut mit ihren Silberlöffelchen im Kaffee.

Und obwohl Aliide großen Durst hatte, so als hätte sie plötzlich an den Tod denken müssen, und obwohl ein großes Glas Saft vor ihr auf dem niedrigen Couchtisch stand, trank sie keinen einzigen Schluck –

Ihre Kehle war wie zugeschnürt von der Stimme des Großvaters. Er stand mitten unter ihnen und predigte leise und beharrlich, wandte sich dabei aber eigentlich an keinen von ihnen. Was wollte er dann eigentlich mit diesem Gerede zum Ausdruck bringen, wenn es doch nicht dazu diente, ihn für die Menschen auf der Welt zu öffnen, für die Welt selbst und ihre Schönheit?

Der Einzige, der überhaupt zuhörte, war Papa. Von seinem Platz auf dem Sofa folgte er mit dem Blick unverwandt dem Großvater, ließ ihn nicht eine Sekunde aus den Augen. Und der Großvater schritt hocherhobenen Hauptes zwischen dem Couchtisch und dem Esstisch auf und ab. In der rechten Hand hielt er sein Kognakglas, und seine markanten Gesichtszüge waren auf eigenartige Weise gestrafft. Denn obwohl der Großvater beide Augen weit geöffnet hatte, sah es so aus, als schaffe es sein Blick nie richtig aus ihm heraus. Als sei er stattdessen ganz hinten in dem schön gemeißelten Kopf festgenagelt, und beide Augen waren hell und trocken, weiß verschleiert wie gekochte Fischaugen, aber trotzdem sehr kalt.

Ab und zu kommentierte Papa die Geschichten des Großvaters mit ein oder zwei Worten, und es tat Aliide weh, das zu sehen und zu hören. Denn es war für sie nun ganz offensichtlich, dass Papa auf diese Weise emsige kleine Versuche machte, die Verschlossenheit des Großvaters zu durchbrechen; dass das aber nicht funktionierte. Dass es nie funktioniert hatte und auch nie funktionieren würde!

Der Großvater setzte seine Predigten fort, als habe er nichts gehört, als sei das Zimmer völlig leer, als sei sogar die Welt außerhalb des Hauses eine verlassene und menschenleere Gegend. Er spiegelte ganz einfach nichts von dem, was es an Menschen und Leben um ihn herum gab!

Hinter seinem Platz am Esstisch reflektierte das Schwanenbild das Licht, das jetzt durchs Fenster hereinfiel. Kühle, eisige, frostblaue und weiße Farbschimmer lösten sich aus dem Bild und füllten wie Wasserdampf, wie dünne Nebelschleier, den Rest des Raumes. Aber draußen ging die Sonne hinter den nahegelegenen Wäldern unter, über den Häusern, die sie zugeschlossen und draußen auf der Landzunge zurückgelassen hatten, über dem See mit der Bestie darin, dem Plumpsklo und den blutgefüllten Sträuchern. Dort draußen war die Axt des Großvaters im Geräteschuppen beiseitegestellt, die Fliegen überfielen ungestört die Blutgerinnsel in den immer eingefalleneren Sträuchern, an der Tür des Erdkellers, die ordentlich verriegelt war, saß eine bösartige Fliege mit einem

Männergesicht und wartete, und nachdem sie gefahren waren, war Regen in die Grube im Gemüsegarten gefallen. Und hier, hier drin, weit weg von alledem, in dem flachen kleinen Haus mitten auf dem Lehmgelände, wurde das Zimmer um sie herum immer dunkler. Ja, jede Menge Dunkelheit lag in unförmigen Flecken unter dem Couchtisch, unter dem Esstisch, an Aliides Füßen, überall, und Aliide beobachtete wie verhext, dass diese Dunkelheit ihr Eigenleben hatte, wie sie wuchs, sich ausdehnte, kroch und schrumpfte, während die Körper und die stummen Menschen, die zu diesen Körpern gehörten, sich nicht rührten.

Ja, sie selbst saß ganz still auf ihrem Stuhl. Idrok hatte sich, erschöpft von allem, was er in den letzten Tagen empfunden und gesehen hatte, auf dem Sofa an Mama geschmiegt und war eingeschlafen. Die Großmutter knabberte verstohlen an einem der hundehaufenähnlichen weißen Kuchenteilchen. Unendlich viele Uhren tickten überall im Haus, in den Ecken, in den Schränken, unter den Betten, unter dem Fußboden, versteckt, vergessen. Aber als Aliide sich vorsichtig umsah, konnte sie nur ein einziges großes, vergoldetes Exemplar entdecken, das über dem Fernseher an der Wand hing, obwohl ausgerechnet das nicht richtig echt aussah –

Und obwohl diese Menschen hier ja erwiesenermaßen wach waren, die Augen offen hatten, ihre Tassen festhielten, Kaffee tranken, und man sagen konnte, dass sie rein körperlich bei Bewusstsein und am Leben waren, hatten sie dennoch etwas Schlafwandlerisches an sich. Etwas, das Aliide nicht richtig bestimmen und benennen konnte. Es war, als ob eine fürchterliche Kraft oder Energie, die eigentlich frei fließen und sie füreinander und für ihre Umwelt öffnen sollte, aus irgendeinem Grund, an irgendeinem Punkt ihres gemeinsamen

Lebens, stattdessen nach innen gerichtet worden war. Und jetzt verschloss diese Kraft sie nur noch fester, riss sie mit sich fort, fort voneinander und fort von sich selbst.

Und im Kreis dieser fest verschlossenen Menschen stand der Großvater, hochgewachsen, ein Gentleman, unerreichbar für jeden Versuch der Annäherung, mit einem nach innen gerichteten, metallisch blauen Blick, an dem nichts richtig hängenbleiben wollte. Und Aliide konnte sich plötzlich nichts Entsetzlicheres vorstellen, als einen lebendigen Menschen, DER ÜBERHAUPT NICHTS VON DEM SPIEGELTE, WAS IHN UMGAB.

Sie richtete dann ihren Blick auf die Gesichter der anderen und ließ ihn noch einmal von Mama zur Großmutter wandern, von Papa zum Großvater und wieder zurück, immer im Kreis herum, und konnte in diesen Gesichtern nur deutliche Spuren der Verschlossenheit und Selbstbeherrschung sehen, die so charakteristisch für diese Familie waren. Nicht einmal in ihren kühnsten Fantasien konnte sie sich ein Bild davon machen, was in ihnen vorging. Falls jetzt überhaupt etwas in ihnen vorging (aber das tat es, das wusste sie ja; schreckliche Sachen, große Dinge).

Und als sie dann versuchte, in sich selbst hineinzuspüren, konnte sie nicht feststellen, dass sie irgendwelche wärmeren, zärtlicheren Gefühle für irgendeinen dieser Erwachsenen hier hegte. Ja, das war ihre Familie, das war vielleicht trotz allem so, aber es kam ihr dennoch vollkommen lächerlich und absurd vor, dass sie irgendwie ein Produkt dieser verschlossenen Individuen sein sollte, die jetzt mit leeren Mienen in ihren Kaffeetassen rührten und umsichtig Dampfschlingen um ihre Silberlöffelstiele wickelten. Sie konnte nicht feststellen, dass sie irgendetwas mit ihnen gemeinsam hatte! Wie eine Tote saß sie ihnen allen jetzt gegenüber, und sie waren ihrerseits wie eine Ansammlung Toter für sie! Abgestumpft und stumm wie sie war, konnte sie allerhöchstens ihren Eltern gegenüber eine Art Hoffnungslosigkeit und Trauer empfinden, weil sie ihr immer so unsäglich schwach vorkamen. So zerbrechlich, so vollkommen ahnungslos im Hinblick auf alles, was sie wirklich war und alles, was sie empfunden und getan und erlebt hatte. Und diese Tatsache, dass so ein Abgrund zwischen ihren Welten und Leben lag, die Tatsache, dass sie ihre Eltern immer und überall pausenlos beschützen und schonen musste, war eine Quelle tiefer Traurigkeit; oh, diese machtlosen, blinden kleinen Eltern, die ihr Leben irgendwo in der Mitte der Familie lebten, in ihrer Tiefe, wie eine Schar menschenförmiger Stalagmiten am Grunde eines Berges!

In dieser Familie hier wurde man nicht durch Liebe oder ähnliche Gefühle zusammengehalten. Auf jeden Fall nicht von ihrer Seite aus, wie sie jetzt spürte. Nein, es waren wie gesagt alle möglichen seltsamen Bindungen, Stimmungen und eine Art Magnetismus, verdrängte Kräfte und diese nach innen gerichtete Energie, die sie alle an ihrem Platz hielten, die dafür sorgten, dass sie so fest miteinander verbunden waren, dass sie nichts sehen oder spüren konnten, zum Schweigen gebracht von diesen angestauten Kräften. Alles Mögliche verband sie, nur keine Liebe! Denn wie Aliide jetzt erkannte, konnte Liebe nicht aus einer derartigen Abhängigkeit entstehen, einem derartigen Ausgeliefertsein. Liebe konnte sich nicht entwickeln, wenn man als Kind, egal welches, egal wie geliebt und herbeigesehnt man auch sein mochte, plötzlich in einen Kreis von Menschen hineingezwungen wurde, ohne gefragt zu werden, ohne dass man darum gebeten hatte, sich ihnen anschließen zu dürfen!

Vielleicht war es so, dass man tatsächlich erst erwachsen werden und unter großen Geburtsschmerzen ein eigener Mensch werden musste, dass man zuerst eine geraume Zeit kämpfen musste, um all diese alten, verzehrenden Bindungen ganz loszuwerden, die zwischen einem selbst und den anderen standen, die einem die Sicht verstellten, denn noch einmal; was waren das eigentlich für Leute; ihre Eltern, Idrok, die Großeltern, und, nicht zuletzt, sie selbst?

Vielleicht war es so, dass man erst danach, nach vielen missglückten Versuchen und einem jahrelangen Kampf, der einem oft fruchtlos und endlos vorkam, wenn man sich als Erwachsene jedenfalls so einigermaßen auf Augenhöhe mit ihnen befand, dass man sich dann auch eine Vorstellung davon machen konnte, wer sie eigentlich waren. Und ob es überhaupt etwas an ihnen gab, das sie der Liebe würdig machte, das diese Liebe in einem zum Leben erwecken konnte, denn bis jetzt wusste sie nicht, fühlte sie nicht, konnte sie weder sehen noch verstehen.

Ja, vielleicht war es so, dass man erst, wenn man sich ein wenig losgerissen hatte, wenn man nahezu frei stand und etwas mehr Abstand zu den anderen gewonnen hatte, dass man erst dann sehen konnte, ob sie überhaupt die Art Menschen waren, die man lieben und von denen man sich lieben lassen konnte und wollte, und ob man dazu die Kraft hatte (aber allein das Wort verwirrte Aliide vorerst nur, denn was bedeutete das eigentlich, Liebe, und dieses »lieben«, und das Schwierigste von allem, das Schrecklichste, sich lieben zu lassen?) –

Aber von dem Punkt aus, an dem sie sich jetzt befand, zu diesem Zeitpunkt und aus dieser Situation heraus, war es nicht einmal möglich, ihre Gesichter auseinanderzuhalten! Sie lebten ein rätselhaftes und weit entferntes Leben in einer

Welt für sich. Und hier unten, wo Aliide sich befand, als Kind, herrschten ganz andere Bedingungen! Die Erwachsenen wussten sehr wenig oder überhaupt nichts über die Welt, die ihre eigenen Kinder bevölkerten, über das Leben, das täglich, auf Leben und Tod, dort unten geführt werden musste. Und Aliide wusste ihrerseits sehr wenig oder überhaupt nichts über die Welt der Erwachsenen. Nur dass sie durchsichtig waren, wie Gespenster, formlos, stumm, und dass sie sie nie direkt ansahen, sondern einen Punkt genau neben ihr, als seien sie im Grunde genommen sehr traurig, beklommen.

Der Großvater stand jetzt an einem der Fenster, mit dem Rücken zu den Menschen im Raum. Er hatte sich Kognak nachgeschenkt und redete weiter. Seine Stimme war immer noch genauso trocken und eintönig, nie nahm sie die Farbe dessen an, was sie erzählte, erwartete keine Antwort und war auch nicht die Art Stimme, die sich für die eines anderen öffnet –

Und aus dem Bild über dem Esszimmertisch wölbte sich jetzt, zusammengesetzt aus den silbrigen Farbschattierungen, die es im Dämmerlicht ausstrahlte, ein nebelhafter Regenbogen. Quer durch das enge Zimmer wölbte er sich, über die dunkle Gestalt des Großvaters dort hinten am Fenster, über Idrok und die düsteren Schlafwandler, die zusammengesunken auf dem Sofa und auf den Stühlen saßen. Und während der Großvater seinen Blick über das verlassene Lehmgelände schweifen ließ, wo ein schwarzer Hund genau in diesem Moment Richtung Waldrand davonlief, war der Rest des Zimmers frei und Aliide konnte vom Stuhl gleiten und hinaus in den Flur gehen.

Wie gewöhnlich hatte sie sehr stark das Bedürfnis, sich in Sicherheit zu bringen, sich zu schützen, zu retten vor diesen

Menschen und der Erstarrung, die zwischen ihnen herrschte. Und sobald sie den Raum verlassen hatte, nahm der Druck erheblich ab –

Im Flur war es auf sonderbare Weise dunkel und still, obwohl sich die anderen lediglich im Zimmer nebenan befanden, ein paar Meter weiter entfernt, und die Tür sperrangelweit offenstand.

Hier war noch alles voll mit unausgepackten Pappkartons, die Umzugsgüter aller Art enthielten, Bücher, Küchenutensilien und Kunst. An der Wand zusammengerollt lagen ein paar kostbare orientalische Teppiche, hier gab es eine kobaltblaue Truhe, ein String-Bücherregal und eine alte Pendeluhr, die stehengeblieben war.

Diese Gegenstände hatten bis vor Kurzem die Zimmer des großen, aus unterschiedlichen Gründen sehr düsteren Hauses ausgefüllt, das die Großeltern gerade verkauft hatten und aus dem sie nun ausgezogen waren.

Das Haus lag am anderen Ende der Stadt. Dort waren Aliide und Idrok einmal vor sehr langer Zeit, als die Eltern verreist gewesen waren, in der Obhut der Großeltern zurückgelassen worden. Aber das Einzige von damals, woran Aliide sich noch erinnern konnte, war, dass es in allen Zimmern des Hauses beinahe übelerregend süßlich gerochen hatte, dass gleichzeitig vielleicht der Garten draußen voll mit frisch gefallenem Schnee gewesen war, dass es dort eine hohe, steile Treppe gegeben hatte, die oft in ihren am meisten mit Angst besetzten Erinnerungen vorkam, und irgendetwas mit Tod, eine Stimmung. Und jetzt, in diesem Moment, wurde ihr bei dem Gedanken daran und an das Haus, in dem es passiert war, ganz unbehaglich zumute, sie fühlte sich beklommen und bekam Angst, also musste sie alles augenblicklich abschütteln –

Das tat sie, indem sie sich stattdessen umwandte und in den Flur hinaussah. Sie ging ein wenig tiefer hinein und sofort, schon beim ersten Schritt, wurde er kalt und noch dunkler.

Am hinteren Ende fiel ihr Blick auf eine geschlossene Tür, von der sie wusste, dass sie in den Hobbyraum führte. Und links von dieser Tür entdeckte sie noch eine, auch diese geschlossen, möglicherweise sogar verschlossen, denn das war die Tür zum Zimmer des Großvaters.

An den Wänden hier hingen schon kleine gerahmte Drucke von Zorn. Beleibte Bauernmädchen standen in schwach beleuchteten Räumen und hatten dem Betrachter ihre fleischigen, feuchten Hinterteile zugewandt, und davor ekelte sich Aliide so schrecklich, dass sie sich wie eine zum Tode Verurteilte mit gesenktem Kopf an ihnen vorbeischleppen musste; völlig niedergeschmettert von diesen nackten Frauenkörpern, die ihren Weg säumten. Das wohlbekannte Schweregefühl lag wieder auf ihr. All dieses Fleisch! All diese Knochen! Das Blut! Die Nerven! Die Gedärme im Bauch, die still und leise das Essen, das sie gerade gegessen hatte, in Kacke umwandelten! Und ihr eigener schmächtiger Körper, der schon jetzt, und so lange sie überhaupt zurückdenken konnte, zu schwer gewesen war, mit dem es sich unmöglich leben ließ –

Trotzdem setzte sie unverdrossen ihre Wanderung fort. Denn in das Zimmer, in dem der Großvater immer noch stand und predigte, in dem die anderen unter dem dunstigen Regenbogen hockten, konnte und wollte sie nicht mehr gehen. Es gab jetzt keine Möglichkeit mehr umzukehren. Und keinen Weg zurück –

Und während sie immer tiefer in den Flur vordrang, wurde die Stimme des Großvaters langsam leiser. Schließlich war sie kaum noch zu hören, und das helle Zimmer, in dem sie bis vor wenigen Minuten noch zusammen mit den anderen gesessen hatte, oben in der wirklichen Welt, hatte sie jetzt weit, weit hinter sich gelassen, denn sie war unterwegs nach unten, nach innen –

Bis es um sie herum so dunkel und kalt geworden war, dass es sich anfühlte, als sei sie allein mit sich selbst in ihrem eigenen Innern. In einem der Gänge des Labyrinths, in das sie an diesem regnerischen Herbsttag auf der Flucht hineingeraten war, als diese Frau gekommen war, als die Hand des Schattens sie überall angefasst hatte, und aus dem sie jetzt schon lange keinen Ausweg mehr fand –

Vorsichtig tastete sie sich voran, streckte eine Hand aus, berührte die Wand und stellte zu ihrer Verwunderung fest, dass diese feucht, klamm und eisig kalt war. Sie schien auf dem Weg hinunter zu dem Punkt in der Zeit zu sein, an dem alle Gänge des Labyrinths zusammentrafen, um sich dann aufs Neue zu verzweigen, zum Licht hinaus. Und genau dieser als Flur getarnte Gang lag besonders tief unten –

Sie hörte jetzt nur ihr eigenes Herz schlagen, ihre eigenen Atemzüge, und irgendwo in einem anderen nahegelegenen Gang – über, neben oder direkt unter ihr – eine kleine Uhr, die vier Mal schlug, als sei die Zeit von jetzt an am Verrinnen. Und kurz darauf ein Kind, das schrie oder weinte, und eilige Schritte, eine Tür, die zugeschlagen wurde, eine Männerstimme, und Bewegungen, und eine andere Stimme, die hoch war und schrie, und einen Hund. Aber all diese Geräusche, die aus den benachbarten Gängen hier hereinsickerten, waren sehr gedämpft, und es war schwer zu sagen, was das Ganze eigentlich zu bedeuten hatte –

Als es dann plötzlich um sie herum still geworden war, hob sie den Kopf, sah den dunklen Gang hinunter und konnte an seinem Ende, in der Dunkelheit, etwas erkennen, auf das Licht fiel. Wo immer dieses Licht auch hergekommen sein mochte, denn sie befand sich so tief unten in dem Gang, wie man überhaupt kommen konnte.

Und als sie ein paar Schritte näher herangetreten war, konnte sie sehen, dass es ein kleines Bild war, das ganz allein hier im Dunkeln hing, seit langem versteckt, verdrängt und vergessen, ganz tief unten im Flur, im Labyrinth, aber auch ganz weit im Innern dieser verschlungenen Geschichte, die ihre eigene war und aus der es keinen Ausweg gab.

Es hing an der Wand neben der Hobbyraumtür. Gegenüber der Tür zum Zimmer des Großvaters, die jetzt wahrscheinlich bis in alle Ewigkeit verschlossen und zu bleiben würde.

Aber in dem Moment, in dem sie das Bild erreichte, stehenblieb, sich auf die Zehenspitzen stellte und es sich genauer ansah, erkannte sie es sofort wieder. Auf zersplitterte Weise kam alles zurück, und in einem Schauer gleißender Bilder, die sich von unten heraufdrängten, aus der Dunkelheit, erinnerte sie sich erneut an das schicksalsträchtige alte Haus und daran, wie düster es in diesem Haus gewesen war. Wie süßlich es in allen Zimmern gerochen hatte (als wäre ein großer Apfel in einem der Wäscheschränke versteckt gewesen), an die schweren viktorianischen Möbel, und an ein Gefühl, eine Art Panik, mit nichts zu vergleichen, die sich nicht in Worte fassen ließ, aber die danach nie mehr ganz von ihr wich, und so eine Schwere, die auf allem lastete, auf ihrem ganzen Ich, dem Rest ihres Lebens und allem, was sie seither gewesen und geworden war. Und dass Idrok davor beschützt werden musste, und dass der große Garten mit Schnee verstopft gewesen war, und eine Szene, die sich ganz oben auf der steilen Treppe abgespielt hatte, und die Nächte, eine Hand, irgendwie losgelöst aus ihrem

Zusammenhang, aber weiter als bis dahin kam sie nicht, denn in dem Moment, in dem sich alles zu etwas zusammenzusetzen begann, das sehr bald verständlich sein würde, wurde sie von einer großen Stille gerettet, die sich ausbreitete, als sei alles wieder unter Jahren von Wasser begraben worden –

Denn dieses Bild, wie hatte sie das vergessen können? Und da war er ja, endlich! Der grässliche Baum, der ihre Gedanken unerbittlich angezogen hatte, als sie und Idrok draußen im Wald gewesen waren! Und da war ja auch die Axt, DA WAR JA ALLES!

Denn dieses Bild war ja das Einzige, was aus dem dunklen alten Haus gerettet worden war, das jetzt, auch wenn es lediglich am anderen Ende der Stadt lag, trotzdem der Vergangenheit angehörte. Das einzige kleine Bild, das eigentlich noch übrig geblieben war. Die einzige Spur! Und jetzt plötzlich fiel ihr auch wieder ein, wie sie als ganz kleines Kind auf Papas Arm gesessen hatte, während der Großvater danebengestanden hatte. Wie sie alle drei zusammen dieses Bild angeschaut hatten. Wie er und Papa sie ausgelacht hatten, weil sie geweint hatte über das, was sie damals auf dem Bild zu sehen glaubte. Das Lachen des Großvaters war das lautere von beiden gewesen, während das von Papa mehr so ein schwächeres, unsicheres, ein bisschen verzögertes Echo gewesen war, als ob er nichts anderes gewagt hätte als einzustimmen. Und sie hatte geweint und Angst bekommen, denn in ihren Augen war das Bild schon damals sonderbar, schrecklich, unheilverheißend und krank gewesen.

Denn als ganz kleines Mädchen hatte sie geglaubt, dass es eine Gruppe nackter, schreiender Kinder in panischer Angst darstellte, die von ihrem eigenen Vater einen großen Baum hinaufgejagt worden waren. Auch dieser Vater war ganz nackt.

Ein kleiner, untersetzter wild heulender Kerl mit einem verzerrten Gesicht und zotteligen Haaren. Er stand mit einer großen Axt am Fuße des Baumes und war gerade dabei, ihn umzuhauen. Wenn das erst getan wäre, würden all die Kinder, die im Baum Zuflucht gefunden hatte, geradewegs in den Fluss stürzen, der darunter vorbeifloss, von den Strömungen im Wasser des Flusses mitgerissen werden, ertrinken, untergehen und sterben.

Dass sie dieses Bild hatte vergessen können!

Aber als sie sich jetzt wieder beruhigt hatte und ein bisschen näher herangetreten war, um nachzuschauen, sah sie zu ihrem unglaublichen Erstaunen, dass das ja in Wirklichkeit überhaupt keine, wie sie ursprünglich geglaubt hatte, Kinder waren, die schreiend dort oben im Baum hockten und sich an den nackten Ästen festklammerten –

Nein, das waren ja FRAUEN!

Denn jetzt sah sie plötzlich auch, dass sie alle winzig kleine, kaum erkennbare Brüste hatten! Aber ansonsten sahen sie genauso aus wie der Mann mit der Axt am Fuße des Baumes, waren hässlich, untersetzt, wie unfertige kleine Höhlenmenschen. Und es stand auch etwas in kleinen Buchstaben unter dem Bild. Etwas, das sie vorher nicht hatte sehen oder lesen können, weil sie nämlich früher weder sehen noch lesen konnte. Aber weil sich all das nun für immer und ewig geändert hatte, stellte sie sich noch einmal auf die Zehenspitzen und entzifferte mühsam, Buchstabe für Buchstabe, das ziemlich sonderbare, komplizierte Wort und sagte es sich dann, zur Sicherheit, zwei Mal vor –

DER MISOGYN.

Der Misogyn –

Unter großen Anstrengungen krabbelte Aliide den feuchtkalten Gang wieder hinauf, fort von dem Bild an seinem Grund, und zurück ins Wohnzimmer. Dort stand der Großvater immer noch am Fenster und predigte, es war dunkel und der eisblaue Farbschimmer, den das Licht der Dämmerung aus dem Bild gelöst hatte, der nebelhafte Regenbogen, all das war verschwunden –

Sie ließ sich wieder auf ihren Stuhl fallen und kurze Zeit später war es endlich vier Uhr. Das vergoldete Stück über dem Fernseher schlug seine vier sehr zittrigen Schläge, der Großvater verstummte abrupt, die versunkenen Gestalten, die bis dahin in einer Reihe auf dem Sofa gesessen hatten, kamen zu sich, räusperten sich, stellten ihre Kaffeetassen auf den Couchtisch und standen auf –

In der Annahme, sie könne auf diese Weise dem angstbesetzten Verabschieden entgehen, schnappte Aliide sich Idrok und rannte mit ihm hinaus zum Auto –

Dort saßen sie dann schweigend auf dem Rücksitz, jeder in seiner Ecke, und warteten.

Irgendwo draußen in der dunkler werdenden Nachbarschaft bellte ein armer Hund so jämmerlich, dass Aliide das Herz blutete, und kurz darauf öffnete sich die Tür des flachen, kleinen Hauses und auch die anderen kamen heraus. Eine Zeitlang standen sie genau vor dem Auto und unterhielten sich leise, während Aliide in dem fruchtlosen Versuch, sich ruhig zu verhalten, weiter über das Lehmgelände starrte, zum Waldrand hinüber, wo das Hundegebell herzukommen schien.

Und nachdem alle sich umarmt hatten, schnell und stumm, waren Aliide und Idrok an der Reihe.

Das Hundegebell war plötzlich verstummt. Auf dem Rücksitz, wo Aliide saß, war das Fenster heruntergekurbelt. Jetzt beugte sich die Großmutter herunter, schaute herein und richtete ihren Blick auf Aliide. Einen Blick, den man, genau wie beim Großvater, eigentlich gar nicht richtig als Blick bezeichnen konnte, der nicht richtig vorne herauskam, sondern hinten im Kopf hängengeblieben war, in einem schrecklichen Gedanken und einer schrecklichen Zeit, hart, unbeweglich und gefühllos gemacht von der Energie und all den Kräften, die nach innen statt nach außen gerichtet worden waren. Diesen Blick bohrte sie nun in Aliide, die wie gelähmt war und sofort verstand, dass die Großmutter sie irgendwie dafür bestrafen wollte, dass sie die Frechheit besessen hatte, sich vor ihrer harten Umarmung zu drücken –

Ein paar Schritte vom Auto entfernt stand der Großvater, schweigend und starr, und noch ein bisschen weiter weg, genauso schweigend, ein Stückchen voneinander entfernt, die Gesichter dem Abendhimmel zugewandt, standen ihre Eltern. Und alle waren sie umgeben von dem riesigen Lehmgrundstück, das nach Mist stank, und den großen Wäldern, hart wie Berge, in denen eine kleine Familie, zwei kleine Kinder und zwei noch wehrlosere Erwachsene, ganz unten in einer eiskalten kleinen Felsspalte versteckt waren.

Mit zusammengekniffenen Augen, blinzelnd, als gebe sie sich wirklich Mühe, diesen Blick in Aliide hineinzutreiben, sagte die Großmutter dann sehr sauer und mit eiskalt vielsagender

Stimme, denn sie wusste, dass dies das Schlimmste war, worum sie Aliide überhaupt bitten konnte –

GIB OPA JETZT EIN KÜSSCHEN.

Und der Mond war schon über den Bäumen am Waldrand aufgegangen, wo der Hund saß und jaulte, weil ein affenähnlicher kleiner Mann ihn mit einer Kette misshandelt hatte. Die Dunkelheit öffnete sich über der Welt in ihrer jetzigen Gestalt, und draußen am See, jetzt, wo niemand da war, jetzt, wo die Luft rein war und keiner zuschaute, glitt ein Schatten direkt unter der Oberfläche vorbei und das Wasser kräuselte sich leicht, draußen in den weiter entfernten, kälteren Bereichen unterhalb der Berge.

Bei diesem Befehl der Großmutter erstarrte der Großvater. Er zögerte, gehorchte ihr jedoch schließlich, wie immer, denn niemand hätte etwas anderes gewagt. Zufrieden machte die Großmutter einen Schritt zur Seite, der Großvater nahm ihren Platz ein, er steckte seinen Kopf durch das offene Fenster, so dass Aliide ihn genau vor sich hatte, kalt, straff, und so hielt er ihn, ohne eine Miene zu verziehen. Während die Großmutter immer noch draußen stand und fieberhaft versuchte, ihren Blick in Aliide hineinzuzwingen, versuchte, sie mit diesem Blick zu verletzen, denn er war scharf wie ein Dolch, ein Stilett, und konnte einen töten, einem sehr wehtun. Und jetzt, das völlig ausdruckslose Gesicht des Großvaters genau vor ihrer Nase und den Blick der Großmutter auf sich, der kurz davor war, in sie einzudringen, hatte Aliide keine andere Wahl als dieses Gesicht zu küssen, denn die Eltern standen draußen und sahen wie immer nichts, hatten überhaupt nie den Durchblick.

Mit weit aufgerissenen Augen, während sich etwas Unförmiges aus dem See erhob und dann, blitzschnell, wieder in den

Tiefen verschwand, während die Teufelsfliege mit dem Männergesicht trunken zwischen den blutgefüllten Sträuchern im Gemüsegarten herumflog, wo die Grube des Großvaters die Dunkelheit ausspuckte, die die Nacht war, in der oft furchtbare Sachen passierten, führte sie ihre Lippen zur Wange des Großvaters –

Und in diesem Moment sah sie, dass eins seiner Augen ein klitzekleines bisschen geöffnet war. Dass es blau war, wie gekochtes Eis, und dass sich in dem Blau ein kleiner Streifen Dunkelheit geöffnet hatte –

Und von der Wange des Großvaters, die kalt war, sickerte ein bisschen Kälte zwischen Aliides Lippen. Ein bisschen Kälte, ein bisschen Tod fielen wie eine weiße Made in ihren Bauch, wo die sich dann bewegte, herumkrabbelte und den leichten Würgereiz verursachte, der immer mehr zunahm, während sie schweigend durch das Land fuhren, das hinter ihnen allmählich in der Dunkelheit versank.

Meter um Meter verschwand es, und die Wälder wurden ausgedünnt. Die Bäume wurden immer weniger und niedriger. Kiefern und Fichten wurden von Sträuchern und Birken abgelöst, in denen noch das Licht lag und schimmerte. Die kleinen gelben Häuser, an denen sie auf dem Hinweg vorbeigekommen waren, waren jetzt dunkel, verlassen und verriegelt. Immer größere Ortschaften säumten die Straßen, die ihrerseits immer breiter wurden, mehrspurig und asphaltiert. Auch die großen schlammigen Wiesen verschwanden schließlich, und die Scheunen verschwanden, die Melkschemel verschwanden –

Aliide saß auf dem Rücksitz und betrachtete die vorbeiflimmernde Landschaft. Sie hatte den Eindruck, dass sie jetzt wirklich, endlich, an einen Punkt gekommen war, an dem sie innerlich fast vollends ausgelöscht war, vollkommen leer. Denn sie fühlte jetzt fast überhaupt nichts –

Nach allem, was sie gesehen und empfunden hatte, dem Bild ganz unten im Flur, dem Labyrinth, dem Gesicht in der Öffnung des Erdkellers, allen Erkenntnissen, und der Axt des Großvaters, und jetzt am Ende dem Kuss, war sie ganz leer, innerlich ganz tot, und das war ein schönes Gefühl, denn sie spürte nichts außer der Übelkeit, und die saß ja nur im Körper, in dem eigenartigen Fleisch, und das Fleisch und der Körper waren absolut nicht dasselbe wie sie, das zählte nicht. Und es wurde dunkler, sie sah die blauen Schattierungen der Kühle draußen in der Luft vorbeigleiten und die Sonne verschwand. Jetzt war sie plötzlich weg! Und die Luft wurde von Licht entleert. Wie rein sie wurde! So tief! Und ein harter, kleiner Mond stieg über den Bäumen auf und nahm den Platz der Sonne ein –

Und das Land glich nicht länger einem engen und feuchten Graben, sondern öffnete sich langsam vor ihnen in der Dunkelheit. Sie empfand jetzt trotzdem eigentlich absolut nichts, von der Übelkeit einmal abgesehen, die langsam zunahm.

Sie spürte einen Druck auf dem Zwerchfell und außerdem waren sowohl ihre Stirn als auch ihre Augen heiß, so dass sie die anderen zum Schluss doch bitten musste, am Straßenrand anzuhalten. Und in der pechschwarzen Dunkelheit, neben den Ausläufern eines großen Waldes, musste sie sich vornüberbeugen, das Gesicht dem Boden zugewandt, während eigenartige, widerwärtige Sachen aus ihr herausschwappten. Schleimige Sachen wie Därme, wie große, ganze Drüsen oder stinkende eingelegte Zwiebeln, und zusammen mit diesen Dingen kam auch alles andere hoch; sie und K, das verfallende Haus, die

Immortellen, die vergilbte Frau, die ihr in dem Hauseingang das Geld gegeben hatte, die tastende Hand des Schattens an ihrem ganzen Körper, das Kind im Brunnen, die Katze, all das –

Als das meiste heraus war und sie schweißgebadet und erschöpft die Augen öffnete und nachschaute, lag da im taufeuchten Gras zu ihren Füßen ganz gewöhnliche stinkende Kotze. Trotzdem konnte sie nichts anderes annehmen, als dass das wohl die Tränen sein mussten, die sie so lange in ihrem Innern mit sich herumgetragen hatte, völlig nutzlos. All das, was sie so geduldig heruntergeschluckt hatte, jetzt lag es da und so sah es aus; Tränen, heiß und stinkend!

Sie stand vornübergebeugt, eine große, kühle Hand auf ihrer Stirn. Eine große Ruhe überkam sie, und sie übergab sich noch ein bisschen, nur zur Sicherheit, damit auch nicht der kleinste Schluchzer dort unten zurückbleiben würde, und nachdem sie all das aus sich herausgeschafft hatte, zog sich ihr Körper innen zusammen.

Ein Luftzug erhob sich vom Boden, der den Regen aufgesaugt hatte, der warme Dampf des Erbrochenen traf sie im Gesicht, und als sie dann vorsichtig den Kopf hob, konnte sie ein bisschen tiefer in den dunklen Wald hineinsehen –

Die Stämme der großen Bäume waren zu erkennen, die Rinde, die Zweige, ein paar Äste, und sie sah, wie feucht es dort war, und die Dunkelheit spürte sie. Tiere, große Elche, bewegten sich träge und atmeten im Innern einer undurchdringlichen Mauer aus feuchtigkeitssatter Dunkelheit. Irgendwo da drin verweste der Kopf des Mädchens in einem tiefen See. Sein Gesicht fiel herunter, zerbröselte, löste sich auf, und zwar zum Glück, denn so würde niemand das Mädchen erkennen, wenn es irgendwann einmal, in einer fernen

Zukunft, gefunden würde, und alles, alles, alles, was ihm passiert war, würde ein Rätsel bleiben.

Und nach ihrer Heimkehr (am nächsten Tag und am Tag danach und am Tag nach dem Tag darauf) schwieg Aliide weiter, und, ja; das packte sie richtig, das Schweigen!

Rein körperlich erholte sie sich zwar schnell, und die Übelkeit an sich, der tiefe Würgereiz, die Made aus Kälte und Tod, die in sie hineingefallen war, verschwanden über Nacht im Schlaf. Aber die Erstarrung saß noch in ihr fest. Diese sonderbare, tiefe, aber gleichzeitig befreiende Leere hielt an.

Schon am ersten Tag merkte sie, dass es, je länger, tiefer und leidenschaftlicher sie schwieg, umso schwieriger wurde, wieder zum gesprochenen Wort überzugehen. Denn wenn man schwieg, wie sie jetzt schwieg, von ganzem Herzen, machte einen das fast ein bisschen erhaben, rein und mächtig. Und sie stellte fest, dass es sie so eigenartig verschlossen machte, so uneinnehmbar, dass sie sich so wunderbar geheilt fühlte durch dieses Schweigen, als sei das Sprechen zuvor eine weit offene Wunde gewesen, in der alle möglichen komischen Infektionen und Bakterienherde sich einnisten und gedeihen konnten –

Und wenn Mama und Papa am Frühstückstisch versuchten, ihr ein oder zwei Worte zu entlocken, konnte sie sie zur Antwort nur anlächeln, aus der Tiefe ihrer Leere und Verwirrung. Denn endlich! endlich! hatte sich also das Lächeln, auf das sie so lange gewartet hatte, herauskristallisiert, und damit schien sie sich alle vom Hals halten zu können, wenigstens fürs Erste, und weiter konnte sie jetzt nicht denken –

Und die Welt, alles, was sich dort in Form von Grausamkeiten und anderen Merkwürdigkeiten abspielte, berührte sie überhaupt nicht mehr auf dieselbe zerstörerische Weise. Denn in ihrem Innern war sie ja, bis auf Weiteres, angenehm leer, betäubt und tot. Und deswegen konnte sie jetzt die Dinge auch anschauen, ohne dass es sie innerlich verzehrte, ohne dass alles bis zur Unkenntlichkeit verzerrt wurde.

Sie konnte stundenlang draußen auf dem Balkon stehen und zuschauen, wie die Kinder unten im Garten mit den sonderbarsten Spielen beschäftigt waren, die sie je gesehen hatte, mit Spielen, die sie jetzt absolut nicht verstand. Wie sie sich plötzlich zu einer eigenartigen Formation zusammenschlossen, die dann, ebenso plötzlich und lautlos, zersplitterte, und wie sie sich auf einmal zu einer neuen zusammenschlossen, die sich ebenfalls unmittelbar darauf, lautlos, wieder auflöste; eigenartig, kompliziert, wieder und wieder, wie etwas, das man tausendfach vergrößert durch ein Mikroskop betrachtet.

Und die Tage vergingen und sie schwieg weiter. Sie schwieg schließlich so beharrlich, dass ihre Eltern anfingen, sich Sorgen zu machen, weil die Schule bald wieder beginnen würde und sie noch kein einziges Wort herausgebracht hatte! Aber sie erklärten sich das Ganze so, dass Aliide ja ein sensibles und verhältnismäßig eigenes Kind war, das immer schon, so lange sie überhaupt zurückdenken konnten, eine Menge Marotten gehabt hatte. Und das hier war wohl einfach wieder eine davon. Denn ansonsten war sie ja ganz normal, und alles, was sie ihnen eigentlich jemals gesagt hatte, war –

GAR NICHTS IST SCHWER, ABER MANCHMAL BIN ICH TRAURIG.

Und das war ja nichts Besonderes, so ging es ja wohl allen? Und sie lächelte ja, ja, schau mal, wie sie lächelte, und sie lachte ja sogar. Und soweit sie es beurteilen konnten, war sie, wie Kinder eben sind, manchmal traurig, manchmal froh, manchmal ein bisschen verschlossen, manchmal ein bisschen kühl, und wer sollte schon ahnen können, womit sie wirklich in ihrem Innern herumlief?

Und sie lächelte sie einfach alle weiterhin unergründlich an, mit aller Kraft, denn das war so klar und schön, so befreiend; nichts zu sagen, einfach das Schweigen für sich selbst sprechen zu lassen, das Schweigen und den Körper. Und sie hatte vor, auch in Zukunft weiter zu schweigen. Tief, leidenschaftlich, ohne Ende, genau so; vollkommen und total (denn das Schweigen war in vieler Hinsicht wie die Dunkelheit in einer Dunkelkammer, in der Bilder entstehen).

Aber ein vollkommenes Schweigen war es trotzdem nicht, denn schließlich hatte sie ja immer noch ihr Buch. Ein kleines Haushaltsbuch mit einem Einband aus schwarzem Wachstuch, das sie aus einem Zeitungsstapel gerettet hatte, den Mama hatte wegwerfen wollen. Mit Hilfe dieses Buches kommunizierte sie nun sporadisch mit ihrer Umwelt und ihrer Familie, dorthinein schrieb sie jetzt manchmal, wenn ihr gerade danach war, sorgfältig einzelne Wörter, abgehackte Fragen, Sätze und Antworten, wie –

GIB MIR DAS UND DAS.

ICH WEISS NICHT!

VIELLEICHT!

NEIN!

Und in den Augen der Welt sah es sicher nicht nach viel aus, dieses Buch, aber es war immerhin ein Buch, und es gehörte ihr. Keine Spur war mehr darin von den Rechnungen der Eltern. Die hatte sie rausgerissen und weggeworfen, so dass das Buch jetzt ganz frisch war, es enthielt eine Menge Seiten, die sie langsam zu füllen begann, mit ihren mühsam hervorgepressten Silben, und manchmal sogar mit einigen sonderbaren, für sie selbst völlig unbegreiflichen Formulierungen (die auf merkwürdige Weise den Sprüchlein glichen, die sie vor sich hingemurmelt hatte, als sich der Betrunkene in ihr Haus gedrängt hatte und sie selbst zugedeckt im Wäschekorb gelegen und versucht hatte, noch schlimmere Gedanken auf Abstand zu halten).

Ja, und das war immerhin ein Anfang, denn dort, in einem solchen Buch, konnte sie schweigend all die Tränen und Schreie herauslassen, die sich schon wieder ansammelten, denen sie jedoch niemals im wirklichen Leben Ausdruck zu verleihen wagte. Denn wenn sie jetzt anfing zu weinen oder zu schreien, dann würde sie nie wieder damit aufhören können und alle würden wahrscheinlich sterben. Und wenn sie sagen würde, was los war, wer sie wirklich war, und alles erzählte, dann würde das diese ganze Familie in Trümmer legen. Und das wollte sie nicht, denn wo sollte sie dann in Zukunft leben?

Aber dort, in diesem Buch, konnte sie es immerhin Blüten treiben und sprudeln lassen, ohne dass jemand zu Schaden kam. Dort konnte sie es fließen und fließen und fließen lassen, ohne Ende; es zu einer langen und schmerzhaften, aber doch widersprüchlichen Geschichte ohne richtigen Schluss und ohne richtigen Anfang gedeihen lassen, die mit dem Wort NEIN beginnen würde (denn so fühlte sie sich jetzt, schlicht und ergreifend, wie ein NEIN) und die sich danach weiter verzweigen würde, nach allen Seiten, hinein und hinaus und hinunter, aus der es absolut keinen Ausweg gäbe, denn so war auch das Leben; ohne Ausweg, sonderbar, mit vielen geheimen Gängen und Winkeln, die man nicht kannte, in deren Nähe man nicht einmal gewesen war!

Dort hinein also, in dieses Buch mit dem schwarzen Wachstucheinband, schrieb sie jetzt, mit Sorgfalt, großer Angst und viel Schmerz jede einzelne ihrer immer noch sehr kurz angebundenen Antworten, ihrer rätselhaften Formulierungen –

VIELLEICHT, schrieb sie. ICH WEISS NICHT; schrieb sie, GIB MIR DAS UND DAS. NEIN, schrieb sie auch, und das Schreiben dieser und anderer Worte wurde mit der Zeit die allerseltsamste und zeitraubendste aller seltsamen, zeitraubenden Handlungen, zu denen sie im Laufe der Jahre in ihrer Verwirrung und Machtlosigkeit Zuflucht nahm.

Danksagung

*Die Übersetzerin dankt allen, die die Arbeit
an diesem Buch auf vielfältige Weise unterstützt haben,
insbesondere Wolfgang und Nicole Mai,
Rudi und Gerlinde Wagner, Tiiu Hansson,
Rebecca Spurk und Maria Mai.*

Jan Kjærstad

Ich bin die Walker Brüder

Roman

Aus dem Norwegischen von Bernhard Strobel

Odd Marius Walaker ist ein (fast) normaler Teenager. Er schwärmt für ein Mädchen, das ihn nicht beachtet, und hat eine erotische Neigung zur flotten Nachbarsfrau. Er will die Ehe seiner Eltern retten und den kleinen Bruder seines besten Freundes finden, der eines Abends als vermisst gemeldet wird. Er spekuliert über die Identität der Person, welche die Stadt mit Buch-Bomben terrorisiert, und in einem Magazin beantwortet er anderer Leute Fragen in Liebesangelegenheiten.
Fantasie ist die Voraussetzung für Verständnis, so sagte sein Geschichts-lehrer, der Alte Hellas genannt, und Odd Marius beginnt, seine Gedanken aufzuschreiben – Gedanken, die nicht die eines normalen 14-Jährigen sind …

Kraft seiner Imagination sprengt er die Grenzen des Mentalen. Fortan spricht er von sich selbst im Plural, er ist die Walker Brüder. Mit geschärftem Blick, ausgerüstet mit W-Potenz, durchkreuzt er die Stadt und sucht Hinweise auf den ma-ma-Charakter des Seins.

Viele Jahre später ist Regierungschef Walaker aufgefordert, sein Land durch die schwerste Krise in der norwegischen Geschichte zu lenken. Er braucht einen Perspektivenwechsel. Blitzartig schießen ihm die Erkenntnisse seiner Jugend durch den Kopf und er ahnt, wo er den Schlüssel finden kann.

Er denkt: Niemand wird glauben, dass ich, ein nackter Mann auf einem Dach, der einzige bin, der dieses Land retten kann …

Aber ich war einmal die Walker Brüder.

Spielerisch, unkonventionell und humorvoll führt Jan Kjaerstad durch die Gedankenwelt eines Teenagers, dessen aufmerksamen Augen kein Detail entgeht.

Gebunden mit Schutzumschlag und Lesebändchen, 656 Seiten
ISBN: 978-3-902711-11-3

Mare Kandre

Der Teufel und Gott

Roman

Aus dem Schwedischen von Charlotte Karlsson-Hager

Der Teufel, ein kleines, abschreckendes und von allen verstoßenes Kind, wird von den Menschen gejagt und man bekreuzigt sich, wenn er aufgrund seiner Sehnsucht nach Gemeinschaft mit ihnen Kontakt aufzunehmen versucht.

Ihm gegenüber steht Gott, ein kleiner dicker, verzogener Bengel, der es vorzieht, sich seiner mangelhaften Schöpfung durch einen langen Schlaf zu entziehen.

Mit dem Erwachsenwerden erkennt der Teufel die wahre Natur der Menschen, sie sind bösartig, und wendet sich dem Handwerk des Feuerschürens zu.

Währenddessen regiert der Mensch und ist mit Ausbeutung und Zerstörung beschäftigt. Die Welt steuert einer alles umfassenden Umweltkatastrophe entgegen.

»… doch im Laufe der Zeit zeigte sich in den Sündern eine neue Art von Durchtriebenheit und es wurde immer schlimmer, es hatte den Anschein, als würden sie ihre Taten aus reiner Bosheit und nicht aus Verzweiflung begehen. Und der Teufel musste nun bei Tag und Nacht arbeiten, ohne Unterlass.

Kaum hatte er einen Neuankömmling ins Feuer geschickt, kam schon der nächste Sünder durch den Gang angekrochen…«

Bis eines Tages Ini, seine bucklige Freundin aus Kindertagen auftaucht, um als Sünderin den Flammen übergeben zu werden. Der Teufel beginnt die Sinnhaftigkeit seines Handelns und die grundsätzliche Schuldfrage erneut zu überdenken.

Gott scheint in der Zwischenzeit längst vergessen zu haben, warum er die Welt erschaffen hatte, als er zu spät erkennt, dass die Menschheit die Natur und somit sich selbst restlos vernichtet hat und sich eine Apokalypse anbahnt.

Gebunden mit Schutzumschlag und Lesebändchen, 200 Seiten
ISBN: 978-3-902711-27-4

www.septime-verlag.at